AF139020

Sabine Diesinger ist in Nürnberg geboren, bei Hannover aufgewachsen und hat in Münster Theologie, Kunst, Hauswirtschaft und Sprachen studiert. Sie arbeitet als Lehrerin. Ermutigt von ihrem ehemaligen Hauptseminarleiter, einem erfolgreichen Ghostwriter bekannter Fernsehserien, begann Sabine Diesinger in ihrer Freizeit Romane zu schreiben, unter anderem Das Haus unter den Pinien.

SABINE DIESINGER

Wellen
der
Erinnerungen

Roman

Überarbeitete Neuausgabe Mai 2025

Copyright © 2025 dp Verlag, ein Imprint der
dp DIGITAL PUBLISHERS GmbH
Made in Stuttgart with ♥
Alle Rechte vorbehalten

WELLEN DER ERINNERUNGEN

ISBN 978-3-69090-005-8
E-Book-ISBN 978-3-69090-004-1

Covergestaltung: Larissa Siepmann
Umschlaggestaltung: ArtC.ore Design
unter Verwendung von Motiven von
shutterstock.com: © Nature Peaceful, © DaLiu,
© fotodaocomua, © ESstock, © Oliver Hlavaty Photo
stock.adobe.com: © Fotolyse, © Carola Stober, © Daelin
Lektorat: Lektorat Reim
Satz: dp DIGITAL PUBLISHERS GmbH
Druck und Bindung: Books on Demand GmbH, Norderstedt

VORWORT

Liebe Leserinnen und liebe Leser,

eure Anregungen haben mich dazu inspiriert, einen Epilog zu schreiben, der die Geschichte meiner Protagonistin Dagmar weiterentwickelt.

Ich möchte mich bei euch für euer positives Feedback auf meinen Roman bedanken und freue mich, dass ich euch nun in der überarbeiteten Neuauflage eine erweiterte Facette der Geschichte vorstellen darf.

PROLOG

Ich vergrabe die Hände tief in den Taschen meiner Strickjacke und schleiche mich vorbei an den überbreiten Türen, die wie immer alle geschlossen sind, an denen ich aber unweigerlich vorbeimuss. Der Flur in der vierten Etage kommt mir heute noch grauer und länger und bedrückender vor als sonst. Draußen hat es über zwanzig Grad, und ich friere. Wie immer riecht es nach Desinfektionsmitteln und nach sauberen Fußböden, einer Mischung, vor der es mich schon beim Informationsabend schüttelte, und die ich inzwischen zu hassen gelernt habe. Als ich am Zimmer neun vorbeikomme, höre ich ein wimmerndes Weinen, höre das metallene Klirren einer Bettpfanne, die auf den Boden poltert, dann ein lautes Fluchen. So schnell ich kann, drücke ich mich an der Tür vorbei.

Ich möchte nicht alt werden, denke ich.

Und niemals, niemals möchte ich hier untergebracht werden, auch wenn das *Haus Regenbogen* wirklich malerisch liegt und das Personal sehr bemüht ist. Ich kann mich einfach nicht daran gewöhnen, auch nicht an diese verdichtete, beinahe greifbare Bedrücktheit, die ich schon spüre, wenn ich mit schnellen Schritten die lichtdurchflutete Eingangshalle durchquere. Sie ist, wie mir scheint, bereits in die Wände eingemauert und damit unausweichlich im Gebäude eingeschlossen.

Dein Zimmer ist am Ende des Ganges. Ich kann es schon sehen, es trennen uns nur noch wenige Meter, und ich spüre, wie es in meiner Kehle enger wird, wie meine Aufregung mit jedem Schritt wächst. Ich möchte davonlaufen, möchte zurück, und gleichzeitig ist mir klar, dass es kein Zurück gibt. Ich muss zu innerem Frieden finden.

„Hallo, Frau Jahn!", ruft es hinter mir, und ich zucke zusammen. Es ist Schwester Ilona, die junge Pflegerin mit den rötlich getönten Haaren und der Himmelfahrtsnase, die aus einem der Zimmer kommt. „Ich habe Sie lange nicht gesehen! Wie geht's Ihnen? Gut sehen Sie aus! Ist alles in Ordnung?"

Nein, nichts ist in Ordnung.

Meine berechenbare Welt, eine scheinbar dicke, tragende Eisdecke, auf der ich bis jetzt ohne größere Stürze durchs Leben geschlittert bin, ist auseinandergebrochen. Mir bleibt gerade noch eine winzige Scholle im eiskalten Meer, die wogt und wankt von den Ereignissen und Gefühlen, und von der ich jeden Moment in das bitterkalte, dunkle Wasser zu stürzen drohe.

Nein, gar nichts mehr ist in Ordnung.

Aber hier im Flur ist nicht der richtige Ort, um darüber zu sprechen. Es ist auch nicht der richtige Zeitpunkt, und Schwester Ilona, dieses unbekümmerte Energiebündel von höchstens fünfundzwanzig Jahren, ist auch nicht die richtige Person dafür. Also erwidere ich nur: „Alles bestens."

„Sie sehen auch ausgesprochen gut aus, Frau Jahn! Erholt!"

„Ich war in Südfrankreich", sage ich lahm.

„Wie wunderbar! Daher Ihre gesunde Farbe. Beneidenswert!"

„Wir hatten tolles Wetter."

Ist es nicht erschreckend, wie einfach sich Phrasen abspulen lassen, auch wenn das Leben hoffnungslos aus dem Lot geraten ist?

Ich huste trocken hinter meiner vorgehaltenen Hand. „Wie geht es *ihr* denn?"

Nur einen winzigen Augenblick verdüstert sich das unbekümmerte Gesicht der jungen Frau.

„Sie hat seit etwa einer Woche unruhig geschlafen. Hat viel im Schlaf geweint, wir mussten ihr Beruhigungsmittel spritzen. Tagsüber ist es unverändert."

Ilona hat keinen vorwurfsvollen Ton angeschlagen, aber sofort brennen Schuldgefühle wie eine unvermutete Ohrfeige: *Man fährt auch nicht so lange weg und lässt einen alten Menschen im Pflegeheim zurück.*

Hat sie vielleicht etwas gespürt von dem, was ich erlebt habe?

Ist es möglich, dass sie, über die Distanz von mehr als tausend Kilometern, etwas mitbekommen haben könnte von meiner Seelenqual?

Ich schaudere.

„Es wäre gut, wenn sie sich in nächster Zeit nicht aufregt."

„Ja, ja. Natürlich."

Die Fahrstuhltür am Treppenhaus hinter mir öffnet sich. Ein kurzer Blick über die Schulter, und ich sehe den schlaksigen Zivildienstleistenden, der seit Anfang

9

des Jahres hier arbeitet. Er schiebt einen Metallwagen aus dem Aufzug, darauf die Tabletts mit Kaffee, Tee, Gebäck.

„Wenn sie wach ist", sage ich und deute auf die Nachmittagsmahlzeit, „werde ich sie füttern."

„Schön", meint Schwester Ilona und legt damit die Hand auf die Klinke zum nächsten Zimmer, „sie wird sich bestimmt freuen."

Da bin ich mir nicht sicher.

So wie ich mir, was mein Leben betrifft, beinahe bei gar nichts mehr sicher bin.

Aber ich möchte Ilona jetzt nicht widersprechen. Ich hebe die

kraftlose Hand zum Gruß und schleiche, als wäre ich auf dem Weg zu einer Gerichtsverhandlung, die letzten Schritte bis ans Ende des Ganges.

Als ich ins Zimmer trete, hast du die Augen geschlossen. Auf leisen Sohlen nähere ich mich. Ich wage kaum zu atmen und stelle erleichtert fest, dass du tatsächlich schläfst. Auch deine Bettnachbarin, die fast neunzigjährige Frau Kohlding, die seit Ostern in deinem Zimmer untergebracht ist und die nur selten Besuch bekommt, schläft. Nun kann ich mich ein wenig sammeln und gegen meine nervöse Angst ankämpfen. Fast geräuschlos ziehe ich mir den Stuhl vom Waschbecken ans Bett und setze mich zu dir.

Wie friedlich du daliegst! Gleichmäßig geht dein Atem, die Decke hebt und senkt sich langsam. Dein Kopf ist tief versunken in dem weißen Kissen wie in einem großen Watteberg, und deine entspannten Gesichtszüge lassen dich beinahe jung erscheinen. Einen

Moment lang sehe ich dich als kleines Mädchen. Dieses Bild schwebt über der alten, fast erloschenen Frau, die dort im Bett liegt. Wenn ich dich so ansehe, kann ich nicht glauben, dass die Krankheit dich nun ganz gefangen hat. Dann habe ich, wie jedes Mal, wenn ich hierherkomme, die absurde Hoffnung, dein Zustand könnte sich, wie durch ein Wunder, verbessert haben. Doch solche Wunder sind in den letzten Monaten nicht mehr geschehen. Vielmehr habe ich zusehen müssen, wie du langsam zerfielst. Wie du schlaffer und faltiger wurdest, dein Körper alt und mager, die schlohweißen Haare immer dünner, die Haut durchscheinend wie Pergamentpapier, durch das sich ein Geflecht eisblauer Adern zieht. Ich habe zusehen müssen, wie du langsam wortkarg wurdest und verwirrt, selbst in den Zeiten zwischen zwei Krankheitsschüben, bis du ganz aufgehört hast zu sprechen. Seitdem bist du gefangen in deiner eigenen, wortlosen Welt, aus der heraus sich ab und zu eine unbeholfene Geste schleicht oder ein unwillkürliches Muskelzucken, das ich nicht zu deuten weiß.

Ich beuge mich zu dir hinab. Der Duft der Seife, mit der sie dich jeden Morgen waschen, steigt mir in die Nase, ein anklagender Geruch, aromatisch und scharf wie matschige Früchte. Vorsichtig greife ich nach deiner Hand, sie ist kalt und klamm. Ich spüre deine knochigen Finger. Mein Atem flattert, meine Augen sind geschlossen.

Ich fühle wieder, wie sich deine Finger auf mein blutendes Knie legen. Heiß ist es im Treppenhaus, trotz der kurzen Lederhose, und die Riemen meiner Rollschuhe schneiden mir in die Knöchel.

„Es ist nicht so schlimm."

„Aber es tut so weh!"

„Stell dich nicht so an."

Ich sehe, wie ein rostroter Tropfen das Schienbein hinabrinnt, und eine schmale Spur zieht durch ein Feld blassweißer Narben. Von der Hollenstraße dringt fröhliches Kinderlachen in das kühle Treppenhaus. Mit bittendem Blick sehe ich hoch, doch auch heute schneidest du keinen schmalen Streifen vom Pflasterband, das hinten im himmelblauen Badschränkchen liegt und Stefans Wehwehchen vorbehalten ist.

„Und wenn kleine Steine in der Wunde sind?"

„Da ist nichts. Geh spielen!"

Ich stehe mit wackeligen Beinen auf, drücke mein verschmutztes Taschentuch auf den blutenden Fleck und stakse zurück auf die Straße. Mein Knie brennt von der Wunde und von der Berührung deiner Finger.

Mir ist zum Weinen zumute, aber ich unterdrücke mühsam die Tränen. Noch kann ich das alles nicht verstehen, noch werden Jahrzehnte vergehen bis zu dem Urlaub in Frankreich.

Ein leises Stöhnen entfährt deinem leicht geöffneten Mund, ich lasse deine Hand rasch zurückfallen auf das weiße Laken. Unter deinen geschlossenen Augenlidern flackert es.

Wo bist du gerade?

Merkst du, dass ich gekommen bin?

Ich spüre, wie mein Herz hämmert und versuche, ganz ruhig zu atmen. Durch das große Kippfenster höre ich ein Rotkehlchen, sein munterer Gesang kommt vom Wipfel einer Kiefer, deren ausladende Zweige sich bis dicht ans Haus strecken. Eigentlich ist es idyllisch hier, gleich hinter dem Parkplatz liegt ein kleines Wäldchen, in dem man auf sandigem Boden einen Rundgang durch hohe Tannen, Kiefern und Birken machen kann. Das war der Grund, warum ich mich für dieses Haus entschieden habe, es sah vor der Waldkulisse so friedlich aus. Doch Spaziergänge haben wir nur ein paar Mal gemacht, ganz am Anfang, als du noch gesund genug warst. Jetzt ist es zu spät. Ich sehe dich an, kann meinen Blick nicht von deinen trockenen, aufgesprungenen Lippen wenden, hin- und hergerissen zwischen Schuldgefühlen, Wehmut und Wut.

Plötzlich wachst du auf, als könntest du meine brennenden Gefühle spüren. Deine Augen öffnen sich, du bewegst dich ein wenig in den weißen Wattebergen.

„Hallo, ich bin wieder da", sage ich leise und versuche zu lächeln.

Kann sie mich hören?

Hat sie mich verstanden?

Ausdruckslos sind ihre grautrüben Augen auf die Decke geheftet.

„Ich weiß, ich war lange nicht hier. Du musst sicher gedacht haben, ich komme gar nicht mehr. Aber ich habe dir ja gesagt, ich fahre in Urlaub."

Ich versuche, ruhig und optimistisch zu klingen, aber ich merke selbst, dass meine Stimme zittert.

„Ich war mit Stefan und seiner Familie in Frankreich. Und mit Leo und Erik. Wir sind zusammen verreist, wir acht, das habe ich dir doch erzählt."

Ich spreche langsam wie mit einem kleinen Kind, dem man einen komplizierten Sachverhalt erklärt, und versuche, Kontakt zu den ausdruckslosen Augen aufzunehmen.

„Hörst du? Hast du mich verstanden? Du erkennst mich doch, oder? Ich bin es, Dagmar!"

Du starrst noch immer zur Decke, deine Augen sind feucht und trüb, und ich wünschte, ich bekäme ein Zeichen, dass du mich verstehst.

Alt sieht sie aus, denke ich, entsetzlich alt. Jetzt, wo sie wach ist, sehe ich viel deutlicher die eingefallenen Wangen und die tiefen Furchen, die sich in die ledrige Stirn gegraben haben. Dabei ist sie gerade erst dreiundsiebzig geworden. Meine Nachbarin hütet in diesem Alter noch ihre beiden Urenkel, fährt den kleinen Sebastian täglich in der Karre aus, begleitet die fünfjährige Vanessa zum Spielplatz. Aber du hast nichts mehr von deinen Enkeln. Ich muss schlucken.

Ein Tropfen Speichel läuft aus deinem Mund, ich sehe zu, wie der Faden dir übers Kinn rinnt. Mit dem Zipfel eines Taschentuchs tupfe ich ihn trocken.

Wie soll ich bloß anfangen?

Ich soll dich nicht aufregen, hat Schwester Ilona gesagt, und das will ich auch nicht. Ich will nicht diese hilflosen, spitzen Schreie hören, die mir in den Ohren klingeln, will nicht sehen müssen, wie du mit deinen dürren Ärmchen wild um dich schlägst, Schweißperlen auf der Stirn, und wie sie dir die lange Spritze in die faltigen Lappen deines Oberarms jagen, damit du nicht deine Bettnachbarin ansteckst, die immer in dein Geschrei einfällt, nein, das will ich nicht. Darum werde ich auch Sofies Unfall auf keinen Fall erwähnen. Und ich werde nicht in die Abgründe der Vergangenheit steigen, um sie vor dir in die Gegenwart zu zerren. Ich soll dich nicht aufregen.

Und trotzdem muss ich dringend mit dir reden.

„Ich soll dich von Stefan grüßen", fahre ich unsicher fort. „Es geht ihm gut. Ihm hat es in Frankreich gefallen. Wenn er es nächste oder übernächste Woche schafft, kommt er auch mal her, soll ich dir ausrichten."

Deine rissigen Lippen bewegen sich tonlos. Hast du das verstanden? Oder ist es einfach nur eine Lippenbewegung, ausgelöst von deinem Atmen? Ich weiß es nicht.

Wenn ich sonst komme, versuche ich von meinem Alltag zu erzählen, von den Projekten, an denen ich arbeite oder für die ich recherchiere, von den Einkäufen, vom Wetter, oft auch von Leo und Erik, die mich manchmal hierher begleiten. Es frustriert mich, einen fröhlichen Plauderton anzuschlagen und Monologe zu führen, deshalb sitze ich viel lieber stumm an deinem Bett, halte deine Hand oder sehe dich einfach nur an. Heute fällt mir das Reden noch schwerer als sonst, und so versuche ich es weiter über Stefan.

„Stefan hatte ein tolles Ferienhaus gemietet. Groß und mit wunderschönen, hellen Zimmern. Geschmackvoll eingerichtet. Nah am Meer und nicht weit weg vom Ort, und trotzdem ruhig und abgeschieden."

Sofort bin ich wieder in Frankreich, im Urlaub.

Eine Drossel schimpft draußen laut keckernd, als wollte sie mich warnen. Nein, von Sofie darf ich keinesfalls etwas sagen. Schmerzvoll zieht es in meinem Bauch, Gegenwart und Vergangenheit bohren sich wie ein spitzes Messer in mein Herz. Einen Augenblick beneide ich dich, weil du dich in eine sprachlose Welt zurückziehen durftest.

Der junge Mann vom Freiwilligendienst ist da, er hat die Tür aufgerissen und schiebt den Metallwagen herein. „Tag", ruft er und lächelt breit. Der Knopf in seinem Ohr blitzt, als er mir eins der beiden Tabletts reicht. Das andere schiebt er auf den Tisch deiner Bettnachbarin, die noch immer schläft. Er hat wache, wasserblaue Augen, und einen Moment lang meine ich zu sehen, was er sieht: eine Frau mittleren Alters mit nussbraunen, welligen Haaren, die bis auf die Schulter reichen und von grauen Fäden durchwirkt sind, und die ihren verzweifelten Blick auf die Greisin vor ihr im Bett richtet, die Schultern gebeugt von einer unsichtbaren Last.

„Ich mach das gleich", sage ich zu ihm und meine das Füttern.

„Ja, gut", entgegnet er. „Zu Frau Kohlding komm ich noch mal, wenn sie wach ist."

Schon ist er mit dem Wagen wieder raus.

Die kurze Unterbrechung hat mich ganz aus dem Konzept gebracht. Ich rücke an dem Plastiktablett und nehme die Schnabeltasse in die Hand.

„Möchtest du etwas trinken?"

Ich weiß, dass keine Antwort kommen wird, schon lange haben wir dich für unmündig erklärt. Ich drücke den Hebel an der Seite am Bett, dein schmächtiger Körper schiebt sich mit dem Oberteil langsam hoch. Ich lege eine Hand in deinen Nacken und merke, du hilfst mit. Als ich dir die Tasse an die Lippen führe, saugst du.

„Ich muss mit dir reden", sage ich mit verzweifelter Stimme. „Hörst du, ich muss unbedingt mit dir reden!"

Noch immer halte ich die Tasse an deinen Mund, und du trinkst Schluck um Schluck. Ich versuche, den dicken Kloß herunterzuwürgen, der in meiner Kehle klebt. In dem Moment kehre ich zurück nach Frankreich und spüre erneut das lähmende Entsetzen, das mich erfasst.

Mühsam presse ich hervor: „Ich weiß jetzt, was damals passiert ist. Damals in dem großen Haus. Wie das mit Dorit war. Ich weiß es wieder. Ich habe es herausgefunden."

Die Tasse zittert in meiner Hand.

Geräuschvoll schlürfst du den lauwarmen Tee, als hätte ich nichts von Bedeutung gesagt.

Weißt du, wovon ich spreche?

Hast du mich überhaupt gehört?

So viele unverarbeitete Gefühle drängen in mir hoch, einen Moment lang glaube ich, es wird mich gleich zerreißen unter diesem Druck. Ich presse die Lippen aufeinander und blinzele die Tränen weg, die mir in die Augen geschossen sind.

„Es tut mir leid! Tut mir leid!"

Ich schiebe die Tasse weg und greife nach deiner dürren Hand, ich führe sie hoch und drücke sie an meine Brust.

Wie ein eiskalter Stein liegt sie auf meiner Bluse. Meine Verzweiflung ist fast unerträglich.

„Es tut mir so leid, Mama! So leid!"

Ich will dir sagen, dass ich nun viele Dinge verstehe, dass ich einiges erst jetzt begreife, wo ich die Wahrheit kenne.

Da bemerke ich, dass du den Kopf drehst.

Deine wässrigen Augen schauen genau in meine.

Ich sehe, wie viel Anstrengung und Mühe es dich kostet, dieser feste, bedeutungsvolle Blick, und ich versuche, ihn mit warmen Augen zu erwidern.

Einen Moment lang denke ich, du versuchst, mir etwas zu sagen, deine spröden Lippen bewegen sich. Ein leises Zischen entweicht, ich beuge mich tiefer, „Ja?", aber deine Zunge formt kein verständliches Wort.

Bilde ich es mir ein, oder spüre ich einen sanften Druck von deiner Hand?

Ich kann ihn nur einen winzigen Moment lang fühlen, vielleicht habe ich mich geirrt.

Vielleicht ist es nicht geschehen.

Vielleicht entspringt er nur meinem Wunschdenken, denn schon ist er vorbei, schon fällt dein Kopf zur Seite, schon fallen deine Lider zu, du schläfst.

Ich sitze unbeweglich da und versuche zu begreifen. Die Tasse, die ich auf der Matratze abgestellt habe, ist umgefallen. Tee tropft auf das Laken und bildet einen hässlichen gelbbraunen Fleck.

Alles ging so schnell, fast als wäre nichts geschehen.

Und doch kann ich fühlen, dass etwas geschehen ist.

Ich halte deine kalte Hand. Der Stein auf meiner Bluse ist warm.

„Danke", flüstere ich.

Ich sehe in dein schlafendes Gesicht, aus dem alle Anspannung gewichen ist, es sieht ganz friedlich aus.

„Danke!"

Ein Gefühl von tiefem Frieden umschließt mich wie eine sanfte Wolke.

Ich bleibe noch lange an deinem Bett sitzen. Mit meinem Handrücken streiche ich wieder und wieder über deine weißen Haare, zwischen denen an etlichen Stellen die nackte rosa Haut hindurchschimmert.

Draußen trällert eine Meise eine muntere Tonfolge. Die Sonne ist jetzt um die hohe Kiefer gewandert, ihr warmes Licht liegt wie Goldlametta auf deiner weißen Decke.

Es ist nicht so einfach, wie ich es mir wünsche. Die Vergangenheit lässt sich nicht ungeschehen machen. Wenigstens weiß ich jetzt, es gibt nicht die Schuld des Einzelnen, nein, jeder trägt ein eigenes, schweres Päckchen mit Schuld, und im Annehmen und im Vergeben wird es erträglicher.

Ich blicke nach draußen und entdecke die Kohlmeise zwischen den dichten dunkelgrünen Ästen.

Meine Wut und meine Schuld und meine Traurigkeit schweben hinaus und verbinden sich mit dem Gesang des kleinen Vogels zu einer hoffnungsvollen Melodie.

KAPITEL 1

Ich sitze an einem Beitrag über *Zeitarbeit bei uns und im europäischen Ausland*, den ich für unser Lokalblatt schreiben soll, als das Telefon klingelt. Ich schaue von der Tastatur auf, draußen wird es gerade hell, und es nieselt.

Nachdem der Anrufbeantworter nicht anspringt, weil ich ihn offenbar vergessen habe einzuschalten, und Leo noch schläft, nehme ich das Telefonat widerwillig entgegen.

„Grüß dich, Dag, ich bin's."

„Stefan?"

Ich habe plötzlich ein Sausen im Ohr und merke, dass mein Herz hart pocht.

„Ist was passiert? Bei euch alles in Ordnung? Mit den Kindern? Mit Mutter?"

„Ganz ruhig, Dagmar! Es ist nichts passiert."

„Es ist noch nicht mal sieben! Und mit dir hab ich überhaupt nicht gerechnet!"

„Tut mir leid, wenn ich dich erschreckt habe. Ich wollte dich eigentlich gestern Abend anrufen, aber dann kam was dazwischen. Und gerade hat ein Schüler kurzfristig abgesagt, und ich hab ein bisschen Zeit. Deshalb dachte ich, ich frag dich jetzt."

Stefan klingt irgendwie dringend, auch wenn er einen fröhlichen Ton anschlägt.

Ich lockere den Griff um den Hörer, aber mein Herz hat sich noch nicht beruhigt.

„Was willst du mich fragen, Stefan?"

„Also, es geht um die Sommerferien. Hättest du Lust, mit uns Urlaub zu machen? Ich meine natürlich nicht nur dich, sondern selbstverständlich auch Leo und Erik. Wir wollen euch einladen."

„Urlaub?"

„Ich hab ein Ferienhaus gemietet, den ganzen Juli, groß genug für zwei Familien, in *Biscarrosse-Plage*. Das ist in Südfrankreich, an der Atlantikküste. Wir könnten uns dort treffen."

Stefans Vorschlag macht mich sprachlos.

„Also, es ist so, eigentlich sollten Freunde von uns mitfahren. Aber sie wollen plötzlich nicht mehr, Ehekrise, verstehst du."

„Ja", sage ich. Aber ich verstehe nichts.

„Das Haus ist schon bezahlt. Wir wollen euch einladen. Ihr hättet also nur die Anfahrt, eine Beteiligung am Essen und bräuchtet etwas Taschengeld."

Ich habe mich in meiner Überraschung noch nicht ganz gefangen. „Und Anja? Was sagt Anja dazu?"

„Es war ihre Idee, sie freut sich auf euch. Also, Dag, was ist, hast du etwa keine Lust auf Frankreich? *Baguette, vin rouge, cuisine française?"*

Stefans Stimme will mich locken, sie ist jetzt sprühend und mitreißend, ich sehe ihn förmlich vor mir, wie er unwiderstehlich lächelt und seinen Elan mit dynamischen Gesten unterstreicht.

Aus irgendeinem Grund bin ich sofort auf der Hut, lächerlich.

Urlaub.

Schon so lange bin ich nicht mehr weggefahren, und wenn, dann höchstens im Auftrag einer Redaktion, und meist nur ein paar Tage, höchstens eine Woche. Das ist natürlich nicht dasselbe.

Urlaub in Frankreich.

Plötzlich sehe ich Sonne und Meer vor mir, kann den fruchtigen Bordeaux schon auf der Zunge schmecken, die prickelnde Wärme auf der Haut spüren. Verlockend.

Warum bin ich so zögerlich?

Liegt es daran, dass Stefan mit dem Thema Geld einen meiner wunden Punkte getroffen hat?

Natürlich weiß er, dass meine Kasse permanent leer ist. Weiß um die Existenzangst, die mich befällt, wenn ich Aufträge nur kleckerweise heranschaffen kann und für den nächsten Monat keine neuen Projekte in Sicht sind. Wenn es hart auf hart kommt, muss Leo mir aushelfen, kein schönes Gefühl, oder ich muss mein Konto überziehen, eine teure Angelegenheit. Von Stefan habe ich noch nie Geld genommen, auch wenn seine Fahrschule floriert und es ihm nicht schwerfallen würde, mir mit ein paar Tausendern über die Runden zu helfen. Aber ich will es nicht. Ich hasse das Gefühl von Abhängigkeit. Und ich hasse es, jemandem Dank zu schulden. Vielleicht daher mein Zögern.

Aber gut, für eine andere Familie einspringen, einen preiswerten Urlaub machen, das ist schon ein verlockender Gedanke. Doch eines verstehe ich nicht.

„Warum gerade wir, Stefan?"

„Du bist meine Schwester! Warum also nicht?"

Warum nicht?

Stefan und ich haben ein gutes Verhältnis. Ja also, warum nicht?

„Um ehrlich zu sein", beantwortet Stefan nun meine Frage, „ich hab dabei auch an Mirko gedacht. Es wäre schön, wenn er einen gleichaltrigen Spielkameraden hätte. Allein wird es ihm vielleicht zu langweilig."

Aha, denke ich, doch nicht ganz uneigennützig. Aber immerhin hat er auch an Leo gedacht, der ziemlich darunter leidet, dass er Erik seit der Scheidung nur jedes zweite Wochenende sieht. Ich weiß, Leo wird Stefans Angebot begeistert zustimmen. Doch dann fällt mir noch etwas anderes ein.

„Und was wird in der Zeit aus Mutter?"

„Dagmar, das Heim kostet jeden Monat ein kleines Vermögen. Sie bekommt dort die Pflege, die sie braucht!" In Stefans Stimme schwingt die Autorität des Fahrlehrers, der seinen Schüler ermahnt, weil er ein wichtiges Verkehrsgebot übersehen hat.

„Ich hab sie noch nie länger als ein paar Tage allein gelassen."

„Bist du sicher, dass sie das überhaupt mitkriegt? Und dass sie deinen Einsatz zu schätzen weiß?"

Nein, natürlich bin ich mir da nicht sicher.

„Na los, Dag, spring über deinen Schatten und sag Ja! Wir sehen uns viel zu selten, obwohl wir so dicht beieinander wohnen. Und du hast seit Ewigkeiten keinen Urlaub mehr gemacht, stimmt's? Er wird dir guttun. Euch."

Eigentlich hat Stefan mich schon überzeugt, ich weiß selbst nicht, warum ich nicht einfach Ja sagen kann.

„Den ganzen Juli! Vier Wochen sind ziemlich lang!"
Stefan lacht.

„Ihr könnt jederzeit abreisen, wenn ihr es nicht mehr mit uns aushaltet, kein Risiko also. Außerdem ist das Haus groß genug, jeder hat sein eigenes Zimmer. Und wir brauchen ja nicht ständig zusammenzuglucken, jeder kann das tun, was er will."

„Na gut", sage ich schließlich. „Zwei Wochen. Maximal drei. Ich sag Ja, wenn Leo auch Ja sagt."

„Wunderbar, Dag!"

Als ich aufgelegt habe, schießt mir ein Gewirr von nicht greifbaren Gefühlen durch den Kopf wie eine Handvoll schnelle Pfeile. Mein Herz hat sich ein wenig beruhigt, aber ich merke, dass ich unter den Achseln stark schwitze. Ich lege das Telefon neben meinen Computer und versuche zu lesen, was ich zuletzt getippt habe, aber meine Gedanken lassen sich nicht mehr auf den Bildschirm lenken. Sie sind bei Stefan und seiner Einladung.

Urlaub, wie schön.

Urlaub in Südfrankreich.

Ich will mich freuen, aber irgendwie versetzt mich dieser Gedanke in eine vage Unruhe. Und ohne dass ich weiß warum, fühle ich mich plötzlich deprimiert.

Nein, denke ich mit Nachdruck, Stefan meint es nur gut.

Es spricht nichts gegen einen gemeinsamen Urlaub.

Kapitel 2

Die Einfahrt ist nicht so leicht zu finden. Sie liegt mitten im Wald und ist nur daran zu erkennen, dass an einen der Bäume ein kleiner weißer Briefkasten aus Holz genagelt ist. Stefan hat mir die Anfahrt genau beschrieben, hat mir sogar eine Skizze geschickt, trotzdem wären wir beinahe an dem unbefestigten Sandweg vorbeigefahren, der unscheinbar von der Hauptstraße abgeht wie viele andere Stichwege auch.

Meine Hände schwitzen auf dem Kunststoff des Lenkrads. Von hinten stöhnt Erik, ihm sei so heiß, er habe Durst und er müsse aufs Klo. Ich bin selbst genervt von der brütenden Hitze im Auto, wünschte, ich hätte einen Wagen mit Klimaanlage und nicht diesen uralten Golf, aber ein neuer ist in nächster Zeit nun einmal nicht drin. Und komfortabler als Leos alte Schrottlaube ist er allemal. Ich parke den Wagen zwischen zwei Bäumen neben Stefans Van.

Hier sind wir also.

„Wow, nicht schlecht", ruft Erik beim Anblick des großen, zweigeschossigen Hauses, das rechts und links von Pinien gesäumt ist.

Beinahe gleichzeitig stoßen wir die Autotüren auf, schieben unsere schweißfeuchten Körper, an denen die Kleidung klebt, ungelenk nach draußen. Wir recken uns ausgiebig und vertreten unsere steifen Beine auf der Stelle, schließlich sind seit der letzten größeren Pause viereinhalb Stunden vergangen. Erik hat sofort den Lederball entdeckt, der in der Einfahrt liegt, und kickt ihn in die Luft. Leo und ich stehen Seite an Seite und lassen das Haus mit seinen einladenden Sprossenfenstern einen Augenblick auf uns wirken.

Es ist ganz ruhig hier, nur das dumpfe *Plopp* des Balls ist zu hören und eine Grille, die ich nicht entdecken kann, zirpt irgendwo entschlossen in der Nähe.

Der würzige Geruch nach Pinienwald und Kräutern und Meer, der uns in einer seichten Brise entgegenweht, versetzt Leo augenblicklich in Urlaubsstimmung. Ich sehe es an seinem Gesicht, das sich schon entspannt hat, die Krähenfüße um seine Augenwinkel, die eben noch bis an die Wangen reichten, schrumpfen zu feinen Linien. Er hebt die Arme, drückt den Rücken durch und atmet tief ein.

„Herrlich hier!", ruft er, und setzt sich in Bewegung. „Hier kann man's aushalten!"

Vor der Tür bleibt er stehen, schirmt mit beiden Händen die Sonne ab und schaut durch eine Art Bullauge ins Haus.

„Ich glaube, es ist keiner da."

Leo klopft, und als sich drinnen nichts rührt, schlägt er kräftig die messingfarbene Schiffsglocke an, die neben der Eingangstür hängt. Ihr Klang geht durch Mark und Bein, stört einige Sekunden empfindlich die Waldruhe, sogar die Grille verstummt einen Moment. „Nein, keiner da."

Erik dribbelt mit dem Ball eine Runde ums Haus. Wenig später ist er zurück. „Auf der Terrasse und im Garten ist auch niemand."

„Ich hab ja die Schlüssel", sage ich.

Ich hole den Bund aus meiner Hosentasche, den Stefan mir schon vor Wochen geschickt hat, und der mich seit der letzten Rast unangenehm in der Leiste drückt. Ein großer, silbriger Schlüssel für das Haus, ein kleiner, messingfarbener für den Schuppen, der hier irgendwo stehen muss. Ich schließe auf, die schwere Holztür öffnet sich mit einem leisen Knarren. Leo ist inzwischen zurück zum Auto und wuchtet das Gepäck aus dem Kofferraum.

Wir sind nur zu dritt, haben aber ziemlich viel dabei: zwei große Koffer, außerdem verschiedene Reisetaschen, Leinen- und Plastiktüten. Wie ein kleiner Umzug mutet unser Gepäck an. Das meiste sind Kleidung und Schuhe, falls sich das Wetter nicht so strahlend und warm hält, außerdem jede Menge Spielzeug, das Erik eingepackt hat, für mich selbst brauche ich nicht so viel. Beinahe hätte mich Leo überredet, unsere Laptops zu Hause zu lassen, aber im letzten Moment habe ich ihn doch vom Gegenteil überzeugen können. Als Freiberufler sein Geld zu verdienen, hat den Angestellten gegenüber eben nicht nur beneidenswerte Seiten.

„Hallo!", rufe ich in den Flur, obwohl längst klar ist, dass alle ausgeflogen sind.

Leo steht hinter mir, in jeder Hand einen Koffer. „Geh schon weiter", drängt er, weil das Gepäck schwer ist.

Ich trete zur Seite und lasse ihn durch. Erik saust an uns vorbei ins Haus.

„Wow, klasse hier!", höre ich ihn aus dem Wohnzimmer rufen. „Kommt mal her!"

Ich liebe es, mir fremde Wohnungen und Häuser anzuschauen, zu gerne hole ich mir Anregungen für meine eigene Einrichtung.

Heute tappe ich unsicher durch den Flur.

Ich kann nicht sagen, warum ich zögere, aber ich spüre einen kühlen Hauch in meinem Nacken, als hätte ein Windstoß mich berührt.

Stefan hat nicht übertrieben, das Haus ist tatsächlich sehr geräumig. Fast andächtig bleiben Leo und ich einen Moment im Wohnzimmer stehen und lassen die Blicke über den lichtdurchfluteten Raum gleiten: eine gemütliche Sitzgruppe aus schwarzem Leder vor einem gemauerten Kamin, eine moderne, offene Küche, die durch einen Tresen vom Wohnbereich getrennt ist, eine Holztreppe mit gedrechseltem Handlauf, die vom Wohnzimmer aus ins Obergeschoss führt, eine große Sprossenfensterfront mit herrlichem Blick über die Terrasse in einen großen Garten und den angrenzenden Wald.

Leo stellt die Koffer ab. „Nicht schlecht! Ich glaube wirklich, hier kann man's aushalten."

Mein Blick fällt auf eine Hängematte, die draußen sachte zwischen zwei Bäumen schaukelt, und dann auf die Pergola am Terrassenrand, über deren sonnenbeschienenem Holz eine Weinrebe mit üppigen Trauben rankt.

Ja, hier ist es wirklich schön, ein kleines Paradies. Längst ist mein Zögern der Vorfreude auf ein paar unbeschwerte Wochen gewichen.

Erik hat inzwischen im Laufschritt die untere Etage erkundet. Er hat ein kleines Duschbad entdeckt, ruft: „Ich guck jetzt mal nach oben", fliegt wie ein aufgescheuchtes Huhn zur Treppe.

„Und ich hol den Rest von unserem Gepäck", sagt Leo und ist wieder draußen.

Plötzlich bin ich allein.

Von oben höre ich Eriks Füße von Raum zu Raum wieseln, sonst ist es ganz ruhig. Von dem durchdringenden Zirpen draußen ist im Haus nichts zu hören.

Sie sind bestimmt alle am Strand, denke ich und merke, wie eine zähe Enttäuschung von mir Besitz ergreift. Beim Kofferpacken hatte ich mir ausgemalt, wie die ganze Familie Jahn bei unserer Ankunft vor der Tür steht, winkt und uns mit großem Hallo begrüßt. Sie wissen doch, dass wir heute kommen!

Wahrscheinlich habe ich zu viel erwartet. Sie können schließlich nicht ahnen, dass wir so reibungslos durchgekommen sind, ohne Stau und fast ohne Pausen. Und sicher wollten sie bei diesem herrlichen Wetter nicht einfach hier sitzen und einen Urlaubstag opfern. Ich lege eine Hand in den Nacken.

„Mann, sind das viele Zimmer hier", höre ich Erik von oben schwärmen. „Papa, Dagmar, kommt doch mal hoch!"

„Das kannst du gleich mitnehmen", sagt Leo, der vom Auto zurück ist. Er drückt mir zwei kleinere Reisetaschen und ein paar Tüten in die Hand. „Ich hol eben noch den Rest."

Ich übernehme die Taschen und klemme mir die Tüten unter die Arme.

Während ich die knarrenden Stufen hochsteige, kann ich meine Enttäuschung unten zurückzulassen. Es hat schließlich auch sein Gutes, eine Zeitlang allein zu sein: Wir können uns ganz ungestört einrichten und ausruhen.

Ich freue mich vor allem auf eine kühle Dusche. Auch wenn ich sicher nicht eitel bin, möchte ich Stefan nicht unbedingt so verschwitzt und mit angeklatschten Haaren gegenübertreten, wahrscheinlich rieche ich sogar nach Schweiß. Besonders Anja gegenüber wäre mir das unangenehm, weil ich weiß, welchen Wert sie auf Körperpflege legt.

Oben angekommen, stehe ich in einer kleinen Galerie, umgeben von offenen Türen, die in kleinere und größere Zimmer führen. Fünf zähle ich und ein weiß gekacheltes Bad, in dem Erik sich gerade, weit über ein bauchiges Waschbecken gebeugt, die Hände wäscht. Warmer Sonnenschein flutet aus den weiß getünchten Zimmern in den Flur, ich bin begeistert. Mir fällt plötzlich Mutter ein, die hier sofort die Gardinen zugezogen hätte, damit es nicht so hell um sie herum ist.

Wo Sofie und Anna ihr Zimmer haben, ist nicht zu übersehen. Puppen und Spiele und Stifte liegen kreuz und quer auf dem Fußboden, dazwischen Papier und Bücher und Schuhe. Von einem doppelstöckigen Bett hängen Unterwäsche und Socken und T-Shirts über die Kanten, fast möchte man glauben, der vertäfelte Raum sei kurz zuvor von Einbrechern heimgesucht worden. Als ich das Chaos sehe, bin ich froh, dass Erik meine Vorliebe für Ordnung teilt. Aber er hat ja auch nie so viele Sachen dabei, wenn er uns besucht, mit denen er in Leos Arbeitszimmer eine derartige Unordnung anrichten könnte.

Vor mir liegen zwei größere Schlafzimmer mit Doppelbetten. Eines haben Stefan und Anja belegt, das andere ist offenbar für Leo und mich reserviert, hier haben die Kinder sich mit ihrem Spielzeug noch nicht ausgebreitet.

Trotzdem ist es irgendwie komisch, mit dem ganzen Gepäck im Arm hochzukommen, ich fühle mich ein bisschen wie ein Soldat, der in besetztes Gebiet vorrückt. Vielleicht liegt es einfach nur an den vielen Spielsachen, dem zerwühlten Bettzeug, den verstreuten Schuhpaaren und Kleidern in den Kinderzimmern, diesen unverhohlenen Spuren, dass sich hier bereits eine Familie häuslich eingerichtet hat. Ein bisschen hätten sie schon mal aufräumen können, wenn wir kommen, denke ich. *Das Haus ist groß genug für uns alle,* hat Stefan gesagt, und ich verstehe nicht, warum ich mich zurückgesetzt fühle. Wir sind von Stefan ausdrücklich eingeladen worden!

„Ich will bei Mirko im Zimmer schlafen!", ruft Erik, der jetzt den Wasserhahn zugedreht hat, in meine Gedanken hinein. „Da ist zwar noch ein kleines Zimmer frei, aber viel lieber möchte ich mit Mirko zusammensein."

„Wenn es ihm recht ist", sage ich, „von mir aus."

Ich stelle unser Gepäck auf dem Doppelbett ab und schaue erst einmal aus dem großen Fenster, das herrlich viel Licht ins Zimmer hereinlässt und einen wunderschönen Blick auf den Garten bietet. Neben dem Fenster führt eine Tür hinaus auf einen Balkon, der die beiden Schlafzimmer miteinander verbindet. Auf einem kleinen weißen Tisch, zu dem zwei Klappstühle gehören, steht ein Henkelbecher, unter dem eine französische Zeitung klemmt. Wahrscheinlich hat Stefan heute Morgen hier gesessen und mit seinem rudimentären Schulfranzösisch die Sportseiten enträtselt. Für die Weltpolitik interessiert er sich, im Gegensatz zu mir, weniger, aber dafür kennt er sich im Sport aus, besonders im Rennsport. Sicher hat er vorgestern Vettels knappen Sieg bejubelt, obwohl ich jetzt überlege, ob ich unten überhaupt einen Fernseher gesehen habe.

„Hier möchte ich morgens frühstücken", sagt Leo mit einer weitschweifigen Handbewegung über den Balkon.

Ich habe ihn gar nicht kommen hören.

Er steht plötzlich hinter mir und legt die Arme um meine Schultern. Wir sind fast gleich groß. Wenn ich höhere Schuhe anhabe, bin ich sogar ein paar Zentimeter größer als er.

Ich lege den Kopf zurück und reibe mein Gesicht an seiner kratzigen Wange, wo immer schon nach einem halben Tag die rotblonden Bartstoppeln sprießen, auch wenn Leo sich morgens gründlich rasiert.

„Das musst du dann allerdings allein machen", sage ich.

Leo schiebt mich ein Stück zur Seite. Er öffnet die Tür zum Balkon und tritt an die Brüstung aus geschwungenen Holzpalisaden.

Ich bleibe hinter dem Fenster stehen.

„Was für ein himmlischer Blick!" Leo lässt die Weite des Gartens und des angrenzenden Pinienwalds auf sich wirken.

„Ich pack schon mal meinen Koffer aus und zieh mir was anderes an!", ruft Erik aus Mirkos Zimmer. „Ganz schön warm hier oben!"

Leo schaut über die Schulter zu mir und zieht genüsslich die würzige Luft ein.

„Ich hab mir vorgenommen, hier nicht so viel an die Arbeit zu denken."

„Mmh", antworte ich.

Mit beiden Händen hält Leo sich am Geländer fest und dreht den Kopf langsam in alle Richtungen. Ich mache vom Fenster aus einen Schritt zur Seite und bleibe an der Schwelle zur Tür stehen.

Direkt unter dem Balkon liegt die Terrasse, die sich beinahe über die ganze Breite des Wohnzimmers erstreckt und als sichtbares Rechteck in den Garten ragt. Ein riesiger Sonnenschirm aus wollweißem Leinen überspannt einen Teil der Terrasse. Dahinter beginnt der Garten. Wie eine große, eingezäunte Lichtung mit vereinzelten Bäumen und üppigen Randrabatten liegt er mitten im Wald.

Doch so einsam, wie es von hier oben wirkt, scheint es nicht zu sein. Der Ortskern von *Biscarrosse-Plage* ist nicht weit entfernt, und hinter dem Wald beginnen, wenn ich Stefans Beschreibung richtig in Erinnerung habe, die *Dûne de Pyla* und das Meer. Wenn ich mich konzentriere, kann ich es rauschen hören.

„Wir hätten die Laptops einfach zu Hause lassen sollen", sagt Leo über seine Schulter zu mir.

Ich nicke und weiß doch genau, dass ich das niemals gekonnt hätte. Ich muss immer und überall meine Gedanken festhalten können, auch wenn es nicht um ein konkretes Projekt geht.

„Willst du es nicht wenigstens versuchen?"

Leo dreht sich um und streckt mir die Hände entgegen.

„Nein, lieber nicht."

„Es ist nicht so hoch. Wir sind doch nur im ersten Stock!"

Ich schüttele den Kopf.

Leo kommt wieder ins Zimmer. Er umarmt mich, und wir wiegen uns, eng aneinandergeschmiegt, vor und zurück.

„So", sagt er schließlich und löst abrupt die Umarmung, „jetzt springe ich aber unter die Dusche. Kannst du schon Kaffee aufsetzen?"

„Mach ich, wenn ich in der Küche alles dafür finde."

Leo zieht das verschwitzte T-Shirt aus und steigt aus der verbeulten Jeans. In hohem Bogen fliegen die Sachen aufs Bett.

Er ist angekommen, denke ich, und das Selbstverständnis, mit dem Leo sich hier schon bewegt, schmerzt mich unerwartet.

„Hast du dir schon überlegt, wo du schlafen willst?"

In weißen Boxershorts, von denen er mindestens ein halbes Dutzend im Schrank hat, weil er sie so bequem findet, stellt Leo mich vor die Wahl: „Rechts oder lieber links?"

Zu Hause schlafe ich auf der linken Betthälfte. Ich bilde mir ein, es ist gemütlicher, an Leos Herzseite zu kuscheln. Aus einem unerklärlichen Impuls heraus wähle ich die andere Seite.

„Ist mir recht. Ich geh dann duschen." Mit seinem Kulturbeutel in der Hand und einem großen Frotteetuch über den Schultern verschwindet Leo ins Bad.

Ich verriegele die Balkontür. Meine paar Klamotten kann ich später auspacken, aber meinen altertümlichen mechanischen Wecker stelle ich jetzt schon ans Bett. Ich brauche ihn nicht, um mich wecken zu lassen, ich werde sowieso immer früh wach, selbst am Wochenende, aber er hat ein wunderbar großes, beleuchtetes Zifferblatt, das ich auch nachts im Dunkeln ohne meine Brille lesen kann.

Als ich losgehen will, um den Kaffee aufzusetzen, bleibe ich noch einmal vor dem zweiten Schlafzimmer stehen. Vorsichtig stoße ich die Tür noch ein wenig weiter auf und stecke den Kopf ins Zimmer, wo ich sofort in einer Wolke parfümierter Luft bade. Das Zimmer entspricht spiegelbildlich dem Nachbarraum.

Hier haben also Stefan und Anja ihr Reich.

Selbst wenn ich es nicht gewusst hätte, an den Cremes und Wässerchen und Quasten und Döschen und Flakons, die auf einer halbhohen Spiegelkommode stehen, dieser ganzen Armee von Produkten im Kampf gegen Pickelchen, Härchen und Fältchen, hätte ich es auch erkannt. Anja hat sie bestimmt in diesem schwarzen Beautycase mitgeschleppt, der neben dem Bett thront. Dagegen nimmt sich mein kleiner gelbgrüner Kulturbeutel, in dem nur Duschgel, Shampoo, Allzweckcreme, Sonnenmilch und Zahnputzzeug Platz finden, aus wie ein einsamer Soldat mit hoffnungslos unzulänglichen Waffen.

Anja ist erst Mitte dreißig, und von Falten kann man bei den winzigen Vertiefungen um ihre Mundwinkel weiß Gott nicht sprechen, aber sie hat dem unausweichlichen Alterungsprozess frühzeitig den Kampf angesagt. Als Kosmetikerin ist bei ihr die Beschäftigung mit einem attraktiven Äußeren wahrscheinlich auch eine Frage des Berufsethos, auch wenn sie mit der Geburt der Mädchen ihren Job als Visagistin am Theater aufgegeben hat und sich seitdem ganz auf den Haushalt und die Kinder konzentriert. Man kann zu ihr kommen, wann man will, Anja sieht immer adrett aus, präsentiert sich äußerlich immer makellos. Ohne frisierte Haare oder ihr tadelloses Make-up habe ich sie nur ein einziges Mal gesehen, das war vor etlichen Jahren, als ich ihr ein paar Einkäufe vorbeigebracht habe, während sie mit vierzig Grad Fieber im Bett lag.

Ich kann mir beim besten Willen nicht vorstellen, jeden Tag eine halbe Stunde oder länger im Bad zu verbringen, bei mir muss es schnell gehen. Ich habe kein Interesse daran, meine Unebenheiten im Gesicht zu überpinseln, mir die Silbersträhnen zu tönen, meine Oberschenkel mit Bürsten zu bearbeiten oder mir die Beine zu enthaaren – dazu ist mir die Zeit viel zu kostbar. Ich halte auch nicht viel von den parfümierten, hormon- und vitaminversetzten Mittelchen, die es für ein kleines Vermögen zu kaufen gibt, bin vielmehr der Auffassung, dass viel nicht unbedingt viel hilft. Meiner Erfahrung nach darf man die Haut nicht mit hunderterlei Tinkturen irritieren. Aber das muss jeder selber wissen, da werde ich mich mit Anja nicht anlegen.

Ich frage mich nur, ob sie das alles für sich selbst macht oder ob mein Bruder seine Frau täglich so perfekt haben möchte.

In der Küche finde ich das Kaffeepulver und die Filtertüten sofort in einem der Hängeschränke und setze den Kaffee auf. Weil Leo oben noch das Bad belegt, stelle ich mich unten im Duschbad unter die Brause.

Als ich fertig bin ist der Kaffee bereits durchgelaufen. Leo hat auf der Terrasse gedeckt und es sich auf einem der Teakholzstühle bequem gemacht. Erik döst, die Stöpsel seines Smartphones in den Ohren, schaukelnd in der Hängematte. Ich setze mich zu Leo. Der leichte Wind pustet erfrischend in meine nassen Haare. Ich strecke Arme und Beine von mir, lasse mich einfangen von der knisternden Stille des Waldes. Bald kann ich spüren, wie die Anstrengung der Fahrt aus meinen Gliedern weicht, wie sich meine verkrampften Muskeln in der wohligen Wärme lockern und dehnen. Ich lege den Kopf leicht in den Nacken und sehe das ungetrübte Türkisblau des Himmels, an dem sich kein einziges Wölkchen verirrt hat.

„Wir haben drei wunderbare Wochen vor uns", sagt Leo mit dem wohligen Brummton, für den ich ihn liebe, weil er tief aus seinem Herzen kommt. „Hier werden wir uns erholen."

Hier werden wir uns erholen.

Kapitel 3

Als mein Bruder mit seiner Familie ankommt, sitzen Leo und ich noch immer auf der Terrasse, und die Bäume werfen schon lange Schatten.

Sofie und Anna kommen zuerst angerannt, sie haben nicht den Weg durchs Wohnzimmer, sondern ums Haus genommen, der in einem schmalen Trampelpfad in den Garten führt. Sofie, die forscher und selbstbewusster ist als ihre Schwester, ruft laut und vernehmlich *Hallo*, während Anna uns nur schüchtern zuwinkt, dann laufen sie zusammen zu den zwei alten Autoreifen, die weiter hinten im Garten an dicken Bäumen als Schaukeln befestigt sind. Kurz darauf schlurft Mirko heran, in Badelatschen und in einer für das Wetter viel zu warmen Jeans, auch er hat den direkten Weg ums Haus herum genommen.

„Ich hab euer Auto vor der Tür gesehen", sagt er. Er reicht Leo und mir artig die Hand, vermeidet jedoch, uns dabei in die Augen zu sehen.

Ich nehme das nicht persönlich, ich kenne das von Erik, der, seit er Anfang des Jahres dreizehn geworden ist, Erwachsenen gegenüber dieselbe Scheu an den Tag legt.

„Wie geht's dir?", frage ich.

„Gut", antwortet er und schaut sich um.

Erik hat inzwischen bemerkt, dass wir nicht mehr allein sind. Er zieht einen seiner beiden Stöpsel aus dem Ohr und richtet sich in der Hängematte auf, während Mirko zu ihm trottet. Mit einem etwas steifen Handschlag und einem schüchternen *Hi,* bei dem die Jungen den Kopf gesenkt halten, begrüßen sie sich. Erik macht Anstalten, aus der Hängematte zu klettern.

„Bleib ruhig liegen", sagt Mirko. Er lehnt sich mit dem Rücken an den Baum, die Hände in den Hosentaschen. „Was hörst du?"

„Smash."

„Krass."

Mirkos Interesse ist geweckt, und die Jungen kommen über die Musik ins Gespräch, als Stefan und Anja, mit Strandtaschen und Einkäufen bepackt, ins Haus kommen. Als sie uns im Garten sehen, lassen sie das Gepäck im Wohnzimmer stehen und laufen mit ausgestreckten Armen auf uns zu. Aus den Augenwinkeln sehe ich, wie sich Leo und Anja mit einem Händedruck begrüßen, während Stefan mich in den Arm nimmt und fest an sich drückt. Ich schließe die Augen und lehne den Kopf einen Moment an seine Brust, sein T-Shirt riecht nach Sonnencreme, Sand und Meer, dann löse ich mich mit einem kleinen Schritt nach hinten.

„Herzlich willkommen!", sagt Stefan zu Leo und mir. Er schenkt uns ein durch und durch freundliches Lächeln. „Wie schön, dass ihr da seid! Wie war die Fahrt?"

Ich freue mich über seinen aufrichtigen Willkommensgruß, habe ihm spätestens jetzt verziehen, dass wir nicht bei unserer Ankunft von ihm erwartet wurden.

Während die Männer einen kräftigen Handschlag tauschen, hauchen Anja und ich uns gegenseitig einen Luftkuss neben die Wange. Ihr blumenbedrucktes Seidenkleid streift meinen nackten Arm, es ist watteweich. Einen Augenblick stehen wir etwas verlegen da, dann setzen wir uns.

„Ein tolles Haus hast du ausgesucht", sagt Leo und gibt Stefan einen Klaps auf die Schulter.

„Ja, nicht?"

„Und alles ist so großzügig. Und so gepflegt", füge ich begeistert hinzu. „Das Haus. Der Garten. Unglaublich."

„Die Besitzer sind oft hier", sagt Stefan. „Kölner. Und wenn mal länger keiner herkommt, gibt's einen Hausmeister. Der kümmert sich auch um den Garten."

Stolz erzählt Stefan, wie er über die Eltern eines ehemaligen Fahrschülers an dieses Feriendomizil gekommen ist, und Anja klärt uns über den Preis auf, den es bei einer Buchung übers Internet gekostet hätte. Während die Jungen nebeneinander in der Hängematte lümmeln und Musik hören, jeder mit einem Knopf von Eriks Kopfhörer im Ohr, und die Mädchen nach oben in ihr Zimmer laufen, unterhalten wir uns eine Zeitlang über die hohen Hotel- und Ferienhauspreise, die für Familien mit Kindern fast unbezahlbar geworden sind. Schließlich entbrennt eine Diskussion darüber, ob es Sinn ergibt, ein Ferienhaus in Frankreich zu kaufen, weil es den Urlaub immer auf dieselbe Gegend beschränkt und er mit einer längeren Anfahrt verbunden wäre.

„Wenn die Fahrt so reibungslos verläuft wie bei uns, könnte ich es mir vorstellen", sagt Leo.

„Ihr wart schnell hier", bestätigt Stefan. „So früh haben wir euch gar nicht erwartet. Wie lange waren wir unterwegs, Schatz?"

Anja überlegt kurz. „Vierzehn Stunden. Deshalb haben wir auch nicht vor heute Abend mit euch gerechnet."

„Habt ihr schon was gegessen?", will Stefan wissen.

Leo und ich sehen uns an und schütteln den Kopf.

Jetzt, wo ich ans Essen erinnert werde, merke ich, dass ich ziemlich hungrig bin.

„Wir haben Muscheln mitgebracht", sagt Anja. „Und Baguette. Oder mögt ihr keine Miesmuscheln?"

„Vielleicht wollen sie lieber essen gehen", wirft Stefan ein.

Darüber haben wir uns noch keine Gedanken gemacht.

„Muscheln", sagt Leo, „hört sich gut an."

Ich nicke.

„Wir waren den ganzen Tag am Strand", erzählt Stefan, „und sind jetzt am Verhungern. Also wenn es euch recht ist, dann machen wir doch gleich was zu essen."

„Na, dann los", entscheidet Leo. „Ich bin zwar kein besonders guter Koch, aber wenn ihr mir sagt, was ich tun soll, kann ich durchaus was auf den Tisch bringen."

Anja schlägt vor, dass die Männer den Tisch decken und für Getränke sorgen, wir Frauen würden uns, wenn es für mich okay wäre, um die Muscheln kümmern. Sofort sind alle mit der klassischen Arbeitsteilung einverstanden, und wir machen uns ans Werk.

Mit wenigen Handgriffen hat Anja Brettchen, Messer, Töpfe und Gewürze aus den Schränken und Schubladen gezaubert, hat einen Bund Lauchzwiebeln geschnappt, hat ihn gewaschen, hat Wasser für die Muscheln in einen hohen Edelstahltopf laufen lassen. Ich bin erstaunt, wie weich und fließend und geübt ihre Bewegungen sind, so flink wie sie sie ausführt, kann ich mich gar nicht nützlich machen. Erst als Anja mit dem Topf zum Herd geht, bewege ich mich ungelenk zur Spüle, lasse sie voll Wasser laufen und schütte die Muscheln aus der Tüte. Sie riechen feucht und nach Meerwasser. Während ich sie wässere, putzt Anja das Gemüse.

Wir stehen nur ein paar Schritte voneinander entfernt, ich kann meine Schwägerin aus den Augenwinkeln bei der Arbeit beobachten. Mit gerunzelter Stirn schaue ich zu, wie ihre manikürten, korallenrot lackierten Finger ein halbes Dutzend Knoblauchzehen pellen und hacken, mit welchem Geschick sie das dicke Bund Lauchzwiebeln in hauchdünne Ringe schneidet, in welch sagenhafter Geschwindigkeit Anja das Gemüse in den Topf wirft, eine Flasche Bordeaux entkorkt und einen Schuss davon hineingießt, während ich umständlich die Bärte der Muscheln entferne und mich unzulänglich fühle. Wir haben noch nie gemeinsam gekocht, und ich bin froh, dass wir uns nicht im Weg stehen.

Im Garten jagen sich Sofie und Anna um die Bäume, die beiden Jungen hocken noch immer einträchtig in der Hängematte. Stefan und Leo sind inzwischen mit dem Tischdecken fertig und haben sich, jeder mit einer Flasche Bier in der Hand, auf die Terrasse zurückgezogen. Sie scheinen sich über ein Autorennen zu unterhalten, bei dem Vettel nach Hamilton und Perez den

dritten Platz belegt hat, durch die geöffnete Terrassentür fange ich Satzfetzen auf. Anja salzt und pfeffert die
heiße rötliche Brühe, schmeckt sie mit einem kleinen
Löffel ab und nickt zufrieden. Ich gebe die Muscheln in
die kochende Flüssigkeit, gleich können wir essen.

Das große Wohnzimmer füllt sich, als Anja ruft, im
Nu mit Stimmen und Gelächter und Bewegung. Bald
sitzen alle am Tisch, geschäftig klappern und klirren
Besteck, Gläser und Teller; große und kleine Hände fi-
schen die aufgesprungenen Muscheln aus dem dampf-
fenden Sud, reißen Stücke von dem frischen Brot,
schenken Getränke in die Gläser, *Guten Appetit,* dann
wird es ruhiger, jeder ist beschäftigt, seinen knurren-
den Magen zu besänftigen. Selbst Erik, der bei unge-
wohntem und exotischem Essen eigentlich die Nase
rümpft, und der sich am Wochenende bei uns immer
nur Spaghetti und Pizza wünscht, scheint es zu schmecken. Wie die anderen Kinder löst er mit einer leeren
Muschelhälfte das orangegelbe Fleisch aus den Schalen
und isst es, ohne zu murren. Ich weiß nicht, ob es der
Hunger ist, der dieses Wunder vollbringt, oder ob es
ihm peinlich wäre, am Essen zu mäkeln, wo die drei anderen mit so sichtlichem Appetit zulangen.
Erst als sich die leeren Muschelschalen in der Mitte
des Tisches auf zwei tiefen Tellern türmen und von den
Baguettestangen nurmehr kurze Stümpfe übrig sind,
unterhalten wir uns. Stefan erzählt, sie seien gestern
schon in Biscarrosse gewesen, dann reden die Kinder
aufgeregt durcheinander. Wir hören von einem riesigen Supermarkt, in dem es von Lebensmitteln bis zu

Fernsehern fast alles zu kaufen gibt, von einem Fahrradverleih, der Tandems führt, einem kleinen Kino, in dem dieselben Filme laufen wie zu Hause, einem großen Meerwasserschwimmbad, davon, dass man einen Ausritt am Strand und im Wald machen kann, vom Aqualand, in dem es riesige Wasserrutschen geben soll, einem Vergnügungspark in der Nähe. Ich glaube, den Reiseführer, den ich mir von der *Côte d'Argent* gekauft habe, brauche ich nicht aus dem Koffer zu holen.

„Habt ihr euch schon überlegt, ob ihr morgen mit uns an den Strand geht, oder wollt ihr euch erst mal in der Gegend umsehen?", will Anja wissen.

„Wir können es vom Wetter abhängig machen", antworte ich, als Leo erst mich und dann Erik unschlüssig ansieht.

„Ich möchte an den Strand", sagt Erik bestimmt.

„Du kannst ja mit uns mitkommen", schlägt Mirko vor. „Dann können Dagmar und dein Vater etwas unternehmen, und wenn sie wollen, später nachkommen."

Erik wirft ihm einen dankbaren Blick zu.

„Lass uns das doch morgen früh entscheiden." Leo will sich jetzt auch noch nicht festlegen. Darüber bin ich froh, denn ich bin zu müde, um mir jetzt schon Gedanken über morgige Ausflugsziele zu machen.

„Und wie läuft's in der Fahrschule?", frage ich Stefan.

„Prima." Er versucht, gelassen zu wirken, aber ein gewisser Stolz breitet sich unübersehbar auf seinem Gesicht aus. „Ich habe letzten Monat eine Fahrlehrer*in* eingestellt."

„Hattest du nicht schon eine?"

„Ich hatte schon *zwei*", korrigiert mich Stefan. „Die erste war nach ein paar Monaten schwanger und von da an krankgeschrieben, die zweite hat nach einem knappen Jahr gekündigt, weil sie sich selbstständig machen wollte."

Ich werfe Stefan einen belustigten Blick zu. „Ich dachte, du hättest dir danach geschworen, nie wieder eine Frau einzustellen?"

„Vielleicht ist sie jung und hübsch", sagt Leo unbekümmert. Er reißt ein Stückchen vom Baguette ab und tunkt es in den Zwiebel-Knoblauch-Sud. Die Jungen grinsen.

„Sie ist weder besonders jung noch besonders hübsch", sagt Stefan mit einem Nachdruck, der mich aufhorchen lässt. „Sie ist Anfang Fünfzig, ziemlich still und höchstens einssechzig, und das bei mindestens achtzig Kilo. Ich wollte wirklich keine Frau mehr einstellen, aber ich habe so viele Nachfragen, besonders von ausländischen Eltern mit Töchtern, dass ich es mir überlegt habe. Und wenn die Anmeldungen weiter so steigen, muss ich darüber nachdenken, noch eine weitere dazu zu nehmen."

„Die könnte dann den Krüger ersetzen", sagt Anja, „diesen arroganten Schnösel."

„Dass du ihn nicht magst, ist ja wohl kein Kündigungsgrund. Als Fahrlehrer ist er jedenfalls sehr gut!"

„Wenn ich früher mit *so* einem hätte fahren lernen müssen, hätte ich den Führerschein wahrscheinlich gar nicht gemacht", sagt Anja, eine Spur zu scharf, wie mir scheint.

„Na, dann pass bloß auf, dass du in Flensburg nicht zu viele Punkte sammelst." Stefan hat ein schelmisches

Grinsen aufgesetzt, seinem Ton nach zu schließen zieht er seine Frau auf. „Sonst lasse ich dich die Nachschulung beim Krüger machen ..."

„Ich würde zur Konkurrenz gehen!"

Stefan hebt die Hände und lächelt entwaffnend. „Schon gut, schon gut. Natürlich bekommst du für die Nachschulung Frau Dunkert. Jetzt, wo wir endlich wieder eine Frau haben ..."

Stefan lässt die Hände auf den Tisch sinken. Ich sitze ihm gegenüber, und einen Augenblick liegt mein Arm zwischen seinen ausgestreckten Armen. Wie bleich er gegen Stefans goldbraune Arme wirkt! Dabei war ich in den letzten Wochen, wann immer sich die Sonne gezeigt hat, draußen. Er kommt mir richtig blass vor, weiß beinahe, fast wie die Hautfarbe unserer Mutter.

Hastig ziehe ich den Arm vom Tisch.

Nein, ich will jetzt nicht an Mutter denken.

Aber ich kann es nicht verhindern, dass ich sofort jene Sätze höre, die ich hundert Mal, wahrscheinlich viele hundert Mal, gesagt habe: *Zieh dich doch an, Mama, und geh ein bisschen raus! Die Sonne scheint so schön!* Meist hat Mutter nur mit starrem, unendlich fernem Blick den Kopf geschüttelt, ganz wenig, so dass ein Außenstehender es kaum gesehen hätte, und dabei einen tonlosen Seufzer von sich gegeben. Manchmal hat sie aber auch geantwortet, in ihrer teilnahmslosen Art, in der sie jedes Wort langsam und leise und unter großer Mühe herausbrachte, als müsste sie es aus einem großen Topf Honig ziehen – *Heute nicht. Morgen vielleicht –*, so dass ich sie am liebsten genommen und geschüttelt hätte, als könnte ich damit die ewig gleiche Antwort verändern. Dann verschloss sie sich wieder in sich selbst wie in eine dunkle Kammer, lag Stunden später immer noch in ihrem verwaschenen Baumwollnachthemd im Bett oder hockte mit hängenden Schultern in dem hohen Lehnstuhl, in dem früher Vater saß, und starrte regungslos vor sich hin, bis die Sonne hinter den Nachbarhäusern verschwand und sich der Tag dem Ende zuneigte.

Beinahe habe ich vergessen, dass Mutter früher, als ich ein kleines Mädchen und Stefan noch nicht geboren war, gerne draußen an der frischen Luft war. Dass sie lebhaft und sportlich war und sich stundenlang im Garten aufhielt, wo sie Kartoffeln und Wurzeln zog, die wir später aßen, und dass sie die prallen Kirschen mit der Leiter von den höchsten Ästen holte; beinahe habe ich verdrängt, wie sie sich in ihrem blaugeblümten Kittelkleid reckte, um die Birnen vom Baum zu pflücken und die Mirabellen, von denen sie dicke gelbe Marmelade kochte. Lange habe ich nicht mehr daran gedacht, an diese Zeit, in der wir noch an der Mosel wohnten, in einem weiß verputzten Haus mit vielen kleinen Zimmern, einem dunklen Keller und einem riesigen Garten, der mir noch bis in alle Einzelheiten in Erinnerung ist.

Damals, denke ich jetzt, war Mutter beinahe den ganzen Tag draußen, da wird sie nicht so bleich gewesen sein.

Ich hole tief Luft und schiebe die Arme weit unter die Tischplatte.

Als hätte Anja meine Gedanken erraten, sagt sie: „In ein paar Tagen hast du auch eine schöne Farbe."

Mit hochgezogenen Brauen sehe ich Anja an und erwidere, zu viel Sonne sei ungesund.

Anja lächelt kurz und zuckt leicht die Schultern. Doch ich nehme mir vor, schon morgen etwas gegen diese Blässe zu unternehmen.

Leo ist gedanklich noch bei der Fahrschule. „Ob Fahrlehrer oder -lehrer*in*, was soll das für den Schüler für einen Unterschied machen?"

„Es gibt schon Unterschiede zwischen den Fahrlehrern", erklärt Stefan, „aber die haben nichts mit Mann oder Frau zu tun, da geb ich dir recht. Wichtig ist, dass die Lehrer ruhig sind und einen guten Überblick im Verkehr haben, auch einen guten Blick für den Stand des Schülers."

Für die Mädchen, die längst mit dem Essen fertig sind, ist das Thema langweilig. Schon seit einigen Minuten sinken sie am Tisch immer mehr in sich zusammen, Sofie hat bereits gegähnt, Anna reibt sich die geröteten Augen. Anja, der das nicht entgangen ist, klatscht in die Hände.

„Auf, ihr zwei, unter die Dusche, und dann Marsch ins Bett!"

Die Mädchen protestieren. Sie hätten für heute genug Wasser an der Haut gehabt, wendet Sofie ein, zu viel würde schaden, aber Anja lässt sich nicht beirren. „Das Salzwasser muss ab."

Wir heben die Tafel auf. Die Jungen sind im Nu weg, sie kicken im Garten den Ball bis hoch in die Baumwipfel.

Stefan bietet an, das Geschirr allein wegzuräumen. „Ihr könnt euch ein bisschen ausruhen. Sicher seid ihr müde von der Fahrt."

Das sind wir tatsächlich. Leos Augen sind fast genauso klein wie die der Mädchen. Auch ich bin, wenn ich in mich hineinspüre, zum Umfallen müde und möchte mich eigentlich nur noch aufs Sofa legen oder zumindest auf die Terrasse setzen, die schweren Beine von mir strecken.

Trotzdem sage ich: „Es geht schneller, wenn wir das Aufräumen zusammen machen."

Als wir später bei der zweiten oder dritten Flasche Bordeaux auf der Terrasse sitzen – Sofie und Anna liegen schon im Bett, Mirko und Erik hacken hinter dem Schuppen Holz für den Kamin –, sprechen wir über die Renovierung in Stefans Haus.

„Was wollt ihr denn jetzt schon wieder verändern?", frage ich verwundert, weil es für mich fast so aussieht, als würden Stefan und Anja ständig umbauen. Dabei ist ihr Haus nicht mal zehn Jahre alt. Ein befreundeter Architekt, ein ehemaliger Klassenkamerad von Stefan, hat es entworfen und gebaut: ein großes, modernes Haus, und dazu ein ausgesprochener Blickfang mit seinem weißen Klinker, den grünen Dachziegeln und den beiden spitzen Balkonerkern auf den Traufseiten. Nicht selten bleiben neugierige Spaziergänger vor dem geschwungenen Torbogen stehen, der mit einer hellen Kiesauffahrt zur Haustür führt, und bewundern die ausgefallene Architektur.

„Die Fliesen im Bad haben mir nicht mehr gefallen", antwortet Anja auf meine Frage.

Ich bin kein Freund der ständigen Veränderung, aber ich sage nichts. Mein Bruder und meine Schwägerin werden sich sowieso nicht abhalten lassen.

Dann ist es hauptsächlich Stefan, der redet. Er ist ganz in seinem Element, als er von der hoffnungslosen

Unordnung erzählt und dem Staub, der bis in den letzten Winkel dringt, und den er selbst aus der Unterhose klopfen muss. Stefan spricht laut und lebhaft und mit ausladenden Gesten, wie es seine Art ist, lacht dabei mit seinem unverwechselbaren erstickten Glucksen, das so ansteckend ist. Schon als Jugendlicher hatte er die Gabe, Alltagsgeschichten in kleine Anekdoten zu verwandeln, sie mit Humor und spannender Pointe zu spicken, und damit eine ganze Gesellschaft zu unterhalten, eine Gabe, die ich höchstens beim Schreiben beherrsche. Als Stefan die Geschichte des Fliesenlegers zum Besten gibt, der versehentlich die Fliesen eines anderen Bauherrn abgeholt und in ihrem neuen Bad verlegt hat, hängen wir alle an seinen Lippen, selbst Anja, die das alles miterlebt hat. Der muntere Schwung in Stefans Stimme erweckt in mir plastische, farbige Bilder, ich sehe den armen Handwerker förmlich vor mir, als Stefan ihn auf seinen Irrtum aufmerksam macht. Ich höre zu und lache, der arme Kerl kann einem leidtun, und ich schwanke zwischen Mitgefühl für meinen Bruder, der jetzt noch länger mit Staub und Dreck in seinen zweihundert Quadratmetern leben muss, und einer etwas boshaften Freude, dass bei Stefan doch nicht alles so reibungslos verläuft wie sonst.

Ich wünschte, ich könnte genauso unterhaltsam erzählen wie Stefan. Zwar fällt es mir nicht schwer, mit Witz oder Ironie zu schreiben, wenn ein Artikel das von mir verlangt, aber etwas zu erzählen, besonders wenn mein Bruder dabei ist, ist nichts für mich. Irgendwie fühle ich mich dann unzulänglich und in einer Art Wettstreit mit Stefan.

Als wir die dritte Flasche Wein beinahe geleert haben, merke ich, wie müde ich eigentlich bin, wie anstrengend der Tag doch war. Verstohlen gähne ich hinter vorgehaltener Hand. Auch Leo hört zwar noch höflich zu und lacht, aber er sieht aus, als würden ihm jeden Augenblick die Augen zufallen.

„Ich glaube, die beiden sollten schleunigst ins Bett", sagt Anja, die uns beobachtet hat, und ich bin dankbar für ihre Aufmerksamkeit.

„Ach", sagt Stefan, „ich habe ganz vergessen, wie kaputt man nach so einer Fahrt ist. Aber hier erholt man sich schnell, ihr werdet sehen, hier vergesst ihr alle Strapazen."

KAPITEL 4

Die Sonne scheint auf meine Decke, als ich am nächsten Tag aufwache, um mich herum höre ich Stimmen und Gelächter. Das Bett neben mir ist leer, und einen Augenblick lang weiß ich nicht, wo ich bin. Ich kneife die Augen zusammen, weil ich meine Brille noch nicht aufhabe, und schaue auf die Uhr: halb zehn. Himmel, ist das schon spät! In wenigen Sekunden bin ich hellwach. Ich habe das Gefühl, als hätte ich schon den halben Tag verschlafen, so lange schlafe ich zu Hause nicht einmal am Wochenende oder am Neujahrstag.

Im Nachthemd trete ich an die gekippte Balkontür und sehe auf die Meute im Garten, die unten frühstückt. Die Kinder sind noch im Schlafanzug, Leo, Stefan und Anja haben kurze Hosen und T-Shirts an.

Warum haben sie mich nicht geweckt?

„Da ist Dagmar!", ruft Sofie, die mich als Erste hinter der Scheibe bemerkt.

Guten Morgen! und Hallo! und Gut geschlafen? rufen sie mir hoch.

Ich winke der kleinen Gesellschaft da unten zu.

„Komm runter", fordert mich Leo mit Gesten auf und hält ein Croissant in die Höhe.

„Bin gleich soweit!", rufe ich zurück.

Doch bis ich Zähne geputzt und mich angezogen habe, sitzen nur noch Leo und Stefan am Tisch, Anja steht unter einem Baum im Schatten und cremt die Mädchen mit Sonnenmilch ein. Ich gebe Leo einen Schmatzer auf seinen vom Croissant butterglänzenden Mund und knuffe Stefan leicht in die Seite.

„Morgen! Ausgeschlafen?", begrüßt er mich.

Er hält eine französische Zeitung vor sich auf dem Schoß, sein Teller ist voller Krümel, in seinem Kaffeebecher nur noch eine Pfütze.

„O ja, mehr als genug. Ich weiß gar nicht, wieso ich so lange und so fest geschlafen hab."

„Dabei waren wir nicht mal besonders leise. Das macht wahrscheinlich die gute Luft." Stefan lässt die Zeitung sinken. „Die Kinder wollen gleich an den Strand. Habt ihr Lust, mitzukommen?"

Ich schaue zum Himmel, an dem kein einziges Wölkchen steht, dann zu Leo, der kräftig nickt.

„Wenn ihr nicht lieber allein sein wollt?"

„Ach was", sagt Stefan. „Außerdem ist der Strand groß genug. Du wirst staunen! Und wenn euch die Kinder stören, findet ihr sicher auch ein ruhigeres Plätzchen."

Ich setze mich auf einen der freien Stühle und ziehe ein sauberes Gedeck heran, das offenbar für mich bereitsteht.

Leo schenkt mir Kaffee ein. „Du musst die Croissants probieren. Die sind göttlich!"

Leo hat nicht übertrieben, die Croissants schmecken ausgezeichnet, innen sind sie buttrig und weich, außen knusprig. Ich lasse mir zwei davon mit viel Appetit schmecken, ihre hauchdünnen Teigblätter kleben an meinen Mundwinkeln, wenn ich hineinbeiße, und danach esse ich ein großes Stück Baguette, auf das ich dick Akazienhonig träufele.

Anja hat die Mädchen fertig eingecremt, sie sind schon nach oben gestürmt und suchen ihre Sachen für den Strand zusammen. Die Jungen radeln, bis wir aufbrechen wollen, mit zwei klapprigen Drahteseln, die sie im Schuppen hinter den Gartengeräten gefunden haben, irgendwo in Rufweite herum.

Stefan faltet die Zeitung zusammen. „Wenn wir an den Strand wollen, können wir mit dem Auto bis zum öffentlichen Parkplatz im Ort fahren. Wir können aber auch zu Fuß quer durch den Wald gehen. Was meint ihr?“

Leo ist es egal, und ich schließe mich dem Wunsch der Allgemeinheit an.

„Der Fußmarsch ist nicht sonderlich lang“, schaltet sich Anja von der Wohnzimmertür her ein. „Eine Viertelstunde vielleicht. Der Strandabschnitt hinter unserem Haus hätte den Vorteil, dass es dort nicht so voll ist wie am Hauptstrand.“

So entscheiden wir uns, gemeinsam zu Fuß zu gehen.

Eine Dreiviertelstunde später brechen wir mit Rucksäcken, Sonnenschirmen und zwei gefüllten Kühltaschen auf. Wir schlagen einen schmalen, unebenen Weg ein, der am Ende unseres Gartens beginnt, und der sich bald zu einem breiteren Trampelpfad ausweitet. Dem folgen wir eine ganze Weile durch den lichten Pinienwald, wo die Sonne überall goldene Lichtkegel zwischen die Bäume brennt. Ich bin erstaunt, dass hier noch nichts vom Meeresrauschen zu hören ist, obwohl wir nicht mehr weit vom Strand entfernt sein können, nur leises Vogelgezwitscher und dieses scharfe Zirpen, das uns wie ein Funkfeuer bei unserem Marsch durch den Wald begleitet.

Unterwegs begegnen uns andere Urlauber, alles Familien mit Kindern, wie wir mit Strandtaschen und Sonnenschirmen bepackt, und wir treffen auf einen einzelnen Spaziergänger, einen schlaksigen Franzosen mittleren Alters, der mit seinem jungen Schäferhund unterwegs ist. *Bruno, arrête!,* hören wir den Franzosen immer wieder rufen, bis er hinter einer Wegbiegung verschwunden ist.

Schließlich gelangen wir an die berühmte *Dûne de Pilas,* die wir erklimmen müssen, um ans Wasser zu kommen. Ein mit Holz befestigter Weg führt durch den spärlich mit Gräsern und trockenen Sträuchern bewachsenen Sand, durch den wir mit unserem Gepäck stapfen, bis plötzlich das Meer in Sicht kommt.

Hier oben ist es überraschend windig. Wie von einem Magneten angezogen, rennen die Kinder, die eben noch langsam neben und hinter uns getrottet sind, los. Auch Stefan und Anja beschleunigen den Schritt, sie sind schnell an den Treppen angelangt, die zum Strand hinunterführen.

Mit einem Mal sind Leo und ich allein.

„Schau nur", sagt er, „was für ein herrlicher Blick!"

Wir bleiben einen Moment an dem Holzgeländer stehen, das zum Schutz der Düne da ist. Uns zu Füßen liegt ein Juwel von Landschaft: Links und rechts die Düne, so weit das Auge reicht, und hinter uns, wie ein großes grünes Becken, der Pinienwald; vor uns blicken wir auf einen breiten Saum aus weißem, feinstem Sand und auf einen tiefblauen Meeresteppich, der in weiter Ferne mit dem Horizont verschmilzt. Wir stehen da und staunen überwältigt, lauschen den brausenden, kraftvollen Wellen, die ans Ufer branden, und beobachten das rhythmische Vor und Zurück des Wassers, das wie eine riesige Zunge bis weit in den hellen Sand leckt.

Leo nimmt meine Hand.

Ein Gefühl unbeschreiblichen Glücks durchpulst mich, ich fühle mich unendlich frei und lebendig und voller Respekt vor der Kraft und der Schönheit der Natur.

Ich drücke Leos Hand ganz fest und spüre seine Liebe an der Art, wie er meinen Druck erwidert. In diesem Moment fühle ich mich ihm ganz nah.

Mit einem bedeutsamen Lächeln und einem sonderbaren Ausdruck der Erwartung schaut er mir tief in die Augen, dann bedeckt er meinen Mund mit vielen kleinen Küssen.

„Heirate mich, Dagmar!"

„Ach, Leo", sage ich und spüre, wie sich eine zähe Traurigkeit über mich ergießt. „Jetzt fang nicht wieder damit an! Komm, los, zu den anderen! Die warten sicher schon."

Ich mache einen Schritt, aber Leo hält mich am Arm fest.

„Ich liebe dich, Dagmar, und ich möchte immer mit dir zusammensein!"

Ich streiche Leo über die kratzige Wange, tröstend und zugleich mit deutlicher Distanz, ich denke nur, ich will nicht schon wieder über dieses Thema reden, reden, reden.

„Ich möchte auch mit dir zusammensein, Leo. Aber ich kann dich nicht heiraten, das weißt du doch!"

Ich versuche, mich aus seinen Armen zu winden, aber Leo macht es mir mit seinem flehenden Blick verdammt schwer. Ich weiß, was er denkt, ich kenne seinen Wunsch nach einer stabilen Familie, die ihm niemand mehr wegnehmen kann.

„Warum", sage ich ungehalten, „bist du nicht zufrieden, so, wie's ist? Wir können unser Glück nicht durch Formalitäten sicherer und haltbarer machen!"

„Ich hätte selbst nie gedacht, dass ich nach der Scheidung überhaupt noch mal den Wunsch haben könnte, zu heiraten. Aber *du* weckst diesen Wunsch in mir!"

Leos Stimme ist jetzt rau und energisch, er versucht, sich ruhig und bestimmt und beharrlich zu geben, aber ich sehe ihm den inneren Aufruhr, der jetzt in ihm tobt, förmlich an. Er schaut mir tief in die Augen.

„Ich will jede Minute mit dir zusammensein, Dagmar, will dich nie mehr loslassen! Bitte, lass uns heiraten!"

Ich wende das Gesicht ab. Aber Leo fasst es am Kinn und dreht es zurück, zwingt mich, ihn anzusehen, zwingt mich, seinem entschlossenen Blick standzuhalten.

„Ich könnte mir sogar vorstellen, noch einmal Vater zu werden!"

„Ich bin 42!", wende ich entrüstet ein. „Viel zu alt!"

„Noch ist es nicht zu spät!"

„42!", wiederhole ich starrsinnig.

„Das ist heutzutage kein Alter!"

Leo hat vielleicht recht. Früher waren Frauen in diesem Alter längst Großmutter, heute bekommen sie ihre

Kinder im Durchschnitt erst mit dreißig. Es liegt im Trend, Kinder erst spät zu gebären.

Innerlich fühle ich mich noch nicht alt, ich fühle mich den jungen Mädchen oft näher als den reiferen Frauen, aber wenn ich in den Spiegel schaue, dann komme ich nicht umhin, mich mit dem Älterwerden auseinanderzusetzen: In den letzten Jahren ist meine Haut sichtlich schlaffer geworden, da haben sich die dünnen Linien um die Augen zu dauerhaften Knittern entwickelt, die sich auch ein paar Stunden nach dem Aufstehen nicht mehr glätten, da sind die einzelnen Silberfäden am Pony zu einer kleinen grauen Fläche gewachsen. Und meine etwas behäbige Figur sowie meine Vorliebe für bequeme Kleidung tragen sicher ebenfalls dazu bei, dass ich nicht mehr auf dreißig geschätzt werde.

Doch wie soll ich Leo klarmachen, dass es nicht das Alter ist, weshalb ich keine Kinder möchte? Wie soll ich ihm, der seinen Sohn abgöttisch liebt, verständlich machen, dass mich der Gedanke an eigene Kinder schwindelerregend ängstigt? Muss ich heute schon wieder betonen, dass ein Leben mit Ehe und Kind, mit Familienfeiern, Hausbau und Jahresurlaub für mich nicht vorgesehen ist?

„Ich kann nicht", sage ich mit Nachdruck, „weil ich nicht will. Begreif doch, Leo: Ich *will* nicht!"

„Warum?"

Auf Leos hoher Stirn, wo die Haare schon weit zurückgewichen sind, glänzen feine Schweißperlen. Ich weiß nicht, ob er wegen des Themas so schwitzt oder ob es von der Sonne kommt.

„Warum hast du solche Bindungsängste, Dagmar?"

Ich spüre, wie mir ein feines Rinnsal von Schweiß die Achseln hinabläuft.

Ich schlucke, schlucke wieder, spüre, wie Panik in mir aufsteigt.

„Ich will nicht, dass du dich eines Tages verpflichtet fühlst, dich um mich zu kümmern und für mich da zu sein, nur weil wir einen Vertrag unterschrieben haben. Ich will nicht, dass sich *irgendwer* verantwortlich fühlt für mich!"

Habe ich eben geschwitzt, so beginne ich jetzt zu frieren. Plötzlich ist mir, als zöge sich alle Wärme vom Boden und aus der Luft zurück, auch alles Licht und alles Glück. Ich schlinge beide Arme um mich, als könnte ich es damit halten.

Leo schüttelt den Kopf. „Ich weiß, worauf ich mich einlasse, wenn ich heirate", hält er mir trotzig entgegen. „Warum traust du es mir, uns, nicht zu?"

Mich durchfährt ein so heftiges Unbehagen, dass ich mich hinten am Geländer festhalten muss.

Es liegt nicht an Leo, so viel ist sicher, es liegt an *mir.*

Leo ist kein Mann, der die Verantwortung scheut oder ihr ausweicht. Als Gudrun schwanger wurde, war es für Leo selbstverständlich, dass geheiratet wurde, schon um das Kind rechtlich abzusichern. Leo war nicht übermäßig glücklich mit seiner Frau, aber er hatte sich in seiner Ehe arrangiert, und wahrscheinlich wäre er immer noch verheiratet, wenn Gudrun ihn nicht, nach sieben Ehejahren, wegen eines jüngeren Mannes, verlassen hätte.

Mit einem warmen Blick schaue ich Leo in seine blaugrünen, wachen Augen. Leo ist intelligent, er hat diplo-

matisches Geschick, wenn es um schwierige Verhand-
lungen geht, er ist scharfsinnig und hat Humor, außerdem ist er liebevoll, warmherzig und treu. Für all diese
Eigenschaften liebe ich ihn. Seine verlässliche Hilfsbereitschaft und sein zähes Durchhaltevermögen, wenn
es gilt, sich Problemen zu stellen, gehören wie selbstverständlich in mein Leben. Und er hat auch Reife und
Weitblick und Lebenserfahrung.

Trotzdem.

Leo weiß nicht, was es bedeutet, einen nahestehen-
den Menschen krank und alt werden zu sehen. Ich
denke sofort an Mutter und an meine Verantwortung
für sie. Denke daran, dass Leo eine Ahnung davon hat,
was für eine Belastung die Besuche bei Mutter bedeuten, aber es nicht wirklich verstehen kann. Niemand
kann das wirklich. Leos Eltern sind in etwa so alt wie
Mutter, aber sie sind beide noch unglaublich rüstig und
geistig rege. Und ich denke daran, dass Mutters Krankheit eines Tages auch bei mir ausbrechen könnte, eine
erbliche Disposition ist nicht auszuschließen. Ich will
nicht, dass Leo sich dann verantwortlich für mich
fühlt, gebunden an einen Vertrag, den er in guten, ge-
sunden Tagen mit mir geschlossen hat, nein!

Ich lasse das Geländer los und versuche, trotz Wut
und Trauer, die mir in die Glieder fahren, fest auf den
Beinen zu stehen. Ich weiß, dass meine Argumente für
Leo nicht zählen.

„Lass uns nicht mehr davon reden. Du kennst meine
Einstellung", sage ich entschlossen. „Daran wird sich
nichts ändern."

„Man kann nicht einmal im Leben eine Entscheidung
fällen und dann aus Prinzip und auf Teufel komm raus

daran festhalten", sagt Leo aufgebracht, seine Stimme zittert gefährlich. „So ist das Leben nicht! Das Leben macht es manchmal notwendig, dass man offen ist für neue Situationen, flexibel!"

„Das mag schon sein. Aber in diesem Fall gibt es keine Ausnahme. Ich will nichts versprechen, ich will nichts unterschreiben! Und ich will nichts mehr davon hören!"

Entschieden ziehe ich Leo vorwärts, was mich viel Kraft kostet, weil ich mich vor Kummer wie gelähmt und wie an den Boden geklebt fühle.

Mit gesenktem Kopf trottet Leo mir nach.

KAPITEL 5

Am Strand haben die anderen die Sonnenschirme aufgestellt und ihre Handtücher im Schatten ausgebreitet, die Kinder sind schon im Wasser und springen am Ufer den schulterhohen Wellen entgegen. Leo versucht, seine Enttäuschung zu verbergen, indem er sich in Windeseile die Klamotten vom Leib reißt. Ohne sich einzucremen läuft er zum Wasser.

„Wo wart ihr denn so lange?" Anja, die auf dem Rücken liegt, stützt sich auf die Ellenbogen.

„Ach", weiche ich aus und hoffe, dass mir die Unstimmigkeit mit Leo nicht anzusehen ist, „wir haben uns oben von der Düne aus die Gegend angesehen."

„Ich dachte schon, ihr habt es euch anders überlegt und seid zurückgegangen."

Anja legt sich wieder hin.

Rasch setze ich meine Sonnenbrille auf. Mühsam und umständlich schäle ich mich aus meinem T-Shirt und der kurzen Hose, unter der ich schon den Badeanzug anhabe, dann creme ich mich ein.

Das Gespräch mit Leo hat mir zugesetzt, ich spüre meine Gedanken wirr durch den Kopf zucken und eine Unrast in meinem beschleunigten Puls.

Leo ist ein ganzes Stück hinausgeschwommen, sein Kopf taucht immer wieder zwischen den tanzenden

Wellen auf und ab. Verdammt, dass er immer wieder davon anfangen muss! Zweimal schon hat er um meine Hand angehalten, einmal sogar mit Blumen vor mir gekniet, aber das kann an meiner Einstellung nichts ändern.

Energisch verteile ich die Sonnenmilch auf meinem blassen Körper, reibe sie mit fast schmerzhaften Bewegungen in meine Haut. Einerseits will ich dieses unselige Gespräch so schnell wie möglich vergessen, andererseits möchte ich herausfinden, warum es mich so aufwühlt. Dass sich unsere Eltern getrennt haben, kann nicht allein der Grund sein; viele Eltern meiner Bekannten und Freunde haben sich getrennt, und das hielt sie nicht davon ab, selbst zu heiraten und Kinder zu bekommen. Mit fiebrigen Bewegungen schmiere ich die Creme auf Schultern und Nacken, biege den Arm nach hinten, fingere zwischen den Schulterblättern herum, verrenke mir fast die Hand.

„Komm, ich helf dir", sagt Stefan, der mich anscheinend schon eine Weile beobachtet.

„Nein", sage ich schnell, „ich bin schon fertig, danke."

„Du wirst dir aber garantiert den Rücken verbrennen!"

Noch bevor ich einwenden kann, dass es nicht nötig ist oder dass Leo mir gleich den Rücken eincremt, ist Stefan aufgestanden und hat sich neben mich gekniet.

„Gib schon her, die Creme!"

Na gut. Ich lege mich auf den Bauch und bette den Kopf auf die verschränkten Arme. Stefan spritzt einen langen Strahl Sonnenmilch auf meinen Rücken. Sie ist kalt, und ich merke, wie ich erschauere. Mit flinken Bewegungen verstreicht Stefan die Flüssigkeit, massiert sie in die trockene Haut meines Rückens. Eigentlich ist es angenehm, wie seine warmen Hände in meinen Speckpölsterchen walken, wie sie, nicht zu zart und nicht zu kraftvoll, an meiner Wirbelsäule entlangfahren. Aber aus irgendeinem Grund kann ich mich nicht entspannen unter seinen kreisenden Fingern, auch wenn ich mich noch so sehr bemühe. Ich spüre die Sandkörner in der Creme, die wie feines Schmirgelpapier auf meinem Rücken scheuern, und es zieht unangenehm bis tief in meine Gedärme hinein.

„Du bist ganz schön verkrampft", sagt Stefan und streicht mit flachen Händen an meinen Hals hinab bis zum Schulterblatt. „Entspann dich doch, Dag!"

Ich versuche, alle Gedanken an Leo und an eine Hochzeit zu verdrängen, versuche, ganz locker zu sein und mich auf die unerwartete Massage einzulassen. Doch es will mir nicht gelingen. Ich weiß nicht, wie ich plötzlich darauf komme, aber mit einem Mal verdichtet sich in mir das eigentümliche Gefühl, dass nicht allein Leos Heiratsantrag schuld ist an meiner Anspannung: Ich habe das Gefühl, es liegt auch an meinem Bruder.

„Genug jetzt", entfährt es mir barsch, und ich richte mich auf.

„Pardon!" Sofort stoppt Stefan die Cremerei. „Ich hab's ja nur gut gemeint."

Er setzt den Schmollmund auf, mit dem er früher bei unserer Mutter alles durchgesetzt hat.

Mir tut es leid, dass ich ihn so angeknurrt habe, und kleinlaut entschuldige ich mich.

Ich bin es eben nicht gewohnt, mehr als eine Umarmung mit meinem Bruder auszutauschen.

„Schon gut", sagt Stefan.

„Nicht gut. Jetzt bist du sauer."

„Nein, bin ich nicht. Wirklich."

Stefan streckt Zeige- und Mittelfinger vor mein Gesicht und bewegt sie wie zwei Schneckenfühler.

Ich muss lachen. So hat er als kleiner Junge geschworen, ein Geheimnis nicht auszuplaudern.

„Mimose", brummelt er.

„Filou", kontere ich.

Dann lachen wir zusammen, jenes warme, vertraute Lachen, das es nur zwischen Geschwistern gibt.

Stefan rollt sich auf sein Handtuch und liest. Auch ich greife zu meinem Buch. Ich versuche ebenfalls zu lesen, versuche, meine Augen fest auf die Wörter zu heften und ihren Sinn zu erfassen, aber ich kann mich nicht konzentrieren.

Warum bin ich bloß so empfindlich?

Schon heute Morgen hat es mich geärgert, dass ich mich sofort ausgeschlossen fühlte, als ich die anderen gemeinsam auf der Terrasse frühstücken sah, obwohl weiß Gott niemand etwas gegen mich haben kann. Und nun lehne ich die gutgemeinte Massage meines Bruders ab, nur weil ich meine, sie nicht ertragen zu können!

Ich bin beunruhigt, ohne recht zu wissen, warum.

Mit blaugefrorenen Lippen kommen Leo und die Kinder aus dem Wasser. Erleichtert sehe ich, dass Leo nichts mehr von seiner Anspannung anzumerken ist. Aufgeregt plappern die Kinder durcheinander, erzählen von dem Spaß in den Wellen, wollen wieder ins Wasser, sobald ihnen warm ist, reden davon, morgen

Surfbretter zu besorgen. Leo trocknet sich ab und rückt dann mit seinem Handtuch neben meines.

Trotz der Nähe empfinde ich in diesem Augenblick eine unüberbrückbare Entfernung, die mir wehtut und die ich kaum ertragen kann.

„Mir ist heiß, ich geh mal Schwimmen", sage ich und schäme mich für meine feige Flucht.

Das Meer ist viel kälter, als ich erwartet habe. Als ich mich endlich überwinde und drin bin, kühlt es meine heißgelaufenen Gedanken aber herunter. Eine ganze Weile springe ich mit steifem Rücken gegen die erstaunlich hohen und kraftvollen Wellen, dann schwimme ich ein Stück hinaus. Im Auf und Ab der spritzenden Wogen und im Kampf gegen die Strömung, die mich immer weiter nach rechts zieht, wird mein Körper allmählich frei. Ich schwimme und schwimme und schwimme, ein merkwürdiger Drang treibt mich vorwärts. Kräftig stoßen meine Arme ins kalte Wasser, meine gestreckten Hände fahren in einem großen Halbkreis um den Kopf. *Mach einen Halbkreis um den Kopf!* Ich muss lächeln. So hatte Mutter es Dorit und mir eingetrichtert, als sie uns das Schwimmen beibrachte. *Und immer schön den Mund zumachen!* Früher liebte sie es, mit uns an heißen Sommertagen eine Runde am Ufer des eiskalten Baggersees zu schwimmen, den wir von zu Hause aus in wenigen Minuten erreichen konnten. Aber das war, bevor Dorit verunglückte. Danach ist Mutter mit mir nicht mehr schwimmen gegangen.

Dorit. Komisch, dass ich gerade jetzt an meine Schwester denken muss, obwohl ich sonst so selten an sie denke. Vielleicht weil Dorit so eine Wasserratte war.

Ihr hätten diese Wellen bestimmt gefallen. Wenn Mutter mit uns beiden zum Schwimmen ging, war Dorit immer sofort im Wasser. Mit Anlauf rannte sie über die steinige Uferböschung hinein und tauchte mit einem großen Satz unter. Von dort rief sie *Schisshase* zu mir oder *Feigling,* weil ich immer erst meine Beine und Arme langsam abkühlen musste, bevor ich mich ins Wasser traute. Gleich hinein zu springen, dazu konnte ich mich nicht überwinden, auch wenn ich sonst in fast allem meiner Schwester nachzueifern versuchte. Aber wenn ich erst einmal drin war, konnte ich fast genauso schnell und ausdauernd schwimmen wie Dorit. Mutter war es sehr wichtig gewesen, dass wir früh schwimmen lernten. Nicht nur, weil sie selbst eine begeisterte Schwimmerin war, sondern auch, weil es ihr sehr nahegegangen war, als ein zehnjähriger Junge aus unserem Ort, der noch nicht schwimmen konnte, im Freibad ertrank, als er ins tiefe Becken fiel. So war Dorit gerade einmal viereinhalb, als sie ihre Schwimmflügel endgültig ablegte, und ich, die ich nur ein knappes Jahr jünger war als meine Schwester, habe das Schwimmen auch nicht viel später gelernt.

Ein schrilles Pfeifen wird in Fetzen zu mir getragen und reißt mich aus meinen Erinnerungen.

Ich schaue zurück. Zwei junge Männer der Rettungswacht stehen wild winkend am Ufer. Gleichzeitig bemerke ich, wie weit der Strand schon entfernt ist, und als ich umkehre, bekomme ich deutlich zu spüren, warum die Männer in heller Aufregung sind: Die Strömung ist hier unglaublich stark, wie mit unsichtbaren Armen hält sie mich gefangen und hindert mich, zurückzuschwimmen. Ich schwimme und schwimme, mache kraftvolle, große Züge, doch ich komme dem Ufer nicht näher, es ist, als ob ich an einem unsichtbaren Gummiband zurückgezogen würde. Ich strampele rasch mit den Beinen, schlage die Arme schnell durchs Wasser, doch diese hektische Art kostet mich wahnsinnig viel Kraft und Puste, und sie bringt mich kaum von der Stelle. Panik schießt mir in Kopf und Glieder, *du wirst ertrinken*, ich kriege plötzlich große Angst und fühle mich sehr müde. Aus Leibeskräften zappele ich, rudere und ringe, setze meine ganze Körper- und Willenskraft ein, um mich aus den klammernden Tentakeln des Meeres zu befreien, und einen schicksalsergebenen Moment lang bin ich versucht, nicht mehr zu kämpfen, sondern mich diesem tödlichen Sog einfach hinzugeben. Was für ein verlockender Gedanke. Doch irgendwie nähere ich mich in meiner übermenschlichen Kraftanstrengung dem rettenden Ufer.

Meine Arme und Beine zittern, als ich aus dem Wasser taumele, mein ganzer Körper ist taub, ich bin völlig erschöpft.

Vorwurfsvolle Blicke, begleitet von einem französischen Donnerwetter, von dem ich nur Fragmente verstehe, prasseln auf mich nieder wie ein Wolkenbruch: *... ne pouvez-vous pas écouter? ... vous êtes folle ... très dangereux ... vous êtes lasse de vivre? ... pas encore une fois! ...*

Ich entschuldige mich reumütig auf Deutsch, in meiner Erschöpfung fällt mir kein französisches Wort ein außer *pardon*, und stolpere mit Puddingbeinen zu meinem Platz.

Auch Leo, Stefan und Anja sind sauer, haben keinerlei Verständnis für meinen leichtsinnigen Ausflug.

„Was sollte das werden?"

„Bist du taub? Die Bademeister haben x-mal gepfiffen!"

„Hast du eigentlich gar kein Gespür für Gefahr?"

„Wolltest du dich umbringen, oder was?"

„Mach das nicht noch mal, uns so einen Schrecken einzujagen!"

Die Kinder sagen nichts, auch ihren Gesichtern ist das Entsetzen anzusehen.

Zerknirscht kann ich meine Entschuldigung nur wiederholen: Ich habe das Pfeifen nicht gehört, habe nicht gemerkt, dass ich so weit hinausgeschwommen und dabei abgetrieben bin, es tut mir schrecklich leid.

Von diesem seltsamen Drang, der mich dorthin gezogen hat, und dem mysteriösen Wunsch, im Wasser mein Ende zu suchen, erzähle ich nichts.

Noch eine ganze Weile muss ich mir Vorwürfe anhören, auch die benachbarten Familien sparen nicht an Kommentaren und neugierigen Blicken, bis sich die Aufregung endlich legt.

Irgendwann sitzt Leo mit Eimer und Schaufel im Sand und hilft den Mädchen, eine Festung mit Graben um unsere Handtücher zu errichten. Die Jungen haben sich weiter hinten ein freies Plätzchen zwischen Schirmen und Sonnenanbetern gesucht und kicken einen Ball, Stefan und Anja liegen auf dem Bauch und lesen oder reden.

Ich habe mir nach dem Frühstück die Tageszeitung eingepackt, in der ich mich über die französische Sicht des Weltgeschehens informieren will, hinter deren aufgeschlagenen Seiten ich aber immer wieder argwöhnisch zu Leo schiele, darauf gefasst, dass seine heitere

Fassade einbricht. Aber er spielt und scherzt mit den Kindern, spricht mich ohne vorwurfsvollen oder frustrierten Beiklang auf eine der Zeitungsüberschriften an und unterhält sich nebenher mit Stefan über den Milliardär, der die Welt im Heißluftballon umfahren hat. Das ist auch etwas, was ich an Leo liebe: Er ist nicht nachtragend.

So verbringen wir schließlich einen unbeschwerten Tag am Strand, spielen Beachball und Fußball, dösen, buddeln und lesen, und alle außer mir gehen noch ein paar Mal ins Wasser. Wir naschen von den Keksen, die Anja eingepackt hat, und kaufen von einem kraushaarigen Franzosen pralle Pflaumen, deren Saft uns süß über die Finger rinnt. Abends, als wir ins Haus zurückkehren, kocht Anja eine riesige Portion Spaghetti mit Olivenöl und Knoblauch, auf die wir uns ausgehungert stürzen. Zum Glück erwähnt keiner mehr mein unvorsichtiges Verhalten. Noch ein paar Mal schaue ich argwöhnisch auf Leo, aber offenbar denkt er nicht mehr an das Gespräch auf der Düne, er gibt sich entspannt und heiter, und mir scheint, als hätte er die Enttäuschung über den abgelehnten Antrag verdaut und meinen Standpunkt akzeptiert.

Mit dem Gefühl von dichter Wärme nach dem Sonnenbad am Strand und nach dem vollmundigen Bordeaux, dem wir im Lauf des Abends ganz ordentlich zugesprochen haben, falle ich gegen Mitternacht schwer neben Leo ins Bett.

Wie gestern ist er auch heute bereits eingenickt, als ich neben ihm unter meine Decke krieche, er murmelt mit geschlossenen Augen noch etwas, das klingt wie *Schlaf gut*, und schläft weiter.

KAPITEL 6

So weit hinten im Garten, schräg hinter dem Schuppen und getrennt durch eine Reihe schlehenähnlicher Büsche, kann ich allein sein, kann ich meine Gedanken schweifen lassen, auch wenn es nichts Konkretes gibt, über das ich mir Gedanken machen müsste. Außerdem habe ich das Haus im Blick, ohne von den anderen, die alle auf ihre Weise beschäftigt sind, sofort entdeckt zu werden. Stefan hockt vor der Glotze, ich glaube, er schaut die *Tour de France*, und von Erik und Mirko schwappt ab und zu ein lautes Stöhnen oder ein schadenfrohes Lachen herüber. Sie spielen Monopoly, die Fortsetzung einer Partie, die sie vor ein paar Tagen begonnen haben, und die immer noch nicht entschieden ist. Was Anja macht, weiß ich nicht. Als Leo und ich gegen Mittag vom Einkaufen zurückkamen, hat sie mit einem Buch auf der Terrasse gelegen, aber dort ist sie nicht mehr. Vielleicht gönnt sie sich wie Leo ein kleines Schläfchen, vielleicht hat sie sich aber auch aus ihrer reichhaltigen Schönheitspalette eine dieser fettigen Aufbaumasken aufgekleistert und sich damit in ihr Zimmer verzogen. Und Sofie und Anna? Sie sind nicht zu überhören. Kreischend poltern sie über die Treppe, *Ziege! – blöde Kuh! – Selber!* Sie sind wieder einmal am Zanken, und wie es sich anhört, jagen sie dabei durchs ganze Haus. Am Zanken, warum? Wegen banaler Nichtigkeiten, meine ich, auch wenn die Mädchen das sicher ganz anders sehen, und jede stur auf ihrem Recht beharrt. *Lass mich! – Ich hab nichts gemacht! – Aua!* Ich bewundere, wie ruhig Anja dabei bleibt. Sie mischt sich nur selten ein, meint, die beiden nähmen sich bei ihren kleinen Hinterhältigkeiten nicht viel, und wer von ihnen den Streit ausgelöst habe, ließe sich nachträglich in den meisten Fällen nicht mehr feststellen. Ich fürchte, ich könnte nicht so ruhig zusehen, wenn es meine Kinder wären, ich hätte längst versucht, den Disput zu schlichten.

Stefan hat gegenüber Anja die schwächeren Nerven. Ich bin gespannt, wann er hier eingreift. Wenn es ihm zu bunt wird, donnert er mit ungewohnt mächtiger Stimme dazwischen, woraufhin sich beide kleinlaut verkrümeln und erst nach einer Weile wieder zurückkommen.

So ein Spektakel hätte es bei uns früher nicht gegeben, Stefan und ich hatten uns ruhig zu verhalten. Und wenn es tatsächlich einmal vorkam, dass wir stritten und tobten, ging Mutter sofort dazwischen, die Fingerspitzen fest an die Schläfen gedrückt. „Könnt ihr nicht *ein einziges Mal* Rücksicht auf mich nehmen?" Sie konnte Lärm und Aufregung und Geheule nicht vertragen. Nur manchmal, wenn sich ihr erstarrter Zug um die Mundwinkel gelockert und ihre gekrümmten Schultern sich etwas aufgerichtet hatten, durften wir durch die Wohnung toben. Mitunter sprang sie dann wie ein junges Reh mit uns durch die Zimmer, bis sie erschöpft auf das dunkelgrüne Chintzsofa plumpste oder sich auf den abgewetzten Filzteppich fallen ließ, von wo aus sie uns mit diesem wehmütigen Lächeln anschaute, bei dessen Anblick sich mir das Herz zuschnürte. Wenn wir Glück hatten, spielte sie an solchen Tagen *Halma* mit uns oder *Mensch-ärgere-dich-nicht*, was Stefan und ich trotz des Altersunterschieds sehr liebten. Mit Stefan allein spielte ich das allerdings nicht besonders gern. Er war als Kind ein ungeduldiger Gegner, der, wenn ich nicht höllisch aufpasste, mogelte und sich eigene Regeln zurechtbog. Und wenn er verlor, bekam er einen Wutanfall und pfefferte die Spielsteine quer durchs Zimmer. Bis heute kann ich Brett- und Kartenspielen nicht viel abgewinnen, ich ziehe es vor zu lesen.

Während ich durch die Kronen der lichten Pinien in den wasserblassen Himmel schaue, der heute zerfranst ist von grauen Wolkenschlieren, höre ich die Mädchen erneut auf der Treppe jagen. *Lass mich in Ruhe! – Warte doch, nicht so schnell! – Hau endlich ab!*

Müssen sie unbedingt auf der Treppe toben?

Ich merke, wie sich Schweißperlen auf meiner Stirn bilden. Nicht, dass mich der Lärm stören würde, ich habe einfach nur Angst, dass ... Ich habe den Satz noch nicht zu Ende gedacht, da höre ich aus dem Haus einen hohen Schrei. Als hätte ich es gewusst! Dieser Schrei hat nichts mit dem zankenden Keifen der Mädchen zu tun, das meine Gedanken die ganze Zeit wie ein unmelodisches Konzert begleitete, ich weiß sofort, da ist etwas passiert. Schon höre ich ein hysterisches *Ma-ma!*, aber ich kann nicht unterscheiden, ob Sofie oder Anna brüllt. Mich hält es nicht auf meinem Platz.

Als ich im Laufschritt das Haus erreiche, ist Anna schon in einem Halbkreis von der herbeigeeilten Familie umringt. Heulend kauert sie am Fuß der Treppe und hält sich den rechten Arm. Neben ihr kniet Anja auf dem Fußboden, streicht ihr immer wieder über den Kopf und redet beruhigend auf sie ein.

„Wie's aussieht", sagt Anja, „wird das Handgelenk dick. Kannst du die Hand bewegen, Schatz?"

„Nicht anfassen", schreit Anna, „das tut weh!"

Aufgeschreckt in seinem Mittagsschlaf, stößt auch noch Leo zu uns.

„Wie ist das denn passiert?", fragt er mit verknittertem Gesicht, und Stefans gereizter Blick ist selbst die Antwort. Wenn man Stefan bei Sportsendungen stört, reagierte er schon früher ungnädig.

„Sie ist zu schnell gelaufen", berichtet Sofie. Um die Nase ist sie fast so bleich wie ihre Schwester, aber ihr Kinn ist fest, und ihre Augen leuchten klar. „Und hier, vor der Treppe, ist sie ausgerutscht."

„Weil du mich so gejagt hast!"

„Du wolltest doch auch Bankräuber spielen, oder etwa nicht? Da musste ich dich fangen, ich war schließlich die Polizei."

„Aber du musstest nicht an den Haaren ziehen!"

„Hab ich nicht!"

„Hast du wohl!"

Stefan hält Sofie den Zeigefinger vors Gesicht. „Dass ihr auch immer so rumtoben müsst! Das kommt davon."

„Ich hoffe nur, die Hand ist nicht gebrochen." Besorgt betrachtet Anja den Arm, ich meine ihr anzusehen, was sie denkt: Damit wäre der Urlaub für Anna, aber auch für den Rest der Familie, so ziemlich gelaufen. „Jetzt lass uns doch endlich deinen Arm mal richtig anschauen!"

Im Zeitlupentempo und mit äußerster Vorsicht streckt Anna ihn aus, und Anja vergleicht ihn mit dem anderen.

„Das Gelenk sieht etwas dicker aus als das andere, oder was meint ihr?"

Leo glaubt eine leichte Verschiebung am Handgelenk zu sehen, und Stefan, dessen Mund bis eben eine harte Linie gebildet hat, die nun langsam zerfließt, ist sich unschlüssig.

„Muss Anna jetzt ins Krankenhaus?", fragt Sofie.

„Wenn der Arm gebrochen ist, bekommt sie einen Gips", antwortet Mirko und kratzt sich unbehaglich am Kopf. „Und sonst nur Salbe und einen Verband. Der Arzt macht aber bestimmt ..."

Anjas nadelspitzer Blick schneidet Mirko den Satz ab.

„Ich glaube, da ist nichts gebrochen", werfe ich ein. „Das Gelenk ist ein bisschen angeschwollen, aber Anna kann die Hand und den Arm ja noch bewegen."

Ich habe zwar nicht Medizin studiert, aber mit Frakturen kenne ich mich ein bisschen aus. Als Kind habe ich mir zweimal den rechten Arm gebrochen, einmal beim Rollschuhlauf, eine Radiusfraktur, das andere Mal den Unterarm bei einem Sturz auf den Beckenrand im Freibad. Mit Vierzehn war mein linker großer Zeh gebrochen, weil ich aus Wut gegen meine Bettkante trat, und in einer Schulsportstunde habe ich mir, als ich beim Balancieren auf dem Schwebebalken abrutschte, das Schlüsselbein gebrochen. Im Gegensatz zu den Armbrüchen, bei denen ich ins Krankenhaus musste und wo ich mehrere Wochen einen juckenden Gipsverband tragen musste, wurde der Schlüsselbeinbruch nicht weiter behandelt, und beim Bruch des Zehs bekam ich einen strammen Verband um den Fuß, mit dem ich nur in ein einziges Paar hässliche Sandalen passte. Zum Glück war es nicht im Winter. Der jüngste Unfall war vor ein paar Jahren, da habe ich mir beim Sturz vom Rad auf die Bordsteinkante das Nasenbein gebrochen, als ich versuchte, mich im zähfließenden Verkehr rechts an einer Autoschlange vorbeizudrängen.

Ich weiß nicht, warum immer ausgerechnet mir so viel passiert, irgendwie scheine ich Katastrophen anzuziehen oder vom Missgeschick verfolgt zu sein. Vielleicht sind meine Knochen auch einfach nur etwas spröder als die anderer Menschen und brechen daher so leicht.

„Wenn ihr mich fragt, solltet ihr auf Nummer Sicher gehen", befindet Leo schließlich. „Falls das Handgelenk gerichtet werden muss, sollte man das so bald wie möglich machen."

„Wo gibt es denn hier einen Arzt?" Anja erhebt sich langsam vom Boden.

„In Biscarrosse habe ich eine Praxis gesehen, gleich hinter der Boulangerie rechts. Ich denke, Leo hat recht, wir sollten vorsichtshalber hinfahren." Stefan scheint die allgemeine Besorgnis nun doch zu teilen.

Als Anna das Wort Praxis hört, presst sie ihren verletzten Arm schützend an sich.

„Nein! Nicht zum Arzt!"

„Keine Angst, Anna. Ich lass dich doch nicht allein!"

Sofie hat sich breitbeinig vor ihrer Schwester aufgebaut und die Arme fest in die Hüften gestützt, ihre Stimme lässt keinen Zweifel an ihrer Entschlossenheit. Es rührt mich, diesen blonden Zwerg so entschieden zu sehen, Zank und Uneinigkeit sind vergessen. „Und falls der Arzt dir eine Spritze geben will, dann sage ich ihm schon, dass das nicht geht, weil du solche Angst vor Spritzen hast."

„Keine Spritze!", schluchzt Anna auf. „Keine Spritze!"

Sofie fängt sich einen strengen, meiner Meinung nach viel zu bösen, Blick von Anja ein.

„Nun mach deine Schwester nicht noch mit so was verrückt. Sie hat schon genug Angst. Außerdem kannst du nicht mitkommen. Es reicht, wenn Papa und ich Anna begleiten."

„Aber ich muss doch ..."

„Nein, in diesem Fall musst du einmal nichts", unterbricht Stefan den Einwand seiner Tochter mit schwindender Geduld und solcher Bestimmtheit, dass Sofie einen Schritt zurückweicht. „Und du, Anna, wenn du jetzt kein weiteres Theater machst, bekommst du nachher ein großes Eis von mir."

Stefans Vorschlag wirkt, sofort hört Anna auf zu jammern.

Ich schaue mir die Hand noch einmal genau an. Soweit ich es beurteilen kann, scheint sie tatsächlich etwas geschwollen. Aber für mein Dafürhalten ist sie nicht gebrochen. Wahrscheinlich ist es eine Stauchung, so etwas tut auch höllisch weh, doch Anja und Stefan sind jetzt entschlossen, den Arm untersuchen zu lassen. Leo bietet an, die drei in den Ort zu fahren, was sie dankbar annehmen. Bevor sie aufbrechen, erinnere ich

Stefan daran, genug Geld einzustecken, da er die Arztrechnung wahrscheinlich vorstrecken muss, bevor die Versicherung zu Hause zahlt. Mit einem schnellen Klaps auf die hintere Hosentasche vergewissert er sich, dass da sein Portemonnaie steckt, dann löst sich der kleine Pulk auf.

„Ich komme gleich raus!", ruft Leo, der noch kurz aufs Klo verschwinden will.

Da Anna keine Anstalten macht von selber aufzustehen, wird sie von Stefan vorsichtig vom Boden gehoben. Sie klammert sich mit dem unverletzten Arm um seinen Hals, schlingt ihre kurzen Beine um seine Hüften und schmiegt ihr verheultes Gesicht an seine Schulter. Anja tänzelt dicht vor den beiden her und öffnet ihnen die Türen.

„Komm, wir spielen weiter", schlägt Erik Mirko vor, der noch unentschlossen am Treppengeländer lehnt. Seine Schwester tut ihm ganz offensichtlich leid, aber er weiß nicht, wie er ihr im Moment helfen kann. Schließlich verdrückt er sich mit Erik nach oben.

Sofie hat sich in eine Sofaecke verzogen, außer mir scheint ihr in der hektischen Aufbruchstimmung niemand Beachtung zu schenken. Sie hält ihre angewinkelten Beine mit den Händen umklammert, ihr Kinn hat sie, als wäre der Kopf zentnerschwer, auf die Knie gestützt. Mit undurchdringlicher Miene und ohne ein weiteres Wort zu sagen, was für sie ungewöhnlich ist, da ihr Mundwerk sonst selten stillsteht, beobachtet sie, wie Anna zum Auto getragen wird. Ich kann nicht deuten, ob es nur Eifersucht ist, die ihrem Gesicht etwas von einer starren Maske verleiht, oder mehr Enttäuschung und Betroffenheit darüber, dass sie Anna nicht

begleiten darf, wo sie doch sonst beinahe unzertrenn-
lich sind. Bestimmt leidet sie auch mit ihrer Schwester.
Meine Nichte so ganz allein und in sich gekehrt hocken
zu sehen, weckt in mir das Bedürfnis, sie zu trösten. Zugleich versuche ich ein unangenehmes Gefühl abzu-
streifen, das sich plötzlich über mich legt, aber es klebt
an mir wie mein verschwitztes Kleid. Ich schiebe es auf
den Anblick meiner zusammengekauerten Nichte und
die Erinnerung daran, als Kind selbst oft so dagesessen
zu haben.

Als die drei weggefahren sind, ist es plötzlich unnatürlich still im Haus. Sollten Erik und Mirko wieder
Monopoly spielen, so ohne die muntere Ausgelassen-
heit, die vorhin in Wellen vom Obergeschoss bis in den
Garten schwappte.

Obwohl ich jetzt lieber allein wäre, überwinde ich
mich und frage meine Nichte, ob sie sich zu mir in den
Garten setzen möchte. Sie nickt, verschwindet kurz
und rückt ein paar Minuten später mit einem großen
Pappkarton an.

„Bitte, Dagmar, können wir spielen?"

Ich habe ehrlich gesagt keine Lust. Aber Sofie wirkt so
niedergeschlagen, dass ich mich zu einer Partie *Lotti
Karotti* überreden lasse.

Unter dem Sonnenschirm baut Sofie das Spielbrett
auf. Die Regeln sind einfach, wir müssen abwechselnd
Karten ziehen und unsere bunten Hasen über einen
Parcours hüpfen lassen, der einige heimtückische Fallen birgt.

Weit über den Tisch gebeugt, kniet Sofie auf dem
Stuhl. Schon nach den ersten Zügen hat sie ihre starre

Maske gegen ein unverkrampftes Lächeln getauscht, konzentriert zieht sie die Karten und schickt ihre Hasen eifrig über das Feld. Es rührt mich, wie hingebungsvoll sie mit dem Spiel verbunden ist, und ich beneide sie plötzlich darum, wie schnell sie die Ereignisse von vorhin ausblenden kann. Ob ich als Kind auch so schnell abzulenken war? Ich kann es mir kaum vorstellen! Ich kann mich aber auch nicht daran erinnern, mit Stefan so sorglos gespielt zu haben. Mein Bruder hat es irgendwie immer verstanden, aus einem harmlosen Match ein verbissenes Duell zu machen.

Als Sofies roter Hase als erster das Ziel erreicht, sage ich: „Glückwunsch! Willst du auch Schokolade?"

„O ja! Und kannst du mir bitte einen Apfelsaft mitbringen?"

Ich seufze tief. „Nur, wenn's sein muss."

„Ja, bitte!"

In der Küche stelle ich die Kaffeemaschine an und krame eine meiner Schokoladentafeln, von denen ich ein Dutzend mitgebracht habe, weil ich nicht weiß, ob ich *Zartbitter-Sahne* im Ort bekomme, aus dem Gemüsefach im Kühlschrank. Eigentlich bin ich noch satt vom Mittagessen, trotzdem verspüre ich das unaufschiebbare Verlangen, jetzt etwas Süßes zu naschen. Während das Wasser durch die Maschine blubbert, schenke ich Sofie Apfelsaft ins Glas ein. Der süßsäuerliche Apfelgeruch steigt mir in die Nase, und ich verziehe das Gesicht.

„Wie kann der Arzt überhaupt feststellen, ob Annas Arm gebrochen ist?", fragt Sofie unvermittelt, als ich zurückkomme.

„Das macht er mit einem Röntgengerät", erkläre ich und schiebe ihr den Saft hin. „Damit kann man die Knochen sichtbar machen. Ein Stück Schokolade?"

Sofie lehnt enttäuscht ab, weil sie Zartbitter nicht mag. „Alle Knochen?"

„Im Prinzip schon. Aber weil das für den Körper nicht so gesund ist, guckt sich der Arzt nur die Knochen an, die krank sein könnten."

„Aber was ist, wenn der Arzt nicht so ein Gerät hat?", bohrt Sofie weiter.

„Dann schickt er Anna ins Krankenhaus, die haben so was auf jeden Fall."

„Und wann kommt sie wieder?"

„Mmh. Ich fürchte, das wird eine Weile dauern."

Sofie nickt bedächtig und sammelt die roten Hasen ein. Aus den Augenwinkeln beobachte ich, wie sie gedankenversunken auf die Spielkarten starrt und dabei die kleine Hasenschar in der Hand knetet.

Und dann passiert etwas Unerwartetes.

Sofie springt von ihrem Stuhl und klettert auf meinen Schoß.

„Kann ich ein bisschen bei dir sitzen?"

„Natürlich", sage ich und versuche, es wie das Selbstverständlichste von der Welt klingen zu lassen, obwohl ich das Gefühl habe, die Situation stürzt mir davon, während ich nur hinterherhinke. Die plötzliche körperliche Nähe ist mir unangenehm, und im Umgang mit Kindern fühle ich mich immer so ungeschickt.

Wie eine kleine Katze rollt sich Sofie auf meinem Schoß ein und schmiegt sich mit dem Rücken an meine

Brust. Warm und weich spüre ich ihren schlanken Körper durch mein dünnes Kleid, ein Duft von fruchtigem Shampoo und milchiger Creme steigt mir in die Nase.

Wie vertrauensvoll sie sich an mich kuschelt! Ganz vorsichtig ziehe ich eine Hand unter ihren dünnen Beinen hervor und streiche vorsichtig über ihr blondes, glattes Haar.

Ich schäme mich plötzlich, wie wenig Interesse ich an meinen Nichten und an meinem Neffen zeige und wie wenig ich im Grunde über die Kinder weiß.

Ich hätte mich für Eriks Zeugnis interessieren können, das in diesem Schuljahr, wie Stefan einmal bei einem Telefonat etwas besorgt erwähnt hat, nicht so gut ausgefallen ist wie im letzten. Oder ich hätte den Milchzähnen der Mädchen etwas mehr Aufmerksamkeit schenken können, die wochenlang wackelten und zum Schluss nur noch an einer einzigen Faser hingen, bis erst Sofie und dann Anna den Mut fand, sie mit einem Ruck rauszuziehen.

Warum bin ich eigentlich nie auf die Idee gekommen, die Kinder einmal unabhängig von Stefan zu besuchen, zumal ich nun wirklich nicht so weit entfernt wohne?

Mirko hat im letzten halben Jahr einen mächtigen Schub gemacht, es wird nicht mehr lange dauern, da wächst er mir über den Kopf, obwohl ich selbst nicht gerade klein bin. Als Baby hatte ich ihn einige Male auf dem Arm, Sofie und Anna dann schon seltener. Und gespielt habe ich mit den Kindern auch fast nie. Vielleicht, weil ich bei den Mädchen das Gefühl habe, sie brauchen mich nicht, die meiste Zeit spielen sie ja sehr schön allein miteinander.

Als die drei noch kleiner und sehr viel anstrengender waren, habe ich Stefan und Anja ein paar Mal meine Hilfe angeboten, doch meine Babysitterdienste wurden stets abgelehnt. Dafür war immer Oma Gundi zuständig, Anjas Mutter, die von Stefan abgeholt und am nächsten Tag wieder nach Hause gebracht wird, wenn sie die Kinder hütet oder Anja im Haushalt hilft.

Irgendwie schade. Aber vielleicht hätte ich mich selbst mehr darum kümmern müssen.

„Bist du schon mal geröntgt worden, Dagmar?", reißt Sofie mich aus meinen Gedanken.

Sie hat den Kopf von meiner Schulter gehoben und schlägt ihre großen blauen Augen zu mir auf.

„Nicht nur einmal", sage ich. „Bestimmt zehnmal."

„Warum so oft?"

Ich erzähle ihr von meinen vielen Missgeschicken und Unfällen und davon, dass meine Mutter, also ihre Großmutter, mich früher immer zum Arzt und ins Krankenhaus begleitete.

„Wir haben dann ein Taxi genommen, weil deine Oma kein Auto hatte. Nicht mal einen Führerschein."

In der Notaufnahme verbrachten wir manchmal Stunden in einem Wartezimmer bei schaler Luft und Kunstlicht, der kleine Stefan quengelnd oder schlafend an Mutters Seite, bis ich endlich von einer weißbekittelten Schwester in einen der hellen Räume mit Liege und Schreibtisch geführt wurde. Irgendwann kam dann auch ein Arzt, der meine Untersuchung, da nie akute Lebensgefahr bestanden hatte, in den laufenden Klinikbetrieb dazwischenschieben musste.

Während ich vor Sofie die Behandlungen Revue passieren lasse und ihr den Röntgenraum beschreibe, der mich in seiner künstlichen Dunkelheit faszinierte und ängstigte zugleich, ziehen flüchtig die Gerüche nach Medikamenten und Desinfektionsmitteln an mir vorbei, die den Räumen anhafteten. Halb erinnere ich mich, halb beschwöre ich den feucht-dumpfen Geruch des Gipsverbands herauf. Ich erzähle Sofie von meinem einzigen stationären Klinikaufenthalt, als mein Handgelenk gebrochen war und durch eine Operation gerichtet werden musste. Zwischendurch stellt sie Fragen über die Ärzte und die Schwestern, will wissen, ob sie nett waren und ob ich Angst hatte, bis irgendwann das Thema Krankenhaus erschöpft ist und Sofie, so überraschend wie sie auf meinen Schoß geklettert ist, wieder heruntersteigt.

„Ich geh ein bisschen spielen", erklärt sie.

Ich zupfe mein Kleid zurecht, das klamm an meiner Brust klebt, und stopfe mir zwei weitere Rippen Schokolade in den Mund, die plötzlich merkwürdig trocken schmeckt. Ich schließe die Augen und lehne mich zurück.

Stefan war nur ein einziges Mal im Krankenhaus. Aber er hatte nichts gebrochen, er ist nur operiert worden, am Blinddarm.

Mutter war ganz außer sich vor Sorge, als Stefan ins Krankenhaus eingeliefert werden musste, und es fiel ihr schwer, ihn dort über Nacht allein zu lassen. Während der Besuchszeit am Tag wich sie dafür nicht eine Minute von seiner Seite, obwohl die Operation gut verlaufen war und die Wunde sehr zufriedenstellend heilte. Sie spielte pausenlos mit Stefan, las ihm Geschichten vor, sang Lieder für ihn und verwöhnte ihn mit Keksen und Bonbons. Zuerst genoss Stefan diese ungeteilte Zuwendung, doch mit jedem weiteren Tag in der Klinik wurde er missmutiger und fordernder. Es wurde zusehends anstrengender für Mutter, eigentlich war ihr alles längst zu viel, doch erst am vierten oder fünften Tag ließ sie sich von mir überreden, nach Hause zu fahren, um sich etwas auszuruhen.

„Ich kümmere mich um Stefan", versprach ich, „du brauchst dich nicht beeilen."

Als Mutter weg war, erzählte ich Stefan lustige Streiche aus der Schule, die ihn zum Lachen brachten, und die mich anspornten, mir weitere Geschichten auszudenken. Stefan strahlte und lachte, und ich wurde immer alberner und blödelte herum, Stefan gluckste und schüttelte sich vor Lachen. Selbst die winzigsten Gebärden und Grimassen lösten plötzlich Lachanfälle bei ihm aus, bis er schließlich japste und prustete.

„Hör auf!", rief er und drückte die Hand flach auf den Verband am Bauch.

Aber ich konnte nicht aufhören.

Etwas in mir trieb mich weiterzumachen.

„Hör auf, Dag, aufhören, hör auf!"

Stefan biss sich auf die Lippen und hielt sich den Bauch. Ich sah genau, mit welch verzweifelter Kraft er versuchte, dieses unaufhaltsame, an Hysterie grenzende Gelächter zu stoppen. Ich redete mir ein, ich würde ihn damit unterhalten, doch ich wusste genau, ich wollte ihn auch ärgern. Ich konnte mir plastisch vorstellen, wie die frische Narbe unter seinem unterdrückten Prusten höllisch spannte.

KAPITEL 7

In der Nacht werde ich von leisem Weinen geweckt. Es kommt von gegenüber aus dem Kinderzimmer, und ich vermute, es ist Anna, deren Arm schmerzt, auch wenn er zum Glück nur verstaucht ist. Ich wälze mich ein paar Mal hin und her, doch gerade, als ich aufstehen und zu ihr hinübergehen will, tapsen schon barfüßige Schritte über den Flur, und kurz darauf hört das Wimmern auf.

Um sieben bin ich wieder wach, eine ganze Stunde früher als in den letzten Tagen. Der Himmel ist graublau und von feinen rosa Wolkenschleiern durchzogen. Trotz der nächtlichen Unterbrechung habe ich sofort weitergeschlafen, nicht wie zu Hause, wo ich zwischen eins und zwei oft wach werde, an die Decke starre und mühsam damit ringe, wieder einzuschlafen.

Leo liegt auf dem Rücken und schläft. Fast bis zur Hüfte ist er aufgedeckt, ein Teil der dünnen weißen Decke und ein Fuß hängen aus dem Bett. Mit schläfriger Schwere studiere ich sein entspanntes Gesicht, das mir in den zweieinhalb Jahren des Zusammenseins so vertraut geworden ist: die kleine, knubbelige Nase, die vollen, weichen Lippen, das fliehende Kinn. Ich rolle mich an Leo heran, schiebe meine Finger in den dichten Pelz

seiner Brust und küsse ihn in die schlafwarme Hals-
beuge, wo er, wenn er wach ist, besonders kitzelig ist.
Leo brummt wohlig, ohne die Augen zu öffnen. Was
habe ich für ein Glück, denke ich, nach den vielen gescheiterten Beziehungen in der Vergangenheit. Ich
stoße einen tiefen Seufzer der überquellenden Liebe
aus.

Von den anderen ist noch kein Mucks zu hören.

Diese Ruhe ist ungewohnt. Wo Leo und ich wohnen,
sind wir eigentlich ständig von Geräuschen umgeben:
Draußen surrt rund um die Uhr der Verkehr, im Haus
selbst ist es auch nicht gerade leise. Es poltert und rumort und rauscht, es klappen Türen und toben Kinder,
es plärren Radios und Fernseher hinter den Türen, irgendwer stapft immer durchs Treppenhaus. Aber mich
stört diese Unruhe nicht, sie gehört eben in die Stadt
und zu einem mehrstöckigen Mietshaus aus den Sieb-
zigern. Außerdem geben mir die Geräusche das tröstliche und beruhigende Gefühl, dass ich niemals einsam
bin und dass ich lebe.

Stefan, der in einer Kleinstadt lebt, kann nicht verstehen, dass wir uns in unserer Wohnung so wohl fühlen.
Aber mir gefällt auch die Anonymität, die die Großstadt
bietet, und ich brauche das Gefühl, jederzeit abends
ausgehen zu können. Leo und ich haben ein Stadtma-
gazin abonniert, obwohl man heute ja auch alles aus
dem Internet erfahren kann. Aber wir blättern gern darin und schauen, was los ist, obwohl wir letztlich doch
nicht so viel unternehmen.

Einen Moment denke ich daran, ein paar Seiten zu lesen, aber dann stehe ich doch auf. Ich könnte mich in

den Garten setzen und die braunweißen Spatzen beobachten, die sich immer die Krümel vom Weißbrot
holen und dazu ganz frech bis auf wenige Zentimeter
an uns heranhüpfen oder meine Eindrücke unserer
ersten Urlaubstage aufschreiben. Ich könnte aber auch
eine Runde durch den Wald drehen, zu Fuß oder mit
einem der Räder, etwas Bewegung täte meiner Figur sicherlich gut.

Ganz leise schleiche ich an den geschlossenen Türen
im Flur vorbei, alles ist still. Auch Stefan wird schlafen.
Vermutlich liegt er auf dem Bauch, so hat er zumindest
als kleiner Junge am liebsten geschlafen. Er hält das
Kissen mit beiden Armen umschlungen wie den weichen Körper einer Frau und gräbt sein Gesicht tief hinein. Dieses eigentümlich reizvolle Gesicht. Ich habe Stefan lange nicht schlafend gesehen, aber bestimmt zieht
er noch immer einen Mundwinkel ein wenig hoch, was
seinen Gesichtszügen etwas Charmantes verleiht, aber
auch etwas Spöttisches. Stefan hat nicht diese steile
Falte zwischen den Augenbrauen, die ich schon mit
dreißig hatte. Wie sie mein Gesicht bestimmt, ist mir
erst anhand einer Kohlezeichnung aufgefallen, die Leo
auf einem Flohmarkt von einer jungen Studentin hat
anfertigen lassen. Wenn ich vor dem Spiegel stehe, rubbele ich ärgerlich darüber, versuche, sie mit Daumen
und Zeigefinger zu glätten, aber sie hat sich schon tief
in meine Haut gegraben. Leo sagt, sie gehört zu meinem
Charakter, er beteuert, sie störe ihn nicht. Aber ich
würde sie, wenn ich den Mut und das Geld dazu hätte,
von einem Dermatologen wegspritzen lassen, so wie
das heutzutage viele mit ihren Falten machen, auch

wenn ich mich sonst nicht groß mit meinem Äußeren beschäftige.

Vor dem ovalen Tisch aus massivem Kirschholz bleibe ich stehen und schaue mich um. Das Wohnzimmer erinnert mich an das von Stefan. Zwar schließt sich bei ihm nicht direkt die Küche an, und es ist ganz anders möbliert – nicht mit einer ledernen Sitzgruppe, sondern mit zwei ausziehbaren Kanapees aus hellem Chintz und einer dazu passenden maßangefertigten Vitrine –, aber der Gesamteindruck des Modernen und zugleich Edlen ist irgendwie derselbe. Wahrscheinlich liegt es daran, dass Stefan dieselben Terrakottafliesen hat, einen Tick rötlicher vielleicht als hier, und dieselbe kirschbaumfarbene Wandvertäfelung an einer Seite. Mir gefallen diese kleinen rotbraunen Fliesen, sie strahlen Harmonie und Ruhe aus. Aber ihre Wärme unter meinen nackten Füßen zu spüren macht mich zugleich ärgerlich. Sie erinnern mich an den Streit, den ich mit Leo hatte, als er vor zwei Jahren bei mir einzog und wir das Wohnzimmer renoviert haben. Leo war damals für ganz ähnliche Fliesen gewesen. Aber ich hatte sie ausdrücklich abgelehnt und mich für einen hellen Veloursteppich zu dem cremefarbenen Wandputz ausgesprochen. Leo war enttäuscht gewesen und hatte mit seiner Hausstauballergie argumentiert und damit, dass Fliesen langlebiger und natürlicher seien. Doch ich hatte mich allen Argumenten gegenüber verschlossen und darauf beharrt, dass die Fliesen mehr als das Doppelte kosten würden. Am Ende hatte Leo mich starrköpfig genannt und frustriert aufgegeben. Ich spüre, dass mein linkes Augenlid leicht zuckt und lege eine Fingerkuppe darauf. Damals war es eigentlich gar nicht um den Bodenbelag gegangen, auch nicht allein ums Geld. Mit den ähnlichen Fliesen hätte ich unser renoviertes Wohnzimmer mit dem Wohnzimmer meines Bruders verglichen, und ich hätte dabei das Gefühl gehabt, nicht mit Stefan mithalten zu können. Aber ich hatte damals nicht den Mut, das Leo gegenüber anzusprechen.

Ich setze Kaffee auf. Während das Wasser langsam blubbert, durchstöbere ich die Schränke. In einem Unterschrank finde ich Kakaopulver, prima, dann kann ich meinen Kaffee so trinken, wie ich ihn zu Hause am liebsten habe: statt mit Zucker süße ich ihn mit Kakao, drei Löffel, wodurch er einen herrlich schokoladigen Geschmack bekommt.

Mit dem dampfenden Kaffeebecher in der Hand fange ich an, die Unordnung im Wohnzimmer zu beseitigen, die wir gestern Abend hinterlassen haben, weil wir zu müde waren: Spielfiguren und Würfel, Bonbonpapier und Bücher, bemalte Blätter und Stifte. Ich bringe die Weingläser zur Spüle, räume bestimmt ein halbes Dutzend klebrige Saftgläser in den Geschirrspüler, bücke mich nach Erdnüssen, die auf dem Boden liegen, sammle Haarspangen ein. Stefan hat seine Schuhe achtlos unter dem Tisch abgestreift, und seine zwei Sockenknäuel sind bis an den Herd gekullert. Zu Hause räume ich, egal wie spät es wird, immer sofort alles weg, dann empfängt mich morgens kein Chaos, und ich kann mich sofort auf die Arbeit konzentrieren. Leo findet diese Angewohnheit schrecklich, er meint, damit verbreite ich ein Gefühl von Ungemütlichkeit und Aufbruch, aber ich kann Unordnung in den eigenen vier Wänden nun mal nicht leiden.

Hier stört sie mich eigentlich nicht. Aber wenn ich schon auf bin, kann ich mich auch nützlich machen.

„Schon so früh auf den Beinen?"

Anja steht plötzlich im Wohnzimmer.

Sie hat lachsfarbene Shorts an mit einer passenden, tief ausgeschnittenen Bluse und ist dezent geschminkt. Ich habe gar nicht gehört, dass sie im Bad war.

„Bin schon ausgeschlafen", sage ich. „Kaffee?"

„Ja, gern."

Ich schenke ihr einen Becher ein.

„Danke. War das eine Nacht ... Dreimal bin ich aufgestanden, weil Anna gewimmert hat."

„Ich hab sie nur einmal gehört. Aber ich schlafe hier auch wie eine Tote."

„Der Arm tut ihr ziemlich weh."

„Das kann ich mir vorstellen. Wir können nur froh sein, dass das Handgelenk nicht gebrochen ist und operiert werden musste."

Anja nickt.

Dann macht sie eine ausladende Armbewegung durch den Raum. „Das hättest du nicht allein aufräumen brauchen."

„Was soll's. Nicht der Rede wert."

„Den Rest machen wir aber wenigstens zusammen", beharrt sie. „Lass mich nur schnell den Kaffee trinken."

Deutlich kann ich spüren, dass Anja sich nicht wohlfühlt in ihrer Haut, obwohl sie äußerlich wie aus dem Ei gepellt ist. Mit leichter Genugtuung stelle ich fest, dass es ihr unangenehm zu sein scheint, dass ich schon mit dem Aufräumen angefangen habe. Vielleicht, weil das meiste von ihrer Familie stammt.

„Immer mit der Ruhe", sage ich. „Ich habe wunderbar geschlafen und fühl mich frisch und munter. Du brauchst kein schlechtes Gewissen haben."

„Fast alles gehört den Kindern", fährt sie fort, als hätte sie mich nicht gehört. „Ich finde, die müssen ihr Zeug selbst wegräumen. Außerdem, ich versteh nicht, wie man so schnell ein solches Chaos anrichten kann. Da kann man den ganzen Tag nur räumen." Anjas Stimme klingt spitz und zugleich hölzern.

Sie lehnt am Küchentresen und mustert den Raum mit unbewegter Miene.

„Diese Enge … Wenn so viel rumliegt … das macht mich ganz verrückt."

„Wo?", frage ich und bin plötzlich irritiert. „Bei euch zu Hause?"

Anjas Augen werden schmal. „Na, auch hier! Hast du etwa genug Platz in deinem Schrank? Oder im Bad? Alles könnte doppelt so groß sein."

„In unserem Schrank ist genug Platz", erwidere ich und fühle mich in meinem Nachthemd plötzlich nackt. „Obwohl Leo eine Menge Klamotten mitgeschleppt hat. Zu viele."

Anja verschränkt die Arme und hebt die schmal gezupften Brauen.

„Ich hätte es besser gefunden", sagt sie mit einer nervösen Kopfbewegung, „wenn das Haus noch ein paar Quadratmeter mehr hätte."

Ich betrachte meine Schwägerin.

In diesem Augenblick beschleicht mich das Gefühl, dass Stefan mich angelogen hat, als er sagte, Anja habe die Idee mit dem gemeinsamen Urlaub gehabt. Dabei hat Stefan so überzeugend geklungen, dass ich ihm einfach geglaubt habe. Habe glauben wollen. So wie ich immer alles glauben will, was er mir erzählt.

Es war weder Anjas Idee, mit uns in den Urlaub zu fahren, noch war sie damit wirklich einverstanden. Wie gut, dass ich das nicht vorher wusste, dann hätte ich mich keinesfalls von Stefan überreden lassen!

Ich frage mich nur, aus welchem Grund hat Stefan *uns* eingeladen, nachdem das befreundete Ehepaar abgesprungen ist?

War es schlicht wegen Mirko, der einen Spielgefährten braucht – eine Rechnung, die ja auch aufzugehen scheint? Oder sind wir einfach nur Lückenbüßer?

Wünscht Stefan sich tatsächlich mehr Nähe, wie er gesagt hat? Oder gibt es da eine eiskalte Berechnung, die ich noch nicht durchschaut habe?

Ich spüre einen schmerzhaften Stich.

Anja lehnt noch am Tresen und klammert sich verkrampft an ihren Becher. Ich fasse sie schärfer ins Auge. In der steifen Art, wie sie ihre schlanken Beine voreinander kreuzt und die Lippen spitzt, warte ich darauf, dass sie ihren Unmut nun direkt zum Ausdruck bringt. Doch Anja steht nur unbeweglich da und nippt an ihrem Kaffee.

Als Anja ihn getrunken hat, hilft sie mir mit kantigen Bewegungen, die letzten Sachen wegzuräumen. Und bis das obere Stockwerk hörbar zum Leben erwacht, hat sie auch mit ihrem unterdrückten Groll halbwegs aufgeräumt. Auch ich schiebe alle Gedanken weg. Ich werde mir den Urlaub nicht verderben lassen!

Während oben die Toilettenspülung rauscht, Türen klappen, Füße über den Flur huschen und Satzfetzen der Geschichte vom *kleinen Muck* aus dem Mädchenzimmer zu uns dringen, decken wir schweigend zusammen den Frühstückstisch.

„Morgen!"

Geduscht und rasiert kommt Stefan in einem kurzärmeligen Hawaiihemd herunter. Seine braunen Locken stehen frech nach allen Seiten und erinnern mich an die Büste von Mozart, die bei meiner Freundin Friederike auf einem Sideboard steht. Er gibt Anja einen Kuss und schaut sich dann suchend auf dem Fußboden um.

„Wenn du deine Schuhe suchst", sage ich patzig, „die sind im Flur."

„Ja, danke."

Stefan hat meinen Ton nicht beachtet oder ihn tatsächlich nicht bemerkt. Barfuß tappt er zu seinen Schuhen und schlüpft hinein. „Hat schon jemand Brot geholt?"

„Noch nicht", sagt Anja. „Aber wir haben schon gedeckt."

Noch etwas steif und ungelenk stakst Stefan zur Treppe. Eine Hand am Geländer, die andere im Nacken, ruft er nach Mirko und Erik. Es dauert einen Moment, bis sie antraben.

„Seid so gut, zieht euch an und holt die Brote fürs Frühstück. Ach, und bitte eine Zeitung für mich."

Mirko verzieht das Gesicht. „Warum *wir?*"

„Sollen wir jetzt eine Liste anlegen, oder was?", sagt Anja spitz. Mirko bekommt ihre Verstimmung zu spüren. „Vorgestern hat Papa eingekauft, gestern haben deine Schwestern Brot geholt. Heute seid ihr dran!"

„Komm", sagt Erik, „wir können doch die Räder nehmen, dann sind wir gleich wieder da."

„Hmm. Aber nur, wenn Dagmar und Leo auch mal dran sind."

„Ja, sicher", antworte ich schnell.

„Und Opa auch."

Ich schaue Mirko verdutzt an.

„Opa?"

Mirko nickt.

„Opa Heinz?"

Jetzt ist es Mirko, der verdutzt schaut.

„Nein, natürlich Opa Ernst."

„Opa Ernst?", wiederhole ich gedehnt.

Mein Blick springt scharf zwischen Mirko und Stefan hin und her.

„Er schläft doch mit Oma Erika hier, wenn er auf dem Weg ist nach Spanien", sagt Mirko und tritt plötzlich von einem Fuß auf den anderen.

Ich spüre, wie meine Augenlider zucken. „Nach Spanien?"

„Jetzt reg dich nicht auf, Dag", sagt Stefan. „Papa hat mich gefragt, ob er auf der Durchreise bei uns einen Zwischenstopp einlegen kann. Natürlich kann er das! Es ist ja nur für eine Nacht."

Ein Feuerball schießt in meinen Bauch, ich spüre, wie er sich durch meine Brust und die Kehle bis in die Ohren frisst.

„Keine Angst", sagt Stefan und stupst mich leicht mit dem Ellenbogen an, „ihr braucht dafür nicht eurer Schlafzimmer zu opfern. Papa und Erika können im Wohnzimmer schlafen. Oder oben. Da ist ja noch das kleine Zimmer frei."

„Du weißt genau", fauche ich, und meine Stimme wird schrill und spitz, „dass ich keine Lust habe, unseren Vater zu sehen."

„Eine Nacht, Dag. Um mehr geht es ja gar nicht."

Das Feuer hat meine Stimme versengt, mit Mühe presse ich hervor: „Dann reisen wir ab."

„Das ist doch albern", sagt Stefan.

Anja hat einen kurzen Moment gegrinst – *jawohl, albern,* sagt ihr spöttischer Mund –, ich meine es genau gesehen zu haben.

Ich habe Mühe, mich zu beherrschen.

„Was soll das hier eigentlich werden?", entfährt es mir. „Familienzusammenführung, oder was?"

Stefan holt hörbar Luft und seufzt. „Ach, Dagmar, du kannst ihm doch nicht dein ganzes Leben die Vergangenheit nachtragen."

Was wird hier eigentlich gespielt?

Glaubt Stefan vielleicht, er hat das Recht, alles allein zu bestimmen, nur weil er das Haus bezahlt hat?

Der Feuerball schmerzt in meinem Bauch. Ich komme mir so unglaublich vorgeführt vor, fühle mich abgrundtief gekränkt und hintergangen. Und dass ich hier verschwitzt und im Nachthemd und ohne geputzte Zähne stehe, während Anja und Stefan frisch und appetitlich aussehen, macht die Sache irgendwie noch schlimmer. Tränen drücken hinter meinen Augen.

Auf keinen Fall will ich, dass Stefan mich so verletzlich und angreifbar erlebt. Mit zornigen Schritten rausche ich nach oben, wo ich Leo unter der Dusche trällern höre, ich ignoriere, dass Stefan mir „*Nun warte doch!*" hinterherruft, und werfe mich mit einem Hechtsprung aufs Bett.

KAPITEL 8

„Seit wann liegst du wieder im Bett?"

Das Handtuch um die Hüften geschlungen, steht Leo plötzlich neben mir.

Als ich nicht sofort antworte, betrachtet er mich mit prüfendem Blick.

„Alles in Ordnung?"

„Ja."

„Wirklich?"

„Es geht schon wieder."

Leo hockt sich zu mir. Ich setze mich auf und wische die unseligen Tränen aus den Augenwinkeln.

Mit klagender Stimme erzähle ich ihm, dass Vater hier einen Zwischenstopp einlegen will, mache mir Luft darüber, dass Stefan ihn so selbstverständlich einlädt, und deute an, dass Anja uns eigentlich nicht hier haben will.

„Wie? Das hat Anja gesagt?"

Leos erstauntem Gesicht ist zu entnehmen, dass er sich das kaum vorstellen kann.

„Nein", antworte ich. „Aber ich hab das genau gespürt."

Leo wickelt das Handtuch, das sich etwas gelockert hat, straffer. Eine Duftwolke aus Zitrone und Kräutern wirbelt mir um die Nase.

„Ich finde, du machst dir immer zu viele Gedanken! Und wenn es um deine Familie geht, bist du übersensibel."

„Ich habe mir Anjas abwehrendes Verhalten doch nicht eingebildet." Mein Ton ist heftiger als beabsichtigt. „Außerdem, es hat mich schwer getroffen, so völlig … ganz beiläufig zu erfahren, dass unser Vater kommt. Und dazu noch mit dieser … mit Erika." Ich drücke meine Finger an die Schläfen, als könnte ich die Bilder und die Gedanken, die mir unweigerlich kommen, damit vor meinem inneren Auge fernhalten.

„Warum haben sie mir nichts davon gesagt?"

Leo lacht. „Sicher hat Stefan befürchtet, dass wir nicht mit ihm in den Urlaub fahren, wenn er dir vorher was davon erzählt."

„Mhm."

In meinem Unterkiefer ist eine unerträgliche Spannung. Mir ist, als hätte ich die ganze Nacht die Zähne zusammengebissen oder stundenlang auf zähem Kaugummi gekaut.

Leo berührt mich sanft an der Schulter. Ich kann jede einzelne seiner Fingerkuppen spüren.

„Es trifft dich noch immer, dass er eure Mutter verlassen hat, nicht wahr?"

„Er hat nicht *Mutter* verlassen, er hat *uns* verlassen! *Mich*. Sich einfach aus dem Staub gemacht! Uns zurückgelassen wegen einer anderen!"

„Wahrscheinlich", sagt Leo, und in seine Augen tritt ein mitfühlender Ausdruck, „wäre die Ehe eurer Eltern auch gescheitert, wenn er Erika nicht kennengelernt hätte."

„Wahrscheinlich. Wahrscheinlich. Du brauchst nicht Partei für ihn ergreifen!"

Leo rückt dichter an mich heran, ich meine fast, sein Magnetfeld spüren zu können. Ganz geduldig hockt er da, verströmt eine tröstliche Wärme und Nähe.

„Ihr habt viel durchgemacht", sagt er und legt die Stirn an meine Schläfe. Sein warmer, nach Zahnpasta riechender Atem haucht in mein Haar.

„Seit Dorits Tod war es nicht mehr einfach mit ihr", sage ich mit deutlichen Pausen zwischen den einzelnen Wörtern. „Manchmal war es fast ... unerträglich."

Mutter. Starr und stumm liegt sie im Bett, ihre Handrücken bedecken die Augen, als läge sie im Sterben. Wenn ich auf leisen Sohlen ins abgedunkelte Zimmer schlich, wusste ich nicht, ob sie wach war oder ob sie schlief. *Mama, wann stehst du auf?* Sie reagierte nicht auf meine behutsame Ansprache und öffnete, wenn ich sie vorsichtig berührte oder auch kräftig schüttelte, nur widerwillig die Augen, um mich mit einem in weite Galaxien entrückten Blick anzustarren, bis ich wieder aus dem Zimmer tappte. Das änderte sich erst, als Stefan geboren wurde, da war sie die meiste Zeit wieder gesund. Aber als Vater auszog, wurde sie kraftlos und hatte keinerlei Energie, an manchen Tagen schien ihr Körper mit dem Bett zu verschmelzen, schien sich die letzte Lebenskraft darin zu verlieren.

Wie konnte er ihr das antun?

Wie konnte er uns einfach verlassen?

Wir waren doch nach Stefans Geburt wieder eine ganz normale, vollständige Familie! Stefan hatte doch Dorits Lücke in der Familie geschlossen!

Sicher, manche Dinge hatten sich geändert, auch wenn es jetzt den kleinen Stefan gab. Von Mutters Sorglosigkeit zum Beispiel, dieser Leichtigkeit, mit der sie vorher die meisten Tage verbracht hatte, war nicht mehr viel übrig. Mutter war jetzt ernst und schweigsam, mochte keine beschwingte Musik mehr hören, die vorher durchs Haus schwebte, und sie ertrug nicht mehr viel Gesellschaft um sich. Mit Dorits Tod war auch ihr Interesse am Garten ein für alle Mal erloschen. Aber dafür las sie nun viel und schaute Fern. Vater stürzte sich in die Arbeit. Er ging frühmorgens aus dem Haus und kam spät am Abend zurück, aber er hatte seine Arbeit ja schon immer geliebt. Schon bevor Stefan geboren wurde, hatte sich unser Familienleben einigermaßen stabilisiert, und seit Stefan da war, schien alles wieder im Lot. Ich kann bis heute nicht ausmachen, an welchem Punkt sich die Ehe unserer Eltern auseinanderentwickelte, ich kann mich an keinen konkreten Anlass erinnern. Gut, sie redeten nicht sehr viel miteinander, aber das war für mich als Kind nicht weiter besorgniserregend, nach Dorits Tod redeten wir alle nicht mehr so viel. Heute denke ich, dass das ein Alarmsignal war.

Aber sie stritten nicht, nur manchmal hörte ich Vater oder Mutter im Schlafzimmer tuscheln. Und weil niemals ein böses Wort herausdrang, machte ich mir als heranwachsendes junges Mädchen keine Gedanken darüber. Ich war einfach dankbar, dass wir zu einem geregelten Familienleben zurückgefunden hatten. Selbst als Vater immer seltener nach Hause kam und manchmal über Nacht fortblieb, wunderte ich mich kaum – er arbeitete schließlich viel und war inzwischen im Möbelgeschäft zum Abteilungsleiter ernannt worden. Darum war der Schock für mich groß, als er eines Tages den großen schwarzen Lederkoffer packte, der in einem der Kellerräume hinter der Tür stand, und Mutter mir erklärte, er werde ausziehen, weil er eine andere Frau kennengelernt habe. „Aber Papi hat doch uns", erwiderte ich trotzig und konnte nicht verstehen, wieso ihm ein anderer Mensch mehr bedeutete als wir, seine Familie.

Er hat doch *mich*, hatte ich damit vor allem gemeint.

Nach Dorits Tod hatte ich mich Vater viel näher gefühlt als Mutter. Der Papi war es gewesen, der mich in meinem Kummer umarmte und küsste, der mit mir spielte und lachte, der mich lobte und der mir versprach, irgendwann wird alles wieder gut werden. Die Mama hatte plötzlich einen undurchdringlichen Schild um sich errichtet, und ich hatte das Gefühl, als könnte sie meine Nähe nicht mehr ertragen. Es kam mir fast so vor, als würde sie vor mir zurückweichen, wenn ich mich näherte und mit ihr kuscheln wollte. Wie eine Schildkröte verzog sie sich in ihren Panzer, in dem sie für mich unerreichbar war und in dem es keinen Platz für mich gab. Und jetzt wollte auch mein Papi mich noch verlassen. Mich und Stefan. Uns drei einfach zurücklassen. Wie einen persönlichen Verrat empfand ich das. So sehr wie ich Papi liebte, begann ich ihn für dieses Verhalten zu verabscheuen. Meinen ganzen Groll richtete ich gegen Vater und gegen diese andere Frau, die Stefan und mir den Vater und unserer Mutter den Mann wegnahm. Wäre sie nicht aufgetaucht und wäre Vater nicht so schwach, ihrer Heimtücke zur verfallen, so wären wir weiterhin eine richtige Familie gewesen! Vater und diese verdammte Frau hatten Schuld, dass Mama nun dauernd in Depressionen verfiel. Sie hatten Schuld, dass ich nun keinen mehr hatte, bei dem ich Zuspruch finden konnte, und dass ich so oft auf Stefan aufpassen und einen Großteil der Pflichten im Haushalt übernehmen musste!

Ja, ich schiebe die Hauptschuld auf Vater und auf diese Frau. Ich weiß, mit dieser Einstellung bin ich bis heute in meiner Kinderhaltung verhaftet, doch ich kann ihm diesen Verrat einfach nicht verzeihen. Und ich will es nicht verzeihen.

Aber eines ist eigenartig: Aus einem unbewussten Empfinden heraus fühle ich mich für die Situation mitverantwortlich.

Leo schaut nachdenklich aus dem Fenster, als er in meine Gedanken hinein sagt: „Stefan scheint das alles nicht so mitgenommen zu haben wie dich."

„Sieht so aus."

„Aber euer Vater kam doch regelmäßig, oder nicht?"

„Von mir aus hätte er sich das sparen können", sage ich scharf. „Alle paar Wochen … Er hätte da sein müssen, wenn er gebraucht wurde: im Alltag!"

Da steht er wieder. Mit seinen kinnlangen Koteletten, den schulterlangen braunen Haaren, von denen, als ich ihn vor sechs Jahren zuletzt gesehen habe, nur noch ein spärlicher grauer Kranz geblieben ist, in einem bunten Polyesterhemd, dessen Kragenspitzen bis fast an die Brust reichten, den runden Hut weit hinten auf dem Kopf, wie einen dunklen Heiligenschein. Nie kam er ohne Süßigkeiten oder Spielsachen, die er uns schon an der Haustür entgegenstreckte. Stefan hat rückhaltlos nach diesem Köder geschnappt, während ich nur eine stumme Verachtung dafür empfand. Was nützten all die Geschenke? Was nützte es, dass Vater mit uns in den Zoo fuhr und ins Kino und in den Wald und dass er sich mit hartnäckigem Interesse nach meinen Schulleistungen und meinen Freundinnen erkundigte, über die ich ihm nur widerstrebend Antwort gab? Ein paar Stunden später saß er wieder in seinem braunen Ford, ein paar Stunden später war ich wieder allein mit Mutter und Stefan.

Leo greift nach meiner Hand.

„Glaubst du, es wäre mir leichtgefallen?", presse ich heraus. „Unser Vater hat sich aus dem Staub gemacht. Und ich hatte plötzlich ganz viel Verantwortung! Stefan war erst fünf! Ein kleines Kind! Und ich war zwölf, eigentlich selber noch ein Kind!"

Ich bin wütend, in mir flammt ein Zorn, der sich im Laufe vieler Jahre angestaut haben muss, Jahre, in denen ich nur Tochter und Schwester war. Der arme Leo kriegt ihn ab, Leo, der weiß Gott nichts dafür kann.

„Ach, meine Geliebte", sagt er und drückt meine Hand ein bisschen fester. „Es tut mir richtig weh, dich so verbittert zu sehen. Trotzdem finde ich, du solltest dich mit eurem Vater aussprechen. Ihm irgendwie verzeihen."

„Ich hab versucht zu verstehen, warum er uns verlassen hat", sage ich resigniert.

„Und?"

„Wir haben darüber gesprochen, aber es hat nichts an meinen Gefühlen für ihn verändert. Als Kind hat er mir erzählt, die Mama und er hätten sich nicht mehr lieb, aber mich und Stefan würde er dafür sehr lieb haben.

Und das würde sich niemals ändern, und überhaupt, mit Stefan und mir hätte das alles nichts zu tun." Ich spüre, wie sich mein Rücken versteift. „Zum Teufel damit, so was erzählt doch jeder Vater seinen Kindern, wenn er sie verlässt."

„Er hat nicht *euch*, er hat eure *Mutter* verlassen, Dagmar!", versucht Leo meine Erinnerungen zu korrigieren.

Ich lache überreizt auf. „Fakt bleibt, wir waren allein!"

Leo schweigt. „Und später? Hast du noch mal versucht, mit ihm darüber zu reden?"

Mit einem Unterton, der sich zwischen Ironie und Gereiztheit bewegt, leiere ich meine Zusammenfassung der Gespräche herunter: „Er hat nicht mehr mit Mutter zusammenleben können, weil er sie nicht mehr geliebt hat. Sie hat nicht wirklich mit ihm reden, sich aber auch nicht helfen lassen wollen. Er hat irgendwann keine Zukunft in dieser Ehe mehr gesehen, hat sich die Entscheidung, die längst getroffen war, bevor er Erika kennengelernt hat, nicht leicht gemacht, blablabla."

Leo schaut mich entsetzt an.

Ich atme durch und nehme wieder meine normale Stimme und Tonlage an. „Es seien nicht Mutters Depressionen gewesen, mit denen er nicht zurechtgekommen sei, die habe sie vorher ja auch schon manchmal gehabt, sondern er habe *keine liebenden und achtenden Gefühle* Mutter gegenüber mehr gehabt. So hat er's gesagt."

„So was gibt's, Dagmar!"

„Ja. Aber für mich ist klar, er wollte sich aus der Verantwortung ziehen. Ist ja auch unbequem, eine kranke

Frau zu haben, oder? Ist wahrlich angenehmer, sie gegen eine gesunde, lebensfrohe Frau einzutauschen, oder? Als ich ihm das auf den Kopf zugesagt habe, hat er dichtgemacht. Da war ich ihm wohl zu direkt."

„Und seitdem habt ihr nicht mehr darüber gesprochen?"

„Wozu? Ich weiß, was ich empfinde, und er hat von sich aus das Thema auch nicht mehr angeschnitten."

„Wann hast du ihn denn zuletzt gesehen?"

„Lange her. Sechs Jahre."

Es liegt eine besondere Eindringlichkeit in Leos Augen, als er sagt: „Und trotzdem solltest du versuchen, ihm zu verzeihen. Ich meine, Stefan hat das doch auch geschafft."

„Stefan, Stefan, Stefan!", rufe ich aufgebracht und reiße die Hand von Leo los.

„Ich hab mich immer bemüht, so zu sein wie Stefan. Aber ich bin nun mal nicht Stefan!"

Leos Lippen zucken in einem schuldbewussten Schmerz.

„Du brauchst, um Gottes willen, nicht so zu sein wie Stefan."

„Nicht?" Ich lache hysterisch auf.

„Nein. Keiner verlangt von dir, dass du so bist wie dein Bruder."

„Ach? Und warum hatte ich dann mein ganzes Leben lang das Gefühl, Mutter wünschte durchaus, ich wäre wie Stefan?"

„Vielleicht warst du eifersüchtig. Es ist ja auch nicht leicht für ältere Geschwister. Die fühlen sich oft benachteiligt und sind eifersüchtig. Ich denke, du setzt dich selbst unter den Zwang, Stefan nachzueifern."

Wütend schmeiße ich mich auf den Bauch und grabe das Gesicht tief ins Kissen, als könnte ich so die Ohren vor der Wahrheit verschließen.

Für eine Familienzeitschrift habe ich einmal einen Artikel verfasst zum Thema *Gibt es heute noch Vorbilder?* Während der Recherche habe ich gelesen, jüngere Geschwister nähmen sich die älteren zum Vorbild. Aber mir fallen, wenn ich an Stefan denke, bloß Eigenschaften ein, um die ich ihn beneide.

„Nun beruhige dich, mein Schatz. Ich ziehe mich jetzt an. Dann gehe ich runter. Und dann werde ich versuchen, mit Stefan zu reden. Sicher kann er euren Vater ausladen. Ja, warum soll das nicht möglich sein? Aber zuerst ziehe ich mich an."

Leo redet mit mir wie mit einem kleinen Kind, dem man mit einfachsten Worten einen komplizierten Sachverhalt erklären muss.

Ich haue mit der Faust ins Kissen. Auf gemeine Weise fühle ich mich überrumpelt, ich bin einfach nicht darauf vorbereitet, dass sich die Vergangenheit plötzlich Bahn bricht und sich so brutal in unseren Urlaub schiebt, in dem ich mich einfach nur mit Leo und Erik entspannen wollte.

Während Leo in seine Kleider schlüpft, versuche ich zu ergründen, warum ich mich so fühle, als wäre ich gerade von einer Klippe gestürzt und unsanft mit dem Kopf aufgeschlagen: brennende Hitze ist mir unter die Schädeldecke geschossen, es pocht unangenehm in beiden Schläfen.

Ist es die Wut auf unseren Vater, der sich uneingeladen in den Familienurlaub drängt? Oder auf Stefan, der ihn so selbstverständlich aufnehmen will, und das auch noch, ohne es mir vorher zu sagen?

Oder ist es Leos Vorschlag, ich solle mich mit Vater aussprechen und ihm verzeihen?

Das alles nagt an mir, ja, aber besonders hart trifft mich auch Leos Hinweis auf Stefan. Ich bin eifersüchtig, ganz klar, und für dieses Gefühl schäme ich mich.

Aber wieso wundert es Leo, dass Stefan mit der familiären Situation von jeher besser zurechtkam als ich? Stefan ist sieben Jahre jünger, er war noch ein Kind, als Vater uns verließ. Natürlich, anfangs hat Stefan oft nach seinem Papa gefragt, doch anpassungsfähig, wie kleine Kinder sind, hat er sich schnell auf die neue Situation eingestellt und sie akzeptiert. Anders als ich war Stefan, als wir kurz nach der Trennung in die Hollenstraße zogen, in diese düstere Bleibe mit den dünnen Wänden, wo man jeden Schritt und jedes Rascheln aus den Nebenwohnungen hörte, ja weder durch die Schule noch durch Freundschaften an sein altes Zuhause gebunden. Stefan hat die Situation einfach genommen, wie sie war. Später, als er älter wurde, hat er ein enges Verhältnis zu Vater entwickelt, er hängt sehr viel mehr an ihm als an unserer Mutter.

Leo ist in eine knielange Hose geschlüpft und hat ein weißes T-Shirt angezogen, vorwitzig kringeln sich seine dunklen Brusthaare aus dem Kragen wie ein Pelzbesatz. Über meine vor dem Gesicht verschränkten Arme hinweg blinzele ich zu ihm hinauf. Wie verblüffend er im Profil seiner Mutter ähnelt. Von vorn dagegen ist er geprägt von den kantigen Zügen seines Vaters, auch dessen gedrungene Figur und sein lichtes Haar hat er geerbt.

Ich wünschte, auch ich hätte eine Familie, zu der ich Leo mitnehmen könnte, so wie er mit mir zu Hildegard und Egon fährt, die mich so herzlich aufgenommen haben, oder zu seiner Schwester Susanne und deren Mann Martin, mit denen wir regelmäßig ins Theater gehen.

Leo hat sich zu mir aufs Bett gekniet und streicht mir über den Rücken, auf und ab, auf und ab. Die Bewegungen seiner warmen Hände sind zielstrebig und geduldig zugleich, und nach einer Weile folgt das Pochen an den Schläfen meinem ruhigeren Herzschlag, weicht die Hitze unter meiner Schädeldecke einer angenehmen Wärme.

So viele Jahre habe ich mich von Vater abgewendet, denke ich. So viele Jahre habe ich gemeint, diesen Mann ignorieren und mit Kaltherzigkeit strafen zu müssen. Habe Gespräche über ihn, über seine Frau Erika und seine Tochter, Stefans und meine Halbschwester Christin, rigoros unterbunden, habe den Kontakt abgebrochen. Ich war überzeugt, wenn ich Vater nie mehr sehen, nie mehr etwas von ihm und seiner neuen Familie hören müsste, wäre die Vergangenheit für mich erledigt.

Ich habe mich geirrt.

Bei dem Gedanken, ihm bald gegenüberstehen zu müssen, überkommt mich ein Gefühl von grenzenloser Erschöpfung.

Aber dass ich ihn einfach aus meinem Leben ausgeklammert habe, als gäbe es ihn nicht, als hätte es ihn nie gegeben, hat die schwärende Wunde in meinem Herzen auch nicht ausheilen lassen, hat mir auch keinen Seelenfrieden verschafft.

Ihm irgendwie verzeihen.

Langsam hebe ich den Kopf ein wenig über den verschränkten Armen und sage: „Du brauchst nicht mit Stefan zu reden."

KAPITEL 9

Ich habe mich in den Schatten der größten und höchsten Pinie verzogen, die im Garten steht, ganz hinten, wo der von Wicken umschlungene Jägerzaun das Grundstück vom Wald trennt. Meinen Laptop habe ich mir unter den Arm geklemmt, als ich aus dem Schlafzimmer gestürzt bin, wo ich unsanft aus einem Albtraum hochgeschreckt bin. Leo macht noch gemütlich sein Mittagsschläfchen, das zu halten wir uns hier angewöhnt haben. Ich habe noch schnell eine Wolldecke geschnappt, bevor ich aus dem Haus gefegt bin, und dazu eine meiner Schokoladentafeln, über die ich mich gleich hermachen werde. Normalerweise breche ich nur einen Riegel ab – der hat weiß Gott schon genug Kalorien –, und lege den Rest zurück in den Kühlschrank, weil ich sie kalt am liebsten mag. Zu Hause hat es für mich etwas Feierliches, wenn ich mich damit zurückziehe, es mir auf dem Sofa oder am Schreibtisch gemütlich mache, mich zurücklehne und ein paar Minuten bewusst innehalte. Die Schokolade Stück für Stück in den Mund schiebe in der Gewissheit, der feste Brocken auf meiner Zunge löst sich langsam auf, beschert mir einen Genuss, ein unvergleichliches Glücksempfinden, das ich mir selbst geben kann. Erst wenn das viereckige Stückchen zerlaufen ist, wenn ich den kakaoherben Geschmack kaum noch schmecke, breche ich das nächste ab, zelebriere das Ritual der bittersüßen Schmelze von vorn.

Heute allerdings habe ich das Papier gierig aufgerissen, habe die schwarzbraune Tafel hastig in fünf, sechs Teile zerstückelt. Wie ausgehungert stopfe ich den ersten Riegel in mich hinein, nehme nichts wahr von seinem Geschmack, würge ihn einfach hinunter. Ruhig, ruhig! Aber ich kann mich nicht beherrschen! Schon schiebe ich nach: die nächste Rippe und noch eine, ich stopfe und schlinge und stopfe und schlinge, bis nichts mehr übrig ist. Endlich. Mir ist schlecht.

Es ist kurz nach halb drei, und der Himmel ist heute eine strahlende türkisblaue Kuppel, die so gar nicht zu meinem Gemütszustand passen will. Von meinem furchtbaren Albtraum habe ich eine Gänsehaut und friere, gleichzeitig ist mir so heiß, dass mir der Schweiß aus den Achseln rinnt. Dazu das Schokoladenblei im Magen. Selbst der leichte Wind, der den Duft von vertrockneten Piniennadeln und trockener Minze mit sich trägt und der mir die ganze Woche so unverfälscht und frisch erschien, ist mir unangenehm. Vom Stadtbummel heute Morgen sind zudem meine Füße geschwollen, und sie schmerzen, den Muskelkater, der mich erwartet, kann ich jetzt schon spüren. Anja hat es richtig gemacht, sie ist danach zu Hause geblieben, ich dagegen habe mich von Leo noch zu einer ausgedehnten Radtour breitschlagen lassen, und das, wo ich so unsportlich bin.

Wie ein unverdaulicher Stein liegt mir die Schokolade im Magen. Aber wenigstens hat sie mich ein bisschen abgelenkt, so dass ich mich meinem Laptop zuwenden kann. Dort, wo sein silberfarbenes Metall auf meinen nackten Oberschenkeln aufliegt, klebt er auf meiner Haut. Es ist kein ganz neues Modell, aber für meine Zwecke reicht er. Wenn ich beruflich unterwegs bin, hacke ich meine Stichworte hinein, um sie zu Hause auf dem großen Bildschirm meines moderneren Computers auszuarbeiten. Und sonst halte ich darin die Gedanken fest, die mich beschäftigen, schreibe mir damit von der Seele, was mich bedrückt. Meiner Erfahrung nach tut das gut. Die Sorgen, sind sie erst einmal in Worte gefasst, verlieren etwas von ihrer Bedrohlichkeit. Als junges Mädchen habe ich eine Art Tagebuch geführt. *Was gibt es schon wieder zu schreiben?,* höre ich Mutter immer noch fragen, wenn sie mich, mit Füller und Heft, auf dem Bauch liegend im Bett vorfand. Kopfschüttelnd blieb sie in der Tür stehen, eine Hand am Rahmen, die andere in die Hüfte gestemmt, und schürzte die Lippen. Dass ich nicht das Bedürfnis hatte, mit ihr darüber zu sprechen, hat sie wohl gekränkt und erbost. Ja, ich sehe sie noch auf die dünnen Heftchen schielen, die ich dann rasch zuklappte oder mit den Händen bedeckte, obwohl darin wahrlich keine großartigen Geheimnisse standen: Was wir in der Schule durchgenommen haben und mit wem ich am Nachmittag gespielt habe. Oder über welche Lehrer ich mich ärgerte und welche Noten ich bei den Klassenarbeiten bekam. Nichts Aufregendes also. Später, mit elf oder zwölf, meine Schwärmerei für einen gewissen Sven, unseren damaligen Klassensprecher, einen äußerst beliebten und redegewandten Jungen, der mich jedoch keines Blickes würdigte.

Ich werde jetzt auf den Ordner klicken, den ich eigens dafür angelegt habe, um darin die privaten Dinge abzuspeichern, die nicht für andere Augen bestimmt sind. Anders als bei der Arbeit, bei der ich mich auf den Stil und die Rechtschreibung konzentriere, lasse ich nun meinen Gedanken freien Lauf. Wie Schüsse aus einem Maschinengewehr beginnen meine Finger über die Tastatur zu rattern. Tak tak tak tak tak reihen sich Wörter und Sätze auf dem hellen Bildschirm aneinander, damit ich aus dem Labyrinth aufgewühlter Gedanken entkomme, sie ordnen und bereinigen kann.

Anja wollte mich bestimmt nicht erschrecken. Aber ich bin beim Schreiben in eine dunkle Daseinsform hinabgetaucht, habe nach einer Weile vergessen, wo ich bin, habe mich ganz in mich selbst zurückgezogen und alle Geräusche um mich herum ausgeblendet.

„Tut mir leid", sagt sie. „Ich hätte dich rufen sollen und mich nicht so einfach heranschleichen dürfen."

Es dauert einen Moment, bis sich mein stolperndes Herz beruhigt.

„Ich dachte, das wird dir guttun." Anja stellt eine gelbe Plastikwanne auf meine Decke, die sie wie einen Wäschekorb vor dem Bauch herangeschleppt hat.

„Ein Kräuterbad", erklärt sie und deutet auf die milchige Flüssigkeit, die in der Wanne schwappt. „Wirkt abschwellend und regt die Blutzirkulation an."

Sie schaut auf meine mitgenommenen, müden Füße.

Verblüfft und gerührt bedanke ich mich. Ich klappe den Deckel meines Laptops zu und schiebe ihn zur Seite.

„Zehn, fünfzehn Minuten", erklärt sie, „und du wirst sehen, wie gut das tut. Ich kann dir auch, wenn du willst, nachher eine kleine Fußmassage machen."

„Mal sehen", sage ich vorsichtig. Ich rücke auf meiner Wolldecke ein Stück zur Seite. „Setz dich doch."

„Du warst ganz vertieft in deine Arbeit, und jetzt habe ich dich unterbrochen. Das wollte ich nicht."

„Ich habe nicht gearbeitet", erwidere ich. „Bloß was geschrieben."

Dankbar gleiten meine geschwollenen Füße in das kühle Nass.

Anja hat sich auf die Decke gesetzt und stützt sich auf die Ellenbogen. Sie holt tief Luft und dreht den Kopf in alle Richtungen.

„Ein gemütliches Plätzchen ist das. Geschützt, wie unter einem großen Schirm oder unter einem hohen Dach."

Als ich nicht sofort zustimme, schaut sie mich von der Seite an, Verwirrung im Blick.

„Du siehst etwas elend aus. Vielleicht solltest du dich nach dem Fußbad ein bisschen hinlegen."

„Mir ist nur etwas kühl."

„Kühl?"

„Hm."

Ich schaue auf den Boden und versuche, den bitteren Geschmack auf der Zunge zu ignorieren, den die Schokolade hinterlassen hat.

„Du knabberst immer noch am Besuch eures Vaters, nicht wahr?"

„Ja", sage ich wahrheitsgemäß, auch wenn das im Moment nicht der Grund ist, weshalb ich friere.

„Wir können ihn noch ausladen."

Ich zucke mit den Schultern.

Obwohl inzwischen ein paar Tage vergangen sind, in denen ich Zeit hatte, mich mit dem Gedanken anzufreunden, überwiegt in mir das Gefühl, als handelte ich gegen meinen Willen, und als wäre meine Zustimmung nichts anderes als ein neuerlicher Versuch, es allen recht zu machen.

Zu Hause geht es mir am besten, wenn ich nicht über ihn sprechen und nicht an ihn denken muss. Aber wenn es sich nicht vermeiden lässt, so versuche ich, mit den Bildern von früher Mauern zu errichten, versuche, mit meinen Gedanken eine dauerhafte Barriere zwischen uns zu errichten, hinter der ich mich einigermaßen geschützt fühle.

„Du musst es sagen, Dagmar, wenn du das Gefühl hast, es geht nicht."

„Ich werd's schon überleben. Aber ich hab Stefan diese Überrumpelungstaktik noch nicht ganz verziehen."

Anja nickt.

Ja, ich bin immer noch ziemlich sauer und gekränkt über Stefans eigenmächtige Einladung. Auch wenn – oder gerade *weil* – ich Stefans Entschuldigung offiziell angenommen habe. „Aber wegen unseres Vaters ... das ist es jetzt nicht."

„Dich bedrückt noch etwas anderes?", fragt Anja.

„Das ist wohl nur ..." Ich stocke. Warum soll ich es nicht sagen? „Na ja. Ich hab vorhin furchtbar schlecht geträumt."

„Ein Albtraum?"

„Hm."

Nicht *ein* Albtraum, sondern *der* Albtraum.

Anja nickt mit dem Kopf zu meinem Laptop. „Und den Traum hast du aufgeschrieben?"

„Den brauche ich nicht aufschreiben. Es ist immer derselbe. Ich hab vielmehr versucht, ihn in eine Verbindung zu bringen mit dem, was heute gewesen ist. Was ich erlebt habe."

Anja richtet sich auf und rutscht auf der Decke herum, so dass sie mir gegenübersitzt.

„Und?"

„Nichts. Ich hab keine richtige Erklärung. Es war ja nichts Besonderes. Wahrscheinlich hab ich mich heute einfach körperlich verausgabt."

Das klingt nicht sehr überzeugt, aber es ist das, was ich soeben geschrieben habe.

Anja beugt sich vor und schlingt beide Hände um ihre Knie. „Kann einen ganz schön mitnehmen, so ein Albtraum."

„Weiß Gott."

Auf dem von Pinnennadeln bedeckten Sandboden um uns herum wimmelt es von Ameisen. Es sind erstaunlich große und flinke Tierchen, die anscheinend zu dem Haufen gleich hinter dem Zaun gehören. Zwei von ihnen haben sich auf der unebenen Landschaft der Wolldecke verirrt, ich schnipse sie mit dem Zeigerfinger hinunter.

„Da kuschelt man sich nach einem anstrengenden Tag gemütlich ins Bett", fährt Anja fort, „um tief und fest zu schlafen und sich auszuruhen. Und statt erholt, wacht man gerädert und verstört auf." Ihre mit wasserblauem Lidschatten geschminkten Augen starren nachdenklich in den Wald. „Ich hatte zum Glück lange keine Albträume mehr. Aber bei mir gibt es auch einen, der immer gleich ist."

Etwas in mir brennt darauf, Anja loszuwerden, damit ich den Faden beim Schreiben wieder aufnehmen kann, den ich im Begriff bin, zu verlieren.

Auf der anderen Seite bin ich neugierig, von welchen Wahnbildern und Schreckgespenstern meine Schwägerin im Schlaf heimgesucht wird.

„In meinem Traum bin ich immer in einem dunklen Keller", erzählt sie. „Zuerst allein, doch plötzlich ist da noch jemand, den ich nicht kenne, und vor dem ich Angst habe."

Der gesichtslose Verfolger, sagt Anja, während sie sich von Zeit zu Zeit umblickt, als lauerte er hier im Buschwerk, sei hinter ihr her.

„Ich kann ihn nicht sehen, ich weiß auch nicht, was er von mir will, aber mein Gefühl sagt mir, ich muss um mein Leben rennen. Also renne ich und renne. Und wenn ich kaum noch Kraft habe und seinen Atem schon im Nacken spüre, finde ich endlich ein Schlupfloch aus der Dunkelheit und kann ihn loswerden."

Anja stößt einen tiefen Seufzer aus und schüttelt den Kopf.

„Dabei bin ich in meinem ganzen Leben noch nie verfolgt worden! Und ich habe keine Angst im Keller. Ich kann mir nicht erklären, warum ich so was träume. Und das immer wieder."

„Zumindest geht dein Traum gut aus", entgegne ich.

„Stimmt. Obwohl mich das nicht beruhigt. Es ist diese panische Angst, die ihn so furchtbar macht. Alles ist so plastisch und unmittelbar. Meine Sinne scheinen alle zu funktionieren, ich kann die Kälte des Kellerlabyrinths spüren und sogar die Hitze meines Verfolgers. Und wenn ich aufwache, bin ich vollkommen verspannt. Meine Beine tun weh, und ich fühle mich so matt und erschöpft, als wäre ich wirklich gerannt."

Anja drückt die Handballen auf die Augen, als könnte sie so die nachhaltigen Bilder vertreiben. Dann fragt sie: „Und bei dir?"

„Mein Traum ist völlig anders", sage ich mit einigem Zögern.

Ein seltsames Gefühl warnt mich, nicht über meinen Traum zu sprechen.

Andererseits möchte ich Anja, die mir so ungewohnt fürsorglich und offen begegnet ist, nicht vor den Kopf stoßen, möchte die zarten Fäden von Verständnis und Zuneigung nicht zerreißen, die sie gerade geknüpft hat, und die ich mir eigentlich schon immer wünsche.

Also überhöre ich meine innere Stimme und wage die Reise zurück in diese andere Wirklichkeit, aus der ich geflohen bin und von der ich mich gerade erst ein wenig erhole.

„Für andere klingt das nicht besonders furchtbar oder bedrohlich", sage ich mit unsicherer Stimme. „Aber mich ängstigt dieser Traum bis ins Mark. Und wenn ich aufwache, fühle ich mich auch nicht gerade leichter."

Anja sieht mir verständnisvoll in die Augen.

„Es ist hell in dem Traum", fahre ich fort, „es ist Tag. Aber wo das Ganze stattfindet, kann ich nicht sagen. Kein bestimmter Raum, den ich kenne, eher mitten in der Landschaft. Ich bin allein, niemand ist weit und breit zu sehen. Ich habe plötzlich Angst und versuche zu rufen. Aber aus irgendeinem Grund bringe ich keinen Ton heraus. Ich bin vollkommen stumm. Stattdessen quellen Haare aus meinem Mund. Immer mehr Haare. Und je mehr ich versuche zu schreien, desto mehr Haare sind um mich herum, bis ich fast darin versinke. Ich versuche wegzulaufen, und da merke ich, ich kann mich nicht bewegen, bin ganz steif. Ich werde immer verzweifelter, irgendwie ist es aussichtslos. Da plötzlich hebe ich ab. Der Himmel und die Wolken tun sich auf, ich schwebe hoch wie an einem Ballon. Eigentlich müsste ich froh sein, dass ich nicht in den Haaren ersticken muss, aber es ist kein schönes Gefühl. Ich will nicht schweben. Ich will auf der Erde bleiben. Aber ich habe nichts, woran ich mich festhalten kann, und werde einfach hochgetragen. Ich bin völlig verzweifelt, ich komme nicht zurück auf die Erde."

Ich stocke, muss Luft holen. Eine Gänsehaut überzieht meine Arme, gleichzeitig glühen meine Wangen wie im Fieber: Mein Körper hat seine eigenen Erinnerungen.

Anja legt mir eine Hand auf die Schulter, sie ist warm und verströmt Kraft. Sie scheint mir plötzlich wie verwandelt, ihre ganze vermeintliche Unnahbarkeit ist wie weggeblasen und sie blickt mich leicht bestürzt an.

„Und damit endet dein Traum?"

„Ja. Ich wache auf und bin stocksteif. Und immer mit diesem verzweifelten Gefühl, dass ich nie wieder zurückkommen kann."

Eine Weile sitzen wir uns stumm gegenüber, starren vor uns hin.

„Du bist nicht erstickt in den Haaren", versucht Anja mich schließlich zu trösten. „Auch bei dir gab es einen Weg aus der Falle!"

Mit einem kläglichen Lächeln streiche ich mir die Haare aus der feuchten Stirn.

Ich empfinde keine Erleichterung, Anja an den Ort meiner nächtlichen Dämonen geführt zu haben. Stattdessen sind die angstbesetzten Bilder farbintensiv in meinen Kopf zurückgekehrt, und wieder grübele ich, was sie zu bedeuten haben.

„Seit ich das zum ersten Mal geträumt habe, suche ich nach Erklärungen und versuche, die Botschaft zu deuten. Aber noch nichts hat bewirkt, dass dieser Spuk aufhört."

Wut schäumt in mir, Wut auf den Traum und Wut auf mich, weil ich ihn nicht abstellen kann.

„Ich glaube, in unseren Träumen will das Unbewusste mit uns in Kontakt treten. Insofern sind sie wichtig. Aber ich habe für meinen Traum auch noch keine Erklärung gefunden. Trotzdem bin ich fest davon überzeugt, dass alle Lösungen und Erklärungen in uns angelegt sind, auch wenn wir nicht gleich in der Lage sind, sie zu erschließen. Ich versuche, bei meinen Träumen genau hinzuhören und in mich hineinzufühlen. Und ich vertraue einfach darauf, dass ich – eines Tages – eine Antwort aus mir herausbekomme."

„Aber wie soll man deiner Meinung nach an diese, wie hast du gesagt ... *Erklärungen, die in uns angelegt sind,* herankommen?", frage ich.

„Dafür gibt es kein Patenrezept. Ich glaube, mit Gewalt und auf Druck lassen sich die uns innewohnenden Botschaften nicht herbeizerren. Man braucht Geduld und muss aufmerksam in sich hineinspüren. Irgendwann offenbart sich dann die Antwort von selbst. Davon bin ich überzeugt."

„Ich bin immer davon ausgegangen, Träume wären Spiegelbilder der Wirklichkeit", entgegne ich.

„Wenn es so ist, dann musst du die Deutung in deiner direkten Umgebung suchen. In deiner jetzigen Situation", sagt Anja.

Dorit, schießt es mir durch den Kopf. Doch noch ehe mein Bewusstsein diesen Gedankenzipfel fassen kann, ist er mir auch schon entglitten.

„Ich bin zufrieden mit meinem Leben", sage ich und kämpfe gegen das Gefühl an, mich in Habachtstellung zu begeben. „Mir geht es gut! Ich meine, ich bin gesund und habe alles, was ich brauche, oder? Leo, der mich liebt. Ein schönes Zuhause. Eine Arbeit, die zwar nicht das große Geld bringt, die mir aber Spaß macht. Gut, das mit Mutter ist eine Belastung, eine ziemlich große, das kann ich nicht bestreiten, aber jeder hat irgendein Päckchen zu tragen, oder?"

Auf Anjas Gesicht hat sich ein zweifelnder Ausdruck gelegt.

„In Träumen drücken sich manchmal unbewusste oder unterdrückte Ängste aus", sagt sie und blickt nachdenklich in die Ferne. „In deinem Traum hebst du ab. Vielleicht will sich etwas in dir loslösen oder verselbständigen. Oder vielleicht hast du Angst, nicht in allen Bereichen deines Lebens so bodenständig zu sein, wie du bist oder zumindest nach außen hin wirkst."

Dieser Gedanke ist mir auch schon gekommen. Manchmal erschrecke ich vor meiner eigenen Wut. Und wenn es etwas gibt, was mir zuwider ist und was in mir das Empfinden auslöst, ich würde die Bodenhaftung verlieren, dann ist es das Gefühl, nicht genügend vorbereitet zu sein. Ich habe einfach Angst vor dem Risiko und vor unbekannten Situationen. Nicht nur im Privatleben, auch bei der Arbeit. Wenn andere ihren Job gut machen, bin ich immer bestrebt, ihn *sehr gut* zu machen. Meiner Erfahrung nach muss man sich Erfolg, Zuwendung und Anerkennung hart erarbeiten. Und mir ist das Urteil anderer nun einmal sehr wichtig. Leo sagt, ich übertreibe, wenn ich mich selbst für einen kurzen Aufsatz oder einen unbedeutenden Artikel umfassend vorbereite. Aber was ich anfange, kann ich einfach nicht halbherzig erledigen. Schon in einem meiner Grundschulzeugnisse stand: *Dagmar ist sehr ehrgeizig und erfüllt schriftliche Arbeiten stets über das geforderte Maß hinaus.* Später, am Gymnasium, hat mich das nicht gerade beliebt gemacht, aber wenigstens wurde ich mit meinen guten und sehr guten Noten von den meisten Klassenkameraden akzeptiert, vielleicht auch nur, weil ich vor dem Unterricht bereitwillig meine Hausaufgaben abschreiben ließ. *Unverbesserliche Perfektionistin* nennt Friederike mich und sagt, mit meinem „übertriebenen Ehrgeiz" stünde ich mir selbst im Weg, und außerdem bliebe mir damit zu wenig Raum für Spontaneität. Mag sein. Sie hat gut reden mit ihrer Gelassenheit, mit der sie alles auf sich zukommen lässt, und ihrem Vertrauen, alles würde sich schon irgendwie einrenken. Einen solchen Optimismus hätte ich auch gern!

„Das stimmt", sage ich mit mehr Gewissheit, als ich empfinde, „ich hasse Situationen, von denen ich nicht weiß, worauf es hinausläuft. Dieser Teil des Traumes ließe sich so erklären. Aber worauf ich mir überhaupt keinen Reim machen kann, ist die Sache mit den Haaren."

„Was sind das für Haare?", will Anja wissen.

Sie hat sich nach vorn gebeugt, vermittelt mir das Gefühl, ernsthaft mitzudenken.

„Dunkel oder hell oder grau? Wellig oder glatt?"

Ich muss nicht lange überlegen. „Sie haben eine undefinierbare Farbe: Hellbraun, Mittelbraun vielleicht. Nichts Auffälliges."

„Haare", überlegt Anja laut. „Haare … man kann sich mit jemandem in die Haare kriegen. Hast du mit jemandem Streit, ich meine, nicht so ganz offensichtlich, vielleicht nur unterschwellig?"

„Manchmal mit Leo", gebe ich unumwunden zu. „Wenn er Erik wieder einmal nach Strich und Faden verwöhnt und ihm viel zu viel durchgehen lässt. Und ich ärgere mich manchmal auch über Stefan."

Sofort schießt mir die Sache mit Vaters Besuch wieder durch den Kopf. Außerdem ärgert es mich, dass Stefan bei unserer Mutter viel zu selten vorbeischaut, während ich mich dauernd um sie kümmere.

Und dennoch. Da ist etwas in mir, das mir zuflüstert: Hier bist du auf dem falschen Dampfer.

„Sonst fällt mir nichts ein. Auch nichts, was Jahre zurückliegt."

Anja nickt.

Ich beobachte das Spiel der Schatten, die auf ihrem blonden Haar lebhaft tanzen. Zum ersten Mal entdecke ich zwei feine Linien auf ihrer Stirn und ein paar hauchdünne Fältchen um den Mund, auch wenn jene Spuren von Freude und Glück, von Traurigkeit und

Tränen sorgfältig mit beigebraunem Make-up abge-
deckt sind. So wie Anja dasitzt und mich anschaut,
wirkt sie plötzlich zerbrechlich und angreifbar, und ich
habe das Bedürfnis, sie am Arm zu berühren, wie um
ihr Kraft zu geben.

„Was gibt es noch?", fragt Anja in meine Gedanken
hinein. „Etwas an den Haaren herbeiziehen ... Kein gutes Haar an jemandem lassen ..." Sie sieht mich an und
schüttelt den Kopf. „Nein. Das passt alles nicht."

Wieder überlegt sie einen Augenblick, dann grinst sie.
„Ich hab's: Du bist mit Haut und Haaren Leo verfallen."

Jetzt muss ich schmunzeln.

„Oder: Ein Haar in der Suppe finden."

„Eins? Ganze Büschel, ein ganzes Fuder!" Das erinnert
mich an etwas anderes: „Manchmal habe ich gesagt:
Erik frisst uns mit seinem Appetit noch die Haare vom
Kopf ..."

„Na, dann kann es ja nicht mehr lange dauern, und
ich werde dasselbe träumen, bei den Bergen, die Mirko
verdrückt!"

Wir müssen beide lachen.

Ich nehme die Füße aus der Wanne, sie sind schrum-
pelig und weiß wie der französische Ziegenkäse, den es
gestern zum Abendbrot gab, ich lehne mich zurück und
stütze mich auf die Ellenbogen.

Anja und ich lächeln uns an. Es ist ein aufrichtiges Lächeln, über das ich mich freue und das mir gut tut. Im
Grunde habe ich mir immer gewünscht, mit Anja be-
freundet zu sein. Aber irgendwie hatten wir nie die Gelegenheit, uns anzunähern. Und weil von ihr auch

nicht viel kam, habe ich ihr perfektes Äußeres zum Anlass genommen mir einzureden, dass wir ganz verschieden sind und uns nichts zu sagen haben.

„Danke", sage ich und beuge mich näher zu ihr. Ich schwitze und fröstele nicht mehr, die Klammern meines beängstigenden Traumes haben sich spürbar gelockert.

Anja beugt sich näher zu mir und legt eine Hand auf mein Knie.

„Ha, jetzt hab ich's!", rufe ich. „Wahrscheinlich habe ich Haare auf den Zähnen."

„Ja, das ist es!" Anja lässt sich auf meinen lockeren Ton ein. „Du tust immer nur so freundlich und verständnisvoll. In Wirklichkeit bist du schroff und rechthaberisch!"

„Ja, ich bin der Wolf im Schafspelz!"

„Uuuuhhh", jault meine Schwägerin.

„Danke, du bist zu liebenswürdig."

„Gern geschehen."

Als ich an diesem Abend im Bett liege, eingekuschelt in Leos warme Armbeuge, muss ich immer wieder an Anja und unser Gespräch auf der Decke denken. Sie hat mich bei der Deutung meines Traums nicht wesentlich weitergebracht, aber zumindest hatte ich das Gefühl, dass wir, wohl zum ersten Mal, seit Stefan und sie geheiratet haben, einen Zugang zueinander gesucht und gefunden haben.

KAPITEL 10

„Mama, Anna will mir nicht glauben, dass wir mit einem Messer aus deinem Bauch rausgeholt worden sind!", ruft Sofie.

Barfuß und mit geröteten Wangen kommen die Mädchen durch die Terrassentür gestürzt. Der Schmutz an ihren Füßen und Händen fällt bei der Bräune, die sie nach der ersten Urlaubshälfte inzwischen haben, kaum auf.

Anja, die gerade dabei ist, die Spülmaschine auszuräumen, wirft klirrend eine Handvoll Gabeln ins Besteckfach, während sie antwortet.

„Doch, Schatz, da hat Sofie recht."

„Hab ich's doch gesagt!"

„Mit einem *Messer?*" Ungläubig schüttelt Anna den Kopf.

„Natürlich nicht mit so einem Messer, wie man es zum Essen benutzt, sondern mit einem ganz scharfen, spitzen. Mit einem *Skalpell.* Mit so einem wird operiert. Und damit wurde auch mein Bauch aufgeschnitten. *Kaiserschnitt* nennt man das."

„Kaiser-Schnitt", wiederholt Anna und starrt auf Anjas Bauch.

Ich bücke mich hinter den Esstisch, wo ich mit dem Besen Sand und Krümel zu kleinen Häufchen zusammenfege.

Während ich vorgeblich mit dem Fegen beschäftigt bin, muss ich über das entsetzte Gesicht meiner Nichte schmunzeln.

„Aber Babys werden doch eigentlich aus dem Bauch herausgepresst", sagt Anna, und ihre Stimme ist plötzlich ganz unsicher.

Anja stellt den geleerten Besteckkasten zurück in die Spülmaschine. „Ja, normalerweise schon."

„Aber bei Mama ging's nicht." Sofie schenkt sich ein Glas Saft ein und trinkt es in einem Zug aus.

„Ich hab's versucht. Aber weil es zu lange gedauert hat, haben die Ärzte entschieden, einen Kaiserschnitt zu machen."

Anna zieht die Stirn kraus und legt schützend die Arme um den Bauch.

Anja lacht.

„Da wird nur ein ganz kleiner Schnitt gemacht. So", sagt sie und deutet die Länge mit Daumen und Zeigefinger an. „Und wenn das Baby heraus ist, wird der Bauch wieder zugenäht. Davon sieht man später fast gar nichts mehr."

„Aber Mirko", sagt Sofie, „als der auf die Welt kam, da musste dir nicht der Bauch aufgeschnitten werden, oder?"

„Nein, da brauchte ich keinen Kaiserschnitt, da ging's so."

Anja klappt die Spülmaschine zu.

Ich habe die Essecke fertig gefegt und schiebe die weggerückten Stühle wieder an den Tisch, während Anja sich einen Lappen schnappt und die Arbeitsflächen in der Küche abwischt. Heute ist kein spezieller Hausputz dran, aber die Verteilung der Arbeit klappt inzwischen ganz gut, auch ohne dass wir uns absprechen oder einen Plan machen müssen. Es hat sich eingebürgert, dass Anja kocht, sie ist darin einfach geschickter und schneller als ich und kann die Mengen besser einschätzen, während ich lieber aufräume und putze. Stefan und Leo sind fürs Einkaufen zuständig. Nur die Kinder könnten für meine Begriffe mehr in die Pflicht genommen werden.

„Zeig mir noch mal, wie groß ich als Baby war", sagt Anna plötzlich.

Anja hält die Handflächen nur wenig mehr als hüftbreit auseinander. „Achtunddreißig Zentimeter. Ziemlich klein."

„Ich war größer", prahlt Sofie und hüpft auf einem Bein durch die Küche.

Anna verzieht das Gesicht. „Pah, nicht mal *einen* Zentimeter!"

„Trotzdem!"

„Wollen wir jetzt weiterspielen?"

Mit einem „Ist gut" rauschen die beiden zusammen wieder ab.

„Hey, Fräulein, dein Glas steht noch hier!", ruft Anja ihrer Tochter nach.

„Das nehm ich nachher noch mal", sagt Sofie, ohne sich umzudrehen.

Über den Tresen hinweg schüttelt Anja den Kopf. „Um Ausreden ist sie nie verlegen."

Ich lache, bevor ich, das Kinn auf den Besen gestützt, sage: „Ich weiß noch, wie Stefan mich irgendwann gefragt hat, wo er als Baby herkam. Da war er vier. Vielleicht fünf. Ich hab ihm erklärt, dass er, genau wie ich, im Bauch unserer Mutter gewesen ist. Das Schlimme war nur, es interessierte ihn nicht so sehr, wie er da rausgekommen, sondern vielmehr, wie er *reingekommen* ist!"

Anja lacht. „Und – wie hast du's ihm erklärt?"

„Er hat sich zum Glück damit zufriedengegeben, dass ich ihm gesagt habe, Mann und Frau müssten dazu ziemlich eng beisammen sein."

Die Details, die ich auf der Straße von den Großen aufgeschnappt hatte und bei deren Vorstellung es mich innerlich schüttelte, hätte ich Stefan auf keinen Fall erzählen wollen.

Anja spült den Lappen aus. „Na, da bist du ja einfach davongekommen. Mirko wollte schon mit drei alles ganz genau wissen. Bis in alle Einzelheiten. Ich hoffe, Sofie und Anna fragen erst, wenn wir zu Hause sind. Da hab ich ein wunderbares Buch."

Während ich Handfeger und Schaufel hole, um die Krümelhäufchen zu beseitigen, muss ich daran denken, dass Dorit und ich uns auch dafür interessierten, wie klein wir als Babys gewesen waren. Ich weiß noch, wie ich staunte, als Mutter auf die kurze Spanne ihres Oberschenkels zeigte, auf die ich als Baby ausgestreckt gepasst hatte.

Immer, wenn Dorit oder ich mit Mutter das Album mit den Babybildern ansahen, erzählte Mutter davon, wie einfach meine Geburt und wie schwierig es dagegen bei Dorit gewesen sei, und dass Dorit mit einer

Zange herausgezogen werden musste, wodurch ihr Köpfchen wochenlang verformt war. Ich stellte mir das ziemlich schmerzhaft vor und hielt mir bei dieser Geschichte immer mit beiden Händen den Kopf.

Dorit wollte von ihrer schwierigen Geburt nie so gerne hören, viel lieber war ihr die Geschichte, wie sie nach dem Baden von der Hebamme fest in ein großes weißes Tuch gewickelt und dem Papa übergeben wurde, der geweint hat, als ihm das kleine Bündel, Dorit, in den Arm gelegt wurde.

„Und bei mir?", habe ich an dieser Stelle immer gefragt, „hat der Papi da auch geweint?"

„Aber sicher doch", hat Mutter geantwortet, „was denkst du denn!"

Dann nahm sie uns, Dorit an die eine Seite und mich an die andere, und drückte und küsste uns abwechselnd.

KAPITEL 11

„Sieh dir bloß mal diesen Ring an! Da, ganz rechts außen, in der vorderen Reihe!"

Ich trete dichter vor die Auslage des Juweliergeschäfts und schaue in die Richtung, in die Anja aufgeregt mit dem Finger an die Scheibe tippt. „Ist der nicht toll?"

Bestimmt meint sie das fein ziselierte Schmuckstück aus Weißgold, in dessen Mitte ein kleines Herz ausgespart ist, und das rechts und links gerahmt ist von glitzernden Diamantsplittern. Ja, der Ring ist wirklich toll. Sicher ein handgefertigtes Einzelstück.

„Vierhundert Euro", sage ich. „Nicht gerade billig."

„So viel muss man für was Exklusives schon hinlegen."

Anja dreht sich um und winkt.

„Stefan! Schatz, komm doch mal her!"

Wir haben den Wagen auf dem Parkplatz hinter der baptistischen Kirche von Biscarrosse gelassen und vertreten uns noch ein bisschen die Beine, bevor wir die Jungen wieder abholen, die in der Nähe Minigolf spielen, weil sie zur Kirchenbesichtigung nicht zu bewegen waren. Auch Sofie und Anna wollten zuerst nicht mit, ließen sich aber mit einer großen Portion Eis ködern. Sie wären lieber, wie in den letzten Tagen, an den

Strand gegangen, aber heute, wo der Himmel wie mit einer grauen Seidendecke verhüllt ist und es von Zeit zu Zeit nieselt, ist einfach nicht das passende Wetter.

„Suchst du etwa jetzt schon dein Weihnachtsgeschenk aus?"

Stefan, der mit Leo in einigem Abstand hinter uns hertrottet, ist bei uns angelangt, er schiebt die Hand unter Anjas Ellenbogen. Zugleich tauscht er einen Blick mit Leo, der so viel besagt wie: *Oh, là, là, das wird jetzt teuer.*

„Weihnachten? Ich dachte eher an eine kleine Urlaubserinnerung", entgegnet Anja.

Stefan zwinkert Leo zu: *Siehst du!*

„Meine Frau kann an einem Juweliergeschäft einfach nicht vorbeigehen. Na, was begehrt denn das Herz meiner Liebsten?"

„Ein ganz irrer Ring. Schau mal, rechts außen, in der vorderen Reihe!" Ungeduldig wippt Anja in den Knien. „Wie findest du den? Nun guck doch endlich! Ist der nicht toll?"

Stefan stößt einen kleinen Seufzer aus und blickt ins Fenster.

„Der mit der dicken Perle?"

„Ach, nein! Du weißt genau, dass ich Perlen nicht ausstehen kann! Nein, ich meine natürlich den anderen. Den daneben!"

Mit einem unwiderstehlichen Lächeln umfasst Stefan Anjas Taille und legt den Kopf auf ihre Schulter. Ihre Wangen berühren sich sanft, eine sinnliche Geste.

Leo hat meine Hand genommen. Ich versuche, seinen auf die Reihe der Eheringe gehefteten Blick geflissentlich zu ignorieren.

„Ist der nicht was ganz Besonderes? So raffiniert. Er sieht aus, als wären drei Ringe miteinander verschlungen!" Anjas ganze Gestalt vibriert vor Aufregung und Begeisterung. „Das hat auch Symbolcharakter: Jeder Ring steht für ein Kind!"

Stefan lacht. „Und das Herz ist nur für mich."

Sein Gesicht ist fröhlich und selbstgefällig, eine Spur kleiner Junge, eine Spur Charmeur, eine Spur Chauvi. „Ich sehe schon, daran kommen wir nicht vorbei."

„Ich wusste, er wird dir auch gefallen!", ruft Anja.

„Eigentlich müsste ich zuerst den Fliesenleger bezahlen. Doch wie könnte ich meiner schönen Frau einen Herzenswunsch abschlagen?"

Stefans Hand ruht einen Augenblick auf Anjas Rücken, ganz unten, auf den Lendenwirbeln.

Anja errötet, und ihre blauen Augen strahlen wie zwei große Glasmurmeln.

Leo schaut mich an und drückt meine Hand ein wenig fester.

Auch er hat das Wechselspiel von vertrauten Blicken und eingespielten Gesten zwischen Anja und Stefan beobachtet, wahrscheinlich spürt auch er etwas von den Schwingungen langjähriger Vertrautheit und von der lebendigen Spannkraft, die für mich beinahe greifbar in der Luft schweben.

„Hast du gesehen", sagt Stefan und knufft Leo freundschaftlich in die Seite, „wie schnell man Frauen glücklich machen kann!"

„Männer kann man ganz schnell mit einem Bier glücklich machen", erwidert Leo, womit er das brenzlige Thema Geld schlagfertig und geschickt umschifft.

„Mit einem großen, kühlen! Auch wenn die Franzosen ziemliche Bierbanausen sind."

Da fällt Stefan plötzlich ein, dass er morgens seine Kreditkarte aus dem Portemonnaie genommen hat. Das Bargeld reicht nicht für den Ringkauf, er muss Anja auf den Nachmittag vertrösten.

„Aber für ein Bier reicht's ganz sicher noch", sagt er. „Da hinten ist doch ein Bistro."

„Und du hast uns ein Eis versprochen, Papa!", sagt Sofie.

„Ja, ein Eis, ein Eis!", jubelt Anna.

Die Mädchen hüpfen ungeduldig um Stefan herum und ziehen ihn an den Armen vorwärts. *Los, komm weiter! Wir wollen ein Eis! Ein Eis!* Für ihre Begriffe haben wir genug Zeit vor dem Geschäft vertrödelt.

Leo setzt sich ebenfalls in Bewegung, während Anja und ich noch vor dem Juwelier stehen und Anja mit einem letzten sehnsüchtigen Blick nach dem Ring schielt. Als sie hochschaut, dreht Stefan sich gerade um. Er winkt ihr zu, Anja lächelt und wirft eine Kusshand zurück.

Zwölf Jahre sind die beiden nun verheiratet, denke ich, und sie lieben sich noch.

Und dennoch bin ich überrascht, dass diese Szene auf einer anderen Bewusstseinsebene auf mich irgendwie nicht natürlich wirkt, nicht echt. Wie ein aufgeräumtes Haus, ganz ohne geheimnisvolle Zimmer.

Irritiert versuche ich, dieses seltsame Gefühl abzuschütteln, aber ich spüre ein kleines unwilliges Zucken um die Lippen.

Anja sieht mich von der Seite an. „Genau wie Stefan! Diesen Gesichtsausdruck hat Stefan auch."

„So?"

„Ja, immer wenn er von irgendwelchen Schülern erzählt, die mit Ach und Krach durch die Prüfung gekommen sind." Anja lacht und hakt sich bei mir unter. „Dabei kann man sonst kaum glauben, dass ihr Geschwister seid."

Vom Aussehen kann Anja nicht sprechen, die Familienähnlichkeit von Stefan und mir ist nicht zu übersehen.

Beide haben wir dieses dunkle, lockige und volle Haar von unserer Mutter, bevor sie so rasch ergraute, beide dasselbe spitze Kinn aus der väterlichen Linie, das bei mir von einem Doppelkinn etwas abgemildert wird. Und im Profil gleichen sich unsere Nasen. Das heißt, zumindest glichen sie sich früher, als die meine vor dem Nasenbeinbruch noch nicht diesen kleinen Höcker hatte.

„Ich habe ja leider keine Geschwister", sagt Anja, während wir hinter unseren Männern und den um sie herumschwirrenden Mädchen herzockeln.

„Dabei hab ich mir früher nichts sehnlicher gewünscht. Ich weiß noch, dass ich das sogar auf meinen Weihnachtswunschzettel geschrieben habe. *Ich wünsche mir eine Schwester. Oder einen Bruder.* Jahrelang habe ich meine Eltern damit bekniet. Aber es half kein Bitten und kein Betteln."

„Gab's dafür einen Grund?"

„Mein Vater wollte nicht. Und meine Mutter konnte sich in diesem Punkt ihm gegenüber nicht durchsetzen, obwohl sie in kleine Kinder schon immer vernarrt war. Mein Vater hat einfach keine Geduld dafür, und das ist bis heute bei seinen Enkelkindern so."

Anja lächelt, ein Lächeln, das die Enttäuschung und Traurigkeit, die ihr anzusehen sind, nur noch schlimmer macht.

„Wenn es nach mir gegangen wäre, hätte ich mir sogar eine ganze Handvoll Geschwister gewünscht. Eine richtige Großfamilie."

„Mir hat ein Bruder voll und ganz gereicht", rutscht es mir heraus.

„Wenn ich mit jemandem spielen wollte, war ich darauf angewiesen, dass eine Freundin oder ein Nachbarskind Zeit und Lust dazu hatte. Mir war oft langweilig. Am Schlimmsten war es am Wochenende und bei schlechtem Wetter. Da war kaum einer draußen. Da waren alle zu Hause, bei ihren Geschwistern, bei ihrer Familie. Ich fand es furchtbar, mich immer allein zu beschäftigen."

„Zwischen Stefan und mir ist der Altersunterschied ziemlich groß", sage ich. „Sieben Jahre. Da hat jeder ganz eigene Interessen."

„Am liebsten hätte ich eine Schwester gehabt", fährt Anja fort. „Ich hab mir das damals wunderschön ausgemalt: wie ich meiner Schwester einen Teil meines Zimmers überlasse, wie ich mit ihr mein Spielzeug teile, meine Kleider."

Anja seufzt.

„Hast du schon mal daran gedacht", gebe ich zurück und versuche, Anjas entfernten Blick einzufangen, aber der ist zu weit weg, „dass es dich sehr traurig gemacht hätte, wenn die Schwester nie die Schwester geworden wäre, die du dir gewünscht hast?"

Plötzlich ist Anja wieder ganz da.

„Heute sehe ich das natürlich nicht mehr so verklärt. Trotzdem finde ich es schade, dass ich keine Geschwister habe. Du hast wenigstens Stefan, der mit dir die Kindheit geteilt hat. Eine gemeinsame Geschichte, die euch verbindet. Ich hatte nur Freundinnen. Das ist auch viel wert, klar, aber nicht zu vergleichen."

Als ich Anja gerade erzählen will, wie eifersüchtig und neidisch ich früher oft auf Stefan war, weil sein Nachtisch immer ein bisschen mehr, seine Geburtstagsgeschenke immer ein bisschen teurer zu sein schienen als meine, streift ihre Hand beim Gehen zufällig meinen Oberschenkel.

Grad einen Lidschlag lang ist die Berührung, aber sie löst ganz unerwartet eine Erinnerung aus. Bilder und Gefühle und Geräusche ziehen durch meinen Kopf, ein Echo vergangener Zeiten: Da sind sie wieder, die kleinen, barfüßigen Schritte, die durch das stockfinstere Zimmer tapsen, das leise Poltern, mit dem der schwarzweiße Hase, dieser hässliche, einäugige Geselle, neben meinem Kopfkissen landet, das Rascheln, mit dem der knochige kleine Knirps, mein Bruder, über die Kante klettert und unter meine Decke schlüpft. Ich will mein viel zu kleines Bett, dieses schmale Handtuch, das am Tag im dunklen Holzrahmen an der Wand verschwindet, damit man von der Tür zum Fenster gehen kann und das Zimmer etwas mehr Fläche bekommt, nicht auch noch teilen! Will wenigstens hier allein sein und ungestört! Aber schon robbt er heran, der kleine Störenfried, mit Füßen, die sich anfühlen wie Nacktschnecken an meinen schlafwarmen Waden, und mit Ärmchen, zerbrechlich wie ein Vogel, der noch nicht fliegen kann. Vertrauensvoll schlingt er sie um mich. Schmiegt sich mit dem kantigen kleinen Körper an mich, ein kleines Stück Puzzle, das sofort am richtigen Platz liegt. Warmer Atem pustet mir ins Nachthemd, eine Kappe seidenweicher Locken kitzelt mich am Hals, ich rieche den vertrauten Duft nach sanftmütigem Schlaf, und aus dem blauen Pyjama steigt ein bisschen der Geruch von Poldi, dem Dackel unseres Nachbarn, den ich jahrelang nach der Schule ausführen durfte, bis er an Altersschwäche starb. In diesem Moment sind alle Anstrengungen und Streitereien vom Tage vergessen, alle Eifersucht, aller Neid. In diesem Moment verlieren sich die trennenden Jahre im Nichts, da verschmelzen zwei unterschiedliche Charaktere zu einem einzigen Wesen, einer untrennbaren Einheit, wie sie sich mit Willenskraft niemals erzwingen ließe.

Obschon sich die Berührungen und Bilder und Gefühle nur in meinem Kopf wiederholen, während wir an einer Bäckerei, einem Kramladen und einem Geschäft für Surfartikel vorbei in ein kleines Bistro einkehren, wo die Mädchen endlich ihr Eis bekommen sollen, kann ich noch genau spüren, wie er sich da in seinem ganzen Vertrauen an mich drückt.

Der kleine Stefan. Mein Bruder.

Und da verstehe ich, warum Anja Geschwister so sehr vermisst hat.

Hier, fernab vom Alltag, habe ich genügend Zeit und Raum, um nachzudenken. Seltsam nur, dass ich meine Gedanken ständig auf Vergangenes richte, wo ich doch sonst versuche, in der Gegenwart zu leben. Ich denke an Stefan und mich, ja sogar plötzlich wieder an Dorit, die seit mehr als dreieinhalb Jahrzehnten nicht mehr zu meinem Leben gehört.

Ich weiß noch genau, wie ich von Mutters Schwangerschaft beim Völkerballspielen auf der Straße erfuhr. Ich war sechs, so alt wie meine Nichten jetzt, als eines der Mädchen sich plötzlich den Ball unter den Pullover steckte und übermütig in die Runde rief: „Jetzt bekomme ich auch ein Kind. Wie Dagmars Mama."

Ich war wie vom Donner gerührt und schrie: „Gar nicht wahr, du lügst!"

Das Mädchen lachte nur und watschelte mit dem Ball unter dem Pullover auf mich zu.

Da wusste ich, dass es stimmt.

Plötzlich fielen mir Mutters weite Kleider auf. Und dass sie oft auf dem Sofa saß, die Augen seltsam verklärt, die gespreizten Finger umspannten den Bauch wie ein kostbares Gefäß.

Ich hörte nicht mehr, was die anderen Kinder noch sagten. Wie von Peitschenhieben getrieben, rannte ich davon und versteckte mich auf dem Spielplatz hinter einem Busch. Nie war die Rede von einem Baby gewesen!

Wollten sie Dorit jetzt einfach ersetzen? Reichte ich ihnen nicht mehr?

Erst als es dämmerte hatte ich mich etwas beruhigt und der Gedanke an ein Geschwisterchen, eine kleine Schwester, versetzte mich nicht mehr völlig in Panik.

Zu Hause fragte ich Mutter sofort nach dem Baby. Ihre Augen glänzten, als sie die Schwangerschaft bestätigte, die noch zweieinhalb Monate dauern sollte. Danach sprachen wir nicht wieder davon.

Als Mutter mit dem Baby aus dem Krankenhaus kam, war sie blass und abgekämpft, aber von ihr ging ein Strahlen aus, das mich ängstigte. Ich spürte sofort, etwas Unaussprechliches stand zwischen uns.

Das Baby war runzelig, glatzköpfig und hässlich. Ich wollte diesen Bruder nicht. Er sollte zurück ins Krankenhaus, von wo Mutter ihn mitgebracht hatte. Er konnte nichts, dieser Eindringling, nur schreien und schlafen und an Mutters gewaltigem Busen schmatzend saugen. Ich gab ihm die Schuld, dass Mutter von da an noch erschöpfter war und gereizt, dass sie mich, wo ich ging und stand, ungeduldig und unwirsch beiseiteschob. Hassen wollte ich diesen Unruhestifter, ihn zumindest nicht beachten. Aber es ging nicht. Trotz meines Alters begriff ich genau, dass dieses Baby meine Eltern zusammenband, dass es ihnen neuen Gesprächsstoff lieferte und dass es uns wieder zu einer vollständigen Familie machte, so wie vor Dorits Tod.

Und dennoch wollte ich diesen Bruder nicht haben.

So wenig wie ich wollte, dass Dorit ersetzt wurde.

Es verwirrte mich, dass dieses Baby mein Herz anrührte, dass ich diesen überflüssigen Schreihals mochte und ihn wie meinen strohgelben Brummel im Arm wiegen und herumtragen wollte. Immer wieder stand ich im Schlafzimmer und blickte andächtig in die himmelblaue Korbwiege.

„Fass ihn nicht an", blaffte Mutter wie ein bissiger Wachhund, „er schläft!"

Ich wollte ihm doch nicht wehtun!

Aber sie war sehr besorgt um ihn. Ständig rannte sie zur Wiege, vergewisserte sich, dass er nicht zu kalt wurde oder zu heiß, dass er mal auf der einen Seite lag und mal auf der anderen, dass er noch atmete.

Ich stand hinter der Tür im Flur und beobachtete sie dabei, es tat mir weh, und es machte mich unglücklich, ohne dass ich sagte konnte, warum.

Sie schleppte ihn durchs Haus, wenn er von Blähungen und unerklärlichen Bauchschmerzen geplagt wurde, was dauernd der Fall zu sein schien, sie stillte und wickelte ihn, badete und cremte und puderte ihn, sprach auf ihn ein mit gurrenden Lauten. So entwickelte er sich zu einem pausbackigen Wonneproppen, der sie zu neuem Leben erweckte.

Das Baby war der Mittelpunkt ihres Lebens, und ich stand irgendwo am Rand.

Ich versuchte, mir ihre Aufmerksamkeit zu erkämpfen, wurde aufmüpfig und vorlaut, doch das änderte nichts. Dieser Bruder blieb da. Und ich fragte mich, ob es ihn überhaupt gegeben hätte, wenn Dorit nicht gestorben wäre.

Je verzweifelter ich Mutters Zuwendung einforderte, desto offensichtlicher entzog sie diese mir.

Also versuchte ich es mit einer anderen Taktik. Ich wurde gehorsam und rücksichtsvoll und unsichtbar, statt ihr auf die Nerven zu gehen, wurde eifrig und gefällig und hilfsbereit, wenn sie meine Dienste im Haushalt wünschte: Ich flitzte zum Bäcker und zum Metzger, stopfte die Wäsche in die Maschine, schrubbte die grauen Linoleumböden, saugte den weinroten Läufer, ordnete die flachsgelben Fransen.

Wenn ich Mutter keinen Kummer mehr bereitete, davon war ich überzeugt, und wenn ich ihr jeden Wunsch von den Augen ablas, dann würde sie sicher bald merken, wie sehr sie mich liebte und wie unersetzlich ich war!

KAPITEL 12

Im Bistro ist es ziemlich voll, wir ergattern einen der letzten freien Tische, sitzen in zweiter Reihe hinter dem Fenster auf taubenblauen Stahlrohrstühlen. Sie sind nicht sehr bequem, aber wir haben Durst, die Mädchen quengeln nach Eis, und Anja muss dringend aufs Klo.

„Ich nehm Erdbeer", ruft Sofie, als der Kellner kommt, um unsere Bestellung entgegenzunehmen. „Aber mit Sahne! Und für Anna Schokolade. Du willst doch Schokolade?"

Anna nickt.

Wir Erwachsenen bestellen jeder ein großes Bier, ein *Kronenbourg,* viel Auswahl haben sie im Land der Weintrinker nicht.

„Quatre bières et deux glaces, chocolat et fraise, s'il vous plaît", bestellt Stefan.

„Hast du auch die Sahne, Papa?" Sofie wippt auf ihrem Stuhl.

„Ach, die Sahne. Avec ... Sahne, was heißt jetzt Sahne?"

Der *garçon,* ein dürrer Franzose in einer knittrigen dunklen Hose, steht unbeweglich da. Sein spitzer Gesichtsausdruck zeigt keine offene Touristenfeindlichkeit, aber er erinnert an einen Angelhaken, an dem er Stefan zappeln lässt.

143

„Avec chantilly", helfe ich Stefan schließlich auf die Sprünge.

„Les deux?"

Die Nachfrage des Kellners, ob wir beide Eis mit Sahne haben wollen, hat er so schnell in den Raum geschleudert, es klingt wie *Läddö,* dass ich es im ersten Moment nicht verstehe.

„Willst du auch Sahne auf dein Eis, Anna?", frage ich nach.

„Anna mag keine Sahne", antwortet Sofie, noch bevor Anna reagieren kann. „Du magst doch keine Sahne, stimmt's?"

„Nein, keine Sahne."

„Seulement pour la glace fraise, s'il vous plaît", gebe ich weiter.

„Meine Schwester", sagt Stefan, als sich der Kellner umdreht. „Wie fast alles, kann sie auch perfekt Französisch."

„Von wegen perfekt", widerspreche ich. „Von der Schule ist kaum noch was da. Frustrierend, wo ich sogar den Leistungskurs hatte."

„Meine Güte, was sind die hier um ihre Gäste bemüht", spottet Leo.

„Müsst ihr mal aufs Klo, Sofie, Anna?" Anja schiebt ihren Stuhl zurück und steht auf. „Dann könnt ihr mitkommen."

Beide müssen jetzt nicht.

„Na, dann verschwinde ich kurz."

„Vielleicht hätte ich doch ein bisschen länger zur Schule gehen sollen", sagt Stefan. „Dann käme ich in Frankreich mit der Sprache vielleicht etwas besser zurecht."

„Den Sportteil der Zeitung verstehst du doch auch so", sage ich.

Leo, der meinem Bruder gegenübersitzt, beugt sich etwas über den Tisch.

„Du hast das Gymnasium in der Oberstufe mitten im Schuljahr verlassen, hat Dagmar erzählt. Warum denn das?"

„Ich hatte keine Lust mehr", sagt Stefan mit lässiger Stimme.

„Bei deinen Noten hätte ich auch keine Lust mehr gehabt", bemerke ich.

„Noten, Noten." Stefan macht eine wegwerfende Handbewegung.

„Du hättest nicht so faul sein dürfen, mein Lieber. Dann hättest du's auch geschafft." Ich lache versöhnlich und wende mich an Leo. „Mutter hätte ihm jede Nachhilfe bezahlt. Aber unser gnädiger Herr wollte ja nicht."

„So wie sie mich auch von dem bisschen Geld, das Papa ihr nur zahlen konnte, zum Klavierunterricht schleifen wollte und zum Tennisclub ... Danke, nein! Ich hatte eine andere Vorstellung von meiner Freizeit und meiner Zukunft. Und auf gar keinen Fall wollte ich eine Banklehre machen, obwohl sie mich dazu überreden wollte, so was Solides."

„Du wusstest schon so früh, dass du eine Fahrschule aufmachen willst?" Leo schiebt die Unterlippen auf eigenartige Weise vor, wenn er erstaunt ist. „Bei mir hat sich der Berufswunsch erst viel später herauskristallisiert."

„Zumindest wusste ich, dass ich nicht ewig zu Hause bleiben will", antwortet Stefan. „Da kam mir die Lehrstelle als Kaufmann ganz gelegen. Ich wollte raus! Nicht dauernd von Mutter in Watte gepackt werden. Eigenes Geld verdienen. Nie so knapp sein, wie's zu Hause war."

„Aber das Abitur, das hast du nicht mehr nachgeholt", sagt Leo. „Hast du das nie bereut?"

„Nie", sagt Stefan. Ein bisschen zu schnell und zu leidenschaftlich, wie mir scheint. „Ich meine, warum auch? Die Fahrschule läuft doch bestens."

„Mein kleiner Bruder, musst du wissen, hatte während seiner Schulzeit nicht sonderlich viel Ehrgeiz", stichele ich.

„Dafür hatte meine große Schwester mehr als genug", kontert Stefan und wendet sich dann wieder an Leo.

„Hat sie dir erzählt, dass sie ihr Abitur mit *Sehr gut* bestanden hat?"

Leo streicht mir über die Wange. „Das hätte ich mir denken können."

„Jetzt tut bloß nicht so, als wäre das was Außergewöhnliches. Außerdem, das ist alles eine Ewigkeit her." Eine seltsame Ungeduld hat mich plötzlich erfasst. „Wo bleibt denn das Bier? Ich verdurste!"

„Du brauchst deine Leistungen nicht abzutun", sagt Stefan aufrichtig. „Ich war zwar jünger, aber ich habe durchaus mitgekriegt, wie sehr du für die Schule gebüffelt hast."

„Es hat mir nicht geschadet", sage ich und freue mich über Stefans Lob, auch wenn mir die guten Noten plötzlich vorkommen wie ein unabwendbarer Fluch.

Über meinem Kopf verschwimmen Konversation, Gelächter und ein leises Chanson zu einer Art Summen, fast als säßen wir inmitten eines großen Schwarms emsiger Bienen.

Während der Kellner das Eis und die Getränke bringt, Anja vom Klo zurückkommt und wir uns zuprosten, wandern meine Gedanken zu dem kleinen dunklen Tisch aus Holz, der ins Wandregal eingelassen war, und dessen wackelige runde Beine sich tief in den grünen Filzteppich bohrten. Jede freie Minute habe ich hier verbracht, im Lichtkegel der orangeroten schwenkbaren Metalllampe, die mit einer Art Schraubstock am Tisch befestigt war und die abfiel, wenn ich versehentlich dranstieß.

Erstaunlich, Stefan hat meinen ingrimmigen Fleiß bemerkt.

Trotzdem hat auch er nichts begriffen.

„Eine gute Schulbildung ist wichtig", erhebt sich Leos Stimme aus dem Bienenschwarm. „Und heute mehr denn je. Ich hoffe, Erik erkennt das irgendwann. Zurzeit ist er ziemlich faul."

„Natürlich sollen Kinder so viel wie möglich lernen", pflichtet Stefan ihm bei. „Aber die Schule sollte sie mehr aufs Leben vorbereiten. Sie sollte viel praxisbezogener sein."

Ich sage: „Ich habe den Eindruck, es wird zu wenig darauf geachtet, die Kinder für ihre Mitmenschen zu sensibilisieren. Egoismus wird kultiviert. Ich möchte jedenfalls nicht, dass Erik sich ein dickes Fell zulegt, und dass er oberflächlich wird."

„Aber nichts ist schlimmer, als so schrecklich angepasste Kinder", ereifert sich Stefan laut und energisch.

„Kinder müssen sich durchsetzen können! Nicht überall diplomatisch mitschwimmen und sich anpassen. Und ganz besonders Mädchen! Gut, dass unsere beiden mit Karate angefangen haben."

„Manchmal macht es aber Sinn", erwidere ich, „sich anzupassen oder sich unterzuordnen, um ans Ziel zu gelangen."

„Vielleicht spart das Energie und Nerven, wenn man nicht aneckt. Ich bezweifele aber, dass man damit zufrieden wird."

Ich fasse meinen Bruder schärfer ins Auge.

Reden wir noch von unseren Kindern, schießt es mir durch den Kopf, oder reden wir über Stefan und mich?

KAPITEL 13

„Das ist aber schön!", sagt Anja und zeigt begeistert auf mein Blatt. „Was wird das?"

Ich breche meine Kritzelei ab und schaue erstaunt auf. Dabei streift mein Blick die Fensterfront, hinter der sich, in schwarze Dunkelheit gehüllt, der Garten verbirgt. Zwischen den Sprossen der Scheiben spiegelt sich das Licht der zwei Stehlampen und das der Kerzen, die auf dem Couchtisch brennen.

„Lass doch mal sehen!"

Anja, die neben mir auf dem Sofa sitzt, beugt sich zu mir herüber. Ich kann ihren weingeschwängerten Atem riechen, der sich in ihre blumig-orientalische Parfümwolke mischt.

Das Gekritzel auf dem Block soll eigentlich nichts darstellen. Ich habe nach dem dritten oder vierten Glas Bordeaux begonnen, das Blatt mit Linien und Strichen und schraffierten Flächen zu bekritzeln, wie ich es oft beim Telefonieren mache, während Anja von einem Karateturnier der Mädchen erzählte, bei dem Sofie gegen einen Jungen mit dem orangen Gürtel antreten musste.

„Es ist klasse geworden, dein Bild. Es gefällt mir! Hier –" Anja fährt mit dem Zeigefinger um die Fläche größerer und kleinerer Kreise und Ovale, „das muss ein

Fischschwarm sein. Und das hier rechts, das ist ein Riff, nicht? Ein Korallenriff. Du hast einen Schwarm Fische vor einem Korallenriff gezeichnet."

Ich schaue mein Bleistiftgekritzel genauer an.

Zuerst kann ich nichts erkennen, aber schließlich sehe ich es auch. Die schraffierten Linien auf der rechten Bildhälfte sehen aus wie ein Riff im Meer, und die geschwungenen Wellen daneben, die sich an etlichen Stellen kreuzen und so zu verschiedengroßen Ovalen und Kreisen werden, könnten tatsächlich einen Fischschwarm darstellen.

Amüsiert, dass Anja in meiner wahllosen Kritzelei ein kleines Kunstwerk sieht, sage ich: „Du hast recht. Ein Meeresbild."

Stefan schaut auf mein Blatt. Er runzelt erst die Stirn, dann wirft er mir einen zweifelnden Blick zu.

„Ich wusste gar nicht, dass du so gut zeichnen kannst", sagt Anja.

„Ein interessantes Bild." Leo, der Anja und mir auf dem Sessel gegenübersitzt, muss sich weit vorbeugen und den Kopf drehen, um das Bild von der „richtigen" Seite aus zu betrachten.

Ich hebe ein wenig das Kinn, das Lob von Anja und Leo tut mir so gut.

Zeichenblock und Bleistift gehören eigentlich Anna. Sie hat beides nicht wieder weggeräumt, als sie hochging. So wie Stefans Kinder meistens alles stehen und liegen lassen, wenn ihr Interesse an einer Sache erlahmt ist.

„Das Bild gefällt mir richtig gut", wiederholt Anja. „Kann ich es haben?"

„Ja klar."

Ich merke, dass mir Hitze von den Wangen zu den Ohren steigt, während ich das Blatt vom Block abreiße.

Anja schaut es immer noch an.

„Ich wünschte, ich könnte auch einfach so eine Zeichnung machen. So ganz nebenher, wie du."

„Ich hab schon immer gern gezeichnet und gemalt", sage ich, weil es nun zu spät ist einzugestehen, wie das vermeintliche Kunstwerk wirklich entstanden ist.

„Als ich klein war und noch nicht schreiben konnte, waren Bilder für mich eine Ausdrucksform für meine Geschichten."

„Bei mir erkennt man noch nicht mal was, wenn ich eine Vorlage habe. Und ganz ohne wird schon gar nichts draus."

Plötzlich rutscht Stefan, der ebenfalls gegenüber sitzt, auf die Kante seines Sessels. Er zieht den Block zu sich herüber, schnappt nach dem Bleistift, auf dem ein angenagter Radiergummi sitzt, und beginnt, eine Fläche in der Blattmitte zu schraffieren, neben die er einige Quer- und Längsstriche setzt.

Was soll das jetzt, denke ich und spüre, wie sich meine Blutgefäße leicht zusammenziehen. Will Stefan mir vor Augen führen, dass er mich durchschaut hat?

Anja und Leo schauen gespannt zu, wie Stefans Finger übers Papier fliegen und eine kleine Zeichnung auf dem Block entwerfen. Wenn ich es über Kopf richtig sehe, skizziert er einen Mann mit Helm, der etwas in der Hand hält.

„Was meint ihr –", sagt Stefan, als er weitere Linien gezeichnet und ein ausgefranstes, lochähnliches Gebilde aufs Blatt geworfen hat. „Was ist das?"

Leo zeigt auf die dunkel ausgemalte Stelle im Bild. „Eine Baugrube. Und das sieht aus wie ein Bauarbeiter."

Anja beugt sich interessiert über den Tisch, wobei das Leder des Sofas knarrt. „Ein Bauarbeiter mit Werkzeug in der Hand."

„Ja", sagt Stefan. „Stimmt."

Anja legt die Finger auf Stefans Handgelenk. „Ich wusste gar nicht, dass du auch so gut zeichnen kannst, Schatz."

Stefan grinst, reißt das Papier vom Block und beginnt eine neue Zeichnung.

Ich rutsche auf dem knarzenden Leder des Sofas herum, doch ich finde keine bequeme Sitzposition. Kann Stefan mir nicht einmal meinen kleinen Erfolg gönnen? Muss er sich vor Leo und Anja unbedingt so aufführen? Sich immer und überall in den Vordergrund spielen! Am liebsten möchte ich schreien: *Schluss! Wir wissen doch, dass du alles besser kannst als ich!* Ich mustere meinen Bruder mit zusammengekniffenen Augen. Er weicht meinem Blick aus.

Mit Schwung setzt er ein paar längliche Striche auf das neue Blatt, an denen jeweils Kreise enden, und fügt ein paar weitere Striche hinzu. In einer Ecke schraffiert er, locker aus dem Handgelenk, eine kleinere Fläche und durchzieht sie mit sechs, acht dickeren und dünneren Strichen. Seine Zunge hat er in einen Mundwinkel geschoben.

Ich kann kaum noch hinsehen. Ich fühle mich von meinem Bruder ertappt, vorgeführt und provoziert. Nur mühsam unterdrücke ich den Impuls, ihm den Stift aus der Hand zu schlagen.

„Ein Fernseher", ruft Anja in die Runde. „Nein, ein Monitor. Und das hier vorne sind Kinder. Kinder vor dem Computer."

„Ich tippe auf einen Fernseher." Leo zeigt auf das kastenförmige Gebilde. „Das müssen Knöpfe sein und das hier eine Antenne."

„Und was meinst du, Dag?", wendet sich Stefan an mich.

Ich merke, wie mir Schweiß auf der Oberlippe ausbricht. Ich verschränke die Arme vor der Brust und sage scharf: „Wenn du mich fragst, ich erkenne nichts."

„Findest du?"

„Man sieht doch, dass es ein Fernseher ist", widerspricht Leo mir. „Wahrscheinlich der Fernseher, der zu viel Raum im Leben von Kindern einnimmt."

„Genau!", ruft Anja. „Darum ist er überdimensional groß und die Köpfe im Verhältnis so klein."

Ich ziehe scharf den Atem ein.

Wir sind nicht bei den Montagsmalern, die es früher im Fernsehen gab, wo immer einer die Aufgabe hatte, einen Suchbegriff zu zeichnen, den seine Mannschaft erraten musste. Wir sind nicht bei den Montagsmalern, und ich fühle mich auch nicht als Mitglied von Stefans Rateteam!

Warum bloß lassen sich Leo und Anja auf dieses verdammte Spiel ein? Merken die beiden nicht, was Stefan mit mir macht, und dass er uns alle zum Narren hält?

Mein Bruder geht mit dem Oberkörper ein Stückchen zurück, als müsste er Anjas und Leos Vorschlag an seiner Skizze überprüfen.

„Das Fernsehen, das im Leben zu viel Raum einnimmt. Bingo!"

Mit einem Schwung reißt er auch dieses Blatt vom Block und legt es neben seine erste Zeichnung. Dann richtet er sich im Sessel zu seiner vollen Größe auf und streicht sein T-Shirt glatt.

„Ihr habt ja beide richtig Talent zum Zeichnen", sagt Anja und lächelt erst Stefan, dann mir zu. „Jetzt weiß ich endlich, woher es kommt, dass Sofie und Anna so gerne malen!"

„Erik hat dazu überhaupt keine Lust", sagt Leo. „Das war schon in der Grundschule so."

„Bis jetzt war mir mein Zeichentalent noch nicht so bewusst." Stefan lacht und schüttelt seine lockigen Haare wie ein ausgewachsener Löwe.

„Eine Fernsehmetapher, ja?", sage ich bissig. „Das wolltest du also zeichnen?"

„Na klar." Stefan greift zu seinem Glas, lehnt sich im Sessel zurück und trinkt einen großen Zug.

„Bei uns ist es genauso, wie Stefan es dargestellt hat", sagt Anja. „Die Glotze nimmt einen ziemlichen Raum in unserem Leben ein. Eigentlich gibt es keinen Tag, an dem sie mal ganz aus ist."

Ohne es willentlich zu steuern, greife ich zum Bleistift und angele nach meinem „Meeresbild", das vor Anjas Platz auf dem Couchtisch liegt.

„Ich würde nicht viel vermissen, wenn wir unseren Fernseher abschaffen würden", sagt Leo und fügt hinzu, das sähe bei Erik ganz anders aus.

Ich umklammere den Bleistift, presse die Lippen zusammen und starre auf mein Blatt. Ich möchte Stefans verdammte Bilder nehmen und sie in Stücke reißen! Ich höre, dass Anja und Leo etwas sagen, doch ihre

Stimmen werden leiser und streifen mich nur noch wie ein Windhauch aus weiter Ferne.

„Dagmar? Was machst du da, Dagmar?"

Entsetzt schaut Anja mich an.

Erst jetzt bemerke ich, dass keiner mehr etwas sagt. Alle starren auf mein Bild.

Mein Blick wandert hinunter.

Ich habe es vollgekritzelt. Von oben bis unten. Nichts ist mehr darauf zu erkennen.

Wie einen glühenden Stab, lasse ich den Bleistift los. Er kullert über den Tisch, fällt über den Rand und kreiselt auf den Fliesen.

Im Schlafzimmer der Jungen macht es einen dumpfen Schlag. Fast gleichzeitig drehen sich unsere Köpfe in Richtung Treppe, aber von oben ist kein weiteres Geräusch mehr zu hören.

„Mirko und Erik schlafen noch nicht", sagt Leo und räuspert sich. „Dabei hatte ich ihnen vorhin nur noch eine Viertelstunde erlaubt."

Jetzt trippeln nackte Füße durchs Zimmer, ein Stuhlbein ruckt über den Holzboden, dann ist es wieder still.

Mit dem Fuß angele ich nach dem heruntergefallenen Stift. Die Spitze ist abgebrochen.

„Einer sollte nach den Jungen sehen. Die spielen bestimmt auf ihren Handys. Bestimmt ..."

„Was ist eigentlich los, Dag?" Stefan richtet seinen Blick besorgt auf mich.

„Mit mir? Mit *mir* ist nichts!"

„Das sieht aber nicht so aus", erwidert Stefan. „Du bist doch nicht etwa sauer auf mich? Ich wollte doch nur, dass wir ein bisschen Spaß haben. Dass wir ..."

Stefan bricht den Satz ab. Ich merke, dass Leos Mund offensteht und dass Anja auf meine rechte Hand starrt. Wahrscheinlich, weil ich die Finger zur Faust geballt habe und damit immer wieder auf den Tisch schlage.

Als ich die Faust löse, scheint mir die Stimme im Hals erstorben. Ich versuche, eine Entschuldigung herauszupressen, aber ich würge einen ganz anderen Satz aus der Kehle. Und es ist auch nicht meine normale Stimme, die die Stille des Raums durchschneidet. Die Stimme, die sich aus meiner Kehle presst, ist ganz hoch und ganz zittrig, meine Kinderstimme.

„So, wolltest du nur das, Stefan? Spaß haben?"

„Was denn sonst, Dag?"

Leo und Anja scheinen plötzlich auf ihren Polstern festgefroren. Mit geweiteten Augen starren sie mich an.

Kalter Schweiß tropft mir aus den Achseln, ich senke den Blick. Ich schäme mich so für die Eifersucht auf meinen Bruder und für die unbändige Wut, die tief in mir brodelt. Ich habe plötzlich auch Angst, dass ich diese Wut irgendwann nicht mehr kontrollieren kann.

„Dagmar", sagt Stefan sanft und nimmt meine Hand. „Ich wollte doch wirklich nur einen fröhlichen Abend!"

Ich sehe mein starres und leeres Gesicht in seiner glänzenden Pupille, und plötzlich zweifele ich, ob er das alles absichtlich gemacht hat, oder ob ich wieder einmal zu viel in alles hineininterpretiere.

„Ich glaube, ich hab den vielen Wein nicht vertragen", sage ich müde. „Ich hätte nicht so viel trinken dürfen."

„Soll ich dir ein Glas Wasser holen?", fragt Leo.

„Oder ein Aspirin?" Das Lederpolster unter Anja knarrt unbehaglich, obwohl sie sich kaum bewegt. „Das hilft bei mir ganz gut."

„Kein Wasser. Kein Aspirin. Danke."

„Du solltest dich hinlegen."

Stefan schaut mich an, aber er schaut jetzt irgendwie durch mich hindurch.

Wie er so vorgebeugt dasitzt, sieht er Vater unglaublich ähnlich, und einen Moment lang habe ich das Gefühl, als würde ich Vater gegenübersitzen.

„Ja, ich leg mich hin", sage ich lahm.

Als ich vom Sofa aufstehen will, streift mein Knie das unselige „Meeresbild", es segelt zu Boden. Entsetzt schaue ich ihm nach.

„Lass es einfach liegen." Anja streicht sich mit den Handflächen übers Gesicht. „Ich heb's gleich auf."

„Ruh dich aus, Dag", sagt Stefan.

Ich nicke.

„Ich geh dann hoch." Schlaff sinken meine Arme am Körper hinab.

„Schlaf wird dir gut tun", schickt Stefan mir hinterher.

Ich meine, Erleichterung aus seiner Stimme herauszuhören.

KAPITEL 14

„Hallo?"

„Ja."

„Ist hier jemand?"

Eine unbekannte Stimme hat mich aufgeschreckt. Ich rappele mich aus dem Liegestuhl hoch, den ich neben dem Hibiskus im Garten in Richtung Sonne aufgestellt habe, und entdecke einen Mann, der um die Hausecke lugt.

„Ich bin hier", sage ich.

„Entschuldigen Sie, dass ich störe. Werner Hölgers, ich bin ein Nachbar, guten Tag!", ruft er mir zu und kommt auf dem Pfad näher, der sich um das Haus in den Garten schlängelt. „Meine Frau und ich haben unser Ferienhaus nicht weit von hier."

Der Mann ist etwa fünfzig, hochaufgeschossen, hager. Mit seiner Baskenmütze und dem Schnauzbart sieht er aus wie ein Franzose, doch er spricht akzentfrei Deutsch. Er gibt mir die Hand, und ich nenne ihm meinen Namen.

„Ich habe gesehen, da steht ein Wagen vor Ihrer Tür. Ich bräuchte Hilfe, das heißt, mein Auto. Das Licht muss die ganze Nacht gebrannt haben, jedenfalls, mein Auto springt nicht an. Könnten Sie mir mit einem Starterkabel helfen?"

Ich mache eine unbeholfene Geste.

„Ich habe leider nicht sehr viel Ahnung von Autos, aber mein Mann wird Ihnen sicher gern helfen."

Ich finde es etwas affig, Leo als Lebensgefährten zu betiteln, gar als Lebensabschnittsgefährten, und deshalb bezeichne ich ihn Fremden gegenüber als *meinen Mann*, auch wenn das missverständlich ist.

„Leo", rufe ich in Richtung Wohnzimmer, wo die Tür offen steht, „kannst du bitte mal kommen?"

„Da habe ich endlich Glück", fährt der Nachbar fort. „Ich war schon bei drei anderen Häusern, aber nirgends war jemand da. Die meisten sind sicher schon am Strand."

Als Leo, der sich im Fernsehen die *Tour de France* anschaut, herauskommt, wiederholt unser Nachbar sein Anliegen.

„Haben wir ein Überbrückungskabel im Wagen?", frage ich Leo.

„Ich denke schon, im Kofferraum. Zumindest hab ich es beim Einpacken nicht rausgenommen."

Zu dritt gehen wir zu meinem Wagen, der in der Einfahrt vor dem Haus parkt, doch dann fällt mir ein, dass er abgeschlossen ist und der Schlüssel in meiner Handtasche im Haus liegt. Ich laufe noch einmal zurück.

„Früher sind meine Frau und ich immer mit der ganzen Familie hergekommen", höre ich den Nachbarn sagen, als ich die Schlüssel geholt habe. Er wartet mit Leo am Kofferraum.

„Aber inzwischen sind die Kinder längst erwachsen. Vielleicht nehmen wir nächstes Jahr unseren Enkelsohn mit. Der ist jetzt drei. Er hätte bestimmt viel Spaß am Strand."

„Ja, es ist ideal für Familien", erwidert Leo, während ich den Kofferraum aufschließe und die Gummimatte hochhebe, die ich als Schutz für meine Einkäufe immer dabeihabe. Das Kabel liegt darunter, und Leo holt es heraus.

„Wir sind hier mit vier Kindern, und es war noch keinen Tag langweilig. Vom Meer und vom Strand können Kinder offenbar nie genug bekommen. Aber auch für uns Erwachsene gibt's jede Menge Abwechslung. Fährst du mit, Dagmar?"

Ich deute ein Kopfschütteln an und reiche Leo den Schlüssel.

Ich möchte lieber zurück auf meinen Liegestuhl. Nach dem furchtbaren Abend hatte ich gestern den ganzen Tag Kopfschmerzen und wollte auch heute nicht mit den anderen zum Strand, sondern lieber im Garten liegen. Außerdem kann ich mir nicht vorstellen, dass ich als Pannendienst eine große Hilfe bin.

„Mit vier Kindern?"

Der Nachbar schaut erst mich, dann Leo an und nickt uns anerkennend zu.

„Ich hab drei Kinder. Einen Sohn. Und zwei Töchter aus erster Ehe."

Leo lacht. „Von den Vieren gehört aber nur einer zu uns. Die anderen sind ein Neffe und zwei Nichten." Er steigt in den Wagen. „Bin sofort zurück, Schatz."

„Herzlichen Dank für das Kabel, und einen schönen Urlaub noch", verabschiedet sich der Nachbar und winkt mir freundlich zu.

Während die Autotüren klappen und ich den Männern im anfahrenden Wagen nachschaue, fühle ich, wie mein Herz einen bestürzten Satz macht, weil ich mich im selben Augenblick am Supermarkt stehen sehe, dem kleinen *Edeka*-Laden im Ort.

Ich bin neun oder zehn und halte zwei volle Einkaufstüten in den Händen. Einen Schritt nur stehe ich hinter Mutter, über deren angewinkeltem Arm ein Korb mit weiteren Einkäufen hängt. Sie plaudert mit einer älteren Dame, die ich nicht kenne. Ich weiß nicht mehr, über was sie sprechen, aber ich erinnere mich, dass diese Dame irgendwann von Mutter wissen will, wie viele Kinder sie hat.

„Einen Sohn", höre ich Mutter antworten. „Und dann ist da noch das Mädchen."

Einen Sohn, denke ich bitter, und in dieser Sekunde verschwindet die Staubwolke, die mein davonfahrender Wagen aufwirbelt, auch das Dunkelgrün der Bäume, das sich zum leuchtenden Himmelsblau hinaufschwingt. Das alles ist wie wegradiert, bis auf die klare Erinnerung an den Stolz, der in Mutters Stimme bei ihrer Antwort mitschwingt.

Einen Sohn.

An weitere Einzelheiten erinnere ich mich nicht mehr. Aber ich weiß noch genau, dass ich mich wunderte, warum sie Stefan zuerst nannte, und dass ich dabei empört und gekränkt war. *Ich* war doch zuerst da gewesen! Und *ich* war es doch, die ihr im Haushalt und bei den Einkäufen half, die ihr die Taschen trug und sich um Stefan kümmerte, wenn es ihr nicht gut ging. *Ich!*

Ich schaue die Auffahrt hinunter, der Wagen mit Leo und dem Nachbarn ist nicht mehr zu sehen.

Ich kann es selbst nicht fassen, dass ich hier stehe und mich betrogen und verletzt und benachteiligt wie ein

Kind fühle. Lächerlich. Was kann es heute noch für eine Bedeutung haben, wen Mutter zuerst nannte? Ist es nicht egal, ob sie das bewusst tat, oder ob es vielleicht nur ein Ausdruck dafür war, dass früher ein Sohn, der Stammhalter der Familie, mehr galt als eine Tochter?

Ich versuche, die Erinnerungen an Mutters Antwort zu verscheuchen, aber während ich mit bleischweren Füßen zum Liegestuhl zurückschlurfe, schwach und antriebslos wie die Autobatterie des Nachbarn, kommt mir unweigerlich noch etwas anderes in den Sinn.

Als Mutter ins Heim zog und ich ihre Wohnung auflöste, fand ich in ihrem Portemonnaie und in ihrer Handtasche nur Fotos von Stefan und seiner Familie.

Keines von mir.

KAPITEL 15

Von dem verlockenden Duft nach frisch gebackenem Kuchen, der unter dem Spalt der geschlossenen Zimmertür hindurchwabert, und von leisem Geklapper aus der Küche werde ich wach. Leos Augen sind noch fest geschlossen, wie ein großer Kater hat er sich auf seiner Betthälfte zusammengerollt. Auch ohne meine Brille erkenne ich das unwiderstehliche Leuchten hinter dem dünnen geschlossenen Vorhang, es verspricht einen bilderbuchblauen Sonnenhimmel, wie bestellt für das Ereignis, dem Sofie und Anna seit Tagen entgegenfiebern: Geburtstag.

In den oberen Zimmern ist alles still, trotzdem schlüpfe ich aus dem Bett und ziehe mich leise an. Leo hat sich noch nicht bewegt, als ich die zwei Geschenke schnappe, die ich schon zu Hause besorgt und eingepackt habe, und damit nach unten husche.

„Guten Morgen!", rufe ich in Richtung Küche, und ein fröhliches *Hallo* kommt hinter dem Küchentresen zurück.

Ich schaue mich um, Trauben von Luftballons in Herz- und Wurstform hängen von der Decke, Kaskaden von Luftschlangen ergießen sich über Lampen und Bilder, und über mir ein Gewölbe aus farbenfrohen Girlanden. Der ganze Raum ist eingehüllt in Kuchenduft und Sonnenschein. Es ist noch nicht mal sieben, Anja muss mitten in der Nacht aufgestanden sein, um das alles vorzubereiten.

Sie hantiert im Backofen, nur ihr Rücken ist zu sehen, während ich zum Sofa gehe, wo sich, in buntes Papier und dicke Schleifen gewickelt, zwei getrennte Haufen von Geschenken auf dem Tisch türmen. Vorne stehen zwei kleine Holzkränze mit jeweils sechs fingerdicken Kerzen, daneben zweimal eine große rotbemalte Sechs aus Holz.

Für jedes Kind eine eigene Seite, denke ich. Aber alles im Doppelpack, so ist das mit Zwillingen.

Wie schlicht sich die Geburtstage dagegen bei uns früher ausnahmen. Ein paar Geschenke auf dem dunklen Nierentisch, kein großes Brimborium. Vaters Eltern und Tante Elfie, seine Schwester, am Samstag drauf zum Kaffee, für Stefan und mich ein paar Strümpfe, Schokolade und Unterwäsche, aber das war vorbei, als Vater auszog. Stefan durfte, solange er klein war, am Geburtstagsnachmittag ein paar Freunde einladen, mit denen ich *Topfschlagen* und *Blinde Kuh* spielte, aber eine richtige Party – im Keller mit Musik und Tanzen und später mit Apfelkorn und Küssen – hat es bei uns nie gegeben. Zur Wohnung in der Hollenstraße gehörte ja auch nur dieses winzige Kellerloch, das durch offene Holzbretter und ein Vorhängeschloss von den Nachbarkellern getrennt war. Völlig ungeeignet zum Feiern, selbst wenn man die alten Stühle, die Kartons, die Lampenschirme und die muffigen Federbettdecken weggeschafft hätte.

Mit einem „Herzlichen Glückwunsch zur Geburt deiner Töchter" begrüße ich meine Schwägerin, als sie vor dem Backofen auftaucht.

Anja, die zwischen zwei dicken Küchenfäustlingen einen dampfenden Kuchennapf hält, bedankt sich.

„Jetzt sind sie schon sechs, die beiden! Ich weiß noch, wie winzig sie waren. Keine fünf Pfund, und so viele Wochen zu früh. Und jetzt kommen sie schon in die Schule."

„Ja, sie sind schnell groß geworden", bestätige ich und lasse die Augen über den Gabentisch schweifen. „Und sie haben sich beide wunderbar entwickelt. Du kannst wirklich stolz sein auf deine Töchter."

Unschlüssig halte ich meine zwei Päckchen in der Hand. „Welche Seite ist denn für Sofie, welche für Anna?"

„Rechts Sofie, links Anna."

Ich verteile die Geschenke. „Sieht hübsch aus, wie du das alles arrangiert und das Zimmer geschmückt hast."

Anja lächelt zufrieden. „So was macht mir Spaß. Ein Geburtstag sollte etwas Besonderes sein, finde ich. Zu Hause bekommen die Kinder immer noch einen Blumenstrauß. Ich will gleich ein bisschen Grünzeug aus dem Garten für sie holen."

„Das könnte ich ja machen", biete ich an. „Oder kann ich dir noch was anderes helfen?"

„Vielleicht das Fleisch und die Garnelen einlegen. Öl und Gewürze hab ich schon rausgestellt."

Sofie und Anna haben sich für heute einen Strandtag gewünscht und abends Grillen im Garten. Doch noch ist kein Mucks von den beiden zu hören, obwohl sie gestern lautstark angekündigt hatten, noch vor Sonnenaufgang aufzustehen.

„Und wenn du Lust hast", sagt Anja, „könntest du vorher die Blumen pflücken. Dann mache ich inzwischen schnell den Kuchen fertig."

Das will ich gerne tun.

Als ich mich umdrehe, rutscht eines der Päckchen vom Haufen und fällt auf den Fußboden. Ich hebe es auf und lege es zurück. Es ist groß, aber erstaunlich leicht.

„Ist das was zum Anziehen?"

„Ein ganz süßes Kleid", schwärmt Anja, während sie beginnt, Schokoladenguss auf den Kuchen zu pinseln. „Unten ist es weit ausgestellt, und im Nacken gebunden. Die beiden werden sich freuen."

Ich schaue auf die bunte Päckchenlandschaft, und in meiner Stimme schwingen Überraschung und Bedenken, als ich sage: „Für beide das gleiche?"

„Natürlich!" Anjas Stimme ist halb belustigt, halb herausfordernd. „Das kann ich nicht machen, so ein niedliches Kleid nur für Sofie oder für Anna."

Ohne meine Schwägerin provozieren zu wollen, fasse ich nach: „Aber es gibt doch so viele hübsche Kleider. Warum zweimal das gleiche?"

Den schokoladenverschmierten Pinsel wie eine Waffe gezückt, schaut Anja hoch. „Da sehe ich meine Mädchen schon vor mir, wie sie zwei verschiedene Kleider hochhalten und sofort miteinander streiten. *Deins ist aber viel schöner! Das will ich haben! Nein, das gehört mir!* Nein, nein, das muss ich nicht noch fördern, dieses ständige Gefühl, der Schwester gegenüber benachteiligt zu sein."

Ich nehme das Päckchen noch einmal in die Hand, drehe es, betrachte es, lege es wieder weg.

„Meinst du nicht, gerade wenn du die Mädchen als Double behandelst, verstärkst du dieses Gefühl?"

Anja legt den Pinsel energisch aus der Hand.

„Aber die beiden wollen doch gleich aussehen! Sie bestehen sogar meistens auf die gleiche Kleidung! Und ich denke, das gibt ihnen eine gewisse Sicherheit, die Zwillinge viel mehr brauchen als Einzelkinder."

Mag sein. Trotzdem spüre ich, wie meine Kopfhaut prickelt.

Anja richtet sich hinter dem Küchentresen zu ihrer vollen Größe auf. Nicht nur aus der Art, wie sie die Augenbrauen zusammenzieht, kann ich ablesen, dass sie sich angegriffen fühlt.

„Ich meine ja nur", sage ich beschwichtigend, weil ich die Stimmung am Geburtstagsmorgen nicht verderben möchte, „dass schon Geschwister viel zu oft miteinander verglichen werden. Und Zwillinge haben es, glaube ich, besonders schwer. Sie können schnell zu kurz kommen, was die Individualität betrifft."

„Natürlich versuchen wir, jedes der Mädchen als eigene Persönlichkeit zu sehen und zu behandeln. Und trotzdem ist das nicht so einfach. Der Alltag mit Zwillingen ist anstrengend! Da zerren immer *zwei* an dir! Und das nicht nur körperlich, sondern auch psychisch. Und finanziell. Als Mutter bleibt einem irgendwann nichts anderes übrig, als zu lernen, mit den Kräften hauszuhalten. Und das bedeutet dann, manche Dinge zweckmäßig anzugehen. Da kann nicht jedes der Kinder x-Freunde einladen, jeden Tag hierhin und dorthin

gekarrt werden oder drei verschiedenen Hobbys nach-
gehen, wie das bei Einzelkindern oft der Fall ist ... Und
wenn zwei Kinder das gleiche anziehen wollen, gut,
dann diskutiert man darüber nicht stundenlang, dann
vermeidet man zumindest noch mehr Streit."

Anja hat sich in Fahrt geredet. Sie versucht, ruhiger
zu sprechen, aber ich kann ihre unterdrückte Verstimmung spüren wie einen anhaltend hohen Ton.

„Es bleibt also notgedrungen ein Stück weit die Individualität auf der Strecke. Ja, das ist so. Ich behaupte
sogar, das geht mit Zwillingen nicht anders. Außerdem,
wir haben noch Mirko, der auch zu seinem Recht kommen muss."

Ich nicke Anja verständnisvoll zu und versuche mich
in einem anerkennenden Lächeln, das Anja signalisie-
ren soll, dass ich ihre Bemühungen und Anstrengungen
durchaus sehe und sie ihr keineswegs absprechen
möchte.

Aber mein Lächeln ist auch eine Maske für die ungu-
ten Gefühle, die mich überlaufen, tief und kalt wie eine
Meeresströmung, als mir unweigerlich Bilder und Gedanken durch den Kopf schießen: zwei kleine Mädchen
in zwei identischen Kleidchen, die alles miteinander
teilen, Sofie und Anna. Meine kleinen Nichten, die
nicht nur hier, auch zu Hause in einem Raum schlafen,
obwohl zwei Zimmer zur Verfügung stehen; die sich die
Zeit und die Aufmerksamkeit ihrer Eltern teilen und
die Erlebnisse im Kindergarten, bald auch die in der
Schule. Die ihr Spielzeug teilen müssen und ihre Gedanken, ihre Hobbys; die die Köpfe über den großen
Spielzeugkisten verschwörerisch zusammenstecken

und manchmal in einer Art Geheimsprache miteinander sprechen, die sich mit einem kurzen Blick mehr mitteilen können als andere Kinder mit vielen Worten, die gemeinsam lachen und heulen und die sich anbrüllen und raufen. Härteste Konkurrentinnen, zugleich untrennbares Gespann. Sofie und Anna. Dorit und Dagmar.

Mir ist plötzlich sehr heiß, ich habe das Gefühl, ich brauche dringend Luft.

„Ich plück jetzt die Blumen", sage ich schnell, als ich die Terrassentür aufstoße, gierig nach Luft schnappe und hinausstürme.

Mit schnellen Schritten wandere ich durch den Garten, bis ich die hohen Büschel Pampasgras sehe, die einen Teil des Zauns säumen, ihr sanftes und leises Rascheln im Wind hören kann, und bis der betörende Duft des Lavendels, in seinem trockenen Beet der prallen Sonne ausgesetzt und schon ziemlich verblüht, meinen Kopf so freimacht, dass ich mich auf die Blumen für die Mädchen konzentrieren kann.

Sofie und Anna.

Komisch, denke ich, nie Anna und Sofie. Immer Sofie und Anna.

Auch wenn sie Zwillinge sind, irgendwie hat Sofie von Anfang an die unangefochtene Führungsrolle beim Reden und Spielen übernommen. Vielleicht, weil sie ein paar Minuten früher geboren wurde als ihre Schwester und hundertfünfzig Gramm schwerer war.

SofieundAnna.

Auch mir kommen, wenn ich an meine Nichten denke, die beiden Namen nur in einem Atemzug und in dieser Reihenfolge über die Lippen. Dabei ist Anna bestimmt genauso intelligent und fantasievoll. Aber Sofie ist wortgewandter, selbstbewusster, Anna hingegen ist stiller, in sich gekehrter. Anscheinend hat sie einfach etwas weniger Energie abbekommen als ihre Schwester und lässt sich deshalb von ihr führen, was für beide Mädchen gleichermaßen akzeptabel scheint. Ich stelle mir meine Nichten vor. Komisch, denke ich, ganz ähnlich ungleichgewichtet war es auch bei Dorit und mir. *DoritundDagmar* – wahrscheinlich wurden auch wir immer in einem Atemzug gerufen, auch wenn wir keine Zwillinge waren. Bei uns war ich die Stille, und Dorit die, die für mich mitgesprochen hat. Und wie meine Nichte habe ich das einfach hingenommen.

Für Sofie breche ich ein paar Stängel der weißen Kletterrosen ab, die an der Pergola fast vom Wein überwuchert werden. Ich stecke sie zwischen die Zweige einer wacholderartigen, mit kleinen hellen Samenbällchen übersäten Pflanze, wodurch ein waldgrüner, mit seinen weißen Rosentupfen festlich wirkender Strauß entsteht. Für Anna soll es unbedingt ein anderer sein. Ich lasse mir Zeit und schaue mich um. Dann entscheide ich mich für die Bougainvillea, deren lange Zweige in üppigen Kaskaden von einem Holzgerüst fließen, das an einer Hausecke hängt. Zusammen mit einigen Pinienbüscheln binde ich sie zu einem eindrucksvollen Strauß. Ihre sternförmigen Blüten leuchten kräftig, ihr sattes Purpur färbt vielleicht positiv auf Anna ab, die immer ein wenig blasser und unscheinbarer wirkt als ihre Schwester, obwohl die Mädchen vom Aussehen kaum zu unterscheiden sind.

Die Bougainvillea blüht so eindrucksvoll, dass ich auch fürs Wohnzimmer einfach ein paar Stängel abkneife.

So eine üppige Blütenpracht hätten Dorit und ich früher gebraucht, wenn wir uns Kronen fürs Haar geflochten haben! Aber Mutter erlaubte uns nur die Gänseblümchen zu pflücken, wenn wir Prinzessin spielten, und unsere beiden Teddybärprinzen mussten mit den Beeren des Feuerdorns vorliebnehmen, wenn wir sie „füttern" wollten. Dazu verkrochen wir uns unter dem schützenden Blätterdach des Holunderbuschs, unser „Schloss", das für Drachen und feindliche Ritter unsichtbar war, oder wir kletterten als Eichhörnchen in den Wipfeln des Holunderbuschs herum, eines von Dorits Lieblingsspielen, das wir unzählige Male zusammen spielten.

Einmal, als ich mit Dorit ziemlich lange im Holunderbusch gehockt hatte, hab ich sie gefragt: *Warum schläft die Mama manchmal so viel?*, und Dorit hat geantwortet: *Das ist, wenn sie nachts nicht schlafen kann.*

Wegen mir?

Nein, das ist nicht wegen dir.

Glaubst du, die Mama ist traurig?

Dorit sagte *Nein*, obwohl ihr Gesichtsausdruck unsicher aussah.

Während ich zum Wohnzimmer zurückgehe, um die Blumensträuße hineinzubringen, kann ich es wieder spüren, dieses dumpfe, bedrohliche Gefühl im Bauch, das mich befiel, wenn ich zu Mutter ins Zimmer schlich, wo sie manchmal bis in den späten Vormittag hinein schlief.

Ich hatte dann Angst, dass sie nie mehr aufwachen könnte.

KAPITEL 16

Als ich wieder ins Wohnzimmer komme, hat Anja den Kuchen fertig glasiert. Sie hat die Geburtstagskerzen angezündet, zwei Vasen bereitgestellt und ihre Festtagslaune zurückgewonnen.

„Ach, die sind aber hübsch", sagt sie über meine Sträuße, und ich freue mich über ihr Lob.

„Wie war das eigentlich", frage ich, während ich die Blumen ins Wasser stelle, „als du erfahren hast, dass es Zwillinge werden?"

„Ein Schock", antwortet sie sofort.

Sie sieht sich um, ob auch keines der Kinder zuhört, und fügt dann leiser hinzu: „Stefan und ich wollten nur zwei Kinder, und nun hieß es plötzlich, es werden Zwillinge. An den Gedanken von drei Kindern mussten wir uns erst gewöhnen. Und dazu die unterschiedlichen Reaktionen, die wir uns anhören mussten: *Zwillinge, wie niedlich, doppeltes Glück! Wie einfach und praktisch: immer jemand da zum Spielen, später Doppelhochzeit.* Eine Nachbarin hat sogar behauptet, Zwillinge beschäftigen sich besser und sind sozialer als einzelne Geschwister. Dass ich nicht lache! Und auf der anderen Seite diese mitleidigen Worte und Blicke: *Hat ja auch sein Gutes, da kriegt ihr zwei Kinder in einem Rutsch groß. Alles in einem Abwasch.* Manche haben uns ganz

173

offen bedauert, haben so was gesagt wie: *Ihr Armen, ihr seid doppelt gestraft.*" Anja schnauft. „Na ja, es war nicht immer einfach. Ist es immer noch nicht. Aber heute bin ich froh, dass ich die zwei habe."

Als hätten sie ihr Stichwort gehört, stürzen die Mädchen die Treppe herunter und laufen zum Gabentisch.

„Da seid ihr ja, meine Geburtstagskinder!", ruft Anja, strahlend und voller Stolz. „Lasst euch gratulieren!"

Sie drückt ihre Töchter fest an sich, jede an eine Seite, verteilt Küsse rechts und links, gibt jeder einen liebevollen Klaps. „Ach, und wir dürfen nicht vergessen, Fotos zu machen, bevor das hier ein Schlachtfeld ist."

Auch ich gratuliere meinen Nichten, die ungeduldig herumhüpfen, und deren Gedanken zweifellos schon bei den Geburtstagsgeschenken sind.

Dann folgt aus verschiedenen Stellungen ein Blitzlichtgewitter, das die Zwillinge vor und hinter und neben dem Geschenketisch zeigt, im Schlafanzug und von natürlicher Fröhlichkeit.

Wie verdammt ähnlich sie sich sehen, denke ich, besonders jetzt, wo sie beide einen Pagenschnitt haben, und ich frage mich, ob Anja sie wohl jemals verwechselt hat. Sie sind fast gleich groß, und dass Anna ein kleines bisschen schlanker ist als Sofie fällt nur auf, wenn man die beiden nebeneinander im Badeanzug sieht. Beide haben dieselben leuchtend blauen Augen, denselben Schwung in den hellen Augenbrauen, dieselben langen, dichten Wimpern und auf der Nase ein Firmament hellbrauner Sommersprossen. Sofies leichter Überbiss ist auf den Fotos wahrscheinlich nicht zu erkennen, aber wenn Anna lacht, hat sie zurzeit eine Lücke, dort wo ihr unten ein Milchzahn ausgefallen ist.

Inzwischen sind auch Mirko und Erik dazugekommen, mir wird der Apparat in die Hand gedrückt. Zum Glück ist es einer mit automatischer Einstellung, bei dem ich nur auf den Auslöser drücken muss. Ich knipse so lange drauflos, bis die Kinder nur noch Grimassen schneiden und Sofie die Aktion ungeduldig unterbricht.

„Wir wollen endlich auspacken!"

„Ihr solltet warten, bis Papa und Leo da sind", sagt Anja, aber damit stößt sie auf wenig Verständnis.

„Nö, bis die aufstehen …", quengelt Sofie.

„Ich kann Papa wecken", bietet Mirko an, doch da steht Stefan schon an der Treppe.

„Herzlichen Glückwunsch, ihr zwei!", ruft er von oben. Seine Stimme klingt rau, er hat gestern Abend ziemlich viel von dem Bordeaux getrunken.

„Dürfen wir auspacken, Papa?", ruft Sofie hoch, und der tiefe Laut Stefans wird von den Mädchen als Startkommando genommen, mit dem sie sich auf die Päckchen stürzen.

Anja gibt sich geschlagen, die Kerzen werden vorsorglich ausgepustet, die Blumen schnell beiseitegeschafft.

Schon zerfetzen die ersten Geschenkpapiere, fallen achtlos vom Tisch, es kommen Vorschulhefte zutage und dicke Buntstifte und Malblöcke. Bald sind auch die beiden Spiele von Leo und mir aus dem Papier gerissen. Sofie packt einen Bauernhof mit Stall und Tieren aus, ein Geschenk von Oma Gundi und Opa Gerd, und Anna eine Reiterbarbie mit Pferd und einem kleinen Stall, die sie mit Jubelschreien kommentiert. Mirko und Erik hocken mittendrin, Stefan hat sich an den Esstisch gesetzt und schaut von dort dem aufgeregten Treiben zu. Anja und ich halten uns ebenfalls ein wenig im Hintergrund, aber auch wir werden angesteckt von der Vorfreude und Begeisterung, die den Raum mit einer ureigenen Melodie erfüllt.

Papierfetzen und Schleifen bedecken den Boden, immer neue Überraschungen stecken in den bunten Päckchen: Hörspiel-CDs, Süßigkeiten, zwei dicke Holzperlenketten, die sich Sofie und Anna sofort umhängen, und auch die beiden Kleider, über die sich die Mädchen ganz augenscheinlich freuen. Anja schießt unermüdlich weitere Fotos. Im letzten Päckchen, das auf Annas Seite liegt, ist schließlich auch noch die Puppe, die sie sich seit langem gewünscht hat.

„Eine *BABYborn*!", jubelt Anna und zerrt ein haarloses Wesen aus einem Karton.

Mir gefällt dieses Plastikbaby nicht, auch wenn es einen niedlichen, gelbgetupften Strampelanzug trägt.

Aber Anna ist begeistert. „Guckt mal, das Baby hat einen Schnuller! Und sogar was zu trinken kann man ihm geben, dann macht es richtig in die Windel!"

Anna zeigt stolz ihre Puppe herum, die wir gebührend bewundern müssen.

In der Verpackung, die sich Sofie geschnappt hat und die sie untersucht, findet sich noch, an die Rückwand geklammert, Ersatzkleidung für das Puppenbaby. Sofie trennt sie ab.

„Hast du das schon gesehen, Anna? Eine Hose ist noch dabei, und ein gelber Pullover! Das passt sicher auch dem Pucky."

Anna wirft einen kurzen Blick auf die Kleider, mit denen Sofie herumwedelt, und zuckt die Schultern.

„Was meinst du, jetzt, wo du die neue Puppe hast, das wäre doch eine gute Gelegenheit, den Pucky abzugeben", schlägt Anja vorsichtig vor. „Ihn gegen das Baby einzutauschen."

„Auf gar keinen Fall!", sagt Anna entrüstet. „Pucky will ich doch nicht eintauschen! Den will ich behalten, für immer!"

„Aber wenigstens zum Waschen könntest du ihn jetzt, wo du die neue Puppe hast, abgeben. Es wäre doch auch nur für ein oder zwei Tage."

Anna legt die Puppe zurück auf den Tisch. „Mhm. Weiß nicht."

„Wer ist denn der Pucky?", frage ich.

„Warte, ich hol ihn!", ruft Anna und stürmt nach oben.

Sofie hat sich mit ihrem Bauernhof in eine Ecke des Wohnzimmers verzogen. Mirko und Erik helfen ihr, Zäune für die Tiere aufzubauen, Anja und ich bücken uns nach dem verstreuten Geschenkpapier.

Mit einem „Hier, fang!" schleudert mir Anna, als sie wenig später wieder heruntergesaust kommt, etwas entgegen.

In einem Reflex fange ich ein plüschiges Geschoss.

„Das ist Pucky", sagt Anna mit gewichtiger Miene.

Ich halte einen zerschlissenen gelben Teddybär in der Hand.

„Pucky", wiederhole ich und werde blass. „Das ist … Pucky?"

Anja, die hinter dem Küchentresen Kaffee aufsetzt, lacht. „Vorsicht, Ohnmachtsgefahr! Der stinkt fürchterlich!"

„Gar nicht wahr, Mama!"

Das ist doch nicht möglich, denke ich und beginne zu frösteln, das kann doch gar nicht sein! Ich habe ihn doch begraben!

„Der Pucky bräuchte dringend, *dringend,* eine Wäsche! Aber Anna lässt mich ja nicht."

„Wo hast du den her, den ... *Pucky?*" sage ich, während Anna ihn mir aus der Hand reißt.

„Den hatte ich schon als Baby. Woher hab ich den eigentlich, Mama?"

„Weiß ich auch nicht mehr", sagt Anja und rümpft die Nase. „Irgendwer hat ihn dir geschenkt. Zur Geburt."

Ich höre nicht mehr zu, sondern starre auf den Teddy, den Anna mit den Armen vor ihrem Bauch umklammert.

Genauso habe ich ihn früher auch an mich gedrückt. Überall mit hin habe ich ihn geschleppt, meinen Brummel, so lange, bis ich ihn begraben habe, ganz hinten im Garten, bei den Holunderbüschen, wo Dorit und ich immer unsere Höhle gebaut hatten. In der einen Hand hielt ich ihn fest, in der anderen die rote Sandkastenschaufel, mit der ich unterhalb der Büsche grub. Die ersten Zentimeter der bleigrauen Erde gingen leicht wegzuschieben, doch je tiefer ich grub, desto mühsamer und anstrengender wurde es, der Boden war hart und verwurzelt. „Du kannst ihn haben, Dorit!", rief ich laut und deutlich in die Büsche und in Richtung Himmel. Während ich mit meiner Schaufel ein Loch in die Erde hackte, versprach ich außerdem, von nun an immer brav und folgsam zu sein und nie mehr ein böses Wort in den Mund zu nehmen.

„Es wird sowieso nicht mehr lange dauern", höre ich Anja wie aus weiter Ferne sagen, „dann löst der Pucky sich in Wohlgefallen auf."

„Du kannst den Bauch doch stopfen", erwidert Anna trotzig. „So wie unsere Strümpfe."

„Du meine Güte, das lohnt sich doch nicht! Ich würde dir lieber einen neuen kaufen."

„Nö, will ich aber nicht!"

Noch einmal schaue ich den Teddy an, und plötzlich stelle ich fest, dass er doch ein bisschen anders aussieht als meiner. Mein Brummel hatte eine strohgelbe Farbe, dieser hier geht ins Beige. Und an einem von Brummels Glasaugen war eine Ecke abgesplittert, als er einmal auf den Beton im Keller gefallen war; die Augen von Annas Pucky sind beide heil.

Nein, das hier ist nicht Brummel, auch wenn es mir einen Moment so vorkam.

„Lass ihr doch den Teddy", ergreife ich schließlich für meine Nichte Partei. „Eines Tages wird sich Anna nicht mehr für Pucky, sondern für Jungen begeistern. Und dann gibst du ihn freiwillig ab, nicht Anna?"

„Weiß nicht. Hattest du auch ein Schmusetier, Dagmar?"

„Ich hatte auch einen Teddy", sage ich. „Brummel. Er sah fast so aus wie deiner."

„Entschuldigt mal, ihr zwei", unterbricht Anja. „Wie schaut's aus, helft ihr mit, den Frühstückstisch zu decken?"

„O ja, natürlich."

„Wo ist dein Brummel denn jetzt?", will Anna wissen. „Hast du ihn abgegeben, als du Leo kennengelernt hast?"

Unfreiwillig muss ich lächeln. „Nein, nein."

„Dann hast du ihn also noch?" Anna lässt nicht locker.

„Ich habe ihn nicht mehr", sage ich und hole das Besteck fürs Frühstück aus der Schublade.

„Schon lange nicht mehr."

Kapitel 17

Auf dem Parkplatz des Meeresmuseums kommt es mir vor, als wären wir inmitten eines Bienenschwarms gelandet. Es wimmelt von Jungen und Alten, Paaren und Familien mit Kindern. Um mich herum strömt alles mit Rucksäcken und Picknickkörben freudig erregt in Richtung Eingang, vor dem sich bereits eine längere Schlange gebildet hat.

Der große Platz vor dem Gebäude gleicht einem blechernen Flickenteppich, und immer noch drängen PKWs und Wohnmobile von der Straße nach, hupen, rangieren, halten Ausschau nach einem freien Plätzchen. Auch Stefan hat seinen Wagen inzwischen geparkt, ich sehe ihn ziemlich weit entfernt vom Eingang zwischen einem Kleinbus und einem Cabrio.

Solchen Trubel sind wir von Biscarrosse nicht gewohnt, wo es beschaulich zugeht. Aber das ist auch nicht Biscarrosse, das ist Biarritz. Heute sind wir endlich hier, nachdem der von Mirko so ersehnte Ausflug ins berühmte Surferparadies tagelang wegen regnerischen Wetters verschoben werden musste.

Wir sind zwar gemeinsam mit zwei Wagen hergefahren, aber von hier aus werden wir getrennte Wege gehen. Anja und die Mädchen interessieren sich für das *Musée de la Mer*, der Rest will an den *Grande Plage,* zu den Surfern. Ich hätte mich lieber der Frauentruppe angeschlossen, aber meine Füße sind seit ein paar Tagen wieder stark geschwollen, es fällt mir schon schwer, sie in meine bequemsten Sandalen zu zwängen, und ich kann mir nicht vorstellen, damit stundenlang herumzulaufen, auch wenn mich die Unterwasserwelt des Atlantik interessiert hätte. Mir hätte im Übrigen auch der Strand von Biscarrosse genügt, aber Stefan meinte, Leo und ich müssten unbedingt etwas mehr von der Umgebung kennenlernen. Ich habe aber den Eindruck, er selbst freut sich mindestens genauso auf diesen Ausflug wie sein Sohn.

Bepackt mit drei großen Taschen voller Strandutensilien und zwei Surfbrettern machen wir uns auf zu dem bekannten Strand, während sich Anja mit den Mädchen in die Schlange vor dem weißen verschachtelten Gebäude einreiht, in dem es auf den verschiedenen Ebenen Aquarien mit Rochen, Muränen und Haien geben soll. Sofie, die bei Leo und mir im Wagen mitgefahren ist, war schon beim Frühstück völlig aufgedreht. Die ganze Fahrt über hat sie auf uns eingeplappert: „Ich bin ja so gespannt auf die Robben! Ich hab meinen Fotoapparat dabei; ob sie sich fotografieren lassen? Und vielleicht kann ich auch zusehen, wie sie gefüttert werden! Habt ihr euch gemerkt, wann die Fütterung ist?"

Wenn sie von ihren Lieblingstieren, den Robben, spricht, leuchten ihre Augen wie zwei funkelnde Saphire. Zu Hause hat sie fast die ganze Wand ihrer Zimmerhälfte mit Postern dieser schieferglänzenden Tiere tapeziert.

Vom Parkplatz aus, auf dem wir uns in drei Stunden wieder treffen wollen, marschieren wir in Richtung Uferpromenade. Erik und Mirko haben die Surfbretter geschultert, sie freuen sich drauf, sich in die Wellen zu stürzen, nachdem wir seit dem Geburtstag der Zwillinge wegen des Wetters nicht mehr am Strand waren.

Unterwegs lasse ich den Blick übers Meer schweifen, das unter uns liegt, es ist dunkel wie eiskalter, starker Tee und an der Küste von langen Silberbändern durchzogen. Der Wind bläst uns seinen rauen Atem ins Gesicht, und mein Blick wandert zu der Stelle in der Ferne, wo die abfallende Küste eine riesige Zunge ins Wasser streckt, den *Rocher de la Vierge*. Mit schaudernder Ehrfurcht betrachte ich die atemberaubende Wucht, mit der die Wellen an die Felswände klatschen, und mit der eine meterhohe Gischt die Felsen umzüngelt, ein weißes tödliches Feuer für den, der sich zu nah heranwagt. Hier wird sie ganz deutlich, die Unbezähmbarkeit der Natur und ihre erbarmungslose Gewalt, die wir Menschen in unserer hochmütigen Technik- und Wissenschaftsgläubigkeit so gerne ignorieren. Mirko und Erik, die vor uns hermarschieren, haben jedoch kein Auge dafür. Sie interessieren sich auch nicht für die Felsenbucht des Fischerhafens, wo die fangfrischen Früchte des Meeres direkt vom Kutter verkauft werden und Stefan am Rückweg unbedingt Fische holen will, noch lassen sie sich im Moment zu einem Abstecher in den alten Dorfkern von Biarritz überreden, der bekannt sein soll für seine malerischen Winkel. Zielstrebig steuern sie den Hauptstrand an, *Grande Plage,* sind wie magnetisiert von Europas berühmtem Surferparadies.

„Können wir auch einen Surfkurs machen oder wenigstens eine Stunde nehmen?", fragt Mirko, als wir an der Strandpromenade angelangt sind, wo sich hinter einer der zahlreichen Holzbuden eine Surfschule verbirgt.

„Wenn ihr wollt", antwortet Stefan.

Interessiert studiert er die handbemalten Schilder, auf denen der Unterricht angeboten wird: Kurse für Anfänger und Fortgeschrittene, Unterricht stunden- und tageweise, für Gruppen und Einzelpersonen.

„Mit so einem großen Surfbrett wollte ich's schon immer mal aufnehmen", verkündet Erik und schaut sehnsüchtig auf die Palette von Brettern, die wie riesige bunte Fischgräten am Strand aufgereiht sind.

Während wir unsere Sachen zum Wasser schleppen, kommen wir an Eis- und Getränkebuden und mit bunten Markisen überdachten Einkaufsständen vorbei, wo Souvenirs und Badeartikel und anderer Schnickschnack verkauft werden.

Mit dem warmen Wind schnappe ich Satzfetzen von der Unterhaltung zwischen Erik und Mirko auf, die ein paar Meter vor mir marschieren. Sie reden vom internationalen Surffestival, das jährlich hier stattfindet, und schwärmen von den Wellenreitern, die sich atemberaubende Rennen liefern und sich in halsbrecherischen Kunststücken messen.

Ich freue mich, dass die Jungen sich so gut verstehen. Wirklichen Streit hat es, anders als zwischen den Mädchen, die sich mehrmals am Tag zanken, noch nicht gegeben. Vielleicht ist es für die Jungen leichter, miteinander auszukommen, weil sie keine Geschwister sind, vielleicht liegt es aber auch einfach am Alter.

Als Mirko und Erik über die Unterschiede zwischen Surfboards, Surfbrettern und Bodyboards fachsimpeln, über ihre verschiedenen Geschwindigkeiten und die spezielle Technik, mit der man das jeweilige Brett auf die Wellen bekommt, höre ich nicht mehr zu.

Am Strandabschnitt, der ausschließlich den Surfern vorbehalten ist, suchen wir uns einen Platz. Um uns herum ist es zum Glück nicht so voll wie an den reinen Badeabschnitten, an denen wir vorbeigekommen sind, und wo man zwischen den vielen Urlaubern nur ein paar Quadratmeter abbekommt, obwohl der Strand auch in Biarritz ziemlich breit ist. Wir werfen unser Gepäck in den Sand, der mir hier weniger gelb und etwas gröber als in Biscarrosse vorkommt. Rechts von uns hat es sich eine Familie mit zwei extrem dürren Söhnen bequem gemacht, auf der anderen Seite albert eine Schar Jugendlicher herum. Wir spannen unsere beiden Sonnenschirme auf und breiten die Handtücher aus, dann sind Mirko und Erik nicht mehr zu halten. Mit ihren Brettern, zwei signalroten Bodyboards für Anfänger, die sie gleich zu Urlaubsbeginn in einem Supermarkt in Biscarrosse gekauft haben, stürmen sie zum Wasser.

„Hoffentlich unterschätzen sie die Wellen nicht", sage ich angesichts der Brandung, die mit einer ganz anderen Wucht donnert als an unserem Badestrand in Biscarrosse und die sich mit lautem Tosen weit und kraftvoll in den Strand frisst.

„Mir wär's am liebsten, sie würden eine Schwimmweste tragen", sagt Leo und schaut ebenfalls mit besorgter Miene zum Meer. „Aber das brauche ich den beiden wohl nicht vorzuschlagen."

Als Mirko und Erik am Ufer ankommen, scheint sie der Mut ein wenig zu verlassen. Die Bretter unter den Arm geklemmt, bleiben sie stehen und beobachten eine Weile die erfahreneren Surfer. Diese wagen sich mit ihren Brettern hüfttief in die brandende Gischt hinein und warten den geeigneten Moment ab, um der Wellenwand entgegenzupaddeln. Einige von ihnen schaffen es auch tatsächlich, blitzschnell das Brett zu erklimmen und ein paar Sekunden auf dem Kamm einer Welle zu reiten.

„Mir ist auch nicht ganz wohl", sagt Stefan, während er die Jungen nicht aus den Augen lässt. „So viel Erfahrung haben die beiden schließlich nicht."

„Habt ihr gesehen, die grüne Fahne ist gehisst", schalte ich mich ein. „Wie muss es dann erst bei gelber oder roter Fahne sein?"

„Ich habe neulich irgendwo gelesen, in diesem Jahr sind an der Atlantikküste schon einundzwanzig Menschen ertrunken", sagt Stefan. „Dabei ist die Urlaubssaison noch lange nicht zu Ende."

„Einundzwanzig?"

Stefans Worte rinnen mir wie winzige Wassertröpfchen das Rückgrat hinunter.

Ich schaue zu den Rettungsschwimmern, drei oder vier jüngeren Männern und Frauen in roten T-Shirts und mit Schirmkappen. Sie sind behängt mit Ferngläsern und Sprechfunkgeräten. Die beiden Frauen wachen unter einer hölzernen Hochplattform, während die Männer von oben Ausschau halten.

„Dabei ist doch überall eine Badeaufsicht."

Ohne den Blick vom Wasser abzuwenden, sagt Leo: „Glaubst du tatsächlich, dass die alle unter den Augen der Rettungswacht ertrunken sind? Ich denke, viele, besonders die jungen Leute, sind einfach zu unvernünftig und baden an Stellen, wo's keine Aufsicht gibt. Und dazu die tückische Strömung. Da wundert's mich fast, dass es nicht mehr sind."

In mir kriecht plötzlich noch einmal die Panik hoch, die mich erfasste, als es mich aufs offene Meer hinauszog, und bei der ich nur unter Aufbietung meiner ganzen Kraft ans rettende Ufer zurückschwimmen konnte. In den darauffolgenden Urlaubstagen hatte ich kaum Lust, ins Wasser zu gehen und halte mich seitdem nur noch in Ufernähe auf. Was habe ich für ein Glück gehabt, dass ich so glimpflich davongekommen bin!

Der dunkelblaue Ozean vor uns bäumt sich auf, unruhig wie ein nervöses Tier. Es muss schrecklich sein, wenn man sein Kind hier verliert, denke ich und schaue mich um. Es sind ja fast alles noch Kinder, diese ganzen jungen Leute, die sich mit ihren Brettern im Wasser tummeln.

Leo hat mir einmal gestanden, manchmal überfiele ihn furchtbare Angst bei dem Gedanken, was Erik alles im Straßenverkehr zustoßen könnte, am liebsten würde er ihn nicht mit dem Rad fahren lassen. Ich kann Leos Ängste zwar verstehen, aber es würde bestimmt nicht helfen, den Jungen einzusperren. Dem Schicksal kann man nicht entfliehen!

Auch mich plagen irrationale Ängste, aber ich versuche, sie mir Leo gegenüber nicht anmerken zu lassen. Wenn er wüsste, wie oft ich mir ausmale, dass das Flugzeug, in dem er sitzt, abstürzt, dass die Bahn entgleist, die ihn nach Hause bringen soll, dass sein Wagen in einen schrecklichen Unfall verwickelt wird. Ich bin so ängstlich und rechne immer gleich mit dem Schlimmsten, wenn Leo sich, was zum Glück selten vorkommt, einmal verspätet! Ich wünschte, ich könnte eine Mauer in mir errichten, die mich vor den hereinbrechenden Katastrophenbildern abschirmt, bis Leo endlich wohlbehalten heimkehrt. Die Liebe ist nicht nur befreiend und glückseligmachend, sie ist auch schmerzlich und unbarmherzig. Manchmal wünschte ich, ich wäre fest in einer Religion verwurzelt. Es wäre sicher einfacher, wenn ich mein Geschick in die Hände eines wohlwollenden Gottes legen und mir des Schutzes eines himmelwärts gerichteten Gebets gewiss sein könnte. Doch ich glaube nicht an einen Gott, zumindest nicht an einen gnädigen, gütigen, und meine Machtlosigkeit, mit der ich mich dem Schicksal ausgeliefert sehe, ist das Benzin auf dem Feuer meiner Ängste.

Ich fahre mit den Füßen durch den warmen Sand und grabe sie tief bis in eine kühlere Schicht ein.

„Denkst du eigentlich oft an den Tod, Stefan?", frage ich unvermittelt.

„Nein", sagt er so bestimmt, dass ich das Gefühl habe, er lügt. „Was bringt es, darüber nachzudenken? Sterben müssen wir alle irgendwann. Und wenn es soweit ist, ist es noch früh genug, sich Gedanken zu machen."

Ein Gefühl, das ich nicht benennen kann, greift mir in den Magen, aber ich habe keine Zeit, darüber nachzudenken, denn meine Aufmerksamkeit wird wieder ganz von Erik und Mirko eingenommen. Sie haben nun Mut gefasst und wagen sich mit ihren Brettern ins Wasser.

„Ich geh mal hin, zu den Jungs", sagt Leo, dem ganz offensichtlich auch die Ruhe fehlt, sich gemütlich in den Sand zu legen.

„Warte, ich komm mit", meint Stefan und springt ebenfalls auf.

Erik und Mirko stapfen durch den weißen Schaum der Brandung. Am Ufer ist es flach, doch schon die ersten, strandnahen Wellen reichen ihnen bis zur Brust und drängen sie wie mit unsichtbaren Händen immer wieder zum Strand zurück, als wollten sie sagen: *Bleibt lieber am Ufer!*

Doch die Jungen kämpfen sich entschlossen vorwärts, sie stellen sich den dunklen Wogen, die in schneller Folge heranrollen. Ihr Brett wie einen Schild vor die Brust geklemmt und den Kopf zur Schulter gedreht, um das Gesicht vor dem spritzenden Wasser zu schützen, springen sie den brandenden Wellen entgegen. Leo und Stefan warten am Ufer, bis über die Hüften im Wasser, und starren gebannt zu ihren Söhnen. Genau wie die Meeresbrandung strahlt ihre Körperhaltung eine Art elektrischer Spannung aus, erzeugt vom Motor innerer Unruhe.

Bald können Erik und Mirko nicht mehr stehen und schwimmen. Die Arme fest an ihr Brett geklammert, schieben sie sich der nächsten mannshohen Welle entgegen.

Wie klein und verloren sie wirken, denke ich, Stecknadelköpfe in diesem rauschenden Teppich.

Nicht weit entfernt, auf gleicher Höhe, paddelt ein junger Mann im leuchtgelben Neoprenanzug. Plötzlich springt er auf sein Brett und richtet sich auf.

Während die Welle hoch über den Köpfen von Mirko und Erik zusammenschlägt und ihnen die Bretter gewaltsam entreißt, gleitet der Leuchtgelbe auf die Welle hinauf. Mit den Armen balanciert er sein Gleichgewicht aus, die Füße scheinen auf dem Brett verklebt, und er hält sich auf dem Kamm der Welle, bis sie mit ihm sicher ins Ufer läuft.

Mirko und Erik dagegen sind verschwunden.

Auch das Signalrot ihrer Bretter ist nirgends zu sehen.

Meine Fingernägel verkrallen sich tief in meinen Handballen, die Augen schmerzen, weil ich starrend suche.

Dann sind die Jungs plötzlich wieder da.

Wie Jonas aus dem Bauch des Walfisches werden sie ans Ufer gespuckt. Mirko hustet, Erik hat sich auf die Beine gerappelt und hält sich ein Knie. Aus ihren Gesichtern sprechen Angst und Frustration und Enttäuschung. Leo und Stefan rennen hinter den herumwirbelnden Brettern her, die etliche Meter weiter ans Ufer gespült werden, und pflücken sie aus dem schäumenden Wasser.

Mit gesenktem Kopf trotten die Jungen zu unserem Platz zurück, gefolgt von ihren Vätern, die die Bretter tragen und tröstend auf sie einreden.

Ich empfange Erik und Mirko mit trockenen Handtüchern.

„Ihr wart ganz schön mutig und habt es versucht", sagt Stefan mit der Stimme des Fahrlehrers, der einen Schüler aufmuntern muss, weil er mit dem Wagen in eine gefährliche Situation geraten ist, für die er nicht selbst verantwortlich war. „Euch fehlt einfach nur die Übung."

„Das schafft man nicht allein", entgegnet Mirko, immer noch sichtlich enttäuscht. „Ich meine, ohne Unterricht. Ich wusste gar nicht, wann und wie ich aufs Brett kommen sollte."

„Ja, das muss einem jemand zeigen", stimmt Erik zu.

„Hier ist es viel schwieriger als in Biscarrosse. Die Wellen sind fast doppelt so hoch!" Mirko deutet mit einem Kopfnicken zum Meer. „Das ist richtig gefährlich. Und dann fällt das Ufer auch noch steil ab."

„Da kann man's echt mit der Angst kriegen", pflichtet Erik bei, „wenn man nicht mehr stehen kann und diese Brecher auf einen zurollen."

„Darum sind die Surfschulen wahrscheinlich nicht hier, sondern da hinten." Leo zeigt in die Richtung, aus der wir gekommen sind.

„Ich würd's trotzdem gern noch mal versuchen", sagt Erik. „Aber nur, wenn ich es gezeigt kriege. Was meinst du, Mirko?"

„Na ja, ich hätte eigentlich auch Lust. Aber nicht hier, wo's so schnell tief wird."

„Wie wär's denn, wenn wir Männer zusammen einen Gruppenkurs machen?" Stefan schaut erst zu Leo, dann zu den Jungen.

„Zusammen? Du auch, Papa?" Eriks Augen leuchten.

Stefan nickt.

Leo ist anzusehen, dass er diese Herausforderung nicht unbedingt braucht, aber ich weiß, die Freude in den Augen seines Sohnes wird ihn umstimmen.

„Natürlich müssen wir erst schauen, ob wir so schnell einen Kurs kriegen oder Unterricht", gibt er zu bedenken. „Wir haben ja nur noch knapp drei Stunden Zeit."

„Oh, toll, Papa!", ruft Erik.

„Das lässt sich doch rausfinden." Stefan ist plötzlich voller Elan. „Wir können ja in einer dieser Surfschulen nachfragen, an denen wir vorbeigekommen sind. Bestimmt gibt's irgendwo einen freien Lehrer."

Die frustrierte Stimmung ist verflogen, plötzlich bin ich von vibrierender Vorfreude umgeben.

„Bleibst du hier, Dag, und passt auf die Sachen auf, oder willst du mitkommen?", fragt Stefan.

„Also, mich bekommt ihr nicht aufs Brett. Ich kann hierbleiben."

Auch wenn mich bei diesem Wellengang tatsächlich nichts auf so ein Brett brächte, habe ich plötzlich das Gefühl, als würde ich an einer Landungsbrücke zurückbleiben, während der einzige Dampfer in die Welt hinaus ablegt.

Ich versuche, mich vom Meeresrauschen ablenken und einschläfern zu lassen, aber die Lebendigkeit und Vitalität flimmert um mich herum. So viele junge Leute – athletisch gebaute Männer und Frauen mit braun gebrannten Gesichtern und wild bemalten Surfbrettern, bei deren Anblick ich mir unweigerlich alt und steif vorkomme –, so viel Rufen und Gelächter und Bewegung, so viele farbenfroh gemusterte Sonnenschirme und Handtücher, eine kunterbunte Blumenwiese auf dem feinkörnigen Sand. Dazu das Brausen und Fauchen des vor mir liegenden Ozeans. Wie kommt es, dass er sich hier, bei grüner Fahne, bäumt wie ein wildgewordener Löwe, und nur fünfzig Kilometer nördlich bei gleichem Wetter sanft schnurrt wie eine zahme Katze?

Ich schließe die Augen und konzentriere ich mich auf die Geräusche des Meeres, dieses kraftvolle, gleichmäßige Aufbäumen und Brechen, dieses Auferstehen und Sterben, Kommen und Gehen, bis meine Atemzüge selbst in gleichmäßigen Ozeanwellen branden. Hell scheint die Sonne auf meine geschlossenen Lider, der warme Wind streichelt sanft über meinen Körper. Ich werde ruhig und schwer und fühle mich irgendwann glücklich und sorgenfrei. Es ist schon etwas Besonderes, denke ich, dass wir Menschen, anders als die Tiere, die Fähigkeit haben, so etwas bewusst wahrzunehmen, und dass wir all die schönen Seiten des Lebens ganz intensiv genießen können.

Ich weiß nicht, wie ich jetzt darauf komme, aber plötzlich muss ich an etwas denken, was lange her ist, Stefan hat es sicher längst vergessen.

Ich war damals dreizehn, Stefan sechs. Es war Sommer, und es war heiß, und ich schlenderte mit meiner Freundin Merle durch unsere Straße. Stefan war auch draußen, er kickte mit ein paar Jungen auf der Grünfläche vor den Häusern mit einem zerschlissenen Ball. Am Rande meines Bewusstseins war Stefan, auf den ich, wenn wir draußen waren, immer ein Auge zu werfen hatte, natürlich da, doch ich hatte ihn, tuschelnd und kichernd und eingehakt in Merles angewinkelten Arm, eine Zeitlang völlig vergessen, als er plötzlich mit meinem Roller von hinten an Merle und mir auf dem Fußweg vorbeischoss.

„Sofort da runter!", schrie ich ihm empört nach, aber Stefan sauste einfach weiter.

Es war kein besonderer Roller, er war gebraucht, und eigentlich war ich schon viel zu groß dafür. Aber Stefan wusste, dass er ihn ohne meine Erlaubnis nicht einfach nehmen durfte.

Als Stefan keine Anstalten machte anzuhalten und mir sogar noch die Zunge rausstreckte, wurde ich sehr wütend.

Ich rannte ihm hinterher, was ihm zu gefallen schien; hakenschlagend wie ein Hase preschte er davon. Quer über die Straße. Zurück auf den Weg. Zwischen den parkenden Autos auf die Straße. Wieder auf den Weg.

Ich jagte hinterher, als ginge es um mehr als um meinen Roller.

„Lass ihn doch!", hörte ich Merle weit hinter mir rufen.

Wenn an meinem Roller etwas kaputtging, dann würde Stefan was erleben! Wenn ich ihn auch sonst nie schlug, heute würde er was auf die Löffel kriegen! Stefan war noch klein, aber er wusste genau, wie viel mir der Roller bedeutete und wie lange ich gebraucht hatte, um das Geld dafür zusammenzukratzen!

Ich hatte ihn praktisch schon eingeholt, da rutschte Stefan plötzlich aus.

Der Roller schlug zu Boden, Stefan flog darüber hinweg und knallte auf den Fußweg.

Ich stieß einen Schrei des Entsetzens aus: Ich hatte Angst, dass Stefan über den Bordstein rollen und von einem vorbeifahrenden Auto totgefahren würde.

Stefan schlug mit dem Kopf an die Bordsteinkante, und er heulte laut. Eine schmale Blutspur rann ihm über das Gesicht. Als ich sie abtupfte, sah ich, dass sie nur von einem kleinen Schnitt herrührte, direkt unter dem Haaransatz. Inzwischen kam auch Merle angerannt, die Augen geweitet.

„Meine Hose! Meine Hose ist kaputt!", jammerte Stefan und hielt sich das Knie.

„Lass mal sehen", sagte ich.

Beide Hosenbeine waren verdreckt, und an einem Knie war der Stoff zerrissen. Darunter blutete eine kleine Schürfwunde.

„Nicht so schlimm", sagte ich erleichtert, und Stefan hörte einen Augenblick auf zu heulen.

„Der Klingeldeckel ist zerkratzt", sagte Merle.

Stefan sah erst zum Roller, dann zu mir. Dann heulte er wieder.

Auch ich brach plötzlich in Tränen aus. Ich wurde von Krämpfen geschüttelt und schluchzte.

Stefans Geheul brach ab.

„Ich kauf dir eine neue Klingel", sagte er. „Aber du musst aufhören zu weinen." Stefan rappelte sich auf und streichelte meinen Kopf.

„Ist doch nichts passiert", hörte ich Merle sagen.

Sie versuchte, mich vom Boden hochzuziehen, aber ich schluchzte nur noch lauter und heftiger. Mit der Zeit gab Merle auf, an mir zu zerren, und hob den Roller auf.

„Du kriegst Geld für eine neue Klingel", sagte Stefan mit Nachdruck. Dann stand er auf und klopfte den Staub von der Hose. „Sag, darf ich ihn noch mal haben, den Roller? Bitte, Dag, bitte!"

Aus zusammengekniffenen Augen musterte ich meinen Bruder, und eine ungeahnte Wut packte mich. Mein Körper war angespannt und schmerzte, als hätte nicht Stefan, sondern ich diesen Sturz gehabt.

„Ach, verdammt!", schrie ich. „Nimm ihn. Aber ich warne dich: Wenn du Mama irgendwas sagst, kriegst du ihn nie mehr!"

KAPITEL 18

Nach einem ausgiebigen Frühstück brechen wir alle zusammen auf zu einem Ausflug in den Trampolinpark am Ortsrand von Biscarrosse. Stefan löst an dem hölzernen Kassenhäuschen die Eintrittskarten, mit denen die Kinder eine ganze Stunde lang springen dürfen auf einem großen Areal von Trampolinen, die nebeneinander und an den Stirnseiten miteinander verbunden sind. Wir Erwachsenen suchen uns währenddessen einen Platz unter den Sonnenschirmen des angeschlossenen Cafés.

In Windeseile sind Mirko, Erik, Sofie und Anna aus ihren Schuhen geschlüpft, haben die erhöhte Sprungfläche erklommen, vier Geräte in Beschlag genommen und sind eingetaucht in die hopsenden Wogen aus Kindern, Jugendlichen und sogar einigen Erwachsenen.

Stefan, Anja, Leo und ich finden einen freien Tisch zwischen verschiedenen Grüppchen Kaffee trinkender und schwatzender Eltern und bestellen bei einem jungen Mädchen mit toupierter Kurzhaarfrisur *Café au lait*. Ich habe mich mit meinem Stuhl zu der Trampolinlandschaft gedreht, die in helles Sonnenlicht getaucht ist, während Stefan einen Vortrag über die Neuerungen im Verkehrsrecht beginnt, dem Leo, wie mir scheint, hauptsächlich aus reiner Höflichkeit zuhört.

„Toll, wie viel Spaß die Kinder haben", sage ich zu Anja und zeige auf die Mädchen, die sich an den Händen gefasst haben und lachend auf einem Trampolin in die Höhe hopsen.

„Bei Mirko und Erik meint man, sie wollen gleich über den Absperrzaun springen", bemerkt Anja. „Sieh dir nur an, wie wild sie springen!"

Die Jungen winken uns zu, während sie grätschen und hocken, auf den Füßen und dem Po landen, sich furchtlos auf den Rücken und den Bauch schmeißen und wieder vom Gummituch hochschnellen. Anja und ich winken zurück.

Wie bunte Bälle sausen die Kinder auf und nieder, die Gesichter von Sofie und Anna glühen, ihre Haare wehen. Mit ihrem spitzen Johlen und vergnügtem Kreischen ziehen sie die Aufmerksamkeit auf sich, und ich bekomme beinahe selber Lust, ein wenig herumzuhopsen. Auch Anja reckt den Hals und wippt unruhig auf der Vorderkante ihres Stuhls.

Doch bevor wir völlig angesteckt sind vom Trampolinfieber, wird unser Kaffee gebracht.

„Un pain au chocolat", bestelle ich noch bei der Bedienung, obwohl ich eigentlich gar nicht hungrig bin, dann lehnen wir uns alle entspannt zurück.

Wir trinken unseren Kaffee, schauen in den postkartenblauen Himmel, lästern über die unzumutbar kurzen Öffnungszeiten deutscher Postämter, klatschen Beifall, als Sofie ihren ersten Salto schlägt und Erik den stocksteif auf dem Rücken liegenden Mirko wie ein Brett in die Höhe schnellen lässt.

Wir bestellen eine zweite Runde Kaffee, diskutieren, ob es im Herbst Sinn ergibt, sich gegen Grippe impfen zu lassen, und Leo futtert, noch bevor ich es überhaupt probieren kann, mein Schokocroissant auf.

Auch Mirko versucht irgendwann einen Salto zu schlagen, landet aber immer nur auf dem Rücken. Zwischendurch kommen die Kinder durstig an unseren Tisch gerannt, um ein Glas Cola hinunterzustürzen, sie sind verschwitzt und völlig aus der Puste, aber sie vibrieren vor Energie, und ihre Augen strahlen glückselig. Auch wir Erwachsenen fühlen uns wohl, mit ausgestreckten Beinen genießen wir vor der herrlichen Pinienkulisse die dichte und zugleich entspannte Atmosphäre an diesem späten Vormittag.

Als die Trampolinzeit der Kinder fast zu Ende ist und Anja gerade kritisiert, dass inzwischen fast jeder Prominente ein Buch schreibt oder schreiben lässt, nehme ich plötzlich aus den Augenwinkeln wahr, dass sich Mirko und Sofie in die Haare geraten sind. Sofie fuchtelt mit geballten Fäusten und mit wütendem Gesichtsausdruck vor ihrem Bruder.

Auch Leo und Anja haben nun bemerkt, dass etwas nicht in Ordnung ist. Stefan dreht den Kindern den Rücken zu und erwidert auf Anjas Feststellung provozierend, als Prominenter würde er auch nicht auf eine solche Werbe- und Einnahmequelle verzichten, ja, er würde sich sogar in ein *Dschungelcamp* mit Spinnen und Schlangen sperren lassen, wenn ihm das genügend Publicity und Geld einbrächte.

Doch Sofies hitziges *Verschwinde!,* mit dem sie Mirko anbrüllt, weil der anscheinend auf ihrem Trampolin herumhopst, lässt schließlich auch Stefan verstummen.

Von Sofie prasseln einige Tiraden auf ihren Bruder ein, es folgt ein lautes und verzweifeltes Lamento in unsere Richtung – *Mama, Mirko will nicht abhauen!* und *Der soll hier verschwinden!* – dann schubst sie ihren Bruder mit einem kräftigen Stoß weg.

Mirko knickt ein, ist aber sofort wieder auf den Beinen und springt beharrlich weiter.

„Hau ab jetzt, hab ich gesagt!"

Sofie setzt einen weiteren Hieb nach, und Mirko fällt hin.

Nun mit unserer ganzen Aufmerksamkeit den Kindern zugewandt, beobachten wir, wie Mirko sich aufrappelt, wütend die Faust ballt, ausholt und seine Schwester kräftig gegen den Oberarm boxt.

„Mama", schreit Sofie sofort in unsere Richtung, „Mirko hat mich gehauen!", und Mirko brüllt: „Sofie hat mich geschubst!"

Anja und Stefan wechseln einen genervten Blick.

„So eine lange Zeit nur Spaß und Harmonie wäre auch zu schön, um wahr zu sein", sagt Anja in einem Ton, als hätte sie schon die ganze Zeit darauf gewartet, dass sich die Kinder endlich streiten.

Inzwischen rangeln die beiden auf dem Trampolin, sie schubsen und zerren einander an der Kleidung, boxen und treten, bis Stefan, der bis dahin äußerlich ruhig dasaß, plötzlich aufspringt und in Richtung der Streithähne donnert: „Schluss jetzt, hierher! Mirko! Sofie!"

Mirko teilt noch einen weiteren Hieb aus und entwischt dann über die angrenzenden Trampoline zu unserem Tisch.

Sofie wetzt schimpfend hinterher, kann ihn aber nicht mehr einholen.

„Was soll das werden?", dröhnt Stefan und zerrt die beiden auseinander, die sich sofort, als sie bei uns angekommen sind, wieder ineinander verkeilen.

„Hat es nicht gereicht, dass Anna sich fast den Arm gebrochen hätte?"

„Sofie hat mich geschubst und geschlagen!", empört sich Mirko.

„*Du* hast mich zuerst geschubst!"

Es entbrennt ein Streit, wer angefangen hat. Sofies Augen sprühen Funken, an ihrem Hals pulsiert die Wut. Was für ein Zornesvulkan da in meiner Nichte brodelt, denke ich erstaunt und erschreckt, aber hinter der angestauten Aggression kann ich auch ihre wachsende Verzweiflung sehen.

Dann fährt Stefan dazwischen: „Was hattest du eigentlich auf Sofies Trampolin zu suchen?"

Mirko druckst herum.

„Ich wollte nicht, dass Mirko bei mir springt!", ruft Sofie. „Das hat er nur gemacht, um mich zu ärgern, Papa!"

„Gar nicht wahr", widerspricht Mirko.

„Wie's aussieht", sagt Stefan, „hast du deine Schwester nicht gefragt, ob sie dir das erlaubt. Und wenn sie das nicht will, dann hast du das zu akzeptieren. Verstanden?"

Mirko hebt die Hände und will protestieren, doch Stefan lässt keine Diskussion mehr zu.

Wütend und mit einem vernichtenden Blick auf seine Schwester stapft Mirko zu den Trampolinen zurück.

Sofie bringt ein erleichtertes Lächeln zustande, und als Stefan sich wieder setzt, schmatzt sie ihm einen

Kuss auf die Wange. Dann läuft sie ebenfalls zu den Sprungflächen zurück.

Plötzlich frage ich mich, wie oft sie wohl im Streit gegen ihren Bruder unterliegt und frustriert zurückstecken muss, wenn ihr niemand beisteht.

Leo reibt sich den Nacken. „Vielleicht sollte ich froh sein, dass ich nur Erik habe. Mit einem Einzelkind bleibt einem eine Menge Streiterei erspart."

„Du müsstest die Kinder mal im Alltag erleben", sagt Anja und lehnt sich wieder entspannt zurück, „wenn der Druck der Schule noch auf Mirko lastet. Im Urlaub ist es bisher im Großen und Ganzen ziemlich ruhig, oder, Stefan?"

Stefan schaut etwas skeptisch.

Mir kommt das Geschwisterverhältnis meiner Nichten und meines Neffen recht normal vor. Sicher, Sofie ist bei den Zwillingen etwas dominanter, lebhafter, lauter. Aber vielleicht muss zwangsläufig eines der Mädchen diese Rolle übernehmen, damit sie nicht ganz zum Abklatsch der Anderen wird.

Ich schaue Stefan an, dessen Blick über das Hüpfareal schweift und in den von der Sonne schillernden Grüntönen der Pinienkulisse hängen bleibt. Seine Miene ist undurchdringlich, irgendwie scheint es, als wäre er plötzlich ganz weit entfernt vom Hier und Jetzt.

Da erfasst mich plötzlich eine Welle grenzenloser Zärtlichkeit für ihn.

Erst weiß ich gar nicht warum, aber dann wird es mir klar: Es hat mir gefallen, wie konsequent und beherzt er sich für seine Tochter eingesetzt hat. So einen Vater hätte ich mir früher auch gewünscht!

Es rumort dumpf in meinem Bauch. Zuerst deute ich es als Unruhe, die mich immer erfasst, wenn ich an Vater und somit unweigerlich an seinen bevorstehenden Besuch denke. Aber als ich in mich hineinhorche, drehen sich Erinnerungen und Gefühle in meinem Kopf, die nichts mit Vater zu tun haben, bedeutungsschwer, und sie sind nicht mehr aufzuhalten. *Ist es nicht nett von deiner Schwester, dass sie dir alles immer so geduldig und ausführlich erklärt?*, sagt Mutter zu mir.

Ich drehe mich um und strecke in Dorits Richtung die Zunge raus.

Auf der Trampolinfläche springen die Kinder erstaunlicherweise nun alle vier gemeinsam auf einem einzigen Gerät, lachend und versöhnt, als hätte es diesen Streit zwischen Mirko und Sofie nie gegeben.

Und dann plötzlich, vollkommen unverhofft, fällt mir der Traum ein, den ich nach Dorits Tod so oft geträumt habe: Dorit lebt noch und läuft mir lachend entgegen. Ich halte meinen Brummel im Arm und frage sie, was wir spielen wollen, und Dorit antwortet, dass wir eine Eichhörnchenfamilie seien und unsere Vorräte im Garten verstecken müssten.

„Dagmar? Hast du mich nicht gehört?"

Nein, Leo, ich habe dich nicht gehört, ich war ganz weit weg.

„Willst du auch noch einen Kaffee?"

„Danke. Ich glaube, ich hatte genug", sage ich erschöpft.

Ja, ich habe Dorit damals die Zunge rausgestreckt. Dabei hat Dorit es sicher nur gut gemeint. Sie war die Große und Vernünftige und Gescheite in unserer Familie, ich dagegen galt als die Kleine, der noch alles gezeigt und erklärt werden musste, was Dorit nur zu gern tat. Sie belehrte mich über alle Vögel, die wir im Garten sahen, und hielt mir kleine Vorträge, sobald sie irgendwo ein Tierchen in den Beeten entdeckte. Aber Dorit kam mir nicht nur sehr viel gescheiter vor als ich, sondern auch sehr viel sportlicher. Mühelos konnte sie Seilspringen, wobei ich mich sofort verhedderte, und freihändig mit angewinkelten Knien um die Reckstange schwingen, was ich mich nie getraut hätte.

Dorit war nur ein knappes Jahr älter als ich, und ich staunte damals immer wieder, was sie alles konnte und wusste.

Aber ich kam nicht einmal auf den Gedanken, dass ich vielleicht auf anderen Gebieten Qualitäten haben könnte, auf denen ich ihr überlegen war.

KAPITEL 19

„Beim übernächsten Zug muss er sich zeigen", sagt Erik.

„Ich nehme an, er ist hier." Leo zeigt auf eine Haltestelle am *Billingsgate Market* auf dem Londoner Stadtplan. „Also nehme ich am besten das Taxi und gehe auf die Hundertfünf."

Leo gibt eines seiner gelben Tickets an Mirko und verrückt seine Figur ein Stück auf dem Spielbrett.

„Ich fahr mit dem Taxi auf die Hundertdrei", erklärt Stefan.

„Und ich nehme den Bus auf die Fünfundfünfzig. Falls er nicht da ist", überlege ich laut, „kann ich mit der U-Bahn schnell in jede andere Richtung."

Erwartungsvoll schauen wir Mirko an, aber der verzieht keine Miene. „Ich fahre mit einem *Black ticket*."

„Seht ihr", sagt Leo siegessicher. „Gleich haben wir ihn. Wahrscheinlich wird's ihm schon zu heiß."

Wir spielen unter dem großen Sonnenschirm im Garten *Scotland Yard*, und Mirko ist *Mister X,* der in Londons Verkehrsnetz unentdeckt bleiben will, Leo, Stefan, Erik und ich sind ihm als „Detektive" auf den Fersen. Seit fast einer Dreiviertelstunde konnten wir seine Position zwar einkreisen, aber nicht exakt bestimmen.

„Ich geh jetzt auf die Neunundachtzig", kündigt Erik an.

Leo, Stefan und ich machen ebenfalls einen Zug, mit dem wir versuchen, Mirko weiter einzukesseln. Gespannt schauen wir ihn an, mit dem nächsten Zug muss er seinen Aufenthaltsort, wie schon ein paar Mal zuvor, offenbaren.

Unser *Mister X* grinst breit und zeigt sich, indem er seinen Spielstein auf ein Feld am Britischen Museum stellt, weit entfernt von uns „Detektiven".

„Da hab ich euch gut in die Irre geführt, was?"

„So kriegen wir ihn nie", stöhnt Erik.

„Ich glaube, ihr müsst aufgeben", sagt Anna, die wie eine Katze um unseren Tisch schleicht und uns über die Schulter guckt.

Sie war enttäuscht, dass sie nicht mitspielen durfte, aber dieses Spiel ist erst ab zehn. Man muss lesen können, was sie noch nicht kann, und es erfordert strategisches Denken, das Erik und Mirko ihr noch nicht zutrauen. Dabei hätte ich Anna sofort meinen Platz überlassen. Doch Erik und Mirko hatten sich ausdrücklich ein Spiel mit mir gewünscht, und ich kann mich nicht jedes Mal davor drücken.

Wir „Detektive" besprechen alle Standorte, zu denen unser inzwischen wieder „untergetauchter" *Mister X* jetzt geflüchtet sein könnte. Während wir beratschlagen, wie wir ihn doch noch umzingeln und fangen können, ruft Sofie von der Reifenschaukel aus, dass sie Hunger hat.

„Du kannst dir Kekse holen", gibt Anja zurück, die nicht mitspielen wollte und es sich auf einem Liegestuhl mit einer Zeitschrift gemütlich gemacht hat. „Es sind welche in der Küche, unten im Schrank."

„Ich möchte lieber was richtiges Essen. Was zu Mittag."

„Ich hab auch Hunger", fällt es da Mirko ein. „Mir knurrt schon die ganze Zeit der Magen."

„Nachher gibt's Tortellini", sagt Anja und schaut auf die Uhr. „Aber noch nicht jetzt. Ungefähr in einer Stunde."

„Keine Tortellini", stöhnt Anna. „Lieber was anderes!"

„Eine Stunde … Kannst du nicht jetzt schon was machen?" Mirko hält die Hand auf den Magen.

Da kommt von Stefan ein Vorschlag: „In Biscarrosse gibt's einen Imbiss. Wenn ihr für mich weiterspielt, könnte ich was aus dem Ort holen."

„Au ja, Papa, toll!" und „Klasse!", rufen die Kinder, und „Kannst du Hähnchen kaufen?", „Ja, wir wollen Hähnchen!", „Hähnchen!"

Eine knappe halbe Stunde später, wir haben inzwischen das Spiel aufgegeben, weil uns die „Fahrtickets" ausgegangen sind und somit keine Chance mehr besteht, hinter Mirko herzujagen, kommt Stefan mit dem Essen zurück.

„Hähnchen gibt's nicht", sagt er, und packt rechteckige Styroporbehälter aus zwei Plastiktüten auf den Tisch. „Die waren noch nicht fertig, und ich hatte keine Lust darauf zu warten. Ich hab was anderes mitgebracht."

Rasch schnappen sich die Kinder jeder einen Behälter, Anna reicht Plastikgabeln und -messer herum, die Stefan vom Imbiss mitbekommen hat, und Sofie teilt die dünnen Papierservietten aus.

Sofie hat als Erste die Warmhaltebox geöffnet und verzieht das Gesicht.

Fast im gleichen Augenblick hat Anna ihre Schachtel geöffnet.

„Ihh, das ist ja Schaschlik! Du weißt doch, dass ich keine Zwiebeln mag, Papa! Und keine Paprika!"

„Ich wollte Hähnchen!", schimpft Sofie und starrt auf den Spieß mit Fleisch zwischen Zwiebel- und Paprikastücken. „Das hab ich mir doch extra gewünscht!"

Auch Mirko schaut enttäuscht auf das Essen.

„Ich hab mich so auf Hähnchen gefreut", jammert Anna. Trotzig schiebt sie ihre Styroporbox weg.

Ich bin auch etwas enttäuscht, aber ich esse ebenso gern Schaschlik wie Hähnchen, so tragisch ist die Änderung für mich also nicht.

„Was gibt's immer zu meckern?"

Stefan öffnet seinen Behälter und schiebt mit der Gabel langsam die Fleischstücke vom Spieß. „Wenn euch das Essen nicht passt, dann hättet ihr halt selber gehen müssen. Oder ihr müsst auf die Tortellini warten."

Seine Stimme ist eine Mischung aus Charme und Herausforderung, es schwingt aber auch der Ton des Fahrlehrers mit, der keinen Widerspruch duldet.

Mit verkniffenem Mund starrt Anja auf Stefan.

„Ich finde das unmöglich", bricht es plötzlich aus ihr heraus. Ihre Stimme ist laut und scharf vor Ärger. „Du hast ganz genau gehört, dass wir uns alle Hähnchen gewünscht haben. Und du hast dich einfach darüber hinweggesetzt!"

Entsetzt über die Heftigkeit ihres Ausbruchs halte ich inne, auch Leo und die Kinder erstarren.

Anjas Mund zuckt, sie funkelt meinen Bruder böse an, wie ein Elektrogerät strahlt ihr Körper eine Spannung aus, die auf uns übergreift.

Als hätte Anjas Aufruhr nichts mit ihm zu tun, pickt Stefan das erste Fleischstück aus der Soße und schiebt es in den Mund.

Anja schüttelt den Kopf.

Ich schaue Stefan von der Seite an und frage mich, ob die Enttäuschung der Kinder und Anjas Kritik wirklich so unbeeindruckt an ihm vorbeigehen, wie er vorgibt.

„Ist doch nicht so schlimm", sage ich und lächele beschwichtigend in die Runde, „dann gibt's die Hähnchen halt morgen. Dann werde *ich* sie holen."

Anja fasst mich scharf ins Auge. „Wolltest du nicht eben selbst Hähnchen essen? Findest du es richtig, dass Stefan sich so mir nichts dir nichts über unsere Wünsche hinwegsetzt? Ich finde, das ist …", Anja ringt nach Worten, „das ist respektlos!"

Ich schaue erst zu meiner Schwägerin, dann hilflos zu meinem Bruder.

„Ich habe doch nur versucht, die Kinder zu trösten."

„Na klar, da hält die Familie zusammen!" Anja stößt ihren Karton weg, dunkelbraune Soße bekleckert ihre helle Bluse. „Also, mir ist der Hunger vergangen!"

Sie springt auf, läuft ins Haus.

Einen Augenblick herrscht betroffenes Schweigen, die Kinder wechseln einen Blick.

Dann sagt Stefan: „Ach, die beruhigt sich gleich wieder."

Anja steht, uns den Rücken zugekehrt, vor dem Küchentresen, durch die Scheibe kann man sehen, wie sie mit ihrer Hacke auf die Fliesen eintritt.

Bei ihrem Anblick fühle ich mich machtlos und schuldig und sprachlos, und ich frage mich, was diese Szene eigentlich zu bedeuten hat.

Leos Blick springt wie ein Ball im Tennismatch zwischen Stefan und Anja hin und her, auch er befindet sich offenbar im Zwiespalt, ob er sich einmischen soll. Schließlich wünscht er einfach einen guten Appetit.

„Und falls einer von euch auf sein Schaschlik verzichten will – immer her damit zu mir!"

Die Kinder sitzen steif am Tisch und stochern lustlos in ihren Wärmebehältern. Leo und ich schieben zaghaft unser Fleisch vom Spieß und beginnen zu essen. Es ist würzig und erstaunlich zart. Ich schaue zu Anja hinüber, sie hat den Kopf in beide Hände gestützt und starrt auf den Fußboden.

Stefan hat sich den Appetit nicht verderben lassen. Sonderbar ungerührt und unbeeindruckt verputzt er seine Portion.

Eigentlich schmeckt das Schaschlik richtig gut, aber angesichts von Stefans gleichgültiger Haltung brodelt es plötzlich auch bei mir innerlich.

Du hast dich einfach darüber hinweggesetzt, echot Anjas Satz in meinem Kopf.

Warum, frage ich mich, hat Stefan nicht gesagt, es gäbe heute kein Geflügel, warum hat er nicht einfach behauptet, die Hähnchen seien ausverkauft oder nur an anderen Wochentagen im Angebot? Irgendeine Ausrede hätte ihm doch einfallen können, damit seine Familie nicht so enttäuscht ist.

Aber nein, er hatte keine Lust zu warten!

Ich fühle, wie sich immer mehr Bläschen von Wut in mir bilden, wie sie mir vom Magen langsam in die Kehle steigen und diese gefährlich verengen.

Macht Stefan das aus Gleichgültigkeit?

Ist es Unbedachtheit?

Oder will er seine Familie, auch Leo und mich, mit seinem Verhalten provozieren?

Ich schaue auf das runde Gesicht meines Bruders, auf die Fülle dunkler Locken, die es umrahmt. Mit seiner langen, spitzen Nase, die nicht in das ebenmäßige Gesicht mit den wachen Augen und den buschigen Augenbrauen passt, sieht er nicht unbedingt aus wie ein Mann, der in Katalogen oder Werbeprospekten abgelichtet würde. Aber er hat ein interessantes, ein ausdrucksstarkes Gesicht, das, je nach Stimmungslage und äußeren Gegebenheiten, sehr charmant und humorvoll, aber auch spöttisch und hart wirken kann.

Doch welchen Ausdruck hat er jetzt?

Fest richte ich den Blick auf Stefans Gesicht.

Und stutze.

Diese Mimik kenne ich!

Mit genau diesem Ausdruck überreichte er mir an meinem Geburtstag seine Kinderschallplatte, obwohl ich mir nichts sehnsüchtiger gewünscht hatte als sein ausrangiertes Feuerwehrauto, in das man Wasser füllen und mit dem man richtig herumspritzen konnte.

Dann wird ein anderer Erinnerungsfetzen hochgezerrt: Mein Bruder hält eine Tüte mit bunten Bonbons in der Hand, von denen ich gerne welche haben möchte. Er greift in die Tüte und gibt mir zwei. Und zwar genau die Grünen, die ich absolut nicht ausstehen kann, weil sie nach Apfel schmecken.

Wenn du welche willst, sagt er mit genau dieser Miene im Gesicht, die ich jetzt wiederzuerkennen glaube, *musst du schon die nehmen, die ich für dich gezogen habe.*

Bis eben hat es mir nicht viel ausgemacht, das Schaschlik zu essen, aber nun ist auch mir der Appetit vergangen.

Warum muss Stefan uns derart provozieren? Warum hat er mich schon früher immer mit so einer Haltung herausgefordert?

Rasch muss ich mich abwenden.

Ich balle die Hände zur Faust, um das Zittern der Finger zu stoppen. Meine Fingerspitzen kribbeln, es scheint mir, als könnte ich die Wut, die ich damals empfunden habe, auch die Enttäuschung und die Ohnmacht, der ich mich ausgesetzt fühlte, bis in die Nägel hinein fühlen.

Und plötzlich, wie von einem unsichtbaren Band gezogen, steht mein Körper mit mir auf. Legt die paar Schritte, die Stefan von mir entfernt am Tisch sitzt, durch das stoppelige Gras zurück. Es piekst unter den nackten Füßen.

Vor meinem Bruder, der sich kauend über die Schale mit Schaschlik beugt, bleibt mein Körper stehen.

Er beugt sich mit mir vor.

Holt aus.

Dann versetzt eine meiner Hände Stefan eine schallende Ohrfeige. *Klatsch.*

Auf Stefans Wange zeichnet sich feuerrot der Abdruck meiner Finger ab.

Fassungslos starrt Stefan mich an. „Sag mal, spinnst du, Dagmar? Was soll das denn?"

Schlagartig bin ich hellwach, das Gefühl, ferngesteuert und entrückt zu sein, ist verflogen, all meine Sinne sind geschärft.

Leo starrt mich entsetzt an, die Kinder schauen unbehaglich auf den Tisch.

Allmächtiger, was ist bloß in mich gefahren? Wie soll ich das bloß erklären, ohne dass mich alle für durchgeknallt halten?

„Es tut mir leid!" Ich drücke meine Handballen an die Schläfen und werfe Stefan einen hilfesuchenden Blick zu. „Das wollte ich nicht. Ich weiß auch nicht ... "

Stefan spitzt die Lippen, er wartet noch auf eine Erklärung.

„Also, das klingt jetzt verrückt, ich weiß. Und es ist irgendwie auch keine Entschuldigung. Ich habe an früher gedacht, als wir noch Kinder waren. Irgendwas hat mich plötzlich dran erinnert, dass du mir damals nicht dein Feuerwehrauto geschenkt hast, das ich mir so gewünscht hatte, sondern nur diese blöde Schallplatte ..." Zerknirscht schüttele ich den Kopf. „Und dabei ist es mit mir durchgegangen. Ich hatte mich plötzlich nicht mehr unter Kontrolle."

„Aha." Stefan reibt sich die Wange.

An mich, aber auch an die anderen in der Runde gewandt, fügt er hinzu: „Na ja, früher, als Kind, war ich wirklich nicht immer ein Musterknabe. Da hätte ich diese Ohrfeige bestimmt manches Mal verdient."

„Ich hab dich noch nie geschlagen!"

Beschämt schaue ich auf meine Füße, möchte unsichtbar werden und im Erdboden verschwinden.

Ich fühle mich benommen und gedemütigt, es rauscht in meinen Ohren.

„Ich hoffe, du kannst mir verzeihen", krächze ich aus trockener Kehle.

„Schon gut, schon gut."

In der Runde ist es still.

Dann fängt Stefan plötzlich an zu lachen und stößt prustend hervor: „Hey, Dag, so kenne ich dich gar nicht!"

Ich murmele weitere Entschuldigungen und bin froh, als Leo diese demütigende Situation mit dem für ihn typischen trockenen Humor entschärft: „Ich wusste gar nicht, dass Dagmar so einen Schlag bei Männern hat."

Die Jungen grinsen verlegen, Sofie kichert, Anna lächelt unbehaglich, sagt: „Ich dachte, nur Kinder hauen sich."

Plötzlich steht Anja in der Terrassentür.

Ich weiß nicht, ob sie etwas mitbekommen hat. Sie betrachtet Stefan und mich mit einem neugierigen Blick.

Meine Wangen glühen, als sei *ich* diejenige gewesen, die die Ohrfeige bekommen hat.

„Das hätte mir nicht passieren dürfen", stammele ich.

„Komm, vergiss es", sagt Stefan mit großmütiger Stimme. „Vergiss es einfach!"

Warum schreit er mich nicht an? Warum schlägt er nicht einfach zurück?

Warum, Herrgottnochmal, haben wir keine engere Beziehung zueinander?

Wie kommt es bloß, dass Stefan alles zufällt, was ich mir hart erarbeiten muss, und dass er sich die Rosinen aus jedem Kuchen pickt, während ich immer nur am trockenen Kanten knabbere?

Immer noch brodelt es in mir, und einen Moment lang bin ich versucht, Stefan eine weitere Ohrfeige zu verpassen, nur um ein einziges Mal das Gefühl zu haben, mich über ihn zu erheben.

Gib's ihm, Dagmar!, flüstert mir eine gehässige Stimme ein.

Einen Sekundenbruchteil zögere ich.

Aber als ich schließlich noch einmal zuschlagen will, schaffe ich es nicht. Meine Hände sind bleischwer, sie wollen nicht gehorchen.

Anja rückt in der Tür zur Seite, als ich ins Haus renne und mich aufs Sofa fallen lasse.

Ich habe das Gefühl, eine Ladung scharfkantiger Klötze poltert durch meine Adern.

Was ist nur los mit mir?

Ich bin zweiundvierzig, erwachsen, warum fühle ich mich so klein und schwach, warum immer verletzlich und unterlegen, wenn es zu Auseinandersetzungen zwischen Stefan und mir kommt?

Ich könnte mich selbst für meine Unzulänglichkeit ohrfeigen!

Anja ist unbemerkt herangeschlichen und hat sich zu mir auf die Sofakante gesetzt. Ich schaue nicht zu ihr auf, aber ich spüre ihren Blick wie einen leichten Luftzug auf mir, er kitzelt mich im Nacken.

Als ich sie ansehe, reibt sie mit den Fingerknöcheln über ihre Wange.

„Hat ganz schön gesessen."

Also hat sie die Ohrfeige gesehen.

„Verdammt, das ist mir noch nie passiert."

„Vielleicht war's einfach mal nötig."

„Ich hätte dir vorhin beistehen müssen", entschuldige ich mich. „Es war nicht richtig von Stefan, dass er sich einfach über unsere Wünsche hinweggesetzt hat, da gebe ich dir vollkommen recht."

„Mir ging's ja gar nicht um die Hähnchen. Mir ging's einfach ums Prinzip."

„Ich weiß. Und grade deshalb hätte ich dir beistehen müssen."

Anja lächelt dankbar. „Ist manchmal ein richtiges Ekelpaket, dein Bruder, nicht?"

Ich nicke. „Das hat er schon als kleiner Junge so gemacht", sage ich gequält. „Warum ist er so?"

Anja zuckt die Schultern. „Manchmal hat er solche Anwandlungen. Und außerdem ist er manchmal ziemlich egoistisch."

„Mir kommt es vor, als wollte er mich, uns alle, damit ärgern. Provozieren." Ich beschreibe mit dem Zeh einen großen Halbkreis auf den Fliesen. „Trotzdem hätte ich ihn nicht vor euch allen schlagen dürfen."

„Wenn's dich tröstet, Dagmar, ein bisschen war mir auch danach zumute."

Ich versuche ein wackeliges Lächeln zustande zu bringen. „Mit dem entscheidenden Unterschied, dass du's nicht gemacht hast."

Mach kein Theater, er ist dein kleiner Bruder, höre ich Mutter plötzlich wieder sagen. Ein großes Mädchen wie du braucht nicht auf ein kleines Kind eifersüchtig zu sein.

„Ich habe das Gefühl", sage ich, etwas frierend und beunruhigt, „mein ganzer Neid und meine ganze Eifersucht auf Stefan haben in dieser Ohrfeige gesteckt."

Anja lächelt nachsichtig. „Wenn du mich fragst, er hat's bestimmt verdient. Und wer sonst als die eigene Schwester, darf sich mal etwas handfester mit ihm auseinandersetzen?"

Ich merke, wie mir das Blut in die Ohren steigt. „Ich erkenne mich selbst nicht wieder!"

„Sieh's doch mal so, Dagmar: Wenigstens konntest du dich auf diese Weise abreagieren."

„Meine Wut auf Stefan, ja. Aber sonst fühle ich mich überhaupt nicht besser. Ich erschrecke mich vor mir selbst!"

Anja macht eine abwinkende Handbewegung. „Nicht nur du, wir alle haben überraschende und erschreckende Anteile in unserer Persönlichkeit. Wir versuchen, sie vor anderen zu verstecken und zu unterdrücken. Aber man kann sie nicht auf Dauer verleugnen. Man sollte vielmehr versuchen, sie zuzulassen und zu akzeptieren. Was ich damit sagen will: Du brauchst anderen gegenüber nicht immer die ‚liebe und geduldige Dagmar' zu sein. Das verlangt keiner von dir. Diesen Druck hast du dir selbst gemacht. Leg ihn ab, Dagmar!"

Dankbar drücke ich ihre Hand.

Einen Augenblick schweigen wir, es ist ein angenehmes, beredtes Schweigen, voller Einklang und freundschaftlicher Verbundenheit. Ich fühle mich ein bisschen besser. Draußen stochern die Kinder noch mit langen Gesichtern in ihren Fleischtellern herum, während es Leo und Stefan gut zu schmecken scheint.

„Und du?", frage ich schließlich in die entstandene Pause hinein. „Wie gehst du jetzt mit dieser Situation um? Wie wirst du dich Stefan gegenüber verhalten?"

Anja stößt ein freudloses Lachen aus.

„Ich werde einen großen Topf Tortellini kochen und einen schönen Salat dazu machen. Mit viel Knoblauch, so wie ich ihn am liebsten mag. Ich bin mir sicher, die Kinder werden das ohne Murren essen, schon um ihrem Vater zu zeigen, dass sie auch sauer auf ihn sind. Bestimmt wird er versprechen, ihnen morgen Hähnchen zu holen. Und das war's."

Und das war's.

Ich schaue Anja lange und durchdringend an. Sie lächelt mir zu, aber es ist ein gezwungenes Lächeln, das nur ihre Lippen einschließt.

Wie ernst und verletzlich ihre Augen dagegen blicken, denke ich und begreife plötzlich, warum sie morgens so lange und gründlich mit ihrem Make-up beschäftigt ist. Immer habe ich Stefan und sie um ihre ach-so-harmonische-Ehe beneidet, doch plötzlich, wie ein Vorhang, der sich einen winzigen Moment geöffnet hat, sehe ich sie in einem ganz anderen Licht.

Ich greife noch einmal nach Anjas Hand, drücke sie zart und mitfühlend.

„Du hast es auch nicht immer leicht mit ihm, stimmt's?"

„Ach was, es geht", sagt Anja, aber es rutscht ihr eine Spur zu schnell heraus.

Unvermittelt steht sie auf und läuft in die Küche.

Ich bleibe sitzen und schaue ihr nach.

„Weißt du, wenn du eine Familie hast, musst du dich arrangieren. Musst Kompromisse machen", sagt sie, während sie in den Schränken hantiert. „Als fünfköpfige Familie lernt man notgedrungen, über manche Dinge hinwegzusehen und toleranter zu werden."

„Und seine Rolle klaglos zu spielen", entfährt es mir leise.

Aber Anja hat es gehört. Sie hält in ihrer Geschäftigkeit kurz inne.

„Meinst du, jammern hilft? Es gibt genügend Dinge, die mir nicht passen. Wenn du wüsstest, wie oft ich mich eingeschränkt fühle oder allein, trotz der vielen Personen, die dauernd um mich herumschwirren. Aber soll ich deshalb darüber jammern? Das ändert doch nichts! Und wenn ich ein Rezept hätte, wie ich es ändern könnte, hätte ich das längst probiert. Ich habe mich nun mal für eine Familie entschieden. Und nach so einer Entscheidung gibt es kein Zurück."

Ich könnte das nicht, denke ich. Aber ich bin schließlich auch nicht geschaffen für eine Familie.

Anja tut mir leid, aber ich weiß nicht, wie ich ihr helfen kann.

Sie hat sich inzwischen an die Knoblauchzehen gemacht, die sie schält und fein hackt.

Für Anja und Stefan mag der Fall erledigt sein, denke ich, für mich aber irgendwie nicht. So unangenehm mir die ganze Sache ist, es verletzt mich, dass Stefan über meinen Ausbruch am Ende nur gelacht hat. Ich fühle mich einfach nicht ernst genommen.

Ich schaue zu, wie Anja Wasser in einen riesigen Edelstahltopf laufen lässt, wie sie den Herd anstellt, Lebensmittel aus den Schränken holt, Zwiebeln schält und würfelt. Ich schaue zu, sehe das alles aber nur am Rande meines Bewusstseins, wie die vorbeiziehende Landschaft, die man aus den Augenwinkeln im Zugabteil wahrnimmt.

Ich habe mich bei Stefan entschuldigt.

Aber es tut mir nicht leid.

Nein, es tut mir ganz und gar nicht leid!

Wieder kann ich es spüren: das unsichtbare Band, das meinen Körper vom Stuhl zu Stefan zieht, und den plötzlichen, unüberwindlichen Impuls, die Hand zu erheben. Das Klatschen auf Stefans Wange, das Kribbeln in meinen brennenden Fingern, das Gefühl des hilflosen Entsetzens, das mich durchzuckt.

Zugleich ist mir, als hätte eine große Axt meinen Körper innerlich in zwei Hälften gespalten, in zwei Frauen, die beide behaupten, Dagmar Jahn zu sein, von denen ich aber nur die eine kenne.

Wie bei einem Video, das in meinem Kopf aufgezeichnet wurde, wiederholt sich der ungezügelte Gefühlsausbruch der Unbekannten. Immer wieder ohrfeigt sie ihren Bruder vor den Augen der ganzen Familie.

Wer, um Himmels willen, ist diese Frau?

Kapitel 20

„Du machst vielleicht ein missmutiges Gesicht, Dag!"

Ich habe mich an einen Baum im Garten gelehnt und schaue zu Stefan.

„Ich bin einfach traurig, dass wir keine tiefere Beziehung zueinander haben. Du bist schließlich meine einzige Familie."

Stefan bleibt ein paar Schritte vor mir stehen.

„Was redest du da, Dag? Willst du etwa behaupten, wir hätten kein gutes Verhältnis?"

Entsetzen, Unverständnis und Empörung schwingen in Stefans Stimme. „Wir haben eine wunderbare Beziehung! Glaub mir, Dagmar, es gibt genügend Geschwister und Familien, die sind vollkommen zerstritten. Die haben jeglichen Kontakt abgebrochen. Sich ganz aus den Augen verloren. Was denkst du, wie oft ich solche Geschichten von meinen Fahrschülern höre? Kinder, die mit ihren Eltern brechen, Geschwister, die sich aus tiefster Seele hassen, die sich gerichtlich bekämpfen! Meine Güte, Dag, empfindest du unser Verhältnis wirklich als so schlecht?"

Ich registriere Stefans bestürzten Gesichtsausdruck und komme mir plötzlich vor, als hätte ich falsch herum durch ein Fernglas geschaut. Warum haben wir eine so unterschiedliche Wahrnehmung? Oder bin ich tatsächlich übersensibel, wenn es um meine Familie geht, wie Leo immer wieder behauptet?

„So schlecht ist unser Verhältnis natürlich nicht", räume ich ein und spüre die Unruhe in meiner Stimme. „Ich wünschte einfach, du hättest etwas mehr Interesse an mir und an meinem Leben."

„Dagmar!" Fassungslos schüttelt Stefan den Kopf.

Sind meine Gedanken dermaßen abwegig?

Dann lacht Stefan plötzlich los. Sein Gesicht hellt sich auf, sein ganzer Abwehrpanzer, mit dem er mir soeben gegenüberstand, zerbricht wie eine geknackte Nuss.

„Glaubst du etwa, ich liebe dich nicht, Dagmar? Dag!" Er nimmt meine Hände und zwingt mich, ihm in die Augen zu sehen. „Du hast also Zweifel, dass ich dich liebe?"

Ich schaue zum Haus, das im Schatten der Pinien liegt, schaue auf den Boden, wieder zu Stefan und spüre, dass ein Kloß in meiner Kehle sitzt, während ich langsam den Kopf schüttele.

„Selbstverständlich interessiere ich mich für dich, für dein Leben. Und ich bin gern mit dir zusammen! Überleg doch mal: Warum hätte ich sonst mit euch in diesen Urlaub fahren sollen?"

Meine Schulter zuckt in einer nervösen Bewegung. Ich versuche zu lächeln, aber es will mir nicht richtig gelingen.

Ich versuche, den drückenden Kloß hinunterzuwürgen, der mir in der Kehle sitzt, und schaue zu Stefan auf, der mir die Hand auf die Schulter gelegt hat. Er schaut mir fest in die Augen und lächelt mich aufmunternd an.

„Kannst du mir sagen, warum Mutter mich nie so beachtet und geliebt hat wie dich?"

Stefans Hand zuckt wie im Reflex zurück, er sieht plötzlich aus wie jemand, der ausgerutscht und hingefallen ist.

Als er sich etwas gefangen hat, antwortet er mit einer Gegenfrage: „Warum, um Himmels willen, sollte Mutter dich nicht lieben, Dagmar? Du tust alles für sie, hast immer alles für sie getan! Du warst ein braves Kind, ganz im Gegensatz zu mir. Immer hilfsbereit, immer fleißig. Hast auch sonst nur gemacht, was alle von dir erwartet haben. Nenn mir einen Grund, nur *einen einzigen* Grund, warum sie dich nicht lieben sollte!"

Ich sehe, wie Stefan um Fassung ringt.

Hilflos und müde streiche ich mir über die Augen.

„Siehst du, dir fällt keiner ein. Weil es keinen Grund gibt! Gar keinen!"

Stefan atmet tief durch, und ganz langsam bekommt er seine normalen Gesichtszüge wieder.

„Du verlangst dir ganz schön viel ab, Dag. Aber du kannst nicht alles, was du dir selbst abverlangst, auch von anderen erwarten. Und du nimmst vieles zu schwer. Dadurch bist du etwas zu ... empfindlich. Versuch doch, alles etwas lockerer zu sehen!"

„Du hast gut reden", sage ich mit eigenartig tonloser Stimme, weil ich sie zwischen dem Kloß hindurchpressen muss. Ich bin immer noch wütend und enttäuscht, und ich merke, wie schwer es mir fällt, über dieses Thema zu sprechen, ohne dabei in Tränen auszubrechen.

„Du hast einfach immer gemacht, was du wolltest, und Mutter hat dich sogar noch für deinen Eigensinn bewundert. Aber ich konnte es ihr nie recht machen. Zumindest gab es nie ein Lob oder eine Anerkennung für das, was ich gemacht habe."

„Sie hat es bestimmt nicht böse gemeint. Sie hat dich vielleicht nicht sehr viel gelobt, das mag sein, aber daraus solltest du nicht schließen, dass sie dich nicht liebt."

Stefans Stimme klingt fest, aber sein Blick ist unbehaglich.

Wir schweigen beide eine Weile, in der Stefan in die Ferne schaut, und in der ich darüber nachdenke, dass es vielleicht mein größter Fehler war, brav und angepasst zu sein.

Dann sagt Stefan in meine Gedanken hinein: „Vielleicht werden bei Mädchen Eigenschaften wie Hilfsbereitschaft, Anpassungsfähigkeit und Fleiß selbstverständlicher hingenommen als bei Jungen. Ich versuche, meine Kinder alle drei gleich zu behandeln und zu erziehen, aber ich fürchte, mir gelingt das auch nicht immer. Manchmal ertappe ich mich, dass ich von Mirko etwas anderes erwarte als von den Mädchen. Und immer wieder passiert es mir auch, dass ich bei Mirko mehr durchgehen lasse als bei den Zwillingen. Aber trotz alledem, ich kann dir versichern, dass ich meine Kinder alle gleichermaßen liebe. Du solltest nicht daran zweifeln, dass es bei unseren Eltern anders ist."

Es rührt mich, wie Stefan sich ereifert und wie er Mutters Verhalten zu rechtfertigen sucht. Gleichzeitig breitet sich tief in meinem Herzen eine kalte Traurigkeit aus, die mir bis in die Arme und Beine kriecht, sodass ich fröstele. Möglich, dass es bei Mutter unbewusste Abläufe waren, die nichts mit mir als Person zu tun haben, doch tief in meinem Bauch spüre ich, dass diese Begründung nicht passt. Ich fühle mich trotzdem verlassen, einsam und zurückgesetzt, und diese niederschmetternden Gefühle halten sich hartnäckig wie ein lästiger Husten. Nein, Stefans Erklärung befriedigt mich nicht.

Da gibt es noch andere Gründe.

Aber ich kann Stefan nicht die Schuld dafür geben, auch wenn das ganz einfach wäre.

Ich schaue meinem Bruder ins Gesicht, während er mich aufmerksam mustert.

Es kostet mich einige Anstrengung, mich auf ein Lächeln zu konzentrieren und mich ein wenig zu entspannen.

„Ich kann dich also nicht überzeugen", sagt er.

„Ich wünschte, du könntest es."

Stefans Augen sind plötzlich umflort von einem kummervollen Zug.

„Was ist heute bloß los mit dir, Dag?"

Plötzlich kämpfe ich wieder mit den Tränen.

Ich möchte so gerne getröstet werden, möchte Stefan umarmen und von ihm umarmt werden und beuge mich zu ihm hin, aber eine kleine Bewegung, die er macht, hält mich davon ab.

„Ich glaube, ich suche einfach einen Sündenbock", räume ich schließlich leise ein und meine damit nicht mehr nur den Schuldigen für meine Ohrfeige.

Stefan lacht, aber es klingt eigenartig dumpf. „Und, hast du ihn wenigstens gefunden?"

Ich schüttele langsam den Kopf. Meine ganze vorgefasste Kampfbereitschaft und Streitlust sind verpufft.

„Du brauchst nicht der allgemeine Sündenbock zu sein, das ist mir nun klar geworden. Auch wenn du immer machst, was du willst. Eigentlich typische Einzelkindallüren, findest du nicht ...?"

Ich blicke in Stefans Gesicht, nachsichtig und voller Zuneigung, und es hellt sich wieder auf.

„Mach mich nur zum Sündenbock, wenn es dir hilft. Ich gestehe alles!" Damit entwaffnet Stefan mich vollends.

Ich muss lächeln und atme erschöpft durch. „Weißt du eigentlich, dass ich dich um dieses Selbstbewusstsein beneide?"

Stefan lächelt zurück. Dann macht er eine weit ausholende Handbewegung, die seine ganze Familie einschließt. „Dafür beneide ich *dich* manchmal um deine Freiheit!"

Mir wird ganz warm ums Herz.

Und plötzlich kann ich es wieder spüren, das Band unserer geschwisterlichen Verbundenheit, das uns, allen Gegensätzen zum Trotz, zusammenknotet. Ich sehe die feinen Linien in Stefans Gesicht, die Fältchen um seinen vollen Mund und die dunklen Stoppeln am Kinn, wo sein Bart als Erstes sprießt, wenn er sich nicht gleich morgens rasiert. Und noch bevor ich einen Schritt auf meinen Bruder zugehen kann, tritt er zu mir und umarmt mich, während ich die Augen schließe.

Als wir uns voneinander lösen, sagt Stefan noch einmal: „Ich finde es schön, dass ihr mit uns in den Urlaub gefahren seid."

„Obwohl Anja nicht einverstanden war?" Ich beiße mir rasch auf die Lippe, aber schon ist der Satz heraus.

Stefan grinst. „Manchmal weiß ich eben, was gut für uns ist, auch wenn es zuerst nicht so offensichtlich auf der Hand liegt."

Dafür muss ich ihn noch einmal drücken und ich merke, dass Stefan sich über meinen Liebesbeweis freut.

„Ich finde es auch schön, dass wir hier zusammen sind. Und ich habe einiges gelernt in diesem Urlaub."

„Das ist meine Schwester ... Du sollst hier *Urlaub* machen, Dag, nicht *lernen!*"

„Das ist mein Bruder ... Dieser Rat kann auch nur von dir kommen!"

„Typische Einzelkindallüren eben ..."

Als mein Bruder mit Anja und allen vier Kindern zur Kartbahn nach Biscarrosse losgefahren ist und Leo sich Schuhe für einen Spaziergang anzieht, denke ich noch einmal, wie sehr ich Stefan um sein Selbstbewusstsein beneide. Mit meinen einsfünfundsiebzig wirke ich äußerlich nicht unbedingt duckmäuserisch, aber ein entsprechendes Selbstbewusstsein habe ich deswegen trotzdem nicht. Wenn man es sichtbar machen könnte, wäre bei mir wohl nur eine dünne Schicht zu sehen.

Aber Mutter hat ja auch immer wieder an dieser ohnehin farblosen Haut gekratzt. Immer nur ganz subtil, für Außenstehende war das wahrscheinlich nicht einmal spürbar.

Sofort fällt mir dabei wieder mein Abschlussball ein. Wie hatte ich mich auf dieses Ereignis gefreut! Besonders hübsch hatte ich an diesem Tag aussehen wollen! Doch mit einem meiner wenigen Kleider oder den dunklen Hosen und weit geschnittenen Sweatshirts, die ich hauptsächlich besaß, war einfach kein Staat zu machen. Deshalb war ich wirklich dankbar über Merles Angebot, mir etwas von sich zu leihen. Einen ganzen Nachmittag verbrachten wir gemeinsam vor ihrem Kleiderschrank. Ich schlüpfte in alle ihre Röcke, Hosen, Blusen und festlichen Kostüme, bis wir ein orangegrundiges dünnes Seidenkleid für mich fanden, das mir ausgezeichnet stand. Es war mit hellgrünen und gelben Blüten bedruckt, hatte Spaghettiträger und einen tiefen Ausschnitt, der viel von meinem sommergebräunten Dekolletee zeigte und mich sehr fraulich erscheinen ließ. Dazu hatte Merle mir passende Pumps herausgesucht, die vorne spitz zuliefen und einen ziemlich hohen Absatz hatten. Eigentlich waren sie mir etwas zu klein, aber sie passten so hervorragend zu dem Kleid, dass ich mich unbedingt hineinquetschen wollte.

Für diesen besonderen Abend hatte ich mich sogar geschminkt, mit allem, was mein kleines Schminktäschchen hergab: Lidschatten, Kajal, Rouge und Wimperntusche. Ein Samtband hielt mein schulterlanges Haar zusammen, das ich mit einer gelben Spange am Hinterkopf hochgesteckt hatte, und um den Hals trug ich die dünne Goldkette mit dem Bernsteinanhänger, die ich zu Weihnachten bekommen hatte. Fast eine ganze Stunde hatte ich im Bad verbracht, viel länger als sonst, aber als ich mich im Schlafzimmerspiegel schließlich im Ganzen anschaute, war ich völlig perplex. Kaum zu fassen, dass *ich* das war, dieses attraktive Mädchen, diese hübsche junge Frau, die mir da gegenüberstand! Unglaublich, was dieses Kleid, die Schuhe und das bisschen Schminke aus mir gemacht hatten! Auch ohne dass ich mich bewegte, strahlte ich eine vibrierende Energie aus.

Ich betrachtete mich von allen Seiten im Spiegel und war nicht nur zufrieden mit meinem Äußeren – ich fand es perfekt.

„Na, wie sehe ich aus?", rief ich fröhlich und wirbelte im Walzerschwung zu Mutter in die Stube.

Mutter neigte den Kopf zur Seite und betrachtete mich zunächst ohne jede Regung. Dann lächelte sie.

Aber es war kein aufrichtiges oder herzliches Lächeln. Es wirkte schief und aufgesetzt, und es reichte nicht über ihre Mundwinkel hinaus.

„Na ja", sagte sie schließlich. „Etwas Dunkles wäre festlicher. Dunkelblau steht dir auch besser."

Mutter hatte die Hände nicht bewegt, aber ich fühlte mich, als hätte sie mir damit rechts und links eine Ohrfeige verpasst.

„Aber dieses Kleid, ist es nicht wundervoll?", sagte ich, wütend und enttäuscht, verunsichert und ernüchtert. Ich kämpfte plötzlich mit den Tränen. „Ich finde, es steht mir doch gut!"

Mutter zuckte etwas mit dem Kopf zur Seite und erwiderte nichts.

„Du bist so gemein", konnte ich nur noch herauspressen und ins Bad rennen, wo ich mich einschloss, während Mutter hinter mir herrief: „Darf ich nicht meine Meinung sagen? Wenn du sie nicht hören kannst, hättest mich nicht zu fragen brauchen."

Ich starrte in den ovalen Spiegel über dem rissigen Becken, auf das ich mich stützte, und konnte meinen herausgeputzten Anblick auf einmal nicht mehr ertragen.

Am liebsten hätte ich mir das Kleid vom Leib gerissen und wäre nicht mehr auf den Ball gegangen.

War es das gewesen, was sie hatte erreichen wollen?

Warum empfand ich ihre Worte immer wie Giftpfeile und wie einen unausgesprochenen Vorwurf? Mutter hatte eigentlich nichts Schlimmes gesagt. Und dennoch hatte ich aus ihren Worten den eiskalten Wunsch herausgehört, mir wehzutun und mich zu verletzen. Vielleicht auch, weil ich dieses Lächeln gesehen hatte, ein Lächeln, das dazu bestimmt war, mich zu verunsichern und mir die Vorfreude zu verderben.

Es kostete mich unendlich viel Kraft, das Kleid anzubehalten, aber ich blieb so, wie ich war.

KAPITEL 21

„Ich habe Stefan und dich zusammen im Garten gesehen", sagt Leo. „Hast du dich mit ihm ausgesprochen?"

„Wir hatten ein gutes Gespräch."

„Ich finde, Anja und du, ihr habt etwas überreagiert. Ich hab mich die ganze Zeit gefragt, was da eigentlich abging zwischen Stefan und dir."

„Irgendwie hab ich die Kontrolle verloren", antworte ich und nehme meine Brille ab.

Ich putze sie mit meinem T-Shirt-Zipfel.

Ohne meine Brille kann ich den sandigen, von Zapfen und Nadeln bedeckten Pfad und die hohen Pinienkronen über uns, die bis ins lichte Blau des Himmels ragen, nur verschwommen erkennen. Umso deutlicher höre ich die leisen Vogelstimmen und die Zikaden, die uns bei unserem Spaziergang durch den Wald begleiten.

„Diese Ohrfeige", sage ich schließlich, als meine Brillengläser blank poliert sind, „das war wie eine Reaktion auf früher. Als müsste ich mich für etwas rächen, was Stefan mir in unserer Kindheit angetan hat."

Unvermittelt bleibt Leo stehen. „Willst du damit andeuten, Stefan hat dir früher etwas angetan?"

„O Gott, nein! Nein!" Ich hebe die Hände, als ich Leos entgeisterten Gesichtsausdruck sehe.

„Aber sein Verhalten heute, es hat mich einfach an früher erinnert. Es hat mich ... provoziert. Und ich habe gemerkt, wie sehr ich damals unter seinen Provokationen litt." Ich atme schwer, es ist, als hätte sich die warme Luft plötzlich verdichtet. „Irgendetwas steckt in mir, Leo! Neid. Eifersucht. Und das ist bei dieser Ohrfeige aus mir herausgebrochen."

Noch etwas steckt in mir, dunkel und kalt. Ich kann es wahrnehmen, so wie man aus den Augenwinkeln Dinge wahrnehmen kann, ohne sie bewusst zu sehen. Aber von all dem will ich Leo nichts erzählen, auch wenn ich ihm sonst fast alles anvertraue, darüber will ich auch selbst nicht weiter nachdenken, zu sehr beschämen mich diese Gefühle.

Leo versucht mich zu beruhigen. „Neid und Eifersucht zwischen Geschwistern sind ganz normal. Selbst wenn Eltern versuchen, ihre Kinder gleich zu behandeln, die Wahrnehmung jedes Kindes ist verschieden. Ich war früher auch furchtbar eifersüchtig auf Susanne, das kannst du mir glauben. Ich hatte oft das Gefühl, sie würde mir vorgezogen, einfach, weil sie weniger Probleme gemacht hat in der Familie und in der Schule, weil sie pflegeleichter war als ich. Heute weiß ich, dass unsere Eltern nur anders auf unsere verschiedenen Charaktere reagiert haben. Ich bin mir sicher, auf unterschiedliche Weise haben sie Susanne und mich gleichermaßen geliebt."

Ich wünschte, ich könnte das auch sagen, denke ich wehmütig.

„Ich bin immer noch schockiert, dass ich Stefan diese Ohrfeige verpasst habe. Ich hätte geschworen, ich kann keiner Fliege was zuleide tun. Und dann verliere ich derart die Kontrolle! Ich muss mich allen Ernstes fragen, ob ich womöglich noch zu ganz anderen Dingen fähig bin. Stell dir bloß vor, ich hätte ein Messer in der Hand gehabt ..."

Leo geht weiter. „Du bist aber nicht mit dem Messer auf deinen Bruder los! Offenbar hat Stefan irgendeinen Knopf in dir gedrückt, und das hat diesen Impuls ausgelöst."

Ich schaue auf den Boden und nicke.

„Vielleicht sollte ich mich zu einem Selbstverteidigungskurs anmelden." Leo lacht, und es klingt ein bisschen hilflos. „Oder alle Messer wegschließen ..." Er schmatzt mir einen feuchten Kuss auf die Wange.

Leo möchte den Ernst aus unserem Gespräch herausnehmen. Aber als er erkennt, dass ich den Vorfall nicht auf eine humorvolle Ebene bringen möchte, wird er sofort wieder sachlich.

„Wenn es dich tröstet: Ich hab mich früher mit Susanne so manches Mal gestritten. Und dabei ging's ganz schön zur Sache!"

„Kann ich mir bei euch kaum vorstellen. Ich finde, ihr habt ein sehr harmonisches Verhältnis."

„Heute, ja. Früher haben wir uns viel gezofft."

Leo denkt einen Moment nach. „Zum Beispiel, wenn wir zusammen Flugzeug auf dem Bett gespielt haben. Das ging stundenlang gut, ganze Nachmittage, und dann sind wir uns plötzlich in die Haare geraten. Über Kleinigkeiten, vollkommen banale Dinge. Wenn's erst zum Streit kam, konnte das schnell in eine ruppige Prügelei ausarten, dann haben wir uns geboxt und getreten. Und Susanne hat auch gern mal zugebissen! Hier", Leo schiebt den Ärmel seines T-Shirts ein Stück über die linke Schulter, „siehst du die Narbe? Das war Susannes Eckzahn."

„Und eure Eltern? Haben die nicht eingegriffen?"

„*Pack schlägt sich, Pack verträgt sich*, haben sie gesagt, wenn einer sich über den anderen beschweren wollte."

„Und wie habt ihr euch wieder vertragen?"

„Weiß nicht. Irgendwie hat sich alles immer gelöst. Selbst nach den gröbsten Raufereien haben wir am nächsten Tag wieder einträchtig miteinander gespielt."

Leo ist stehengeblieben und scheint über meine Frage nachzudenken. Dann fällt ihm noch etwas ein. „Manchmal haben wir ziemlich zäh miteinander verhandelt: Wenn du mich dieses Mal entscheiden lässt, darfst du dafür zweimal zuerst der Pilot sein. So in der Art. Wir haben richtige Verträge miteinander geschlossen, schriftlich festgehalten, wer was an welchem Datum bestimmen darf und so."

Leo lächelt versonnen.

So wie er von Susanne und der damaligen Zeit spricht, schwingen die Zuneigung und die Verbundenheit zu seiner Schwester mit wie die sanfte Brise, die zwischen den Pinien hindurch und über meine nackten Arme streicht. Aber dabei werde ich auch traurig. Es macht mir einmal mehr bewusst, dass die Beziehung zwischen Stefan und mir nie so eng war. Und dass sie es vielleicht auch nie sein wird.

Mit Dorit wäre das bestimmt anders gewesen. Mit meiner Schwester hätte ich mich bestimmt besser verstanden.

„Wenn ich mich so reden höre", sagt Leo, „klingt das nach ziemlich heiler Geschwisterwelt. War's aber weiß

Gott nicht. Es gab Momente, da hab ich Susanne regelrecht gehasst."

Ich nicke und muss schlucken.

Ich habe meine Schwester bewundert und geliebt. Über alles geliebt!

„Ich kann mich erinnern", fährt Leo leise fort und schaut zu Boden, „dass ich mir manchmal sogar gewünscht habe, Susanne wäre nicht mehr da."

„So ging's mir mit Stefan manchmal auch", sage ich und streiche mir mit den Fingern die Haare aus der Stirn.

Stefan war ein niedliches Kind, aber eine Nervensäge, und er wich mir oft nicht von der Seite. Wie gern hätte ich diesen Schatten manchmal in die Büsche gestoßen!

Mit Dorit aber war das anders. Als sie gestorben war, habe ich mir sehnlichst gewünscht, dass sie zurückkommt, und dass alles wieder so ist, wie es gewesen war.

„Einmal habe ich bei einem Streit *Ich hasse dich!* zu Susanne gesagt. Meine Mutter, die sich sonst eigentlich nie eingemischt hat, hat mir dafür eine Ohrfeige gegeben! Für diese Ohrfeige hab ich Susanne später eins mit dem Tischtennisschläger übergebraten. Na ja, sie hat mir dann ein Buch hinterhergeschleudert, von dem ich mindestens eine genauso große Beule hatte wie sie von meinem Schläger!" Leo lacht und betastet seinen Hinterkopf, als wäre noch etwas von dieser Beule zu fühlen.

Ich atme tief durch. Wo ist bloß die leichte Brise? Die Luft scheint jetzt im Wald zu stehen.

Ich hätte alles getan, alles gegeben, wenn Dorit nur wieder bei mir gewesen wäre!

Ich weiß noch, wie Vater mit mir Eichhörnchenfamilie spielen sollte, was ich vorher so gerne mit Dorit gespielt hatte. Er kletterte nach mir auf den Holunderbusch und blieb dabei mit seinem Pullover an einem Ast hängen. Während er versuchte, sich zu befreien, schrie er: *Ich kann das nicht! Das geht einfach nicht!* Und dann schlug er die Hände vors Gesicht und fing bitterlich an zu weinen. Ich hatte ihn vorher noch nie so heftig weinen sehen.

In dem Moment wünschte ich Dorit so sehnlich zurück, dass ich ins Haus lief und mit dem Kopf gegen die Wand schlug, bis es blutete.

Leo greift nach meiner Hand, und wir verschlingen die Finger ineinander. Leos fester Druck tut mir gut.

Es war für mich unbegreiflich, dass ich Dorit nie wiedersehen sollte. Und dass Dorit in einem Sarg auf dem Friedhof unter der Erde liegt, konnte ich mir nicht vorstellen.

Vielleicht kam das daher, dass ich keine Erinnerung an ihre Beerdigung habe. An jenem Vormittag im Spätsommer wurde ich während der Trauerfeier bei einer Nachbarin abgegeben, die mich mit fettigem Kuchen vollstopfte.

Leo schaut mich mit zur Seite gerecktem Kinn an.

Ich drehe den Kopf weg.

Schweigend spazieren wir durch den Wald, begleitet vom flirrenden Schattenspiel der Bäume und vom Rauschen des Meeres, das jetzt leise über die Düne herangeweht wird.

Aus den Augenwinkeln sehe ich rechts an einem Pinienstamm einen Schatten, über den ich kurz erschrecke. Als ich noch einmal hinsehe, entdecke ich eine Art

Eichhörnchen, ein wieselflinkes graubraunes Tier-chen, das die Flucht in die Baumwipfel ergreift.

Als Dorit gestorben war, sah ich oft Schatten und meinte meine Schwester zu sehen. Wenn ich in ihr Zimmer lugte, in dem Mutter bis zu unserem Umzug nichts veränderte, wähnte ich sie am Regal, vornüber-gebeugt, wie sie oft zwischen Blättern und Buntstiften auf dem Fußboden gehockt hatte, um zu malen. Ich konnte sie fast in jedem Zimmer spüren und von Zeit zu Zeit ihre Stimme hören: nachts im Bett und am Tag im Haus und hinten am Holunderbusch, ja sogar zwi-schen meinen eigenen Spielsachen. Ich hörte sie klar und deutlich, doch Dorit war nicht mehr da.

Ich lege meine Hand auf die Brust, an die Stelle, wo das Herz sitzt, und kann den Schmerz noch einmal füh-len, den ich als Kind empfand, dieses drückende, schneidende, unerträgliche Ziehen.

Dorit war nicht mehr da, aber wie ein Geist spukte sie in allen Winkeln des Hauses, und ich musste mich in unserer Familie neu ausrichten, mir einen neuen Platz suchen.

Wie hatte Dorit mich nur allein zurücklassen kön-nen!

KAPITEL 22

„Was ist los? Du guckst so ... bestürzt."

Ich habe gar nicht gemerkt, dass Leo mich beobachtet.

„Immer noch wegen Stefan?"

Ich atme tief durch. „Nicht direkt. Ich hab an Dorit gedacht, meine Schwester. Und an meinen Teddy, den ich geopfert habe, damit sie wieder lebendig wird, ein Pakt, der natürlich nicht funktionieren konnte. Aber das hab ich als Kind nicht verstehen wollen."

Leo schaut mich verwirrt und besorgt an. „An deine verstorbene Schwester?"

„Verrückt, nicht? Wo ich sonst so gut wie nie an sie denke."

In Leos Augen tritt ein mitfühlender Zug. „Es war bestimmt schlimm, als sie gestorben ist."

Ich reibe meine Oberarme, wo ich plötzlich friere, und kann es wieder fühlen, das eiskalte Entsetzen, das sich von einem Moment auf den anderen über unsere Familie und unser Haus legte.

„Ja, es war furchtbar. Ich wusste instinktiv, dass Dorits Tod mein Leben unwiederbringlich verändern würde. Aber am schlimmsten hat es Mutter getroffen. Sie war völlig fertig. Wie von Sinnen vor Kummer."

Ich schaue auf den sandigen Waldboden und denke daran, dass ich Mutter nach Dorits Tod nicht mehr erkannte. In wenigen Wochen war ihr Haar ganz dünn und grau geworden. Ihre ehemals glänzenden braunen Locken waren stumpf und standen ab wie Stahlwolle, ein Anblick, der mich zutiefst verstörte.

„Mutter war nicht mehr dieselbe. Sie sah von heute auf morgen anders aus, und sie lag plötzlich die meiste Zeit nur noch im Bett und weinte."

Leo schiebt die Hand unter meinen Ellenbogen.

Es ist so tröstlich, dass Leo immer weiß, wann ich auch seinen äußerlichen Halt brauche. Denn da ist es wieder, dieses gequälte Wimmern. Selbst durch die geschlossene Tür drang es bis in den letzten Winkel des Hauses und schnitt mir ins Herz wie ein scharfes Messer. Die meiste Zeit des Tages verbrachte Mutter im Schlafzimmer. Aber sie weinte auch im Supermarkt, im Bus und im Garten, sie weinte eigentlich immer und überall. Ihre Weinkrämpfe, ihre abgrundtiefe Traurigkeit und die Art, wie sie sich mit den Fäusten immer wieder gegen den Kopf schlug, machte mich hilflos.

Und irgendwann wütend.

„Und dein Vater?", fragt Leo vorsichtig in meine Erinnerungen hinein. „Wie ist er mit dem Tod deiner Schwester umgegangen?"

„Ich glaube, seine Arbeit hat ihm geholfen. Aber dieser Schicksalsschlag muss auch für ihn schwer gewesen sein. Er sah sehr schlecht aus. Ziemlich grauenvoll."

Vater. Sein Gesicht wächsern und eingefallen. Und er hatte seine Fröhlichkeit verloren, war schlagartig ernst geworden. Wie ein eingesperrtes Tier lief er durchs Haus, getrieben und rastlos, und wenn er stehenblieb, starrte er aus dem Fenster und schüttelte den Kopf, bis er seine ziellose Wanderung fortsetzte. Das ging Tage so oder vielleicht waren es auch Wochen, sein Chef hatte ihm frei gegeben und gesagt, das Möbelgeschäft käme durchaus eine Zeitlang ohne ihn zurecht.

Leos Blick tastet über mein Gesicht, während wir langsam durch den Wald wandern.

„Mein armer Schatz. Das war bestimmt eine schwere Zeit für dich."

Mit einem Kloß im Hals nicke ich.

Ich musste mit sechs Jahren erwachsen werden.

„Es war schrecklich. Diese unwirkliche Atmosphäre ... das hat mich völlig verängstigt. Das ganze Haus war wie ... wie versteinert vor Schmerz und Verzweiflung. Es war, als hätte jemand eine dicke Schicht Beton darübergegossen, die uns gelähmt und uns von der lebendigen Außenwelt abgeschnitten hat."

Ich spüre, wie sich mein Kiefer verspannt. Wie mühsam es ist, Worte und Sätze zu bilden und diese über die Lippen zu bringen. Dabei will ich Leo von damals erzählen, irgendetwas drängt mich dazu. Vielleicht sein anteilnehmender, ernster Blick oder das kaum sichtbare Nicken, das jeden meiner Sätze begleitet wie eine ausdrückliche Aufforderung, mehr zu erzählen. Außerdem kennt Leo die Einzelheiten von Dorits Tod noch nicht.

„Ich hab mich kaum aus meinem Zimmer getraut. Und wenn ich zum Klo oder in die Küche musste, dann habe ich mich auf Zehenspitzen dorthin geschlichen."

Wahrscheinlich, denke ich jetzt, habe ich da zum ersten Mal entdeckt, dass ich das Talent habe, mich unsichtbar zu machen.

„Ich war nur froh, dass unsere Oma damals kam. Ich weiß nicht, was wir ohne sie gemacht hätten. Wir haben ihr sehr viel zu verdanken."

„Von deiner Oma hast du mir noch nie erzählt."

„Ich hatte ja leider nur noch diese eine. Und auch sie ist viel zu früh gestorben. Aber wenigstens kann ich mich, im Gegensatz zu Stefan, noch gut an sie erinnern."

Ein wehmütiges Lächeln huscht über meine Lippen beim Gedanken an die untersetzte Person mit der resoluten Stimme, aber mit einem großen Herz. Mit zwei riesigen Koffern war sie am Beerdigungstag angereist und bezog das Zimmer in der Dachschräge, das bis dahin als Bügelzimmer gedient hatte. Auch sie war sichtlich gezeichnet von Dorits Tod, sie sah sehr viel älter und kleiner aus, als sie mir sonst vorgekommen war. Aber Oma sprach und spielte mit mir, sie umarmte und küsste mich, und ich war dankbar für ihr Bemühen, Struktur in den Tag zu bringen und in der Familie so etwas wie Normalität herzustellen.

„Meine Großmutter ist nach Dorits Tod bei uns eingezogen und hat das Zepter in die Hand genommen. Hat eingekauft, gewaschen, geputzt, genäht. Hat mittags und abends gekocht. Äpfel im Garten aufgelesen, Saft gemacht und Gelee." Ich schüttele den Kopf bei dem Gedanken an die rastlose Geschäftigkeit, mit der sie sich in die Hausarbeit stürzte. „Als Kind hat mich Omas Betriebsamkeit ziemlich irritiert. Besonders weil es so ein Gegensatz war zu Mutters Lethargie. Damals habe ich natürlich nicht begriffen, dass Omas Art nur eine andere Form war, mit Trauer und Hilflosigkeit umzugehen."

Mit sanftem Druck lenkt Leo mich zu einer Bank, die am Rand des Weges auftaucht.

„Komm, setzen wir uns einen Moment", schlägt er vor.

Die Bank kommt wie gerufen, ich fühle mich plötzlich müde und erschöpft, und mit jedem Schritt kommen mir die Füße schwerer vor.

„Ich glaube", fahre ich fort, als ich die Beine über der groben Bank aus gesplittertem Holz übereinanderschlage, in das zahllose von einem Pfeil durchbohrte Herzen und Namen geritzt sind, „wenn Oma nicht gekocht hätte, dann hätten wir das Essen eingestellt und wären irgendwann verhungert. *Ihr müsst was essen,* hat sie uns jeden Tag gepredigt, *Essen und Trinken hält Leib und Seele zusammen.* Aber die gemeinsamen Mahlzeiten waren besonders bedrückend."

„Das kann ich mir vorstellen", sagt Leo. „Ich hätte wahrscheinlich auch keinen Appetit gehabt."

„Niemand hatte richtigen Appetit. Obwohl Oma so viel Zeit in der Küche verbracht und uns jeden Tag was anderes vorgesetzt hat."

Bilder schießen mir durch den Kopf, blitzartig und gestochen scharf. Am Esszimmertisch. Wir sind zu viert. Oma auf Dorits Platz. Das erscheint mir irgendwie unpassend. Doch am Tisch gibt es keinen anderen Platz, irgendwo muss die Oma ja sitzen. Mutter. Sie schiebt Gemüse und Kartoffeln von einer Seite des Tellers auf die andere. Vater. Er stochert mit dem Fleisch in der Soße. Und ich. Meine Füße reichen kaum auf den Boden. Ich habe Hunger, kann beim Anblick der erschütterten Erwachsenen aber nur winzige Happen hinunterwürgen.

Düster sind diese Bilder und grau, und sie beschwören ein bleiernes Gefühl im Magen herauf, das ich mit kreisenden Bewegungen wegzustreichen versuche.

„Oma hat uns sehr geholfen", sage ich, um die Bilder zu vertreiben. „Ihr ist es zu verdanken, dass sich die Situation für uns alle normalisiert hat. *Du rufst heute in der Firma an*, verlangte sie irgendwann von Vater. *Du sagst deinem Chef, dass du morgen wieder zur Arbeit kommst. So geht das nicht weiter! Wenn du noch länger hier bleibst und durchs Haus schleichst, werde ich verrückt, und du verlierst deine Arbeit.* Ich wurde von Oma nach draußen zum Spielen geschickt, und Mutter wurde ermahnt, sie müsse unter Leute. *Du kannst dich nicht ewig im Bett verkriechen, Kind*, hat sie gesagt, *das macht Dorit auch nicht wieder lebendig.*"

„Und deine Mutter?"

„Oma hat irgendwann keine Widerrede mehr akzeptiert. Und das war, glaube ich, ganz gut. Mutter wollte niemanden sehen. Sie hat sich auch geweigert, irgendwohin zu gehen, außer auf den Friedhof. Aber Oma hat einfach nach und nach die Freunde und die Nachbarn eingeladen. Und sie kamen. Zwar verunsichert, aber sie kamen. *Das Leben muss weitergehen*, hat Oma gesagt. Und das Leben ging auch weiter. Für Mutter war es, glaube ich, am schwierigsten. Immer wieder brach sie in Tränen aus, ganz unvermittelt. Aber irgendwann fasste sie sich von selbst wieder. Nur wenn sie sich gar nicht beruhigen konnte, nahm sie ihre Pillen."

„Pillen?"

„Die hat ihr der Arzt verschrieben."

Die kleinen rosa Pillen. Oma drückte sie ihr aus der länglichen Packung, die immer griffbereit auf der Anrichte in der Küche lag. Innerhalb kurzer Zeit schimmerten Mutters verquollene Augen dunkel und fiebrig, ihre Bewegungen wurden kantig und träge, aber die Tränen versiegten für den Rest des Tages. Was war diese Medizin für ein Segen!

„Und wie lange ist deine Großmutter geblieben?"

„Bis kurz vor Weihnachten. Da musste sie völlig überstürzt abreisen. Ihr Mann, unser Opa, hatte einen Schlaganfall."

„Oh", entfährt es Leo.

Ich bohre die Hacke meines nicht übergeschlagenen Beins in den lockeren Sandboden, während ich mir mit den Fingern immer wieder beruhigend über den Magen streiche.

In aller Herrgottsfrühe kam der Anruf von der Nachbarin, die den Notarzt gerufen hatte, als der Opa vor ihrer Tür gestanden und kein Wort herausgebracht hatte.

In Windeseile packte Oma ihre zwei Koffer, und Vater setzte sie, bevor er zur Arbeit fuhr, in den Zug.

„Oma musste wieder zurück. Und von da an nahm Opas Pflege ihre ganze Zeit und Kraft in Anspruch."

„Hat dein Großvater sich von dem Schlaganfall nicht mehr erholt?"

„Leider nicht. Er hatte dann noch etliche weitere Schlaganfälle. Opa konnte nicht mehr sprechen und war halbseitig gelähmt. Fast ein Jahr hat er damit noch gelebt. In den letzten Monaten seines Lebens war er dann ganz ans Bett gefesselt."

Ich schaue auf meine Hände, die ich wie zum Gebet ineinander verschränkt habe.

„Nur wenige Wochen nach seinem Tod ist auch die Oma ganz plötzlich gestorben."

Leo berührt mich am Arm, wie um mir Kraft zu geben. „Das tut mir sehr leid."

„Der Tod beider Eltern, und das so kurz hintereinander, hat Mutter wieder in eine tiefe Krise gestürzt. Sie hat tagelang geweint und wieder die Tabletten genommen, aber der Arzt wollte sie ihr irgendwann nicht mehr verschreiben. Aber inzwischen hatte sich unser Familienleben eingespielt und stabilisiert. Ich war in die Schule gekommen, und rein äußerlich war ich genauso wie die anderen Kinder. Vater war im Möbelgeschäft zum Abteilungsleiter ernannt worden. Na, und *Stefan* war zur Welt gekommen."

Ich mache eine bedeutungsvolle Pause, schaue Leo vielsagend an.

Leo blickt interessiert, den Kopf ein wenig zur Seite geneigt, wartet, dass ich weitererzähle.

Ich merke, wie sich zähe Enttäuschung über mich stülpt.

Was habe ich erwartet?

Dass Leo zwangsläufig ermessen kann, was für ein Schock Stefans Geburt für mich war? Nach außen hin tat sie der Familie doch ausgesprochen gut! Normalisierte unser Leben, kompensierte den schicksalsschweren Schlag. Für die Eltern war Stefans Geburt wie eine Therapie, besonders für Mutter. Sie hatte wieder einen Sinn in ihrem Leben gefunden, der ihr zeitweilig verloren gegangen war. Und Vater war … ja, was eigentlich? Ob er glücklich war, weiß ich nicht. Aber er war stolz auf Stefan, auf seinen Sohn, so viel ist sicher. Und er hat Stefan auf seine zurückhaltende Weise geliebt.

Und ich?

Mich hat es zerrissen.

Aber wie hätte ich jemandem den Zwiespalt erklären sollen, in den ich gestürzt war, gar die ablehnenden Gefühle, für die ich mich abgrundtief schämte, weil sie anscheinend nicht normal waren. Wo das Baby doch überall nur diese überschwänglichen Gefühlsausbrüche auslöste: *Ach guck nur, wie süß! Oh, ist er nicht herzig? Du hast einen Bruder – wie schön!* Alle gratulierten. Freuten sich für uns. Meine Freundinnen rissen sich darum, auch einmal den blauen Kinderwagen durch die Straße zu schieben und den Kleinen auf den Arm zu nehmen. *Ich wünschte, meine Mama bekäme auch noch ein Baby! Schau mal, wie süß er lacht! Du hast es gut!*

Unwillkürlich muss ich lächeln.

„Unser glatzköpfiger Sonnenschein, Stefan. Der Mittelpunkt der Familie. Das Baby hat Mutter zu neuem Leben erweckt."

Ich räuspere mich, um den bitteren Beiklang aus meiner Stimme zu vertreiben.

„Obwohl ich mir nicht vorstellen kann, dass sich ein Kind durch ein anderes ersetzen lässt", merkt Leo vorsichtig an.

„Nein, sicher nicht, auch wenn es mir früher so vorkam." Warum höre ich mich nur so wenig überzeugt an? „Mich um den Kleinen zu kümmern, das hat mir ... Spaß gemacht."

Nichts ausgemacht, wollte ich eigentlich sagen, obwohl mir das Wort *Spaß* herausgerutscht ist.

Gleichzeitig fällt mir wieder ein, dass ich mir schon damals geschworen habe, niemals, niemals Kinder zu bekommen.

Leo schaut mich auf eine eigenartige Weise an, die ich nicht zu deuten weiß.

„Jetzt verstehe ich, warum das Verhältnis zwischen Stefan und dir manchmal ein bisschen, sagen wir mal, angespannt ist." Das Wort muss ihm in der Kehle quergesteckt haben, er scheint froh zu sein, dass es heraus ist. „Ein bisschen strapaziert. Sei mir nicht böse, wenn ich das sage, Dagmar. Aber selbst wenn du das Gefühl hattest, dass dir das Spaß gemacht hat, denke ich, dass du damit überfordert warst. Ich finde es außerdem ziemlich verantwortungslos von deinen Eltern."

„Überfordert?" Etwas in mir sträubt sich gegen dieses Wort. „Nein. Es war anstrengend, das schon. Ich gebe zu, ich hatte nicht immer Zeit, wenn meine Klassenkameradinnen spielen konnten. Aber dafür hatte ich eine sinnvolle Aufgabe, die mir Verantwortung gegeben hat."

Und die mich unersetzlich gemacht hat, ergänze ich in Gedanken und weiche Leos kummervoller Miene aus, die mich zugleich irritiert und schmerzt.

„Also, ich finde –"

„Ich hab's gern gemacht!", falle ich Leo trotzig ins Wort. „Mir kam das ganz natürlich vor! Früher war es doch üblich, dass sich die größeren Geschwister um die kleineren kümmern. Das war normal! Bei uns im Ort gab es auch andere Familien, wo das so war. Bei den Schneiders, zum Beispiel, da hat sich die Julia auch um ihre Geschwister gekümmert. Und das waren *drei* kleine Brüder. Und die Ammerlichs, die hatten sechs

Kinder. *Sechs!* Da gab's auch wenig Freizeit und jeder musste anpacken. Nicht wie heute, wo die Kinder von allen Verpflichtungen entbunden werden und sich ganz in ihrer Freizeitkultur verwirklichen!"

Leo seufzt, aber er schweigt, während mein Herz stolpert. Vielleicht hat ihn meine abwehrende Haltung gestoppt, vielleicht hat er auch mein angedeutetes Kopfschütteln bemerkt, das ihm zeigen soll, dass ich nicht hören will, was unausgesprochen zwischen uns steht: Es ist nicht die Aufgabe von Kindern und Jugendlichen, ihre Geschwister großzuziehen. Ja, ich glaube genau zu wissen, dass Leo mir das sagen möchte.

Aber ich will es nicht hören.

Ich bin noch nicht so weit.

Dankbar lege ich eine Hand auf seinen kräftigen Unterarm und versuche mich zu entspannen. Versuche, dem tschilpenden Vogelkonzert zu lauschen, das den Wald erfüllt, und der Meeresmusik, die wie von Watte gedämpft zu uns herüberweht.

Aber immer wieder drängen sich andere Gedanken dazwischen.

Ich fühlte mich doch zugleich so erwachsen, damals. Und so unabhängig, trotz all der Pflichten. Anders als meine Klassenkameradinnen durfte ich selbst entscheiden, wann ich von einer Party wiederkam, wann ich ins Bett ging, mit wem ich meine Freizeit verbrachte. Anders als die meisten Gleichaltrigen fühlte ich mich nicht gegängelt durch elterliche Vorschriften, was ich als Privileg meiner freiwilligen Hilfe wertete. Und ich war ziemlich stolz auf meine Selbstständigkeit, um die ich von meinen Freundinnen beneidet wurde. Ihnen um einiges voraus, konnte ich das Haushaltsgeld verwalten und für die Woche einteilen, kannte mich aus mit Wäschepflege und konnte einfache Gerichte kochen. *Du kannst stolz sein auf deine Tochter,* sagten Freunde und Bekannte unserer Eltern immer wieder. *Wie geschickt Dagmar ist! Und wie fürsorglich sie mit Stefan umgeht! Und dabei noch diese Glanzleistungen in der Schule!*

Ich wusste, dass Mutter ohne mich nicht zurechtgekommen wäre, nicht während ihrer Depressionsschübe, auch wenn sie nie ein Wort darüber verlor. Und vor allem nicht später, als Vater uns verließ und ihre Krankheit sie immer öfter lähmte. Da hatte sie doch nur mich.

Ja, ich konnte stolz sein auf meine Leistungen. Auf meinen Fleiß. Meine Hilfsbereitschaft. Mein organisatorisches Talent.

Ich schaue auf den sandigen Boden, wo eine einzelne Ameise sich mit einem hellen Brotkrumen abmüht, der fast doppelt so groß ist wie sie selbst.

Ist es Bitterkeit, die ich auf der Haut spüre und die an meinen Nerven zupft wie an dünnen Saiten? Tief in mir steigt dumpfe Besorgnis auf.

Ich lehne den Kopf an Leos Schulter, während mein Herz so hart gegen die Rippen pocht, dass ich das Gefühl habe, alles in mir ist in eine schmerzende Unordnung geraten.

Meine Selbstständigkeit war doch ein großes Privileg, versuche ich mir einzureden.

Aber alles kommt mir plötzlich so verkehrt vor.

Herrgottnochmal, warum hast du nicht einmal gesagt Das hast du gut gemacht, Dagmar! oder Nimm dir ein Beispiel an deiner Schwester, Stefan!

Ich presse meine Faust auf die Brust. Ich fühle eine zentnerschwere Leere, dort, wo eigentlich das Herz sitzt.

Leo, der die ganze Zeit still neben mir gesessen hat, schlingt die Arme schützend um mich.

Entkräftet sacke ich an seiner Brust zusammen, und die aufgestauten Tränen schießen mir in die Augen.

Kapitel 23

„Der *Primeur* ist bestimmt was für Anja", sagt Stefan.

„Mir hat er etwas zu viel Fruchtaroma. Ich mag den 96er lieber." Ich klopfe auf den Karton mit Rotwein zwischen meinen Beinen, an dem vorbei ich die Füße unter den Vordersitz geschoben habe.

„Schade, dass Anja nicht mitkommen konnte."

„Morgen geht's ihr bestimmt wieder gut."

„Hat sie solche Attacken öfter?"

„Selten. Aber wenn, dann geht auch mit den Migränetabletten praktisch nichts mehr. Da hilft nur liegen und Augen zu."

„Sie wird froh sein, dass wir alle eine Weile aus dem Haus sind."

Stefan nickt. „Nett von Leo, dass er mit den Kindern zum Abenteuerpark gefahren ist. Ich hätte dazu heute überhaupt keine Lust gehabt."

„Das war kein großes Opfer für ihn", sage ich. „Er liebt Achterbahnen und lauter solche Fahrgeschäfte. Mir wird dabei schon vom Zuschauen schlecht. Ich find's nur schade für Anja, dass sie bei der Besichtigung des Weinguts nicht dabei sein konnte."

„Wir können in den nächsten Tagen ja noch mal alle zusammen hinfahren."

Den Blick auf die Weinflaschen geheftet, die ich mir vom Château Carbonnieux mitgebracht habe, sage ich: „Leo ist zwar kein großer Weinliebhaber, aber diese eindrucksvolle alte Anlage würde ihm sicher auch gefallen. Fast wie ein Schloss. Und der begrünte Innenhof hat auch irgendwie was Märchenhaftes."

„Ja, das Anwesen ist wirklich schön gelegen."

Stefan, der neben mir auf der Rückbank des Taxis sitzt, lehnt sich bequem zurück und gähnt.

Auch ich bin müde, die eineinhalb Stunden in den Anlagen des Châteaux Carbonnieux, einer der vielen Kellereien, die um Bordeaux herum in den hügeligen *Landes* liegen wie Märchenschlösser, haben mich geschafft. Außerdem haben wir am Schluss noch eine kleine Weinprobe gemacht. Schon nach dem dritten oder vierten Glas ist mir der Alkohol zu Kopf gestiegen, obwohl die Gläser nur mit einem winzigen Schluck gefüllt waren und wir Baguette dazu bekamen. Aber Wein am frühen Nachmittag bin ich nicht gewohnt. Ich bin nur froh, dass wir von vornherein ein Taxi genommen haben. Das war Stefans Idee, der meinte, so kämen wir nach der Weinprobe erst gar nicht in Versuchung, selbst zu fahren.

Ich blättere in dem doppelseitigen Farbprospekt, den ich aus einem Ständer für Leo mitgenommen habe, und überfliege noch einmal die turbulente und teilweise dramatisch anmutende Geschichte des Châteaux, die uns auch während der Führung von einer nicht mehr ganz jungen Dame in einem etwas mühsam zu verstehenden Englisch geschildert wurde.

Stefans Wange ruht an der Fensterscheibe, die Augen hat er geschlossen. Seine Gesichtszüge sind entspannt, mit halb geöffnetem Mund atmet er leise ein und aus, ich habe den Eindruck, er ist eingenickt.

Ohne die Augen zu öffnen, sagt er plötzlich: „Was guckst du mich so an, Dag?"

Der Taxifahrer, ein älterer, dürrer Franzose, dessen Hemd in eine Wolke aus kaltem Zigarettengeruch gehüllt ist, schaut kurz zu uns in den Rückspiegel, dann wieder auf die Straße.

Ich spüre, wie mir noch mehr Wärme in meine ohnehin schon warmen Ohren steigt.

„Wie du hier so sitzt, hast du im Profil verdammt viel Ähnlichkeit mit Vater", sage ich. „Dabei hab ich sonst in dir immer nur das Ebenbild von Mutter gesehen."

Stefan öffnet die Augen und dreht den Kopf zu mir. „Das gleiche hat Anja auch schon mal gesagt." Er lächelt mich unbekümmert an.

Ich falte den Prospekt und stecke ihn in meine Handtasche.

„Hast du mit Anja eigentlich mal über Dorit gesprochen?"

Ich weiß auch nicht, wie ich jetzt ausgerechnet auf diese Frage komme. Sie ist mir herausgerutscht, ohne dass ich darüber nachgedacht habe.

„Über Dorit?"

Plötzlich verschließt sich Stefans Gesicht wie eine Auster.

Ich rücke mich auf dem Polster zurecht und versuche, Stefans Argwohn zu zerstreuen. „Keine Sorge", sage ich, „ich wollte jetzt nicht über die Grabpflege sprechen."

Stefan zieht die Augenbrauen hoch. „Sondern?"

Wahrscheinlich hat er gedacht, ich will die weinselige Harmonie für dieses leidige Thema ausnutzen, über das wir, seit Mutter sich nicht mehr um Dorits Grab kümmern kann, geteilter Meinung sind. Während Stefan eine Firma für die Grabpflege engagieren möchte, meine ich, wir könnten das bisschen Gartenarbeit selbst erledigen. Aber weil Stefan sich so dagegen sträubt, sehe ich nicht ein, dass ich mich allein um die Grabstelle kümmere. Stefan gibt vor, keine Zeit dafür zu haben, aber ich bin sicher, er hat nur keine Lust. Mir geht es vorrangig um den finanziellen Aspekt, aber ein bisschen denke ich auch, wir sind es unserer Mutter und unserer Schwester schuldig.

„Ich wollte einfach nur wissen", sage ich, und es klingt, als müsste ich mich verteidigen, „ob du mit Anja mal über Dorit gesprochen hast. Weiter nichts."

„Wie kommst du darauf?" Stefans Stimme klingt vorsichtig.

„Ach, vergiss es."

Ich schaue meinen Bruder, der die Arme vor der Brust verschränkt hat, von der Seite an. Mit ihm einmal allein einen Ausflug zu machen hat mir ein Gefühl von Vertrautheit und Nähe gegeben, doch jetzt verschwindet dieses Gefühl wieder.

„Ist nicht so wichtig. Also, vergiss es."

Ich weiß nicht, was ich mir von dem Gespräch erhofft habe, und plötzlich habe ich auch keine Lust mehr dazu.

Stefan schließt dramatisch die Augen, wirft den Kopf in den Nacken, spitzt die Lippen, öffnet die Augen wieder.

„Anja weiß, dass ich noch eine ältere Schwester gehabt hätte und dass Dorit durch einen Unfall gestorben ist. Mehr nicht. Was soll ich mit ihr sonst darüber sprechen?"

„Es hätte ja sein können", sage ich, entmutigt von plötzlicher Enttäuschung, „dass Anja mehr über Dorit wissen wollte oder so."

Stefan sagt „Nein", aber so, wie er die Lippen verzieht, will er eigentlich sagen: *Was soll das alles jetzt?*

„Na ja, du hast Dorit ja auch nicht mehr gekannt", sage ich und versuche, mich nicht gleich aus der Fassung bringen zu lassen. „Aber sie war sechs Jahre meine große Schwester, bevor du geboren wurdest."

Etwas Sperriges in mir blockiert den lockeren Umgang, den wir auf unserem Ausflug und besonders seit der Weinprobe hatten. „Leider kann ich mich an viel zu wenig erinnern, nur an einzelne Episoden."

„Vermisst du sie etwa immer noch?" Unverständnis schwingt in Stefans Satz mit.

„Nein, natürlich nicht! Aber ich muss, seit wir hier sind, komischerweise immer wieder an sie denken, ich weiß auch nicht warum. Und neulich hab ich Leo das erste Mal etwas ausführlicher von ihr erzählt. Darum hab ich wahrscheinlich gefragt. Das ist alles."

Stefan macht mich ganz nervös. Ich denke, es war keine gute Idee, dieses Thema anzureißen, und nehme mir vor, kein Wort mehr darüber zu verlieren.

Da sagt Stefan plötzlich: „*Dorit.* – Sei mir nicht böse, Dagmar, aber für mich ist sie nicht viel mehr als ein Name."

Stefan wendet sich ab und schaut aus dem Fenster. Rebstöcke, aufgereiht wie an einer Perlenschnur, ziehen rechts und links von der Straße an uns vorbei.

„Sie ist schon vor meiner Zeit gestorben. Unsere Eltern haben nie mit mir über sie gesprochen, zumindest kann ich mich nicht dran erinnern. Das Einzige, woran ich mich nur zu genau erinnere, ist dieses Fotoalbum, das Mama früher unbedingt mit mir anschauen wollte."

Stefans aggressiver Unterton irritiert mich. „Du meinst die Bilder in dem dicken Album?" Schwarze Pappe, zwischen der durchsichtiges Papier knisterte.

Stefan nickt. „Es hat mich immer ziemlich genervt, wenn Mama damit ankam. Ich hab diese Fotos nie gerne angeguckt. Mama war dann immer so komisch, so gar nicht mehr sie selbst. Ihre Stimme, ihr ganzes Verhalten, auch wenn sie unbeschwert klingen und aussehen wollte, das hat mir als Kind sehr viel Angst gemacht."

Auch ich schaue kurz aus dem Fenster. Hoch am Himmel hängen die Wolken wie eine Herde kleiner Schafe.

„Wir müssen uns ziemlich ähnlich gesehen haben, Dorit und ich."

Stefan zuckt die Schultern. „Ich konnte nie irgendwelche positiven Gefühle für Dorit entwickeln, auch wenn sie meine Schwester war. – Guck nicht so entsetzt, Dag! Das klingt herzlos, ich weiß. Aber schon als Kind hatte ich das Gefühl, Dorit steht auf einem Sockel, an den ich nie heranreichen werde."

Auf einem Sockel?

Ich hebe den Kopf. „Aber *du* warst doch Mamas Sonnenschein! Dich hat sie immer so akzeptiert, wie du warst. In dich hat Mama doch alle Hoffnungen gesetzt!"

„Selbst wenn es so gewesen sein sollte, was ich allerdings bezweifle, es hat mich immer gestört, dass Dorit in unserer Familie so eine Art Heilige war."

KAPITEL 24

Im Laufe des Vormittags werden Vater und seine Frau hier ankommen, wenn alles planmäßig verläuft.

Seit Tagen bin ich deswegen gereizt und überempfindlich, habe an allem etwas zu meckern und auszusetzen: Mich nervt der Sand, den wir von draußen reinschleppen, der Wind bläst mir zu heftig oder nicht genug, die Sonne brennt oder die Wolken sind zu dicht, das Baguette schmeckt trocken, und die Croissants sind plötzlich fettig. Heute Nacht hatte ich wieder meinen Albtraum und bin schon sehr früh mit Kopfweh und mit Gliederschmerzen aufgewacht, sodass ich zwei Aspirin nehmen musste, weil die Schmerzen auch nach einer kalten Dusche nicht weggingen.

Wir sitzen noch am Frühstückstisch, da höre ich einen Wagen vorfahren.

„Opa Ernst und Oma Erika sind da!", rufen Stefans Kinder und sind nicht mehr zu halten.

Das Weißbrot bleibt mir fast im Hals stecken, ich muss es mit einem großen Schluck Kaffee hinunterspülen.

Ach verdammt, irgendwie habe ich wohl doch auf ein Wunder gehofft.

Auch Stefan und Anja sind aufgestanden und gehen zur Tür, nur Leo, Erik und ich bleiben am Frühstückstisch sitzen. Leo streicht mir beruhigend über den Arm, während mir flau im Magen wird. Ich wünschte, ich könnte ganz gelassen bleiben, aber die körperlichen Reaktionen lassen sich nicht abschalten wie ein überflüssiger Stromkreis.

Erik schaut den anderen hinterher, dann blickt er verunsichert auf Leo und mich.

Der arme Kerl tut mir leid, er weiß nicht, wie er sich verhalten soll. Er hat meinen Vater noch nie gesehen und weiß von ihm nicht mehr, als dass ich von meiner Seite keinen Kontakt will und seit Jahren jedes Treffen unterbinde. Natürlich hat er den Streit zwischen Stefan und mir mitbekommen, und meine Nervosität der vergangenen Tage blieb ihm auch nicht verborgen.

„Geh ruhig mit", sage ich, und Erik lächelt erleichtert.

Ich habe auf keinen Fall vor, die anderen in meinen Konflikt zu verwickeln. Und schon gar nicht die Kinder.

Einen Moment lang sind Leo und ich allein.

„Versuch es positiv zu sehen", sagt Leo. „Als Aufgabe. Und als Chance."

Ich nicke.

Ich habe mir vorgenommen, Vater zu verzeihen, aber ich spüre schon jetzt, dass ich innerlich dichtgemacht habe. Von einer Aussöhnung bin ich meilenweit entfernt, alle meine Vorsätze sind plötzlich bedeutungslos.

Und dann kommen sie.

Wie bei einem bunten Festzug schlängelt sich die ganze Familie im Gänsemarsch durch den schmalen

Pfad, der ums Haus in den Garten führt. Erst die Mädchen, dahinter geht Stefan, ihm folgen Erika und Vater, die mit vollen Tüten bepackt sind, dann Anja, Mirko und Erik.

Die Aufregung greift mir nun ans Herz. So viele Jahre bin ich Vater aus dem Weg gegangen, habe jeden Gedanken an ihn weggeschoben, habe jedes Telefonat abgewürgt, bis er es schließlich aufgab. Aber jetzt kann ich nicht mehr flüchten.

Warum müssen sie uns hier stören?

Das Herz pocht mir in den Ohren und hat sich noch nicht beruhigt, als Leo aufsteht und ich instinktiv ebenfalls, während sich die kleine Prozession nähert. Ich mache ein paar tiefe Atemzüge, um mich zu beruhigen.

Erikas schulterlanges Haar leuchtet, als sie an den Büschen vorbei in die Sonne tritt, wie eine Silberkappe, die sie über den Kopf gestülpt hat; sonst sieht sie genauso aus, wie ich sie in Erinnerung habe: klein, schlank und mit einem von großen Augen beherrschten Gesicht.

Vater folgt direkt hinter ihr. Er hat sie immer um mindestens einen ganzen Kopf überragt, heute jedoch kommt er mir kleiner vor, vielleicht, weil er den Kopf ein wenig eingezogen hat. Und er hat abgenommen, er ist um einiges schmaler als früher, beinahe hager.

„Es ist so schön, euch alle zu sehen", sagt er, und sein faltiges Gesicht strahlt, als er bei Leo und mir angekommen ist. Er streckt mir die Arme entgegen, aber ich kann mir nur ein höfliches Lächeln und einen gefühllosen Handschlag abringen, was sein Strahlen einen Moment lang trübt. Obwohl Vater recht schwungvoll nach meiner Hand greift, ist sein Händedruck alles andere als kräftig, und seine Finger fühlen sich kalt und dünn an.

Erika grüßt und lächelt wie immer freundlich. Ich gebe ihr die Hand, aber ich grüße mit unbewegtem Gesicht und mit abweisender Distanz. Ich will sie spüren lassen, dass ich ihr die Ehe mit Vater und die neue Familie nicht gönne, und dass ich den Kontakt weder wünsche noch brauche, was mir einen längeren Seitenblick von Stefan einträgt. Erika tut, als bemerke sie meine Ablehnung nicht.

Dann stellt Leo sich vor, schüttelt beiden die Hand und tauscht ein paar Floskeln aus, ganz unbefangen und in seiner gewohnt freundlichen Art; er ist bemüht, die Spannung auszugleichen.

Stefan erkundigt sich nach der Reise, die Kinder plappern durcheinander, wollen loswerden, was sie in den Urlaubswochen alles erlebt haben, und ich weiche Vaters Blick aus, den ich immer wieder auf mir spüre. Erika bewundert die Bräune, die wir haben, dann schickt Anja sich an, frischen Kaffee aufzusetzen. „Oder wollt ihr euch lieber erst ein bisschen hinlegen?" Nein, nein, Kaffee sei wunderbar, und gerne würden sie die herrliche Luft hier draußen genießen.

„Holt doch bitte zwei Stühle für eure Großeltern", fordert Stefan die Kinder auf, und sofort flitzen die Mädchen los.

Als sie mit den Stühlen zurück sind, bleiben wir trotzdem um den Tisch herum stehen, weil Vater und Erika noch nicht wieder sitzen wollen.

Während Vater Geschenke verteilt, schaue ich ihn mir aus den Augenwinkeln an.

Er ist alt geworden, denke ich. Müde und erschöpft wirkt er, obwohl er so beherzt in die Tüten greift. Die lange Fahrt hat ihm sichtlich zugesetzt, darüber kann auch seine gebräunte Gesichtsfarbe nicht hinwegtäuschen.

Danke! – Oh, wie toll! – Vielen Dank!, jubeln die Kinder, sie freuen sich über Süßigkeiten, Spielsachen und Geldscheine, die für sie aus den Taschen gezaubert werden. Vater lächelt glücklich, und dennoch glaube ich einen Funken nervöser Anspannung hinter seiner heiteren Fassade zu erkennen, ein hintergründiges Flimmern in seinem Blick.

Leo und Stefan bekommen jeder eine teure Flasche Wein, für die sie sich bedanken, Anja eine große Schachtel Pralinen.

Mir wird ebenfalls ein Päckchen in die Hand gedrückt, das ich widerwillig entgegennehme. Als ich das Geschenkpapier löse, findet sich darin bestimmt ein halbes Dutzend Tafeln Schokolade. Alles *Zartbitter-Sahne*, und zwar genau die, die ich am liebsten mag. Vater reibt sich die Schultern.

Unter halb gesenkten Wimpern murmele ich meinen Dank. Ich bin gerührt und zugleich beschämt, ich habe nicht erwartet, dass Vater oder Erika sich nach meiner Lieblingssorte erkundigt haben könnten, aber es ist wohl kein Zufall.

Während wir noch immer am Tisch stehen, reden die Kinder aufgeregt durcheinander. Sie zeigen sich gegenseitig, was sie bekommen haben, führen das neue Spielzeug vor, zeigen sich begeistert über die Geldscheine.

„Jetzt hab ich dreihundertachtzig Euro auf meinem Sparbuch", rechnet Mirko aus, „irgendwann reicht's für einen eigenen Laptop!"

Auch Erik ist ganz aus dem Häuschen, weil er Geld, Süßigkeiten und Spielzeug bekommen hat, obwohl Vater und Erika ihn überhaupt nicht kennen.

„Das ist wirklich nett von euch, eh ... von Ihnen!", bedankt er sich noch einmal.

„Du kannst ruhig Opa Ernst und Oma Erika zu uns sagen, genau wie die anderen Enkelkinder", sagt Vater.

„Au ja, danke!" Erik nickt erfreut.

Ich hebe die Augenbrauen und werfe Leo einen aufgestörten Blick zu. Leo schaut mich verständnislos an.

Wütend grolle ich in mich hinein, aber niemand beachtet mich.

Vater bittet die Jungen, die grüne Reisetasche und die beiden Luftmatratzen aus dem Auto zu holen.

„Luftmatratzen?" Stefan schüttelt entschieden den Kopf. „Das kommt überhaupt nicht in Frage. Ihr bekommt natürlich ein richtiges Bett. Mirko, die Luftmatratzen könnt ihr im Auto lassen!"

„Ihr sollt euch aber keine Umstände machen."

Anja hebt die Hände. „Oben ist ein Zimmer frei. Da schläft sowieso keiner."

Dann legt sich allmählich die Aufregung. Die Kinder verziehen sich mit den Mitbringseln ins Haus, Anja bringt den frischen Kaffee und legt zwei weitere Gedecke auf. „Ihr habt sicher Hunger", sagt sie.

Aber Vater und seine Frau wollen sich zuerst die Beine vertreten und einen Rundgang durch den Garten machen.

Wir übrigen setzen uns wieder an den Frühstückstisch.

Während am Himmel in großer Höhe das Geräusch eines Flugzeugs zu hören ist, entspinnt sich ein Gespräch über den A380. Stefan sagt, dass er gespannt ist, ob in Zukunft noch so große Passagierflugzeuge gebraucht würden, und Leo fügt hinzu, dass er fest davon ausgeht, während Anja meint, ihr wäre schon die Vorstellung von achthundert Passagieren in einer einzigen Maschine so unheimlich, dass sie da sowieso nie einsteigen würde. Dann verschwimmt das Gespräch hinter meinen eigenen Gedanken.

Wo ist plötzlich Leos Einfühlungsvermögen geblieben? Wie kann er mich so im Stich lassen! Wenigstens mir zuliebe hätte er versuchen können, etwas mehr Distanz zu wahren! Ich bin ziemlich sauer auf ihn. Und auf Vater. *Opa Ernst.* Obwohl ich im Grunde anerkennen müsste, dass er keinen Unterschied gemacht hat zwischen Leo und Erik und seiner „richtigen" Familie, ärgert es mich, wie schnell er Erik für sich eingenommen hat. Er soll sich nicht ungefragt zwischen Leo, Erik und mich drängen! Und dazu diese Geschenke! Sie befremden mich, machen mich traurig und wütend. Irgendwie erinnern sie mich an früher, wo Vater auch immer einen Berg Geschenke anschleppte, fast, als wollte er sich von einer Schuld freikaufen.

Und jetzt ist er wieder da. Noch dazu mit dieser Frau, Erika, mit der er auch noch neue Familie gründen musste, und damit endgültig die Trennung von uns besiegelt hat.

Er ist mit ihr da, und mir wird nichts anderes übrig bleiben, als mich mit seiner Anwesenheit zu arrangieren, obwohl ich am liebsten *Verschwindet!* schreien möchte. Ich versuche, ihm nicht zu sehr hinterher zu starren. Im Moment hat er sich bei Erika eingehakt, schlendert mit ihr durch den Garten. Äußerlich sind sie ein recht ungleiches Paar. Aber ob es mir gefällt oder nicht, es wirkt harmonisch, wie die beiden Seite an Seite über den Rasen spazieren, wie sie bei ihrem Rundgang vor einzelnen Büschen stehen bleiben, Blicke tauschen und wie sich ihre Rücken über die Beete beugen.

Ich fühle einen Stich in der Brust.

In einer bequemen beigen Hose, zu der sie ein buntes Sommertop trägt, wirkt Erika sportlich und agil, nicht wie eine Frau von über siebzig. Überhaupt scheint sie nicht älter zu werden, ihre Haut ist erstaunlich glatt, auch wenn ihr Gesicht von einem etwas gehetzten Zug überschattet scheint.

Aber Vater, der ist merklich gealtert. Sein ohnehin scharfes Kinn ist viel kantiger als sonst und seine Nase markanter, wahrscheinlich, weil er so viel abgenommen hat; die Haut über seinen Lippen kommt mir so zerfurcht vor wie die Schale einer Walnuss. Ich kann meinen Blick von den beiden nicht abwenden. In seine hohe Stirn haben sich die Spuren von Sonne und Licht und von vierundsiebzig Lebensjahren tief eingegraben. Aber im Vergleich zu Mutter sieht er aus wie das blühende Leben. Vielleicht machen das seine wachen Augen, die eine erstaunliche Klarheit haben, eine Klarheit, wie ich sie bei Mutter seit einer Ewigkeit nicht mehr gesehen habe. In Mutters Augen breitete sich das Vergessen als erstes aus.

Als Vater und Erika ihre Runde beendet haben, sitzen wir Erwachsenen gemeinsam am Frühstückstisch. Stefan und Anja langen noch einmal zu, auch Erika bedient sich vom Baguette, das die Mädchen heute Morgen im Ort geholt haben. Vater dagegen scheint keinen Hunger zu haben. Auch mir ist der Appetit vergangen. Mit Mühe würge ich am Rest meines kratzigen Honigbrots.

„Wann haben wir uns eigentlich das letzte Mal gesehen?", fragt Erika mich freundlich, während die anderen über das Wetter reden und über die hohe Autobahnmaut. „Ist das vier Jahre her oder schon fünf?"

„Mirkos Einschulung", antworte ich knapp und bringe gerade so viel Energie auf, wie notwendig ist, um meiner Stimme etwas Farbe zu geben. „Sechs."

„Himmel, wie die Zeit vergeht! Es kommt mir gar nicht so lange vor. Geht's dir denn gut, Dagmar?"

„Ja."

Wenn Erika über den gescheiterten Versuch, mit mir ins Gespräch zu kommen, pikiert oder empört ist, so lässt sie es sich jedenfalls nicht anmerken. Sie lächelt unverbindlich und wendet sich dann wieder den anderen zu. Dabei wird mit dem leichten Wind, der hier immer weht, der Geruch ihres Deos oder ihres Parfüms zu mir getragen. Sie riecht nach Vanille und Mandel, ganz anders, als ich es in Erinnerung habe, warm und samtig, wie ein Plätzchen in der Weihnachtsbäckerei. So gar kein Sommerduft, denke ich irritiert. Aber ihr Geruch ist noch von einer winzigen anderen Spur unterlegt, kaum wahrzunehmen. Bergamotte? Moschus?

Dass ich Erikas Geruch überhaupt als angenehm empfinde, will gar nicht zu meiner abwehrenden Haltung und zu meiner Stimmung passen.

Während ich mich mit beiden Ellenbogen auf den Tisch stütze und mir die Kaffeetasse vor das Gesicht halte, wird über Biscarrosse gesprochen, über das Meer, den Strand und die Erholung, die dieser Urlaub gebracht hat, Kaffee wird nachgeschenkt und der Brotkorb herumgereicht, Hände schieben sich gegenseitig die Butter und die Marmelade zu, Zurufe und Kindergelächter ertönen aus dem Haus, Spatzen fliegen heran und picken nach den heruntergefallenen Brotkrumen, das Geschirr klappert. Getragen von all dieser äußerlichen Munterkeit, meine ich eine Spannung über den Köpfen von Vater und Erika zu fühlen, aber vielleicht ist es auch nur meine eigene Anspannung, die sich da widerspiegelt. Leo beteiligt sich am allgemeinen Smalltalk, er beantwortet in seiner unbefangenen Art Fragen nach seiner beruflichen Tätigkeit und erzählt von Erik, schwärmt, wie erholsam der Urlaub bis jetzt gewesen sei und wie gut es Erik tue, mit Stefans Kindern zusammen zu sein. Ich dagegen lasse einfach den Strom des Gesprächs an mir vorüberziehen. Nein, ich habe kein Bedürfnis mit Vater zu reden. Und schon gar nicht mit dieser Frau.

Als alle satt sind, werden die Teller zusammengeschoben, eine weitere Runde Kaffee wird ausgeschenkt, und auf einmal kommen andere, persönliche Themen zur Sprache. Wie es mit der neuen Fahrlehrerin läuft, fragt Vater bei Stefan nach, ob Mirko sich von seiner Enttäuschung über die Vier im Zeugnis in Mathematik erholt hat, will Erika wissen, und Anja erkundigt sich, wie es Christin geht.

Als die Rede auf unsere Halbschwester kommt, fragt Stefan: „Hat Christin eigentlich den Mietvertrag für den Copyshop unterschrieben?"

„Ja", antwortet Vater, „aber leider erst vor einer Woche. Jetzt dauert es doch länger, bis sie den Laden eröffnen kann."

„Ich dachte, sie wollte schon letzten Monat unterschreiben?"

„Das war noch eine ziemliche Aufregung, bis alles unter Dach und Fach war", sagt Erika, und ihr etwas blasses Gesicht bekommt plötzlich an Wangen und Ohren Farbe.

Dann berichtet sie von behördlichen Schwierigkeiten, die es gab, und Vater erzählt von Christins neuesten Idee, in einer Ecke einen Kaffeeausschank einzurichten, was Anja für eine gute Idee hält. Anschließend wird über das Desaster mit den verwechselten Fliesen in Stefans Badezimmer gesprochen, und Erika möchte wissen, was aus der Karateprüfung der Mädchen geworden ist, für die sie vor den Ferien angemeldet waren.

„Oh, die beiden haben die Prüfung ganz prima geschafft. Sie haben jetzt den gelben Gürtel", sagt Stefan stolz.

Wenn Leo und ich auch nicht bewusst ausgegrenzt werden, so hat sich die Runde plötzlich zu einem beseelten Zwiegespräch der beiden Familien verdichtet, in das wir nicht mehr einbezogen sind.

Ich höre das Stimmengewirr um mich herum, verschanze mich hinter meiner Kaffeetasse, die ich gegen die harte Linie meines Mundes gepresst habe, und spüre eine eigenartige Leere, dort, wo mein Herz sitzt.

Ich weiß nichts von den Plänen meiner Halbschwester, einen Copyshop zu eröffnen, Stefan hat nichts davon erzählt. Und obwohl wir inzwischen schon zweieinhalb Wochen miteinander verbracht haben, höre ich von Mirkos Schwierigkeiten in Mathe heute zum ersten Mal. Leo scheint sich daran nicht zu stören, er hat es sich, das Gesicht der Sonne zugewandt und die Beine lang ausgestreckt, als stiller Beobachter bequem gemacht.

Natürlich weiß ich, dass Stefan und seine Familie sich mit Vater und Erika treffen, auch dass sie regelmäßig telefonieren. Das ist mir klar, auch wenn Stefan und ich darüber nicht reden. Und trotzdem verstört es mich, wie genau sie gegenseitig über ihr Leben Bescheid wissen. Wie nah sie sich wirklich stehen, wird mir erst jetzt deutlich, wo ich ihr enges Verhältnis spüren kann wie die Wärme der Sonnenstrahlen an meinem Rücken, jetzt, wo ich die vertrauten Gesten der beiden Familien beobachte, wo ich erlebe, wie sie Anteil nehmen an ihren alltäglichen Problemen.

Plötzlich wendet sich Vater direkt an mich: „Dein Artikel über die Bedeutung von Haustieren hat mir übrigens gut gefallen."

„So?"

„Ja, ich fand ihn sehr interessant. Besonders das, was du über die australische Forschungsarbeit zu dem Thema geschrieben hast."

Nach diesem unerwarteten Lob versuche ich, meinem Gesicht einen halbwegs freundlichen Ausdruck zu geben. „Aha."

„Stefan hat uns deinen Artikel gegeben."

Ich bemerke, dass Vater bemüht ist, den Rücken besonders gerade zu halten.

Mein Bruder fegt ein paar Brotkrümel neben seinem Teller vom Tisch.

„Ich hab ihn für Papa aus einer Zeitschrift ausgeschnitten und mitgebracht. Du hast uns ja gar nichts von dem Artikel erzählt, Dag! Aber wir haben ihn trotzdem entdeckt. Und sogar gelesen!"

„Also, eigentlich hab *ich* ihn ja in der *Heim und Welt* entdeckt", berichtigt Anja. „Das heißt, zuerst ist mir das Foto von dem *Golden Retriever* aufgefallen, der so vertrauensvoll den Kopf in den Schoß der alten Dame legt. Ein anrührendes Bild."

„Ja, diese treuen Augen sind mir auch aufgefallen", sagt Erika und wirft einen kurzen Blick auf Vater.

„Ich fand deinen Artikel jedenfalls sehr gut. Sehr informativ", wiederholt Vater. „Ich wusste gar nicht, dass Haustiere dabei helfen können, Stress abzubauen. Oder dass Tierbesitzer niedrigere Blutfettwerte haben und damit ein geringeres Risiko für Herz-Kreislauf-Erkrankungen. Über die gesundheitlichen Aspekte von Haustieren habe ich noch nie nachgedacht."

„Du hast früher überhaupt nie über Haustiere nachgedacht", entfährt es mir, statt dass ich mich für sein Kompliment bedanke. „Du warst immer dagegen, dass ich einen Hund oder eine Katze bekomme."

Vater blickt sich um, während alle anderen Augenpaare zwischen ihm und mir hin und her springen.

„Natürlich habe ich darüber nachgedacht. Ich wusste durchaus, wie gern du einen Hund oder eine Katze gehabt hättest. Aber ich konnte mir nicht vorstellen, ein Tier anzuschaffen."

„Du warst strikt dagegen."

Obwohl ich mir geschworen habe, mich freundlich und aufgeschlossen zu verhalten, verspüre ich diese aggressiven Impulse gegen ihn, und es gelingt mir nicht, den vorwurfsvollen Ton aus meiner Stimme zu verbannen. Es ist nicht so sehr die Antwort, die mich wütend macht, es ist etwas anderes, was ich nicht greifen kann.

Vater seufzt und strafft die Schultern. „Du weißt vielleicht noch, dass eure Mutter schon mit dem Haus und dem Garten vollkommen ausgelastet war", erwidert er schließlich sanft. „Und ihre Gesundheit war auch nicht stabil."

„*Ich* hätte mich um ein Tier gekümmert. Aber du warst dagegen."

„Kinder sagen immer, dass sie sich kümmern", verteidigt Stefan Vaters Haltung. „Und am Ende bleibt die Arbeit doch an den Eltern hängen."

„Dagmar war schon als kleines Mädchen sehr verantwortungsbewusst", räumt Vater ein, während ich das Gefühl habe, dass sein Blick mich belauert. „Aber die Entscheidung für ein Haustier ist ziemlich schwerwiegend, nicht wahr. Fast wie, ja fast wie die Entscheidung für ein Kind. Das muss man sich gut überlegen. So ein Tier hat man so viele Jahre. Unter Umständen mehr als ein Jahrzehnt."

„Die Mädchen wollen am liebsten auch ein Haustier." Anja setzt den Deckel auf die Zuckerdose. „Wenn es nach ihnen ginge, einen Hund."

„Kinder wünschen sich doch dauernd was Neues." Stefan kratzt sich auf dem Handrücken. „Da kann man nicht einfach nachgeben. Außerdem, wir fahren viel zu oft in den Urlaub, wo wollen wir dann hin mit einem Hund?"

„Ich bin ja auch nicht dafür, dass wir einen Hund anschaffen!"

„Ein Tier hätte mir damals aber geholfen", beharre ich, weil Stefan und Anja vom eigentlichen Thema ablenken.

„In der kleinen Wohnung in der Hollenstraße wäre doch nicht mal Platz für einen Vogelkäfig gewesen, Dag." Stefan will mich beschwichtigen.

„Ja, da hatte sich das Thema dann erledigt", erwidere ich bissig.

„Die Wohnung war ziemlich klein. Deshalb haben Anja und ich uns so ein großes Haus gebaut, nicht wahr, Schatz?"

Anja nickt. „Wenn ich mir vorstelle, ich müsste mit den drei Kindern in einer kleinen Mietwohnung leben, o je! Immer Rücksicht nehmen, und dazu vielleicht noch alle drei in einem einzigen Zimmer – da sind die Konflikte doch vorprogrammiert."

„Es hat mir damals sehr leidgetan, dass ihr umziehen musstet", sagt Vater nachdenklich.

Im Sonnenlicht sehe ich ihn aus nächster Nähe an, verwundert über die Unruhe in seinem Blick. „Wenn ich es hätte bezahlen können, hätte ich euch das Haus weiterfinanziert. Aber ich musste für zwei Haushalte aufkommen."

Ich drücke meine Finger an die Halsschlagader, wo es heftig pocht.

„Du hast dir das selbst doch so ausgesucht. Du und ...“ Ich will den Namen nicht aussprechen und nicke mit dem Kinn in Richtung Erika. Etwas in mir drängt mich, die beiden herauszufordern.

„Ich wollte mich nicht beklagen. Ich habe nur gesagt, dass es mir damals leidgetan hat, dass ihr umziehen musstet.“

Vaters tiefliegende Augen unter den buschigen, von grauen Borsten durchsetzten Brauen, blicken jetzt merkwürdig trotzig, während er sich fahrig mit den Fingern über den spärlichen Haarkranz streicht, der in den letzten Jahren noch grauer und schütterer geworden ist. Ich bilde mir ein, in seinem Blick und in seinen Gesten liegen nicht nur Empörung und Verunsicherung über meine vorwurfsvollen Angriffe, sondern auch ein sonderbares anderes Gefühl, das ich nicht einordnen kann.

Eine steile Falte steht auf Vaters Stirn, Erika legt ihm rasch die Hand auf den Oberschenkel.

„Christin hat mit zehn angefangen, nach einem Haustier zu fragen“, sagt sie, um einen Plauderton bemüht. „Zehn, oder war sie elf?“

„Zehn, elf, ja.“

„Aber unser Vermieter war gegen Haustiere. Im Mietvertrag waren Hunde und Katzen ausdrücklich ausgeschlossen, nicht wahr?“

Vater nickt.

„Na, ich weiß nicht, ob das vom Gesetz her überhaupt erlaubt ist“, sagt Stefan.

„Heute wahrscheinlich nicht mehr“, meint Leo und macht eine abwehrende Geste. „Da sind Mieter recht gut geschützt. Aber früher hat man das wohl größtenteils so akzeptiert."

„Zum elften Geburtstag haben wir Christin trotzdem zwei Wellensittiche geschenkt, weißt du noch, Ernst? Darüber war sie sehr glücklich." Sie lächelt ihrem Mann aufmunternd zu.

„Ach. Eure Tochter hat also einfach Haustiere gekriegt", versetze ich mit scharfer Stimme.

Erika lässt sich nicht beirren. „Die Vögel hatten wir lange. Sie haben ziemlich viel Krach und Dreck gemacht. Aber sie waren niedlich. Sehr zutraulich." Sie beugt sich näher zu Vater und lächelt ihm aufmunternd zu.

„Die sind uns auf die Schulter geflogen und bei Christin auf dem Kopf gelandet. Acht Jahre hatten wir sie bestimmt, eher achteinhalb. Der eine, Hansi, hat sogar gesprochen. Das konnte man richtig verstehen."

Die Gesichtszüge meines Vaters entspannen sich. „Dafür konnte Pepe Melodien pfeifen."

„Pepes Pfeifen war kaum von deinem zu unterscheiden! Du hast ihm ein Stückchen aus Vivaldis *Vier Jahreszeiten* beigebracht."

Vaters Gesicht verjüngt sich in einem Lächeln. „Und die *Schicksalsmelodie*."

Erika faltet die schlanken Finger über Vaters Händen und sieht ihn mit einer Liebe an, die mir ins Herz schneidet.

Ich wende meinen Blick ab.

Stefan beugt sich über den Tisch und schenkt mir Kaffee nach.

Ich trinke einen Schluck und verbrenne mir die Zunge.

Ich wünschte, das Gefühl von Betäubung in meinem Mund könnte sich einfach über meinen ganzen Körper und über meinen schwärenden Zorn legen!

Ich wünschte, ich könnte plaudern und den Besuch genießen! Aber ich spüre einen fürchterlichen Druck, fühle mich in meinem eigenen engmaschigen Netz gefangen. Regungslos starre ich durch den Garten in den Wald, versuche Atem zu schöpfen.

„Also Vögel wären nichts für mich", höre ich Anja jetzt sagen. „Aber wenn es unbedingt ein Haustier sein muss, dann könnte ich mich mit Kaninchen oder Meerschweinchen abfinden. Die finde ich niedlich. Auch wenn klar ist, dass es letztlich an mir hängen bleiben würde, den Stall sauber zu machen. Da können mir die Mädchen erzählen, was sie wollen."

„Das war bei uns nicht anders", sagt Erika. „Im ersten Monat brauchten wir Christin nie daran zu erinnern, dass sie den Käfig sauber machen soll. Im zweiten war's schon vorbei. Und als Christin ausgezogen ist, sind die beiden Wellensittiche bei uns geblieben, obwohl es ursprünglich ja Christins Vögel waren."

„Also, wenn schon ein Tier, dann eine Katze." Stefan hebt die Kanne. „Noch jemand Kaffee? Eine Katze kann wenigstens den ganzen Tag draußen bleiben."

Wie aufs Stichwort schleicht eine braun-weiß gestreifte Katze zwischen dem verblühten Lavendel durch das Beet. Oft bekommen wir hier Katzenbesuch, aber die meisten lassen sich weder streicheln noch füttern, obwohl sie ziemlich struppig und unterernährt aussehen. Diesen kleinen Tiger habe ich hier noch nie gesehen, er ist gut genährt und hat ein schönes glänzendes Fell. In einer geschmeidigen Bewegung springt die

Katze jetzt auf einen Pfosten des Zauns, wo sie einen Moment sitzen bleibt, und von dort in einem weiten Satz auf die andere Seite.

Meine Finger haben sich unnatürlich verkrampft, genauso wie mein Herz, es fühlt sich an wie ein Brocken aus Blei.

„Nicht nur Katzen, auch Kaninchen und Meerschweinchen kann man draußen halten", erwidert Anja auf Stefans Argument. „Dagmar, hattest du in deinem Artikel nicht auch erwähnt, dass Menschen mit Katzen seltener psychologische Hilfe in Anspruch nehmen?"

Anja lächelt mir zu, sie versucht, mich wieder ins Gespräch einzubinden, aber meine Stimme klingt nicht sehr freundlich, als ich sage: „Das gilt nicht nur für Katzen, sondern für Haustiere allgemein."

„Über die Katzenhalter hat Dagmar geschrieben, dass die sich leichter tun bei der Bewältigung von Lebenskrisen", sagt Vater.

Die Köpfe in der Runde heben sich in seine Richtung.

„Papa hat den Artikel anscheinend auswendig gelernt." Stefan zwinkert in die Runde und erntet Gelächter.

Auch Vater lacht über den Witz. „Das nun nicht gerade. Aber ich fand den Text einfach gut."

Dann wendet er sich noch einmal direkt an mich. „Als ich deinen Artikel gelesen habe, war ich sehr stolz auf dich, Dagmar!"

Ich merke, wie sich Wut in mir zusammenballt. Plötzlich wird mir klar, dass es nicht nur darum geht, dass meine Halbschwester Haustiere bekommen hat, und ich nicht. Es passt mir nicht, dass Vater meinen Artikel

so detailliert kennt! Auch wenn ich darin kaum persönliche Ansichten preisgegeben habe, ist mir, als ob er damit eine Art Macht oder Kontrolle über mich ausüben
könnte. Und dass er mich für den Artikel zum wieder-
holten Male lobt, kann ich ebenso wenig ertragen, so-
sehr ich mich auch sonst über Anerkennung freue.
Aber aus Vaters Mund kommen mir die Komplimente
unaufrichtig vor, wie ein bewusst eingesetztes Mittel,
mich zu ködern.

Ich weiß nicht, wohin mit meiner Wut, und kralle die
Finger in den Stoff meiner Shorts.

„Du brauchst dich bei mir nicht einzuschleimen, Vater", sage ich, wilden Groll in der Stimme.

Schlagartig sieht sein Gesicht leer aus.

Erika schnappt hörbar nach Luft, dann bildet ihr
Mund eine harte Linie.

„Jetzt bleib mal auf dem Teppich, Dagmar!" Das
kommt von Stefan. „Papa wollte dir doch nur ein Kompliment machen."

Anja sagt nichts, sie hat die Augenbrauen etwas gehoben, nur ganz leicht, und von Leo fange ich einen ver-
störten Blick auf, der mich trifft, als ob er mich am Arm
gepackt und geschüttelt hätte.

Ich bin zu weit gegangen, das ist mir nun klar.

Einen Augenblick lang weiß ich nicht, wo ich hin-
schauen soll, ich ducke mich vor den Pfeilen aus ver-
wirrten, bekümmerten, entsetzten, zornigen und ver-
ständnislosen Blicken, die auf mich einprasseln. Ich
habe das Gefühl, als ob ich die sichernden Leinen des
Bootes, in dem ich sitze, losgemacht hätte, als ob ich
mich in die kalte Strömung des Atlantik hätte treiben
lassen, ohne dass ein rettender Strand in Sicht ist.

Als ich mich schließlich traue, Vater anzusehen, haben sich seine Gesichtszüge etwas mit Leben gefüllt.

Noch bevor ich mich entschuldigen kann, sagt er in erschreckend sachlichem Ton: „Du hast recht, Dagmar. Ich brauche mich nicht *einzuschleimen*, wie du es nennst. Es war aufrichtig gemeint, was ich über deinen Artikel gesagt habe. Aber wenn du kein Lob von mir hören willst, dann werde ich in Zukunft nichts mehr sagen."

Das Fleckchen Garten, auf dem wir sitzen, scheint im Herzschlag des Entsetzens zu vibrieren, ich schlucke trocken, muss mich mit dem Rücken schwer an die Stuhllehne stützen.

„Es tut mir leid", murmele ich beschämt und drücke die Finger fest an die Schläfen.

Trotz der warmen Temperatur kriecht Kälte in meinen Körper. „Entschuldigung. Ich fühl mich nicht besonders gut heute. Hab auch rasende Kopfschmerzen."

Vater nickt.

Was an Gefühlen in dieser Geste mitschwingt, verrät, wie schwer ich ihn getroffen habe.

„Schon gut."

KAPITEL 25

Leo und Stefan brechen auf zum Supermarkt, Vater ist müde und will sich hinlegen, Anja steht auf, um ihm das Bett zu beziehen.

Plötzlich bin ich mit Erika allein. Das ist das letzte, was ich mir gerade wünsche!

Sehnsüchtig schaue ich hinüber zur Wohnzimmertür, durch die nach und nach alle verschwunden sind. Ich fühle mich wie ein Tier im Käfig, das aus Notwehr um sich gebissen hat. Ich möchte auch einfach ins Haus oder in den Ort verschwinden, aber nach meinem bedauerlichen Verhalten am Frühstückstisch traue ich mich nun nicht mehr, außerdem kann ich Erika nicht einfach mit dem Geschirr allein zurücklassen.

Ich atme tief ein und nehme mir vor, mich ab jetzt zusammenzureißen, morgen werden die beiden ja zum Glück von hier verschwinden.

Während ich ungeschickt die leeren Kaffeetassen aufeinanderstapele, die gefährlich wackeln und dumpf klirren, spüre ich Erikas Blick auf mich gerichtet. Auch bei ihr sollte ich mich entschuldigen, wahrscheinlich habe ich sie ebenfalls ziemlich gekränkt.

Ich will gerade ansetzen, da kommt sie mir zuvor.

„Ich muss mit dir reden", sagt sie steif.

„Erika, was ich vorhin zu Vater gesagt habe, war ziemlich gemein. Das hätte ich nicht sagen dürfen. Es tut mir leid."

Erikas Gesicht wirkt ernst. „Ich erwarte nicht, dass du freundlich zu mir bist, Dagmar. Ich weiß, du hast mich von Anfang an nicht akzeptiert. Das finde ich zwar schade, aber ich kann gut damit leben. Aber dein Vater, der leidet darunter, dass du nichts von ihm wissen willst."

Ich habe die Augenlider gesenkt und mich ein wenig abgewandt.

„Dagmar, dein Vater liebt dich! Nicht nur Christin, auch du bist seine Tochter. Er versucht zwar, sich damit abzufinden, dass du den Kontakt abgebrochen hast, aber er wird damit nicht fertig."

Ich angele nach dem Schraubdeckel für das Honigglas, der unter den Tisch gerollt ist, und schleudere die Krümel von den Tellern auf den Boden, wo sofort eine Schar braun-weißer Spatzen heranhüpft. Aus dem Wald dringt der aufgeregte Schrei eines Vogels. Ich höre auf zu räumen und setze mich schwerfällig.

„Hör zu", sagt Erika, und dicht unter der glatten Oberfläche ihrer Stimme fließt Unsicherheit, „ich wollte dich bitten, deinen Vater nicht so ablehnend zu behandeln. Ich kann es nicht mit ansehen, wie du dich ihm gegenüber verhältst. Das hat er nicht verdient. Er hat sich so darauf gefreut, euch zu sehen. *Dich* zu sehen!"

Ich nicke und spüre, wie Hitze vom Hals über mein ganzes Gesicht bis zu den Ohren steigt.

Zugleich merke ich, wie sich innerlich alles in mir sträubt. Ich werde mich zusammenreißen, möchte ich Erika sagen, und ich versuche, die Worte auf meiner

Zunge zu bilden. Aber irgendwie bringe ich es nicht über die Lippen. Stattdessen bricht es aus mir heraus: „Und ich? Mich hat keiner gefragt, ob ich *ihn* sehen will oder *euch*!"

„Ich versteh nicht, warum du so aggressiv bist, Dagmar. Dein Vater hat dir nichts getan! Dass er sich von eurer Mutter getrennt hat, ist eine Ewigkeit her, und es hat außerdem überhaupt nichts mit seinen Gefühlen für dich und für Stefan zu tun."

„Und wenn schon", sage ich borstig, „das ändert nichts an meinen Gefühlen für ihn."

Ich fühle mich wie in einer Falle. Dass ich mit Erika dieses Gespräch führen muss, macht mich ganz aggressiv.

Erikas Augen glitzern. „Was hat er dir eigentlich getan? Euer Vater hat sich immer um euch gesorgt. Hat sich immer gekümmert!"

„Ach ja, entschuldige, das hab ich ja ganz vergessen. Zweimal im Monat war er da. Und nicht zu vergessen, die Tasche immer voller Geschenke."

Erika schnappt hörbar nach Luft. Die Arme verschränkt, sieht sie mich scharf an, die Augen plötzlich voller ungewohnter Härte und Kälte.

„Deine Eltern hatten sich auf dieses Besuchsrecht geeinigt, Dagmar, das war nicht allein die Idee deines Vaters! Aber ich rede nicht von damals, ich rede von heute. Du hast ihm nie eine Chance gegeben. *Du* bist es, die sich von ihm abwendet. Die ihn aus ihrem Leben ausschließt, immer ausgeschlossen hat. Nicht umgekehrt!"

„Na und? Nur weil er sich nach Kontakt sehnt, muss ich nicht das gleiche Bedürfnis haben."

„Er ist dein Vater!"

„Und dafür muss ich ihn bedingungslos akzeptieren und lieben?"

„Du könntest dich bemühen, ihn zu verstehen und ihn nicht grundsätzlich abzulehnen. Dein Vater hat sich nicht zum Spaß von eurer Mutter getrennt, er hatte seine Gründe."

Aus meiner Kehle steigt ein überreiztes Lachen. „Er hat es sich einfach gemacht, als es mit Mutter schwierig wurde, so war das. Er hat keinen Charakter."

Erika schüttelt den Kopf, aber ich lasse sie nicht zu Wort kommen.

„Nein, er hat kein Recht darauf, dass ich mich um ihn bemühe. Früher hätte ich einen Vater gebraucht. Jetzt brauche ich ihn nicht mehr. Schon lange nicht mehr."

„Aber er braucht dich!"

„Ich hab kein Interesse, begreif das doch endlich! Das hab ich schon vor langer Zeit verloren." Ich verschränke die Arme vor der Brust. „Dass er Mutter und uns Kinder verlassen hat, besonders wo es Mutter so schlecht ging, war ziemlich egoistisch."

Erikas Hand zittert, als sie den Zuckertopf wegschiebt, der auf Armeslänge vor ihr steht. „Du willst deinem Vater also das Recht auf ein glückliches Leben absprechen? Hätte er sich stattdessen opfern sollen für eine Beziehung, an der ihm nichts mehr lag?"

Er hat lieber *uns* geopfert, ist auf unsere Kosten glücklich geworden, denke ich verbittert, aber ich sage: „Vater ist mit der Hochzeit eine *Verpflichtung* eingegangen. Man soll zusammenstehen in guten wie in schlechten Tagen, heißt das nicht so? Und er hatte *Verantwortung* uns Kindern gegenüber. Zumindest hätte er noch ein paar Jahre Rücksicht auf uns nehmen können, auf Stefan und mich."

Erikas Rücken versteift sich. „Man kann nicht nur auf die Kinder Rücksicht nehmen und das eigene Leben hintanstellen."

„Na, da hast du aber Glück gehabt, dass du gesund geblieben bist, Erika. Und dass dein Mann keine andere kennengelernt hat."

Ich kann mir diese zynische Bemerkung einfach nicht verkneifen.

An Erikas fast faltenfreiem Hals schwillt eine Ader bedrohlich an. „Und deine Mutter?" Erika kann sich nur noch mühsam beherrschen. „Glaubst du, sie war völlig unbeteiligt?"

Natürlich glaube ich das nicht, so einfach ist es nie. Aber wie auf der Festplatte eines Computers sind Erinnerungen in meinem Gehirn gespeichert, bewegte Clips, die plötzlich von unsichtbarer Hand angeklickt werden und vor meinem inneren Auge ablaufen: Mutter, die mit uns Holzkisten und Kartons packt; ein schwefelgelber Möbelwagen mit schwarzer Aufschrift *Umzüge Sander,* der von ein paar muskulösen Männern beladen wird; Mutters Freundin, die uns in ihrem Wagen in die Hollenstraße fährt; Mutter, die nach und nach mit ihrem Morgenmantel und mit ihrem Bett verschmilzt und immer sprachloser wird, bis sie das Reden eines Tages ganz einstellt; Mutter, wie ich sie mit zwei vollgestopften Reisetaschen ins Heim bringe, an diesen unseligen Ort, an dem es, trotz der Desinfektionsmittel, immer etwas süßlich riecht nach Vernachlässigung und nach Krankheit und nach Tod.

Mit einer forschen Handbewegung versuche ich, die unliebsamen Bilder zu verscheuchen. „Sie ist bestimmt nicht absichtlich krank geworden. Vater hätte zu ihr stehen müssen. Zu uns. Wenn er zu ihr gestanden hätte, dann wäre ihre Krankheit nicht so massiv geworden, da bin ich mir sicher."

Erika schüttelt energisch den Kopf. Sie weicht mit dem Oberkörper zurück, den Blick auf mein Gesicht geheftet, einen entschiedenen Blick, in den sich Kummer, Betroffenheit, Abwehr, Nachsicht, Mitleid, ja, auch etwas Traurigkeit gemischt zu haben scheinen.

„Sie war nicht unschuldig an der Situation", sagt sie. Ihre Worte kommen so zögerlich, dass ich mich im ersten Moment in meinen Ansichten bestätigt fühle.

Aber dann habe ich das unbestimmte Gefühl, dass sie eigentlich etwas anderes hat sagen wollen.

In meinen Händen kribbelt es unangenehm. „Und du? Du fühlst dich völlig unschuldig, nicht wahr? Dabei warst du genauso egoistisch wie Vater!"

Meine Stimme klingt laut und schrill, nicht nur, weil sich die Vorwürfe so vieler Jahre angestaut haben, sondern auch, um das Kribbeln in meinen Händen zu übertönen.

„Du hattest keine Skrupel, dich zwischen Vater und unsere Familie zu drängen. Hast ihn sogar dabei unterstützt, dass er alles zerstört!"

„Deine Vorwürfe sind ungerecht!" Erikas Gesicht wird innerhalb einer Sekunde so weiß wie das Porzellan auf dem Tisch. „Dein Vater hat sich nicht getrennt, weil es schwierig wurde mit deiner Mutter. Und schon gar nicht, weil sie krank war."

„Nicht?" Ich lache verächtlich auf. „Und dann kamst du auch noch daher."

„Ich war nicht der Trennungsgrund!" Erikas Stimme wird hoch und spitz, und sie atmet flach und hastig. „Als Ernst und ich uns kennengelernt haben, hatte er sich längst innerlich von deiner Mutter zurückgezogen. Er hat sie nicht mehr geliebt! Schon lange nicht mehr geliebt!"

„Das bekommen sicher alle Frauen zu hören, die sich auf einen verheirateten Mann einlassen", sage ich schneidend.

Erikas Halsader pocht, ihre verknoteten Hände bewegen sich, als würde sie in ihrem Inneren mit Dämonen ringen. „Du kannst Liebe nicht erzwingen, Dagmar."

„Aber du kannst Krisen aushalten", erwidere ich, betont sachlich und mit mehr Gewissheit, als ich empfinde. „Kannst Krisen mit Vernunft begegnen, zum Beispiel den Kindern zuliebe. Kannst Entscheidungen treffen, die über den eigenen Egoismus hinausgehen."

„Und wo bleibt deine Vernunft?" Erikas Stimme bebt plötzlich vor Empörung, sie scheint atmen und zugleich die Luft anhalten zu wollen. „Wenn einer egoistisch ist, dann doch wohl du! Dein Vater hat es sich nicht leichtgemacht! Ganz und gar nicht! Jahrelang hat er mit einer familiären Situation gelebt, die er nicht ertragen konnte, die ihn fast krank gemacht hat. Keiner von uns hat es sich leicht gemacht! Keiner!"

Erikas Lippen zittern, jetzt schnappt sie nach Luft wie ein Fisch, der von einer Welle an den Strand gespült wurde. „Aber das willst du ja nicht hören. Du beharrst auf deiner Sichtweise, als wäre sie die einzig wahre. Und der Sündenbock steht auch von vornherein fest.

Und du merkst nicht einmal, wie sehr du deinen Vater damit verletzt. Dass du ihm Unrecht tun könntest, kommt dir nicht in den Sinn. Dabei ... dabei ... gerade jetzt ..." Erikas Stimme erstirbt.

Kalkweiß ringt sie nach Luft, fasst sich ans Herz.

O Gott, ein Infarkt, schießt es mir durch den Kopf.

Bestürzt springe ich auf.

„Erika?"

Sie schüttelt den Kopf, presst eine Faust auf die Brust.

„Soll ich einen Krankenwagen rufen?"

Mit einer Handbewegung schneidet sie die angebotene Hilfe ab und schnauft, ihr Oberkörper zuckt nach vorn, als wäre er von einer Pistolenkugel getroffen worden.

„Hast du Schmerzen? Brauchst du Hilfe?"

„Ist, ist schon wieder, wieder in Ordnung", keucht sie und richtet sich mühsam auf.

„Ich hole schnell Vater."

„Nein, bloß nicht!"

Als wäre die Luft knapp und dünn wie auf einem Berg, holt sie immer wieder tief Luft und keucht: „... geht schon wieder, ich ... nur etwas ... schlecht atmen ..."

„Dann sag ich aber schnell Anja Bescheid."

Auch die soll ich nicht holen, wehrt sie ab.

Und während sie darum bittet, ihr einen Moment Zeit zu geben, weil der Anfall von allein vorbeiginge, bekommt ihr Gesicht langsam wieder Farbe, aber es wird schmal und lang von der Aufregung oder von dem Zwischenfall.

Ziemlich verwirrt und beunruhigt stehe ich neben ihrem Stuhl, ich möchte einen Krankenwagen rufen oder sie zum Arzt bringen.

Doch noch bevor ich sie dazu überreden kann, erklärt sie: „Das hab ich in letzter Zeit öfter. Aber es geht jedes Mal schnell vorbei."

„Was ist denn? Bist du krank?"

„Nein, nein."

Sie versucht, mich mit einem matten Lächeln zu beruhigen, aber plötzlich haben sich ihre Augenwinkel mit Tränen gefüllt, die sie schnell wegzublinzeln versucht.

Vorsichtig lege ich ihr den Arm um die Schulter, auch wenn ich Erika sonst nie näher als zum Händeschütteln an mich herangelassen habe. Meine Hand zittert, trotz der Wärme ist mir kühl.

„Ich hätte dich nicht so provozieren dürfen. Und natürlich weiß ich, dass Vater und du nicht allein für die Situation damals verantwortlich wart. Mutter war ja eigentlich immer schon, ich meine, nie ganz gesund. Ich weiß nicht, warum es heute immer wieder mit mir durchgeht, entschuldige bitte, Erika. Ich werde mich auch noch einmal bei Vater entschuldigen. Und ich werde freundlicher zu ihm sein. Das verspreche ich dir."

„Danke", haucht sie und blickt auf ihre Hand. Die liegt vor ihr auf der Tischplatte, eine blasse Hand, die sich langsam um etwas Unsichtbares schließt.

Aus irgendeinem Grund habe ich plötzlich ein flaues Gefühl im Magen.

Ich blicke mich um, mir ist, als ob wir beobachtet würden, aber ich kann an den Fenstern oder hinter dem Gartenzaun niemanden entdecken, alles ist unverändert.

Es geht nicht um sie, schießt es mir plötzlich in einer unheilvollen Vorahnung durch den Kopf.

Der Gedanke scheint aus dem Nichts gekommen zu sein, aber vielleicht rührt er auch von Erikas merkwürdiger Geste.

Es geht um Vater.

Und plötzlich erkenne ich auch Erikas Geruch. Es ist weder Bergamotte noch Moschus. Es ist der schmerzhafte Geruch der Angst, der durch ihren Weihnachtsplätzchenduft hindurchfährt wie ein scharfes Messer.

Ich fühle mich unendlich müde und erschöpft, keine körperliche Erschöpfung, sondern eine, die viel schwerer wiegt, und ich frage: „Was ist wirklich los, Erika?"

Sie schüttelt den Kopf.

Schluckt, ringt um Fassung. Ringt darum, ob sie reden soll oder nicht.

Ihr ganzer Körper zittert, als sie schließlich stockend erzählt, man habe einen Tumor bei unserem Vater gefunden, als man ihn wegen seiner Bauchschmerzen untersuchte. Einen bedenklich aussehenden großen Knoten in der Leber.

Ich lasse mich schwer auf den Stuhl neben ihr fallen.

„Krebs?"

„Höchstwahrscheinlich", sagt sie mit angstgeweiteten Augen, die sich erneut mit Tränen füllen. „Ein Tumor, pflaumengroß."

Ich beuge mich zu ihr hin und nehme sie in den Arm. Ihr schlanker Körper kommt mir knochig vor und zerbrechlich, als sie den Kopf an meine Schulter lehnt und weint, nicht schluchzend, sondern lautlos und völlig regungslos, ganz in sich versunken.

Ich will sie beruhigen, will ihr sagen, sie soll sich nicht verrückt machen, solange es gar nicht sicher ist, dass es überhaupt Krebs ist, aber ihre angsterfüllten Augen bewahren mich davor, eine so wenig hilfreiche Floskel auszusprechen.

Ein Tumor.

Ich fühle mich, als hätte ich statt des Kaffees geschmolzenes Blei im Magen.

Krebs.

Schon der bloße Klang des Wortes lässt mich erschaudern, kommt in meiner Vorstellung einem sicheren Todesurteil gleich.

Und trotzdem fühle ich mich in diesem Moment mehr wie eine stille Beobachterin, als ich Erika tröstend im Arm wiege, denn als Betroffene. Ich bin zwar entsetzt, aber irgendwie kann ich die Tragweite der Nachricht nicht so schnell erfassen.

Aus der Ferne ist das aufgeregte Bellen eines Hundes zu hören. Ein Tumor. In der Leber. Pflaumengroß. Das tut mir leid, nicht nur für Vater, auch für Erika, für dieses glückliche Paar, das damit von einem unberechenbaren Feind bedroht wird. Der Hund bellt noch immer.

„Ich fühle mich, als ob man mir den Boden unter den Füßen wegzieht", sagt Erika mit körperloser Stimme, während sie sich von mir löst. „Ich hab solche Angst! Ich will ihn nicht verlieren, verstehst du! Ich glaube, ich hatte in meinem Leben noch nie so große Angst!"

„Es tut mir sehr leid."

Durch die Verzweiflung wirkt Erikas Gesicht farblos und leer und zerbrechlich wie ein ausgeblasenes Ei. Mir wird die Kehle eng.

„Kann ich euch irgendwie helfen? Habt ihr einen guten Arzt, ein gutes Krankenhaus?"

Erika nickt. „Ich glaub schon."

„Kann man noch operieren? Habt ihr eine zweite Meinung eingeholt? Das ist sehr wichtig! Soll ich mich nach guten Ärzten umhören? Ich könnte im Internet recherchieren und nach alternativen Behandlungsmethoden und Kliniken suchen."

Ein zaghaftes Lächeln hat sich kurz auf Erikas Gesicht verirrt.

„Unser Hausarzt hat uns zu einem Spezialisten an die Uniklinik überwiesen. Da waren wir schon, und da wurde die Diagnose von einem größeren, bösartig aussehenden Tumor bestätigt. Gleich nach dem Urlaub wollen sie Ernst operieren."

„Und warum nicht sofort?"

Diese Ungewissheit ist im Moment bestimmt die größte Belastung für die beiden. Erst gegen einen konkreten Feind kann man auch kämpfen. Und zählt bei Verdacht auf Krebs nicht jeder Tag?

„Es geht nicht eher. Vorher hat der Professor, der die meiste Erfahrung damit hat, keinen Termin frei."

„Ach so." Doch etwas verstehe ich nicht. „Aber Vater, er sieht gar nicht so krank aus!"

Plötzlich sehe ich wieder Mutter vor mir, die so augenfällig krank ist, und die sich schon so lange aus dem Leben herausgeschlichen hat. In meiner Vorstellung ist es immer sie, die zuerst das Erdendasein beendet, doch selbst bei ihr bin ich nicht darauf vorbereitet, dass sie in der nächsten Zeit sterben könnte. Ich frage mich, ob man überhaupt jemals auf den Tod der Eltern vorbereitet sein kann.

Erika fährt sich mit beiden Händen über das Gesicht. „Ständig ist er erschöpft und müde. Er hat oft Schmerzen im Bauch und hat keinen Appetit mehr. In den letzten Monaten hat er drastisch abgenommen."

Das ist selbst mir aufgefallen. Und plötzlich stutze ich auch über seine ungewöhnliche Gesichtsfarbe, dieses gelbliche Braun. Ist es möglich, frage ich mich besorgt, dass seine Leber schon nicht mehr richtig arbeitet? Ein pflaumengroßer Tumor.

„Ich versteh das nicht", sagt Erika in meine Gedanken hinein. „Er hat nie was mit der Leber gehabt. Hat nie viel Alkohol getrunken oder besonders fett gegessen. Warum also?"

Ich hätte gedacht, ich könnte ihr voller Genugtuung entgegnen: Siehst du, jeder bekommt am Ende seine gerechte Strafe. Das ist der schicksalhafte Ausgleich für das, was er Mutter und mir angetan hat. Aber ich kann es nicht.

„Wurden denn noch andere Untersuchungen gemacht?"

„Man hat sein Blut untersucht, ihn geröntgt und eine Computertomographie gemacht."

„Und?"

„Irgendwelche Tumormarker sind stark erhöht. Beim Röntgen und bei der Computertomographie wurde aber zum Glück nichts weiter gefunden. Deshalb gehen die Ärzte davon aus, dass der Ursprung des Tumors in der Leber ist. Und trotzdem. Wenn ich nur ein besseres Gefühl hätte, mehr Hoffnung!" Erika presst die Hände auf die Brust.

Es ist mir unheimlich, dass sie genau das ausspricht, was auch ich empfinde.

„Ich habe Angst, dass uns keine Zeit mehr zusammen bleibt. Ich will ihn nicht verlieren! Ich weiß, man soll positiv denken, das ist ganz wichtig in dieser Situation, vor allem für Ernst, aber wie soll ich das bloß anstellen?"

Sie sieht mich flehend an, so als könnte ich ihr die erlösende Antwort liefern, aber ich kann meine innersten Gefühle nicht mit Lippenbekenntnissen überlisten.

„Und Vater? Wie fühlt er sich? Was sagt er dazu?"

„Er will nichts hören von Krebs, gar nichts! Tut ganz normal. Glaubt, es ist mit der Operation getan und dann ist wieder alles gut. Aber ich kann mir nicht vorstellen, dass er wirklich so optimistisch ist, wie er tut. Er will mich nur beruhigen! Ach, wenn ich ihm nur glauben könnte! Wenn ich nur zuversichtlicher wäre!" Erika schluchzt spitz und verbirgt ihr Gesicht in der Hand.

„Weiß Stefan schon ...?"

„Nein!"

Wieder schaut sie mich flehend an. „Euer Vater will nicht, dass ihr etwas davon erfahrt! Er will euch nicht beunruhigen. Ich soll deshalb nichts sagen. Ich wollte ja auch nicht, aber ich kann nicht, ich ... "

Erneut stehen ihr Tränen in den Augenwinkeln, die sie mit den Fingerspitzen wegwischt.

„Es war richtig, dass du es mir erzählt hast." Aber Stefan hängt so an Vater, ihn wird diese Nachricht ziemlich treffen. „Vielleicht ist es tatsächlich besser, es Stefan erst zu sagen, wenn es ganz sicher ist."

Erika stimmt mir nickend zu. „Es ist so schwer, sich zusammenzureißen. So schwer, so zu tun, als wäre alles bestens. Es kostet mich unendlich viel Kraft."

Ich nehme Erikas Hand und drücke sie, und ein ganz fernes Leuchten kommt und vergeht in ihren Augen.

„Ich kann meine Ängste nicht aussitzen, verstehst du. Mir geht es erst besser, wenn ich mit jemandem geredet und mein Herz ausgeschüttet habe. Ich möchte mit *ihm* darüber reden. Das würde mir bestimmt helfen, etwas besser klarzukommen. Aber Ernst blockt sofort ab. Er macht Probleme lieber mit sich selber aus.“

„So war Vater früher schon“, sage ich leise und denke dabei an den entschlossenen Eifer, mit dem er sich nach Dorits Tod in seine Arbeit stürzte.

„Da habe ich es nicht geschafft, ihn zu ändern“, sagt Erika und seufzt.

Wir sehen uns an und müssen lächeln, beide etwas zaghaft und widerstrebend.

KAPITEL 26

Die nächsten Stunden verbringe ich mit meinem Laptop in dem kleinen Café in Biscarrosse, wo ich mit Leo schon ein paar Mal war, um unsere elektronische Post zu sichten, weil das Ferienhaus kein Internet hat. Heute sind nicht viele neue Mails für mich gekommen, hauptsächlich Newsletter verschiedener Kaufhäuser und Versandshops, die ich ungelesen lösche, aber auch ein Brief meiner Freundin Friederike aus ihrem Spanienurlaub, die mich bittet, endlich ein Lebenszeichen von mir zu geben, sowie eine Anfrage der Redaktion *Bild der Frau*, ob ich Lust hätte, einen Artikel zum Thema *Magersucht als Lifestyle* zu schreiben. Ich beantworte kurz Friederikes Post und schlage vor, dass wir uns am Samstag nach unserer Rückkehr treffen können. Bei der Redaktion bedanke ich mich für das Interesse und erfrage den gewünschten Umfang und Abgabetermin des Artikels.

Als das erledigt ist, mache ich mich im Netz auf die Suche nach Informationen über Tumoren in der Leber. Ich muss mich ziemlich mühsam durch die mit medizinischen Fachausdrücken und lateinischen Fremdwörtern gespickten Artikel und Forschungsberichte kämpfen, und vieles von dem, was ich lese, verstehe ich nur in groben Zügen, aber ich habe das Gefühl, ich kann etwas tun und bin der Situation nicht mehr so ohnmächtig ausgeliefert. Allerdings begreife ich bei meiner Lektüre auch unmissverständlich, dass Erikas Befürchtungen nicht ganz unbegründet sind. Auch wenn erst eine feingewebliche Untersuchung zu einer sicheren Diagnose führen wird, schwindet mit jedem weiteren Artikel, den ich lese, etwas mehr von meiner Zuversicht. Vater kann nur hoffen, dass sein Tumor überhaupt noch operiert werden kann, was anscheinend nur in fünf bis dreißig Prozent der Fälle möglich ist, und dass tatsächlich noch keine Metastasen in seinem Körper sind. Eine Chemotherapie scheint bei Lebertumoren praktisch sinnlos zu sein, entnehme ich den verschiedenen Quellen, und eine Transplantation kommt nur in ganz bestimmten Fällen in Frage. Als ich schließlich immer wieder erfahren muss, dass die Gesamtprognose für bösartige Lebertumoren äußerst schlecht ist, scheint mir die Goldkette, die eigentlich locker um meinen Hals hängt, plötzlich zu eng zu werden und mir die Luft abzuschnüren.

Ich fühle mich niedergeschlagen und wenig zuversichtlich, als ich zu unserem Ferienhaus zurückkomme.

„Wo bist du denn so lange gewesen?" Leos Kopf taucht über den knisternden Blättern der Zeitung auf. „Ich hab gesehen, du hast das Auto genommen, aber keiner konnte mir sagen, wo du steckst."

„Ich war in Biscarrosse, im Internetcafé", antworte ich und lasse den Blick müde über den Garten zum Haus schweifen. „Wo sind die anderen alle?"

„Anja und Erika sind mit den Kindern am Strand, und dein Vater macht mit Stefan einen Rundgang."

„Ach, deshalb ist es hier so still."

Ich ziehe mir einen Stuhl zu Leo heran, während er die Zeitung zusammenfaltet. Als er sie beiseitelegt, hat seine Stirn tiefe Furchen. Dass etwas nicht in Ordnung ist, brauche ich ihm gegenüber nicht extra zu erwähnen, er sieht es mir an.

Einen Moment lang muss ich mich noch sammeln, dann bricht es aus mir heraus, und ich erzähle ihm alles, was mir Erika anvertraut hat.

„Dein Vater hat Leberkrebs?" Leo ist sichtlich betroffen. „Das ist ja furchtbar."

„Sieht ganz danach aus. Aber Vater will nicht, dass wir etwas davon erfahren."

„Und warum nicht?"

„Angeblich, um uns nicht zu beunruhigen. Aber wenn du mich fragst, versucht er, seine Erkrankung zu ignorieren."

Leo nickt. „Und wie schlimm ist es wirklich?"

„Lässt sich noch nicht sagen. Erika hat natürlich Angst und befürchtet das Schlimmste. Und alles, was ich im Internet gelesen habe, macht auch nicht besonders viel Mut."

Leo sieht mich bestürzt an. „Und wie stehen die Heilungschancen?"

„Das kommt wohl darauf an, wie groß der Tumor ist und ob er entfernt werden kann. Das ist anscheinend nicht immer möglich."

Ich brauche nicht extra auf meine Notizzettel zu schauen, die ich mir beim Lesen gemacht habe, um Leos Frage zu beantworten; diese düstere Aussicht hat sich schon in mein Gedächtnis gebrannt. „Die durchschnittliche Überlebenszeit ist ungefähr etwa fünf Jahre. Nicht operierten Patienten bleiben statistisch nur sechs bis zehn Monate."

Am Nachmittag sind alle wieder beisammen, und es herrscht sowohl im Haus als auch im Garten lebhafter Trubel. Nirgendwo gibt es ein ruhiges Plätzchen, von dem aus man die Kinder nicht spielen, zanken oder toben hört. Obwohl sie nach den Stunden am Strand und im Meer doch eigentlich geschafft sein müssten und sich irgendwo leise beschäftigen sollten, sind sie so aufgedreht, wie ich sie sonst nur erlebt habe, wenn sie sich wegen schlechtem Wetter länger nicht richtig bewegen konnten. Dass sie immer wieder unsere Aufmerksamkeit auf sich ziehen, ja geradezu fordern, ist mir heute jedoch eine willkommene Ablenkung. Auch Erika, der die Sorgen und Tränen vom Vormittag nicht mehr anzumerken sind, wird in diesem Tumult wahrscheinlich keine Zeit zum Grübeln haben. Mit einer Kamera hat sie, seit sie mit Anja und den Kindern vom Strand zurück ist, Fotos von jedem von uns geschossen. Im Moment hängt sie mit Anja die feuchten Strandtücher auf, für die wir jeden zweiten Tag die Waschmaschine anschmeißen müssen, weil man sie mit dem feinen Sand und dem Salz nicht viel öfter benutzen kann.

Und Vater?

Er genießt seine Rolle als Opa sichtlich. Umringt von zwei aufgekratzten Enkeltöchtern und einer ganzen Schar *Barbies*, sitzt er auf dem Rasen, in der Hand eine von diesen dürren, langhaarigen Püppchen, die er mit verstellter Stimme sprechen und durchs Gras spazieren lässt, während er von Mirko immer wieder beim Spielen unterbrochen wird. Aber er lässt sich von Mirkos *Schau doch mal, Opa Ernst!* nicht aus der Ruhe bringen, wenn der alle paar Minuten angeflitzt kommt, um ihm stolz eins seiner *Revelle-Modelle* zu zeigen. Es sind Miniaturautos und kleine Flugzeuge, die er mit Erik an den regnerischen Tagen zusammengebaut und mit dünnen Pinselchen bemalt hat. Vater lobt ihn unermüdlich für diese Kunstwerke, bevor er sich wieder dem Spielen mit den Mädchen widmet. Wie geduldig und hingebungsvoll er sich mit den Kindern beschäftigt!

Während ich die Blumen in den Beeten gieße, ertappte ich mich ein paarmal, wie ich Vater heimlich und mit kritischen Augen betrachte. Ich versuche zu begreifen, dass er ein kranker Mann ist, und versuche einzuschätzen, wie weit seine Tumorerkrankung schon fortgeschritten ist. Verdammt dürr ist er, und Appetit scheint er keinen zu haben. Während alle anderen immer wieder in die gefüllten Schalen und Teller mit Keksen, Süßigkeiten und Obst greifen, die Anja auf den Tisch gestellt hat, hat er sich noch nichts genommen. Aber sein Gesicht scheint nicht mehr ganz so gelbstichig wie heute Morgen; vielleicht kommt es mir aber auch nur so vor.

„Ich möchte, dass wir zusammen ein Fest feiern", verkündet Vater auf einmal.

Au ja und *Klasse* rufen die Kinder begeistert.

Die anderen schauen Vater erstaunt an.

Stefan löst den Blick von den Sportseiten der Zeitung, Anja und Erika, die sich inzwischen bei einem Kaffee unterhalten, stellen ihre Tassen auf den Tisch. Ich stelle die Gießkanne ab.

„Feiern?", sagt Stefan.

„Ja. Erika und ich sind nur so kurz da. Da sollten wir noch was Schönes machen, bevor wir wieder fahren."

Mit glänzenden Augen schaut Vater von einem zum anderen. „Ich möchte euch zu einem schönen Essen einladen. Wo können wir hingehen, Stefan?"

„Du brauchst uns nicht einzuladen, Ernst", sagt Anja. „Ich hab einen großen Braten gekauft, den wollte ich nachher machen."

„Wir wollen euch keine zusätzliche Arbeit machen." Vater, der immer noch auf dem Rasen hockt, reckt das Kinn. „Außerdem ist die Zeit viel zu kostbar, als dass wir sie mit Kochen verschwenden sollten."

Den Bruchteil einer Sekunde lang ist Erika wie erstarrt. Sie schaut ihren Mann mit geweiteten Augen an, aber als der nur erwartungsvoll in die Runde lächelt, rührt sie nur nervös in ihrer Tasse.

„Ja", sagt sie schließlich, und ihre Stimme klingt beinahe normal, „gehen wir zusammen essen. Euer Vater ist schließlich nicht sehr oft mit seiner ganzen Familie zusammen."

Eine junge Kellnerin rückt uns drei Tische vor der Fensterfront zusammen, als wir uns in der lauen Abendluft hinsetzen. Das *Restaumer* ist Fischgeschäft und Restaurant in einem und liegt am Ende der Fußgängerzone von Biscarrosse Plage. Wir haben hier schon ein paarmal Muscheln, Krabben und Fisch für zu Hause gekauft.

„Hier gibt's bestimmt nur Fisch, und nichts, was wir mögen", murrt Sofie, noch bevor wir einen Blick in die Karte werfen können. Doch es gibt auch Fleisch und Pommes Frites, womit die Kinder zufrieden sind. Wir Erwachsenen bestellen das Menü des Tages, bei dem es als Vorspeise eine Fischsuppe gibt, danach einen Salat mit frischem Thunfisch und als Hauptgericht verschiedene Platten mit Meeresfrüchten. Als Dessert können wir zum Schluss aus verschiedenen Süßspeisen und Obst wählen.

Anders als am Nachmittag, wo ich mich mit der Gartenarbeit zurückgezogen habe und mich körperlich von den anderen distanzieren konnte, sitzen wir jetzt alle ziemlich dicht beieinander. Aber diesmal kann ich die Nähe aushalten.

Erika hat dunkle Schatten unter den Augen, doch Vater wirkt jetzt am Abend erstaunlich munter. Nichts deutet darauf hin, dass er so lange im Auto gesessen und am Nachmittag nur ein Weilchen geruht hat. Wie alle anderen beteiligt er sich an den Gesprächen – über die derzeitigen Modefarben, darüber, dass die Geschäfte mit Billigwaren zunehmen und dass man beim Stöbern im Internet leichter zum Kauf verführt wird als im Geschäft. Ich trinke ein Glas Wein und dann ein zweites und ein drittes. Es fällt mir nicht so schwer, mich freundlich an der Unterhaltung zu beteiligen und interessiert dreinzublicken. Das Gespräch mit Erika hat die Mauer, die ich zwischen uns errichtet hatte, ein Stückchen bröckeln lassen und auch meine kalte Distanz zu Vater ein wenig verringert – in seiner ungewissen Situation tut er mir leid.

Wir reden über alles Mögliche, nur nicht über Vaters Erkrankung und über die Sorgen und Ängste, die Erika deshalb quälen. Gekonnt umschifft Vater Gesundheitsthemen und alle persönlichen Fragen, die für ihn heikel werden könnten. Er gibt sich locker und fröhlich, zwischendurch erzählt er sogar Witze wie früher bei Tisch, als Dorit noch lebte, über die besonders die Kinder lachen. Entweder ist er tatsächlich so unbekümmert, wie er sich gibt, oder er versteckt seinen Kummer gekonnt hinter einer Maske aufgesetzter Heiterkeit. Dabei wäre dieser Abend eine gute Gelegenheit, seine Nöte mit uns zu teilen! Auf der anderen Seite kann ich ihm nicht verdenken, dass er ablenkt und den Kummer scheinbar mit sich allein abmachen möchte. Vielleicht ginge es mir in seiner Situation ähnlich.

Dass Vater nach der Suppe nur eine Spatzenportion vom Salat und vom gegrillten Fisch isst und sagt, es schmecke ihm ausgezeichnet, aber er sei schon vollkommen satt, scheint weder Stefan noch Anja aufzufallen. Ich registriere jedoch Erikas besorgten Blick auf Vaters kaum angerührten Teller. Und ich nehme wahr, dass ihr Lachen über Vaters Witze eine Spur zu laut und zu verkrampft ist, um wirklich heiter zu sein.

Nachdem wir gegessen haben, bummeln wir die *Avenue de la Plage* hinunter zur Strandpromenade. Dort bleiben wir ein paar Minuten stehen und schauen aufs Meer. Die Wellen rollen heute Abend ausgesprochen ruhig und gleichmäßig an den Strand. Ich habe einen kleinen Schwips von dem Wein, der mir etwas über die Hürden des Abends geholfen hat, aber ich glaube, den anderen fällt es nicht auf. Die Kinder rennen zu einem in Sichtweite gelegenen Spielplatz, wo sie auf ein paar einfachen Holzgeräten herumturnen. Die Sonne ist mittlerweile untergegangen, aber sie erhellt noch den Himmel und ummalt ein paar kleine Wolken mit einem rötlichen Rand. Es hat immer noch dreiundzwanzig Grad, wie die Leuchtziffern auf einem elektronischen Schild am Ende der Fußgängerzone anzeigen. Aber es kommt mir kühler vor.

Mirko und Erik sind als Erste vom Spielplatz zurück.

„Die Geräte sind langweilig", sagt Erik. „Können wir jetzt endlich nach Hause?"

„Wenn sich Sofie und Anna ausgetobt haben", sagt Anja. Sie wühlt in ihrer Handtasche nach einem Lippenstift, mit dem sie sich ohne Spiegel die Lippen nachzieht.

Erika gähnt hinter vorgehaltener Hand. „Ich bin ziemlich erledigt für heute."

„Die Luft tut mir gut", sagt Vater. Er wirkt immer noch nicht müde. „So lau und erfrischend. Kann man von hier eigentlich zu Fuß zu eurem Haus gehen oder ist das zu weit für einen Spaziergang?"

„Quer durch sind's ungefähr zwei, zweieinhalb Kilometer." Stefan weist mit dem Arm den Strand hinunter. „Man läuft bis zu unserem Strandabschnitt, und hinter der Düne gibt's einen Pfad durch den Wald, der direkt von hinten zum Haus führt."

„Habt ihr gesehen, wie hoch ich geschaukelt bin?", ruft Sofie. Mit erhitzten Wangen kommt sie angerannt. Anna folgt ihr im Laufschritt. „Viel höher als bei uns im Garten!"

„Schade, dass ich mich hier nicht auskenne." Vater bewegt den Kopf, um zum Meer sehen zu können. „Wenn mich einer von euch begleiten würde, würde ich lieber zu Fuß zurückgehen als mit dem Auto zu fahren."

Ich möchte jetzt auf keinen Fall mit Vater allein sein, weshalb ich selbst überrascht bin, als ich mich sagen höre: „Ich könnte einen Spaziergang mit dir machen."

Mein Vorschlag ist heraus, bevor ich Zeit habe, darüber nachzudenken. Schlagartig fühle ich mich wieder nüchtern.

„Ach schön, Dagmar", sagt Vater, über das ganze Gesicht strahlend.

Stefan klopft mir blitzschnell zweimal auf die Schulter, und Leo bedenkt mich mit einem ermutigenden Lächeln.

Als Anna plötzlich auch lieber zu Fuß zurück will als mit dem Auto, sagt Stefan sofort: „Nein, du fährst mit uns mit dem Auto. Sonst wird es zu spät, bis du im Bett liegst."

Nun kann ich nicht mehr zurück.

Wir verabschieden uns kurz, dann brechen die anderen auf.

Ich sehe ihnen noch einen Augenblick nach, höre das Geschnatter der Kinder, das nur noch in unverständlichen Fetzen mit dem Wind zu uns getragen wird, dann verschmelzen alle nach und nach mit der Dämmerung.

Ich fühle mich unbehaglich und mich verlässt der Mut.

Vater hustet trocken hinter vorgehaltener Hand.

„Dann mal los", sagt er und bückt sich. Er zieht Schuhe und Strümpfe aus und krempelt die Hosenbeine hoch.

Kein Zweifel, er will keinen Spaziergang durch den Ort machen, sondern den Weg über den Strand einschlagen.

Auch ich schlüpfe aus den Schuhen und den Strümpfen. Lächerlich eigentlich, dass ich mich ohne meine Schuhe nackt und noch verletzlicher fühle.

„Einfach immer geradeaus", sage ich und deute zum Wasser.

Vater nickt, und wir stapfen los. Der Sand ist erstaunlich warm unter den Füßen.

Ich vermeide es, Vater anzuschauen. Ich werde diesen Spaziergang mit ihm machen, sage ich mir, und werde mich, so wie ich es den ganzen Abend schließlich auch hingekriegt habe, an irgendeinem belanglosen Geplauder entlanghangeln. Und in einer guten halben Stunde werde ich wieder bei den anderen sein.

„Du hast einen sehr netten Mann", sagt Vater, als wir zum Wasser kommen.

„Ja, mit Leo hab ich endlich mal richtig Glück."

„Erik ist auch ein netter Junge."

Ich nicke.

Ich merke, dass ich die Schultern weit hochgezogen habe, so dass sich mein Nacken langsam verspannt, und ich fange an, meine Schulter zu massieren.

„Seid ihr schon lange zusammen, Leo und du?"

„Zweieinhalb Jahre. Und seit zwei Jahren wohnt Leo bei mir."

„Aha. Erik nicht?"

„Der besucht uns nur jedes zweite Wochenende. Er wohnt bei seiner Mutter."

Ich will mit Vater nicht unbedingt über Leo sprechen, aber ich habe fest vor, mich von einer einigermaßen angenehmen Seite zu zeigen. Und weil ihn das Thema anscheinend interessiert, erzähle ich ihm als Zeichen meines guten Willens die Geschichte, wie ich Leo in einem Supermarkt in die Arme gestolpert bin.

„So habt ihr euch also kennengelernt?"

„Ja. Und es war mir furchtbar peinlich. Zum Glück hat Leo die unangenehme Situation mit Humor genommen. *Sonst fallen mir die Frauen eigentlich immer nur in den Rücken,* hat er gesagt. Darüber musste ich ziemlich lachen. Dabei hat's gefunkt zwischen uns."

Vater lächelt. Sein Lächeln erscheint mir jung und sehnsüchtig. „Schwierigen Situationen eine heitere Seite abzugewinnen ist eine wunderbare Gabe!"

„Das finde ich auch."

„Ich kenne deinen Leo ja leider noch nicht richtig, aber ich glaube, ihr passt ganz gut zusammen. Ich finde ihn sehr sympathisch."

Ich merke, wie mir Blut in die Wangen steigt. Irgendwie bin ich erleichtert, dass Vater Leo mag.

„Und wie geht's eurer Mutter?"

Die Frage trifft mich unvermittelt.

Ich kaue an der Nagelhaut meines Daumens, bevor ich antworte. „Nicht so gut. Sie liegt fast nur noch im Bett und scheint nicht mehr viel mitzukriegen."

„Das tut mir leid."

„Ich glaube, sie erkennt mich nicht mal mehr."

Vater schaut ernst und nickt. „Aber bis vor Kurzem ging es ihr doch noch gar nicht so schlecht. Zumindest hat Stefan mir das erzählt."

„Letztes Jahr hat sie manchmal noch was gesagt. Hat zugehört, wenn ich ihr was erzählt habe, und manchmal hat sie über ihre Bettnachbarin geschimpft."

Ich versuche zu lächeln, aber meine Gesichtszüge wollen dabei nicht mitspielen.

Nein, ich werde ihm nicht erzählen, wie geschockt ich war, als ich sie an einem Morgen besucht habe und sie mich anstrahlte und mich mit *Oh, Dorit! Du bist da!* begrüßte.

„Gibt es denn Hoffnung, dass es wieder besser wird?"

„Organisch sieht es gar nicht so schlecht aus. Sie hat erstaunlich gute Herz- und Kreislaufwerte. Nur das Gehirn, schwere Demenz mit Depressionen, sagen die Ärzte."

Vater seufzt und strafft die Schultern. „Dabei war sie so eine fröhliche Frau."

Ich ziehe die Stirn kraus. „Das ist aber schon lange her."

„Wir haben früher viel gelacht zusammen und herumgealbert! Deine Mutter hatte, genau wie dein Leo, die wunderbare Gabe, Dinge mit Humor zu nehmen."

„Ich kann mich nur dran erinnern, dass wir viel über *dich* gelacht haben. Über deine Witze."

Plötzlich frage ich mich, ob Stefan genauso traurig ist wie ich, wenn er Mutter besucht und sie in diesem hoffnungslosen Zustand sieht.

Vater hat den Kopf gesenkt und starrt auf die mechanischen Bewegungen seiner Füße, die neben mir über den feuchten Ufersand gehen. Aus den hochgekrempelten Hosenbeinen leuchten bleich seine dünnen Waden. Ein frischer Wind ist aufgekommen und weht über den Strand, wo uns immer wieder Spaziergänger entgegenkommen.

„Ich weiß noch, wie ich deine Mutter einmal zum Friseur gefahren habe, wo sie sich die Haare schneiden und ein bisschen färben lassen wollte. Als ich sie später abholte, waren ihre Haare völlig verschnitten und hatten die Farbe von Karotten! Es sah unmöglich aus, aber deine Mutter hat's mit Humor genommen. *Vielleicht werde ich ja jetzt als Pumuckl entdeckt,* hat sie gesagt."

Aus Vaters Kehle perlt ein warmes Lachen, und ich kann das erste Mal spüren, dass er Mutter früher einmal geliebt haben muss.

Schweigend gehen wir nebeneinander, während ich mit den Zähnen an der Nagelhaut meiner Fingernägel zupfe. Vater schaut an mir vorbei in die Tiefe des Horizonts, bewegt von den Bildern einer lange zurückliegenden Vergangenheit und von mir unbekannten Gedanken. Ich darf den Strandabschnitt nicht verpassen, an dem wir abbiegen und die Düne überqueren müssen, sonst finde ich den Weg zurück durch den Wald womöglich nicht.

Und dann rutscht es mir doch heraus, obwohl ich nicht noch einmal fragen wollte. „Warum?"

Nachdenklich heftet Vater den Blick auf den Horizont, an dem gerade das letzte Tageslicht erlischt.

Mit meiner Frage überrasche ich mich selbst. Ich weiß nicht, warum ich noch einmal danach gefragt habe, schließlich hat Vater mir die Trennungsgründe schon erklärt.

Den Blick auf meine eisigen Füße gerichtet, stapfe ich weiter. Sie hinterlassen im feuchten Sand Abdrücke, die sofort von den Wellen ausradiert werden, als wären sie nie da gewesen. Ich frage mich, ob Vater meine Frage nicht verstanden hat, oder ob er sie vielleicht nicht gehört hat.

Als ich schon nicht mehr mit einer Antwort rechne, sagt er plötzlich leise: „Nach Dorits Tod, da hat deine Mutter sich sehr ... verändert."

Mit einer Hand fährt er sich über das Gesicht, so als wollte er unliebsame Erinnerungen wegwischen. Seine andere Hand mit den Schuhen, die zuvor bei jedem Schritt vor und zurück pendelten, hängt kraftlos an der Seite.

Wir sind an der Rettungsschwimmerstation angelangt, die zu unserem Strandabschnitt gehört, ich zeige hinüber zur Düne, die wir an dieser Stelle überqueren müssen.

„Weißt du, als ich sie geheiratet habe, bin ich davon ausgegangen, dass sie die Richtige für mich ist. Die Frau, mit der ich immer zusammen sein, mit der ich alt werden möchte. Wir haben uns gut verstanden, hatten Pläne, Ziele. Hatten unsere gemeinsame Zukunft genau vor Augen, hatten zwei süße Töchter. Aber dann, Dorits Tod ..." Vaters Stimme gerät ins Wanken. „Mit einem Mal war alles über den Haufen geworfen. Unsere Ehe ist nach dem Tod deiner Schwester in eine Sackgasse geraten, aus der wir nicht mehr herausgefunden haben."

KAPITEL 27

Meine Eltern waren nach Dorits Tod zu sehr mit sich selbst beschäftigt, mit ihrer Trauer, mit ihrem Schmerz. Sie haben auch gedacht, kleine Kinder könnten noch alles von selber überwinden. Sie sind gar nicht darauf gekommen, dass auch ich mit dem Tod meiner Schwester umgehen und ihren Verlust verarbeiten musste, dass ich vielleicht therapeutische Hilfe gebraucht hätte.

Ich weiß nicht, warum mir dieser Gedanke so abwegig erscheint und warum sich mein Herzschlag unangenehm beschleunigt, als Vater mir das erzählt. Vielleicht, weil in meiner Vorstellung einem Menschen, der psychologische Hilfe braucht, etwas Krankes anhaftet, das ich allenfalls Mutter, nicht aber mir selbst zugestehen möchte. Aber das ist natürlich Unsinn.

Plötzlich muss ich daran denken, dass ich mich nicht von Dorit verabschieden konnte, und wie sehr ich mir früher gewünscht habe, sie noch einmal zu sehen. Ihr wenigstens *ein einziges Mal* zu sagen, wie lieb ich sie hatte! Ich war unglücklich und verzweifelt darüber. Aber im Schatten von Mutters maßloser Trauer blieb kein Raum für meine eigenen Gefühle.

„Manchmal finden zwei Menschen durch ein tragisches Ereignis noch näher zueinander", sagt Vater in meine Gedanken hinein. „Oder wieder zueinander. Deine Mutter und mich, uns hat es leider auseinandergebracht." Vater, der den Kopf noch gesenkt hatte, schaut auf. In der Dunkelheit kann ich sein Gesicht kaum noch erkennen. „Deine Mutter wollte nicht wirklich über Dorits Tod hinwegkommen, zumindest hatte ich immer dieses Gefühl. *Wenn ich einfach weiterlebe und so fröhlich bin wie vorher,* hat sie gesagt, *vergesse ich Dorit. Aber ich will sie nicht vergessen!*"

Um meine nassen Füße legt sich der trockene Sand, durch den wir stapfen, wie ein schwerer Halbschuh.

Nachdenklich wiegt Vater den Kopf, bevor er weiterspricht. „Sie hat mir immer wieder vorgeworfen, ich hätte Dorit nicht so geliebt wie sie, aber das war natürlich völlig absurd! Nur weil ich meinen Kummer nicht nach außen getragen habe so wie sie nach ... Dabei war ich genauso unglücklich, und ich habe genauso gelitten! Es war, als wäre mit Dorits Tod etwas aus mir herausgerissen worden, und die Schmerzen dieser Wunde habe ich jeden Tag gespürt. Am Anfang hat noch jeder Mitleid und Verständnis, aber nach einer Weile wird von dir erwartet, dass du mit dem Leben wieder zurechtkommst. Ich habe versucht, Dorits Seele freizugeben, um ihretwillen, aber auch um selber weiterleben zu können. Trotzdem habe ich jahrelang jeden Tag und jede Nacht an sie gedacht. Aber wir waren auch verantwortlich für dich und für Stefan. Dass ich irgendwann in den Alltag zurückgekehrt bin, hatte doch nichts damit zu tun, dass ich Dorit vergessen wollte!" Vater stöhnt und fährt sich mit den flachen Händen über den Kopf. „Deine Mutter hat es als Verrat empfunden und sie hat mich das deutlich spüren lassen."

Ganz benommen von Vaters unerwarteter Offenheit, starre ich auf meine Füße, die mechanisch im Sand einen Schritt vor den anderen setzen.

Vaters Offenheit entwaffnet mich. Sie spinnt ein dünnes, unerwartetes Band der Verbundenheit, und lässt mich Vater in einem milderen Licht erscheinen. Aber etwas in mir wehrt sich und will nicht so einfach verzeihen, flüstert: *Er hat dich verlassen! Hat dich mit der kranken Mutter und mit der ganzen Situation allein gelassen!*

„Deine Mutter und ich, wir waren zwar zusammen, aber im Grunde war jeder allein mit seiner Trauer und mit seiner eigenen Art, das Leben zu bewältigen. Wenn ich versucht habe, mit ihr darüber zu sprechen, haben wir uns nur gestritten."

„Gestritten?" Überrascht schaue ich ihn an.

Er schließt die freie Hand zur Faust und sagt „Hm", während wir langsam über die Düne gehen.

Bis wir unten am Wald sind, blickt er mit gesenktem Kopf vor sich hin, gedankenversunken, als wäre er ganz, ganz weit weg, oder als müsste er sich sehr auf den Abstieg über die Holzstufen konzentrieren.

Gestritten.

Meint Vater damit jene Sprachlosigkeit, auf die er eben anspielte und an der auch Stefans Geburt nicht viel geändert hatte?

Wir sind unten angekommen, klopfen uns den Sand von den Füßen und schlüpfen wieder in unsere Schuhe. Dann gehen wir den Weg durch den Wald zum Haus zurück.

„Ich kann mich nicht daran erinnern, dass ihr gestritten habt", sage ich mit rauer Stimme, weil Vater immer noch nichts gesagt hat. Ich wende den Blick zu ihm. Meine Lippen sind trocken und irgendwie pelzig, so dass ich immer wieder mit der Zunge darüberfahre.

Vater blickt zu mir und seine Augen blitzen in der Dunkelheit, während sonst von seinem Gesicht nur eine dunkle Fläche zu erkennen ist.

„Ich hätte mich noch viel mehr um Stefan und dich kümmern müssen. Das werfe ich mir vor." Vater blickt sich um, als würde er verfolgt. „Stattdessen war ich viel zu sehr mit mir selbst beschäftigt. Mit meiner Trauer, die ich in den Griff kriegen musste, und damit, dass ich keinen gemeinsamen Weg mehr mit eurer Mutter gesehen habe."

Wenigstens sieht er ein, dass er sich mehr um mich hätte kümmern müssen, denke ich.

„Und darüber habt ihr gestritten?"

Vater nickt. „Aber auch über ihre Art zu trauern. Und ihren, hmm, etwas befremdlichen Umgang mit euch Kindern."

Eine Wolke schiebt sich über den Halbmond, der uns über den Baumkronen begleitet, und löscht damit für einen Moment das ohnehin spärliche Licht. Ich versuche, den Tarnmantel der Dunkelheit zu durchdringen und Vaters Gesicht zu erforschen, aber er schaut mich nicht an und ich sehe nur sein Profil.

Meine Schritte werden zögernder. „Was meinst du mit *befremdlich?*"

Vater schirmt die Augen ab, als würde er von Sonnenlicht geblendet. „Na ja, wie sie Stefan und dich behandelt hat", sagt er schließlich so leise, dass ich zweifele, ob ich ihn richtig verstanden habe.

„Uns – behandelt?"

„Stefan, sie hat ihn doch völlig überbehütet. Hat ihn mit ihrer Liebe ja fast, wie soll ich sagen, erdrückt. Und auf der anderen Seite, wie sie mit dir umgegangen ist, so …"Vater schüttelt den Kopf.

Ein dickes Band hat sich um meinen Brustkorb gelegt und mein Herz eingeschnürt. Trotz der frischen Luft kann ich plötzlich nur noch schwer atmen. Ich schaue mit flimmerndem Blick zu Vater, aber der schaut geradeaus in die Tiefe des Waldes. „Ich habe das kaum ausgehalten. Du warst doch noch ein Kind! Sie hätte dir, hätte dich genauso wie Stefan … Ich hab das nie verstanden." Vater knetet die Finger, während er schwerfällig weitergeht. „Ich hab's ihr immer wieder gesagt. Sie ist doch deine *Tochter,* hab ich gesagt!"

„Hör auf!", stoße ich hervor, und es gellt unnatürlich laut in dem stillen Wald. „Du willst sie nur schlecht machen!" Aufschäumende Wut pulsiert in meinen Adern. „Du willst die Schuld nur auf Mutter abwälzen!"

Vater fährt sich mit der Hand über die Stirn, einen Moment lang schaut er mich aus hohlen Augen an, dann senkt er den Kopf.

Wie ein bleischwerer Klumpen liegt mein Herz in meinem Brustkorb, gleichzeitig rauscht es in meinem Kopf so unbarmherzig wie die Brandung, die hinter der Düne an den Strand donnert.

Ich bleibe stehen, nehme hastig die Brille ab und drücke Daumen und Zeigefinger fest auf meine geschlossenen Augen, bis ein Feuerwerk von hellen Sternchen in meinem Kopf tanzt. Ich hoffe inständig, dass ich in unserem Ferienhaus bin, wenn ich die Augen wieder öffne, gemütlich ein Glas Wein trinke und meine Schokolade esse und dass alles, was ich gerade gehört habe, nur ein böser Streich meiner überreizten Nerven ist.

Doch es hilft nichts.

Als ich die Augen aufmache und als die Sterne aufgehört haben zu tanzen, sehe ich Vater, der auch stehengeblieben ist, zusammengesunken und mit gebeugten Schultern. Und auch als ich die Brille wieder aufsetze ändert das nichts an diesem jammervollen Bild.

Oder an dem, was Vater gesagt hat.

„Ich versteh das nicht." Meine Stimme zittert, auch wenn ich mich noch so sehr bemühe, sie unter Kontrolle zu bringen. „Das musst du mir erklären."

Hilfesuchend irrt sein Blick zwischen den Bäumen hin und her, als könnten sie dort eine Erklärung finden. Vater sieht auf seine Hände, die gespenstisch knochig und weiß aussehen im fahlen Licht des Halbmonds, er scheint nach den richtigen Worten zu suchen.

„Sie hat Dorits Tod nicht verwinden können", sagt er schließlich mit völlig kraftloser Stimme. „Ihr habt euch so ähnlich gesehen, Dorit und du. Immer wenn sie dich angesehen hat, wurde sie ... an deine Schwester erinnert."

Vaters Gesicht ist starr, die Lippen sind nur ein schmaler Strich. Er dreht den Kopf weg und schaut an mir vorbei in den Wald.

„Aber das war doch nicht meine Schuld!" Meine Stimme grollt, auch wenn ich mich unendlich hilflos fühle.

„Natürlich war es nicht deine Schuld! Großer Gott, natürlich nicht!"

Vaters Gesichtsausdruck ist gequält, sein Blick nach innen gerichtet. „Stefan und du, ihr konntet ja überhaupt nichts dafür!"

Er schaut noch immer an mir vorbei in den Wald, als versuchten seine Augen, die Dunkelheit zu durchdringen.

Natürlich war es nicht deine Schuld. Der Satz dröhnt in meinen Ohren.

Die Bäume um uns herum sind durch den wolkenbedeckten Himmel und durch den schwachen Mondschein in ein unwirkliches Licht getaucht. Eine Piniennadel sticht mich in der Sandale, und ich schüttele energisch den Fuß, bis sie wieder herausrutscht.

Was bis jetzt nur ein flüchtiger Gedanke ist, nicht viel mehr als ein intuitives Empfinden, eine vage Ahnung, setzt sich plötzlich in mir fest. „Du hast mir nicht alles gesagt, Vater! Du verschweigst mir doch etwas!"

Vater schüttelt heftig den Kopf. Er holt tief Atem und stößt ihn als rauen Seufzer wieder aus. „Nein. Ich kann es dir nicht anders erklären, Dagmar."

Ich schnaube durch die Nase und gehe wieder los. Ich will zurück zu Leo, zu unserem Ferienhaus. Will endlich weg von hier, will von all dem nichts mehr hören.

Hinter mir knackt es.

„Nicht so schnell!", ruft Vater. „Warte doch!"

Aber ich will nicht warten.

„Du kannst nicht immer vor mir davonlaufen!"

Unvermittelt bleibe ich stehen. Wenig später ist Vater neben mir und wir gehen nebeneinander weiter.

„Hätt ich doch bloß nichts gesagt!" Pfeifend zieht er die Luft durch den Mund ein. „Dabei wollte ich gar nicht mit dir darüber sprechen! Dagmar –" Vater versucht, meine Hände zu fassen.

Ich ziehe sie weg.

„Ich hab mich immer um euch bemüht! Hab immer versucht auszugleichen, was eure Mutter bei euch ..."

„Jetzt hör endlich auf!" Schrill und scharf dringt meine Stimme durch den Wald.

Aber Vater lässt nicht locker. „Es macht mich unendlich traurig, dass wir beide nie mehr zueinandergefunden haben, Dagmar. Dabei haben wir uns doch früher so gut verstanden! Ich war dein *Papi,* und du warst meine Kleine, meine *Püppie."*

„Papi!" Das Wort entfährt mir wie ein Aufschrei. „Ich will nichts mehr davon hören!"

Mit weit aufgerissenen Augen starrt Vater mich an. Sein Gesicht ist fahl und schutzlos, in den Augenwinkeln glitzern Tränen.

Unzählige Male habe ich mir vorgestellt, wie ich ihm meine Wut und meine Enttäuschung und meine Verbitterung entgegenschreie, alles, was so viele Jahre in mir gebrodelt hat. Diesem Mann, meinem Vater, der in meiner Vorstellung immer ein großer, kräftiger, gesunder Mann ist, nicht schutzbedürftig und kränklich wie Mutter.

Doch das verzweifelte Häuflein Elend, das mir jetzt gegenübersteht, ist alt und dünn. Außerdem krank, wahrscheinlich todgeweiht, seine letzte Kraft scheint es langsam zu verlassen.

Nein, ich schaff es nicht. Ich kann meine Kindheitswut nicht an ihm auslassen.

Ich schiebe die Hände so fest in die Hosentaschen, dass es darin knackt.

Ich fühle mich betrogen.

„Ich würde mir so sehr wünschen, dass du mich verstehst, Dagmar." Vaters Stimme ist brüchig, den Blick hat er flehentlichen auf mich geheftet. „Dass wir uns öfter sehen. Dass du mich wie früher akzeptierst. Mich ... liebst."

Kraftlos sinkt mein Kinn auf die Brust.

Wieder schiebt sich ein Wolkenband vor den Mond, das Licht erlischt vom Himmel wie bei einem gerade ausgeschalteten Monitor. Um mich herum ist es beängstigend still. Ein Pinienzapfen plumpst dumpf auf den Boden. Ich zucke zusammen.

Neben mir schluchzt es.

„Jetzt hab ich dich ganz verloren, nicht wahr?" Vaters Brust bebt unter seiner Jacke. „Erst Dorit und dann dich."

Lange starre ich auf die hellen Streifen meiner offenen Schuhe, ich brauche diese Zeit, um gegen einen inneren Widerstand anzuschlucken.

Aber dann schaffe ich es.

Ich hebe die Arme, auch wenn es mich wahnsinnig viel Kraft kostet, und lege sie um Vater.

Kapitel 28

Als ich aufwache, liegt Leo ganz an der Kante seiner Betthälfte und schnarcht. Im Haus ist es ganz still, durch die gekippte Balkontür höre ich die Vögel zwitschern.

Ich wälze mich von einer Seite auf die andere, aber ich kann nicht mehr einschlafen. Leise schnappe ich mir eine Hose und ein Shirt und schleiche mich aus dem Zimmer. Im Flur sehe ich, dass alle anderen Schlafzimmertüren noch geschlossen sind. Ohne mich zu waschen oder mir die Zähne zu putzen, ziehe ich mich im Wohnzimmer an. Dann gehe ich einen Moment in den Garten, wo die Sonne bereits auf die Terrasse brennt, und recke den Kopf zu den Wipfeln der Bäume. Mein Nacken ist verspannt. Als ich den Kopf hin und her drehe, knackt es. Es ist halb sieben, der Bäcker hat also schon auf, ich kann ja schon mal Brot holen. Ich gehe zurück ins Haus, wo ich meine Handtasche und die Wagenschlüssel hole und dann leise die Haustür hinter mir zumache.

Vor dem Haus ist noch Schatten, trotzdem ist es im Auto so warm, dass ich sofort anfange zu schwitzen. Ich kurbele die Scheibe herunter und lasse den Wagen an. Als ich an Stefans Van vorbei rückwärts aus der Lücke rolle, habe ich das Gefühl, jemand steht unten am

Fenster und beobachtet mich. Ohne noch einmal zum Haus zu schauen, wende ich und brause in einer Staubwolke davon.

In Biscarrosse parke ich direkt vor der Bäckerei. So früh am Morgen bin ich noch nie hier gewesen, und ich bin erstaunt, wie viel bereits los ist. Der verführerische Duft von Brot verleitet mich, nicht nur *Baguettes* und *Flûtes* zu kaufen, sondern auch noch *Croissants* und *Pains au Chocolat*, die butterglänzend auf Silbertabletts hinter der Glastheke liegen. Mit den Brotstangen und den Hörnchen gehe ich zurück zum Wagen. Im Auto kommt es mir jetzt noch heißer vor als gerade eben. Kaum sitze ich, bricht mir an den Schläfen der Schweiß aus und rinnt die Wangen hinab. Ich beuge mich über den Beifahrersitz und lasse auch die Scheibe auf der anderen Seite herunter. Mit dem Fahrtwind, der durch den Wagen bläst, ist es einigermaßen erträglich. Ich biege aus dem Ort ab und fahre zurück auf die Landstraße. Die Sonne steht über den Pinien und wirft Schatten quer über die Fahrbahn; die Straße mutet an wie ein endloses Bahngleis.

Auf einmal habe ich es überhaupt nicht mehr eilig. Was, wenn ich einfach hier und jetzt umdrehe? In zehn, zwölf Stunden könnte ich in meinem eigenen Bett liegen! Vom Beifahrersitz, wo die Bäckertüten liegen, weht der Duft des frischen Gebäcks. Warum nicht etwas völlig Unerwartetes tun? Einmal keine Rücksicht auf die anderen nehmen, nur das tun, wonach *mir* der Sinn steht? Mein Herz klopft aufgeregt.

Ich greife zum Radio hinüber, um Musik anzustellen. Es läuft ein Chanson, aber so wie der Sender eingestellt ist, knackt und rauscht es, und ich versuche, die Frequenz zu verändern. Mit der linken Hand halte ich das Lenkrad, mit der rechten drücke ich die Tasten. Als ich wieder zur Fahrbahn schaue, schert mein Wagen aus. Ein dumpfer Schlag, und er rumpelt über das Bankett. Scheppernd holpert er über den Schotter, unter meinen Füßen prasselt es wie Schüsse aus einem Maschinengewehr. Panisch trete ich auf die Bremse. Der Wagen schlingert nach links, schlingert nach rechts. Ich reiße das Lenkrad herum, versuche ihn abzufangen, dann kommt er in einer Wolke aus Staub und kleinen Steinchen am Fahrbahnrand zum Stehen.

Mit zitternden Fingern stelle ich den Motor ab und lasse den Kopf aufs Lenkrad sinken. Mein Herz klopft, als würde es gleich aus dem Brustkorb springen. Aus dem Radio schwallen französische Worte auf mich ein. Als ich hochschaue, brausen von hinten zwei oder drei Autos an meinem Wagen vorbei. Sie verringern nicht einmal das Tempo. Für die anderen sieht es so aus, als ob ich einfach am Straßenrand parke. Als wäre nichts passiert. Ich schlage auf den Aus-Knopf des Radios. Ich habe doch immer alles getan für Mutter!

Über dem Wald, in nicht allzu großer Höhe, fliegt eine Maschine der *Air France*, grässlich laut dringt ihr Motorengeräusch in den Wagen ein. Hastig mache ich die Scheiben hoch. Wieder saust ein Auto von hinten vorbei, zwei andere kommen mir entgegen. Ich bin fassungslos: Die Welt dreht sich einfach weiter, als wäre nichts geschehen. Ich packe die Weißbrotstangen und die Tüten mit den Croissants und schmeiße sie auf den Rücksitz. Wenn ich sie auch nur eine Minute länger riechen muss, wird mir schlecht. Mit zitternden Fingern lasse ich den Motor an und lenke den Wagen auf die Straße. Die restliche Strecke fahre ich übervorsichtig.

Nach dem Frühstück, bei dem dicht unter der Oberfläche unserer Plauderei von allen Seiten Unsicherheit fließt, obwohl es nach außen hin spannungsfrei verläuft, packt Erika die wenigen Sachen, die Vater und sie für die Nacht aus dem Auto geholt haben. Währenddessen winkt Vater mich beiseite. Wir stehen zwischen den zwei Reifenschaukeln hinten im Garten, als er in seine Gesäßtasche greift und sein Portemonnaie zückt. Sofort weiche ich innerlich noch weiter zurück, doch Vater holt nur ein Foto heraus.

Meine Hand zittert, als ich es betrachte. Das Foto ist schwarz-weiß und zeigt das Porträt eines kleinen Mädchens mit weit aufgerissenen, schattenuntermalten Augen und dunklen Locken, die ihr bis über die Schultern fallen. Eine Stupsnase, ein temperamentvoll geschwungener Mund und diese Lockenpracht, die aussieht, als wäre sie kaum zu bändigen, wollen nicht so richtig zu dem von den ernsten Augen beherrschten Gesicht passen. Lange schaue ich das Bild an, das an zwei Stellen ein Eselsohr hat und das am Rand schon etwas ausgebleicht und gewellt ist.

„Das ist also Dorit", sage ich.

„An ihrem siebten Geburtstag."

Also kurz bevor sie starb, denke ich und starre auf das Porträt.

Aber ich kenne weder dieses Foto, das Vater offenbar schon lange mit sich herumträgt, noch kann ich meine Schwester darauf wiedererkennen. Allenfalls die üppigen Haare erinnern mich an Dorit, wie ich sie kannte.

Ich gebe Vater das Foto zurück.

„Du kannst es gerne haben", sagt er.

Aber ich will es nicht.

Vater zögert, dann nimmt er es und steckt es wieder in sein Portemonnaie.

„Ich hab Dorit darauf nicht erkannt", sage ich aus dem Gefühl heraus, ihm eine Erklärung zu schulden.

Ich bin verwundert und enttäuscht, dass ich meine Schwester nicht erkannt habe. Nervös trete ich von einem Fuß auf den anderen.

„Denkst du noch manchmal an Dorit?", fragt Vater plötzlich.

Mein Kopf ruckt hoch. „Eigentlich nicht. Und du?"

„Sehr oft." Er räuspert sich.

„Ehrlich gesagt, ich hab jahrelang nicht richtig an sie gedacht. Erst hier wieder."

„Ist ja auch alles eine Ewigkeit her."

„Immer nur kleine Ausschnitte, Puzzleteilchen, die mir einfallen."

Vater klopft auf seine Gesäßtasche. „Dann nimm es doch, das Foto."

Ich schüttele den Kopf. „Ich war lange nicht da. An Dorits Grab, meine ich."

„Der Phlox blüht. Wunderschön rosa. Und dazu weiße Margeriten."

Überrascht sehe ich Vater an. „Jetzt verblüffst du mich aber."

Vater hebt den Kopf, und ein Lächeln stiehlt sich in seine Mundwinkel. „Leider war ich nie so ein geschickter Gärtner wie deine Mutter."

„Darin war sie einmalig."

„Ich weiß." Vater fasst an seinen Hemdkragen. „Dorits Tod hat uns damals alle ziemlich aus der Bahn geworfen."

Ich nicke. „Trotzdem verstehe ich so vieles nicht."

Mit einem eigenartigen Schimmer in den Augen sagt Vater: „Ach Dagmar, ich auch nicht."

Mir zieht es die Kehle zusammen.

Während ich mir in der Küche von einer riesigen grüngelben Wassermelone einen breiten Keil herausschneide, denke ich schon wieder an Dorit. Vielleicht hätte ich das Foto doch annehmen sollen. Ich komme mir immer noch vor wie eine Verräterin, weil ich Dorit darauf nicht erkannt habe.

Dabei wollte ich sie doch nie vergessen!

Ich habe immer versucht, ihr Bild in mir zu bewahren, das Bild meiner Schwester, wie sie gewesen war und wie sie ausgesehen hatte.

Aber irgendwann konnte ich mich nicht mehr richtig an ihr Gesicht erinnern. Irgendwann bestimmte nur noch das Foto, das hinter Glas an der Wohnzimmerwand hing, meine Vorstellung. Dorit lächelt darauf ganz arglos, ganz unerschütterlich fröhlich und erschreckend unfehlbar.

Nachdem das Reisegepäck verstaut ist, versammelt sich die ganze Familie vorne vor dem Haus. Die Mädchen rennen die Auffahrt hoch und runter, die Jungen stehen bei Vater. Erika bedankt sich, dass sie bei uns übernachten durften, und wünscht uns allen noch schöne Urlaubstage.

„Ihr seid jederzeit herzlich willkommen", sagt Anja, und Vater betont, wie sehr er sich gefreut habe, seine Familie zu sehen.

„Ihr könnt aber gerne noch länger bleiben, nicht wahr", sagt Stefan und richtet den Blick auf mich.

Ich nicke, während es in meinem Magen rumort und ich das Gefühl habe, ich bekomme Durchfall.

Aber Vater und Erika wollen weiter.

„Wir haben noch eine ziemliche Strecke vor uns", sagt Erika und nestelt an ihrer Handtasche, „und das Hotel ist auch schon gebucht. Trotzdem, vielen Dank."

„Also", Vater hebt das Kinn und lächelt angestrengt in die Runde, „dann wollen wir mal, bevor es noch später wird."

Nacheinander werden alle Enkelkinder gedrückt und geküsst und mit ein paar Worten bedacht – Nicht mehr lange, dann kommt ihr in die Schule! Zur Einschulung besuchen wir euch! Wenn du so weiterwächst, Mirko, dann hast du mich bald eingeholt! –, auch Erik, dem inzwischen Opa Ernst und Oma Erika mühelos über die Lippen geht, wird nicht vergessen: Komm uns doch mal besuchen! Leos Hand wird herzlich geschüttelt, Anja und Stefan bekommen eine Umarmung, Stefan zusätzlich ein paar freundschaftliche Klapse auf den Rücken, und plötzlich bin auch ich von Vaters Armen umschlossen.

Während ich mit steifem Rücken dastehe und die Umarmung seines knochigen Körpers ungelenk erwidere, merke ich, dass sich zwischen uns etwas bewegt hat. Vater so dicht an mich heranzulassen hätte ich mir gestern noch nicht vorstellen können.

Ich versuche, Vaters Lächeln wie mit einer Kamera in meinem Gedächtnis festzuhalten.

Beim Abschied von Erika wünsche ich ihr alles Gute und versuche, in meinen Händedruck das ganze Mitgefühl zu legen, das ich seit unserem Gespräch für sie empfinde.

Auf einmal bin ich nah dran, die Fassung zu verlieren.

KAPITEL 29

Sofort nachdem Vater und Erika abgefahren sind, schiebt Stefan mich an den anderen vorbei nach hinten in den Garten.

„Siehst du", sagt er, „war doch gar nicht so schlimm, nicht?"

Ich nicke halbherzig.

„Hast du dich gestern mit Papa aussprechen können?"

„Ich hab versucht, ihn zu verstehen", sage ich vage und hoffe, dass Stefan nicht weiterbohrt.

Ich fühle mich unbehaglich und will zurück zu den anderen, aber wie von Geisterhand arrangiert, sind Stefan und ich im Garten allein.

„Ihr habt beide ziemlich angespannt ausgesehen, als ihr von eurem Spaziergang zurückgekommen seid. Aber mir ist aufgefallen, du warst nicht mehr ganz so, wie soll ich sagen, so aggressiv wie vorher. Und eure Verabschiedung eben, auch die von Erika, fand ich, im Gegensatz zu sonst, mal richtig *normal.*"

Stefan macht mir mit Gesten und einem anerkennenden Augenaufschlag deutlich, wie sehr er sich über diese Entwicklung freut.

„Na ja, ich hab versucht, ihm zu verzeihen."

„Wie schön, Dag!" Stefan boxt mir spielerisch auf den Unterarm.

Ich will das Thema wechseln. „Was meinst du, wann wollen wir nach Labenne fahren? Heute noch? Erik freut sich so auf die Reptilien im Terrarium."

„Dazu find ich's jetzt schon ein bisschen spät. Lieber morgen oder übermorgen." Stefan hakt mich unter. „Sag mal, was haben Papa und du vorhin eigentlich gemacht?"

Ich weiß im ersten Moment nicht, wovon er redet.

„Na, als ihr hinten allein wart, bei den Schaukeln."

Erstaunt hebe ich den Kopf. Täusche ich mich, oder schwingt in seinem Interesse Eifersucht mit?

„Er hat mir ein Foto von Dorit gezeigt."

„Du meinst von Christin", verbessert Stefan mich und zieht seinen Arm zurück.

„Nein, du hast schon richtig gehört."

Nachdem das Stichwort Dorit gefallen ist, scheint sein Interesse schlagartig erlahmt, meines ist jedoch wieder erwacht.

„Ich war ziemlich erstaunt, dass er ein Foto von Dorit bei sich trägt", sage ich.

„So, wirklich?"

„Na ja, nach so langer Zeit. Wahrscheinlich auch, weil ich immer gedacht hab, du hast Dorit ersetzt."

„Was für ein Quatsch!" Verständnislos schüttelt Stefan den Kopf und wendet sich von mir ab.

„Man kann niemanden ersetzen! Nicht mal durch Klonen. Selbst dann würde nur äußerlich ein identischer Mensch rauskommen."

Stefan macht ein paar Schritte in Richtung Haus.

Ich laufe ihm nach und halte ihn am Ellenbogen fest. „So hab ich es aber empfunden, nachdem du so schnell nach Dorits Tod geboren wurdest."

„Ich war bestimmt kein Ersatz", sagt Stefan unwirsch und schüttelt meine Hand ab. „Bestenfalls so was wie ein ... Trost." Stefan wirkt gereizt.

„Stell dir vor, Vater weiß ganz genau, welche Blumen gerade auf Dorits Grab blühen. Rosa Phlox und weiße Margeriten."

„Na und?"

„Anscheinend kümmert er sich nun darum."

Stefans Gesicht entspannt sich. „Das ist ja *die* Lösung! Prima!"

Auf einmal wird mir klar, was Stefan durch den Kopf geht.

„Ach, du meinst, damit hätte sich *unser* Streitpunkt erledigt?"

Stefan grinst.

Breitbeinig stellt er sich vor mich hin, die Hände in die Hüften gestemmt. „Hab ich nicht immer schon gesagt – man soll sich nicht zu viele Gedanken machen? Die meisten Probleme lösen sich von selbst."

Unwillkürlich entfährt mir ein kurzer Laut, als hätte ein ekliges Insekt mich gestreift. „Manchmal stellt sich aber heraus, dass die Gedanken, die man sich gemacht hat, gar nicht so verkehrt waren." In meiner Stimme schwingt eine Schärfe mit, eine unheilverkündende Härte.

Stefans Augen weiten sich. „Worauf willst du hinaus, Dag?"

Ich verschränke die Arme. „Ich hab es mir nicht eingebildet, Stefan. Mutter hat dich vorgezogen! Sie hat dich immer lieber gehabt als mich." Die Wörter zucken auf meiner Zunge wie Fische, die sich im Todeskampf winden.

„Da brauchst du gar nicht mit den Augen zu rollen, Stefan! Vater hat es mir bestätigt."

In Stefans Augen glimmt es gefährlich. „Jetzt hör aber auf!"

„Du glaubst mir nicht?"

Wenn ich gehofft habe, dass ich mich besser fühlen würde, nachdem ich es Stefan gegenüber ausgesprochen habe, dann habe ich mich getäuscht.

„Das hat Papa niemals so gesagt", fährt Stefan mich barsch an. Er verschränkt ebenfalls die Arme, wendet sich ab.

„Frag ihn doch! Frag ihn selbst!"

„Warum musst du schon wieder damit anfangen?" Stefans Stimme schwillt an vor Empörung. „Hab ich nicht klar und deutlich gesagt, dass ich so einen Blödsinn nicht mehr hören will?"

Doch plötzlich wirkt Stefan unsagbar müde. Er macht einen Schritt zur Seite und schiebt die Hände in die Hosentaschen.

„Ich versteh nicht, warum du so eifersüchtig bist. Dass du dir so was einredest, nicht zu fassen! Und jetzt willst du auch noch Papa da mitreinziehen. Nein, Dag, das geht wirklich zu weit!"

„Was ist los, Schatz?"

Ich bin wütend und fühle mich unverstanden und niedergeschlagen, als Leo heraneilt.

„Ach, verdammt, ich hab mich mit Stefan gestritten."

„Worum ging's denn?"

„Unser altes Thema. Dass Mutter Stefan vorgezogen und mich kaum beachtet hat. Stefan will davon nichts hören, er glaubt, ich bin nur eifersüchtig."

Ich mache einen Schritt auf den einen der beiden aufgehängten Reifen zu und versetze ihm einen wütenden Stoß.

Sorgenvoll forscht Leo in meinem Gesicht.

„Ich hab mir das doch nicht eingebildet oder ausgedacht, Leo! Mein eigener Vater hat es mir bestätigt."

Leo stoppt den schwingenden Reifen. „Moment mal, hab ich das richtig verstanden: Dein Vater hat gesagt, deine Mutter hätte Stefan vorgezogen und dich dagegen kaum beachtet?" Leo spricht langsam und bedächtig, in seiner Stimme schwingen Vorbehalte mit.

„Na ja, nicht wörtlich. Er hat von einem etwas *befremdlichen* Umgang mit uns Kindern gesprochen. Aber genau das hat er gemeint."

Ich versuche, mich von Leos prüfendem Seitenblick nicht aus der Fassung bringen zu lassen.

„Du glaubst mir also auch nicht?"

„Natürlich glaube ich dir, Schatz, und ich versuche auch, dich zu verstehen. Aber du bist immer sehr empfindlich, wenn es um deine Familie geht. Überempfindlich."

Unwillkürlich mache ich eine wütende, durch die Luft schneidende Handbewegung. „Ich hab Vater doch nicht falsch verstanden!"

Leo blickt mich nachdenklich an. „Aber du hast mir selbst erzählt, dass deine Mutter auch schon vor dem Tod deiner Schwester krank war und dass sie dadurch immer schon sehr viel mit sich selbst beschäftigt war.

Das hat dein Vater sicherlich gemeint, als er von *be-fremdlich* gesprochen hat."

Die Müdigkeit und die Traurigkeit in Leos Satz lösen meine Wut schlagartig auf, ich werde plötzlich unsicher.

Aus einem Impuls heraus drehe ich den Kopf zum Haus. In der Terrassentür entdecke ich die Silhouette von Stefan. Die Arme in die Hüften gestemmt, steht er da und starrt zu Leo und mir herüber. Ich mache zwei Schritte zurück und gehe hinter dem Schaukelbaum in Deckung.

Und wenn ich Vater tatsächlich falsch verstanden habe?

Was genau hat Vater zu mir gesagt?

Er hätte sich mit Mutter über ihre Art zu trauern und über ihr etwas befremdliches Verhalten uns Kindern gegenüber gestritten. Ich hatte nachgefragt, was er damit meinte, und er hatte präzisiert, wie sie Stefan und mich *behandelt* hätte.

Ich schließe die Augen und versuche, mir auch das weitere Gespräch ins Gedächtnis zu rufen. ... *sie hätte dich genauso wie Stefan* hatte Vater dann gesagt. An dieser Stelle hatte er den Satz abgebrochen, vielleicht hatte ich ihn auch nicht ausreden lassen, ich weiß es nicht mehr.

Was hatte Vater sagen wollen?

Mutter hätte mich genauso *lieben* oder genauso *behandeln* müssen wie Stefan?

Ich fahre mir mit den flachen Händen durch das Gesicht, und mit einem Mal wird mir bewusst, was für ein himmelweiter Unterschied das wäre.

Auf einmal weiß ich selbst nicht mehr, was ich glauben soll, was Vater tatsächlich zu mir gesagt und was ich in seine Worte hineininterpretiert habe.

Kapitel 30

„Sag mal, könntest du mein T-Shirt mitwaschen? Das geht nicht mit der Maschine."

„Na klar, gib her!"

„Danke."

Anja, die im Türrahmen vom Bad steht, reicht mir einen wohlriechenden feuerroten Stofffetzen, mit dem ich sie ein paar Mal am Strand gesehen habe.

„Hätte ich gewusst, dass es so färbt, hätte ich es mir nie gekauft."

„Zu Hause habe ich eine dunkelblaue Bluse", erzähle ich und hänge Anjas T-Shirt über den Handtuchhalter, „die ist bestimmt schon zwanzig Mal gewaschen und färbt immer noch."

„Ja, bei kräftigen Farben kann man Pech haben."

Anja hält die Hand vor den Mund und gähnt. „Entschuldigung. Bist du auch so erledigt?"

„Geht so. Mir tun nur die Füße weh", sage ich und lasse heißes Wasser über meine Bluse ins Waschbecken laufen.

Ich habe Anja nicht die Wahrheit gesagt.

In Wirklichkeit bin ich total erschöpft.

Aber nicht von unserem Ausflug heute Vormittag, sondern von einer anderen, einer inneren Erschöpfung, die mir in den Knochen steckt wie eine Krankheit. Der Besuch von Vater und Erika hat Spuren hinterlassen. Obwohl die beiden vor drei Tagen abgereist sind, kann ich mich nicht mehr entspannen, ich bin irgendwie getrieben. Die Sonne strahlt zwar angenehm warm von einem tiefblauen Himmel, aber ich fühle mich leer bis in die letzte Zelle. Nur rastlose Ablenkung verschafft mir ein wenig Erleichterung. Ich sauge das Haus, putze die Fenster, mähe den Rasen, packe die Koffer, biete mich für Einkäufe an oder mache, wie jetzt, die Handwäsche, statt zu relaxen und die letzten Urlaubstage zu genießen, die Leo und mir noch bleiben. Nur so kann ich mein Gedankenkarussell zeitweilig anhalten, fühle mich ein bisschen von meiner Anspannung befreit.

„Ich glaub", sagt Anja müde und gähnt noch einmal hinter vorgehaltener Hand, „ich hör Musik und leg mich ein bisschen in den Garten."

„Mach das. Hast du Leo eigentlich irgendwo gesehen?"

Anja grinst.

„Lass mich raten: Er liegt auf dem Sofa und schläft."

„Fast. Er liegt auf dem Sofa mit einem Sudoku-Heft."

„Und das hat Mirko ihm freiwillig überlassen?"

„Kann ich mir auch kaum vorstellen. Vielleicht hat er Mirko was dafür bezahlt."

Ich muss lachen. „Was machen die Jungs eigentlich?"

„Die sind weg, mit dem Rad unterwegs."

„Ach, deshalb hört man nichts von ihnen."

Ich schraube den Deckel der Waschpulvertube ab und drücke einen Strang Creme ins Wasser, während unten die Terrassentür aufgerissen wird, Füße auf dem

Abtreter stampfen und Sofie und Anna lachend ins Wohnzimmer rennen und gleich darauf die Treppe heraufkommen. Anja schaut über die Schulter zu ihren Töchtern.

„Vorsicht, nicht bewegen, Mama!", ruft Sofie, als sie mit Anna oben ist. „Ich hab hier ein Krokodil. Und das ist bissig."

Mit einem fauchenden Geräusch schnaubt Anna durch die Nase.

„Oh, ja, gefährlich." Anja geht auf das Spiel ein und duckt sich im Türrahmen.

Neugierig schaue ich in den Flur. Anna liegt mit dem Bauch auf dem Fußboden und gibt fauchende Laute von sich. Um ihre Schulter ist die rote Wäscheleine aus dem Garten gewickelt, die Sofie straff in der Hand hält.

„Ich muss das Krokodil in ein anderes Terrarium bringen", erklärt sie mit gewichtiger Miene. „Das alte wird renoviert."

„Ach so. Verstehe. Dann halt dein Krokodil mal gut fest, damit ich vorbeikann."

„Kein Sorge, Mama. Ich hab's an der Leine. Ich bin der Tierpfleger."

„Tschschsch", macht Anna, während Anja sich mit eingezogenem Bauch an den Mädchen vorbeischiebt und hinuntergeht.

„Wir sind gleich da, Kroko", sagt Sofie zu der über den Boden kriechenden Anna und lotst sie in Stefans und Anjas Schlafzimmer. „Du wirst sehen, in deinem neuen Zuhause gefällt's dir noch viel besser."

Anna gibt eine Art Quaken von sich.

„Hier ist wohl das Wasser", höre ich sie von nebenan mit ihrer normalen Stimme sagen.

„Ja. Unter den Decken kannst du tauchen."

„Dann dürfen nur die Augen rausgucken."

„Und hier vorne, das sind Baumstämme und Büsche, wo du dich verstecken kannst."

Während ich meine Bluse im Wasser knete, wird im Nebenzimmer ein Stuhl über den Fußboden gerückt und im Wohnzimmer schnappt die Terrassentür, wahrscheinlich ist Anja gerade hinaus in den Garten.

Plötzlich ist es still.

Eine Weile rubbele ich an dem Tomatenfleck in meiner Bluse, dann lasse ich sie im Wasser einweichen. Ich wische mir die Hände an der Hose trocken und schleiche in den Flur. Hinter der halb geöffneten Tür bleibe ich stehen und spähe ins Schlafzimmer.

Sofie kniet neben ihrer Schwester und nestelt am Knoten der Wäscheleine. „Gleich hab ich's geschafft, Kroko. Aber Fütterungszeit ist noch nicht. Da musst du dich noch ein bisschen gedulden."

Anna, die auf dem Fußboden vor dem Bett liegt, windet sich mit gestreckten Beinen. Das froschähnliche Quaken, das sie von sich gibt, klingt fast wie die Laute der Alligatoren und der Krokodile, die wir heute Vormittag bei unserem Besuch im Reptilarium gehört haben. Ich muss schmunzeln.

Ich beuge mich vor, stütze die Hände auf die Knie und versuche, kein Geräusch zu machen. Ich schaue ins Schlafzimmer: Ich sehe die Mädchen spielen, beide barfuß und in knielangen Hosen und kurzärmeligen T-Shirts, die Betten sind zerwühlt und die Möbel verschoben; ich sehe den Balkon, auf dessen rechter Hälfte der Bistrotisch steht, an dem Leo so gern einmal mit mir ge-

frühstückt hätte, ich sehe einen Teil des Gartens, eingetaucht in warmes Sonnenlicht, und dahinter das funkelnde Grün des Waldes.

Sofie hat die Leine gelöst und wickelt sie zu einer großen Schlaufe zwischen ihrer Hand und dem Ellenbogen auf. Anna klettert aufs Bett und schlüpft unter die
Decken, wie unförmige Maulwurfshügel wandern Wellen vom Fußende zu den Kopfkissen. Sofie hängt die
aufgewickelte Leine über den Griff der Balkontür und
wendet sich zur Spiegelkommode. Sie nimmt ein paar
von Anjas Kosmetiktiegeln herunter und ordnet sie neben dem Bettpfosten auf dem Fußboden an.

Ganz in ihr Spiel vertieft, scheinen die Mädchen mich
nicht zu bemerken, bis Sofie unvermittelt auf mich zu-
stürzt.

„Hast du auch Eintritt bezahlt, Dagmar? Die Kasse ist
hier vorn!" Sie streckt mir die flache Hand hin.

„Ach, Entschuldigung, das hab ich total vergessen",
sage ich und zücke einen imaginären Geldbeutel. „Die
zwei Scheine sind hoffentlich genug?"

„Warte, du kriegst noch Wechselgeld."

Die Zunge auf die Oberlippe gepresst, wühlt Sofie in
ihrer Hosentasche, dann gibt sie mir einen Schlag auf
die Hand. „Hier, der Rest. Aber nicht zu dicht ans Ge-
hege rangehen! Die Krokodile bekommen sonst Angst!"

„Schon klar. Ich bleibe hinter der Glaswand und
klopfe auch nicht dagegen."

Sofie nickt zufrieden. Sie macht ein paar Schritte ins
Zimmer zurück und hockt sich vor die Cremedosen auf
den Boden.

„Ich hab dir was zu essen hingestellt, Kroko, schau
mal!"

Annas Kopf taucht zwischen den Bettdecken auf.

Als sie mich sieht, macht sie „Uahh".

Ich winke ihr zu. „Gilt die Eintrittskarte nur jetzt, oder kann ich nachher noch mal kommen?"

Sofie streckt den Kopf am Bettpfosten vorbei. „Das ist eine Tageskarte. Damit kannst du heute den ganzen Tag die Tiere anschauen."

„Dann komme ich nachher noch mal wieder", sage ich und verschwinde wieder im Bad, wo die Wäsche auf mich wartet.

Während ich den Fleck in meiner Bluse weiter bearbeite, lausche ich immer wieder auf die Krokodilgeräusche und die Stimmen von Sofie und Anna. Satzfetzen und ganze Dialoge dringen aus dem Nebenzimmer zu mir herüber, raschelnde Geräusche, wie wenn die Bettdecken auf den Boden fallen würden, Stühle werden gerückt, Schranktüren geöffnet und geschlossen, irgendetwas fällt klirrend auf den Boden. Die Mädchen scheinen das Zimmer mit „Bäumen", „Baumstämmen" und „Wasserbecken" in jenes Krokodilgehege zu verwandeln, vor dem wir heute in Labenne fast eine halbe Stunde gestanden haben und von dem Sofie und Anna, genau wie von den anderen Urzeitreptilien und den Schlangen, ganz begeistert waren.

Den Mädchen beim Spielen zuzusehen, oder sie, wie jetzt, auch nur zu hören, versetzt mich immer wieder in Staunen und macht mich glücklich. Mit welcher Hingabe sie in die verschiedensten Rollen schlüpfen, wie sie alles Erlebte aufnehmen und nachahmen! Meist sind sich Sofie und Anna dabei selbst genug, aber manchmal fragen sie auch Mirko und Erik, ob sie mitspielen wollen. Schade nur, dass die dann oft zur Antwort geben, sie seien zu alt für solche Spiele oder das sei nur was für Mädchen, denn ich glaube, dass sie eigentlich gern mitmachen würden.

Während ich meine Bluse unter dem laufenden Wasserhahn ausspüle, denke ich daran, dass Erik, wenn er bei uns ist, mit seinen dreizehn Jahren durchaus noch selbstvergessen und kindlich und mit brummenden Geräuschen in die Rolle eines Lokführers, eines Polizisten oder eines Piloten schlüpft und dass er dann detailgetreu Bahnhöfe, Unfälle oder Flugplätze nachbaut und nicht nur vorm PC hängt.

Ich wringe meine Bluse aus und lege sie auf ein Handtuch über den Badewannenrand. Dann ziehe ich den Stöpsel aus dem Becken, lasse das schmutzige Wasser ab- und neues einlaufen. Es kommt sehr heiß aus der Leitung, und ich mische kaltes dazu. Während ich darüber nachdenke, wie sehr ich als Kind die Rollenspiele mit Dorit geliebt habe, fällt mir plötzlich auf, dass es auf einmal ganz still ist im Haus.

Ich stelle mir vor, dass Leo über dem Sudoku-Heft eingeschlafen ist, so wie er zu Hause oft über einem Kreuzworträtsel und mittags über der Tageszeitung einschläft, und muss lächeln. Auch Leo war ziemlich geschafft, als wir aus Labenne zurück kamen. Nur Stefan hatte noch so viel Energie, dass er sich nach einer kurzen Kaffeepause auf den Weg gemacht hat, Getränke einzukaufen, von denen wir täglich unglaubliche Mengen brauchen. Und die Jungen? Die scheinen immer noch mit dem Rad unterwegs zu sein, allerdings habe ich vergessen zu fragen, wohin. Ich löse neues Waschpulver im Wasser auf, nehme Anjas T-Shirt und drücke es in die milchige Lauge. Sofort färbt sich das Wasser blutrot.

Während von nebenan wieder Gesprächsfetzen und Tierlaute der Mädchen zu mir herüberwabern – ... *wird gleich dunkel ... weiß nicht, gute Augen ... kann ich hier klettern ...* –, ziehe ich den Stoff vorsichtig durchs Wasser. Plötzlich sind die quakenden und fauchenden Geräusche einem tieftönigen *U-uh-u-uh* gewichen, das nicht mehr von nebenan kommt, und es dämmert mir, dass die Mädchen inzwischen im Kinderzimmer sind und nicht mehr Krokodil, sondern irgendetwas anderes spielen. *Bleib doch stehen! Hier geblieben!,* höre ich es durch den Flur brüllen.

Anjas T-Shirt schwimmt in der warmen Lauge wie ein blutendes Stück Fleisch, und ich trockne mir die Hände ab.

Mit wenigen Schritten bin ich an der Tür und schaue in den Flur.

Anna galoppiert auf allen vieren an mir vorbei, und ich sehe ihre Beine im Schlafzimmer verschwinden, aus dem Kinderzimmer stürzt Sofie ihrer Schwester nach, das Ende der roten Wäscheleine wie ein Lasso schwingend: „Komm jetzt endlich her!"

Als die beiden im Schlafzimmer verschwunden sind, schleiche ich mich näher heran.

Den Kopf durch die halb geöffnete Tür gesteckt, kann ich meine Nichten nicht nur hören, sondern auch sehen. Mit erhitzten Wangen und wehenden Haaren jagt Anna durchs Zimmer und übers Bett, Sofie ist ihr dicht auf den Fersen.

Reglos stehe ich im Türspalt, wo die Mädchen mich im Eifer ihres Spiels nicht zu bemerken scheinen, und starre zu ihnen hin, weil der Klang der Worte und die wilde Hatz durchs Zimmer ein Gewirr aus Erstaunen und Verzauberung und Wehmut in mir auslösen.

Wie Sofie und Anna, so sind auch Dorit und ich oft herumgeflitzt, wenn wir Eichhörnchen spielten: In unseren kurzen Lederhosen, mit erdeschmutzigen Fingern und lehmverkrusteten Knien. Was mussten wir bürsten, um die schwarzen Ränder unter den Fingernägeln einigermaßen sauber zu kriegen! Ich muss schmunzeln.

„Wir müssen doch Kunststückchen trainieren!", ruft Sofie, noch immer ihrer Schwester nachjagend. „Also, komm jetzt her!"

Doch Anna prescht weiter.

„Bleib endlich stehen!"

Dem Ton nach ist Sofie mit ihrer Geduld am Ende.

Anna dreht noch eine weitere Runde, bevor sie sich erschöpft neben dem Bett auf den Boden fallen lässt.

„Wir üben jetzt die Kunststückchen ein", sagt Sofie streng und kniet sich daneben, „sonst wird das heute nichts mehr mit der Zirkusvorstellung."

Anna ist ganz aus der Puste.

„Eintrittskarten. Die dürfen wir nicht vergessen zu machen. Und einen Namen, unser Zirkus braucht einen Namen."

Sofie nickt und macht sich daran, die Wäscheleine um Annas Oberkörper zu binden.

„Da muss Mirko aber helfen. Das Datum schreiben und so."

Anna hält still, während Sofie mit der Leine beschäftigt ist.

„Zarafetti finde ich gut."

Sofie rümpft die Nase.

„Warum nicht? Das klingt doch toll!"

„Zirkus Krone heißt er", schlägt Sofie vor und macht einen Doppelknoten in die Leine.

Anna schiebt den Knoten, der vor ihrer Brust sitzt, zur Seite. „Aber den Namen gibt's doch schon. Ich will lieber einen eigenen Namen für unseren Zirkus."

„Zirkus Krone ist doch ein eigener Name!"

In Annas Gesicht steigt Röte vom Hals hoch zu den Wangenknochen. „Aber Zarafetti kennt noch keiner."

Sofie schüttelt so energisch den Kopf, dass die Spitzen ihrer blonden Haare um die Wangen schlagen. „Das ist viel zu lang, hör doch mal: Za-ra-fe-ti." Sie zerlegt das Wort in seine Silben und zieht diese beim Sprechen verächtlich in die Länge. „Das passt auch gar nicht auf die Eintrittskarte! *Krone* ist kurz. Das passt drauf."

Sie schaut Anna fest in die Augen, das Kinn eigenwillig vorgeschoben.

Anna überlegt, dann kneift sie die Augenbrauen fest zusammen. „Immer muss es nach dir gehen."

„Nur weil dein Name zu lang ist und nicht auf die Eintrittskarte passt, bist du jetzt eingeschnappt."

Schubweise durchzuckt mich der Wunsch, mich ins Spiel meiner Nichten einzumischen.

Setz dich doch einmal durch, Anna!, denke ich in einer erschreckend aggressiven Anwandlung.

Anna presst die Lippen zu einem schmalen Strich zusammen und dreht das Gesicht zum Fenster.

„Komm, proben wir lieber für die Vorstellung."

Sofie zerrt an der Leine, aber Anna rührt sich nicht von der Stelle. Das Gesicht grimmig verzogen, macht sie sich ganz steif. Die Hände hat sie fest zu kleinen

Fäusten geballt, sodass Knöchel hell hervorstechen. Ihr ganzer Körper steht unter einer Spannung, die bis in den Flur hinein spürbar ist.

„Jetzt komm endlich, Anna!", höre ich Sofie drängen. „Sei doch kein Spielverderber!"

Sekunden verstreichen, in denen Anna mit sich ringt, einen seltsamen, verwundeten Ausdruck in den Augen, dann steht sie langsam auf. Sofie fasst nach ihren Händen, zieht sie zu sich aufs Bett und fängt an, mit ihr darauf zu hüpfen wie auf einem Trampolin. Erst hüpfen die beiden noch etwas zaghaft, bald aber ganz ausgelassen.

Plötzlich verspüre ich eine eigenartige Wut und Bitterkeit. Ich reiße die Brille von der Nase und fahre mir müde über die Augen.

Als ich die Brille wieder aufsetze, fühle ich mich seltsam niedergeschlagen und irgendwie – ertappt. Meine aggressive innerliche Einmischung kommt mir plötzlich vor wie eine alberne Rache an Dorit, deren Sinn ich nicht verstehe.

Während die Mädchen beratschlagen, wie das erste Kunststück für ihren Zirkus aussehen könnte, ziehe ich die Tür zu, mache auf dem Absatz kehrt und stapfe die Treppe runter.

„Hey", ruft es von drinnen, und die Tür wird wieder aufgerissen.

„Ach, du warst das nur, Dagmar", höre ich Sofie hinter mir sagen. „Ich dachte schon, Mirko will uns ärgern."

„Ich bin's nur", sage ich, ohne mich noch einmal umzudrehen.

KAPITEL 31

Auf der letzten Treppenstufe bleibe ich stehen und schaue zu Leo. Der liegt auf dem Sofa und ist tatsächlich eingeschlafen, die Knie aufgestellt, die Arme entspannt neben dem Körper. Ich atme tief ein und gehe an ihm vorbei in die Küche, wo ich mir ein großes Glas Wasser einschenke und es in einem Zug austrinke. Als ich es in die Spülmaschine räume, fällt mein Blick hinten in den Garten. Dort ist Anja. Auf einer Liege hat sie es sich, mit Stöpseln in den Ohren, zwischen den Bäumen gemütlich gemacht.

Mein Blick springt scharf zwischen Leo und Anja hin und her, und plötzlich saust meine Faust auf den Küchentresen. Dass die beiden sich so wunderbar entspannen, während ich seit Vaters Abreise unter diesem grässlichen Druck stehe! Am liebsten möchte ich wütend mit dem Fuß aufstampfen!

Hängt es an der Übermüdung, dass ich diese aggressiven Impulse sogar gegen meine Nichten verspüre, obwohl diese, genau wie Leo und Anja, weiß Gott nichts können für meine Ruhelosigkeit?

Ich drücke die Finger an die Schläfen, aber das unangenehme Pochen hört nicht auf. Ich gehe an den Schrank, wo meine Schokolade liegt, stopfe eine Doppelrippe in mich hinein und gehe wieder hoch.

Als ich am Schlafzimmer vorbeikomme, proben die Mädchen immer noch.

„Hallo Dagmar!", ruft Anna und winkt mir fröhlich zu.

Ich bleibe stehen. „Ihr spielt gar nicht mehr Krokodil", sage ich und blase mir ungeduldig eine Haarsträhne aus dem Gesicht.

„Wir üben jetzt für eine Zirkusvorstellung", erklärt Sofie.

„Ach so."

Ich gehe weiter ins Bad, wo Anjas Shirt noch im Waschbecken schwimmt. Meine Wut hat sich aufgelöst, aber etwas hat sich mir aufs Herz gelegt wie Blei.

„Wie wär's, wenn du als nächstes Kunststück durch einen Reifen springst?", höre ich Sofie nebenan vorschlagen, und plötzlich verschwimmt ihre Stimme mit der von Dorit, die zu mir sagt: *Wie wär's, wenn wir jetzt Eichhörnchenfamilie spielen?* Gleichzeitig schießt mir ein Erinnerungsbild von Dorit durch den Kopf, kurz wie ein Atemzug. Dorit rafft ihr rot-weiß-kariertes Kleidchen vor dem Bauch, um darin Haselnüsse und Walnüsse aufzulesen.

Ich schließe einen Moment die Augen und atme tief ein, irgendwie scheine ich im Bad nicht genug Luft zu bekommen.

Als ich die Augen öffne, fällt mein Blick in den Spiegel über dem Waschbecken, und ich erschrecke vor der Frau, deren aufgerissene Augen mir aus dunklen Höhlen entgegenstarren.

Um Himmels willen, bin ich das?

Entsetzt schaue ich weg.

Nebenan springen die Mädchen im Zimmer herum, sie lachen, rufen und juchzen, schon bin ich wieder gefangen vom Spiel. Zugleich weckt es einen Strom von Bildern und Gefühlen in meinem Kopf, die ich jedoch nicht festzuhalten vermag.

Plötzlich ist es still im Nebenraum. Dann höre ich Schritte durchs Zimmer tippeln. Ein knackendes Geräusch. Ein Ruck.

Ein weiterer Erinnerungssplitter saust mir durch den Kopf und hinterlässt ein fiebriges Unbehagen.

Alarmiert werfe ich einen Blick auf Anjas T-Shirt im Wasser, auf die dunkelrote Brühe, und laufe aus dem Bad, hinüber zu den Mädchen.

In der Schlafzimmertür bleibe ich stehen.

„Du musst einfach hier durchspringen", sagt Sofie. „Wir können ja so tun, als wär das ein Reifen."

Breitbeinig steht sie auf der Schwelle der geöffneten Balkontür, ihre Hand macht eine Bewegung durch die Luft.

Anna nickt und geht in die Hocke. Auf Händen und Füßen nimmt sie ein paar Galoppsprünge Anlauf. Vor der Schwelle hält sie kurz inne, dann springt sie mit einem großen Satz hinaus auf den Balkon.

Ein feiner Schauder, wie durch die Berührung einer Geisterhand, läuft mir über die Arme.

„Bravo." Sofie klatscht.

Anna hüpft vom Balkon zurück ins Zimmer und strahlt. „Hast du das gesehen, Dagmar? Ich bin ein Äffchen, und ich bin durch einen Reifen gesprungen!"

„Wir können ja spielen, dass es ein *brennender* Reifen ist", schlägt Sofie vor und ruft dann in meine Richtung: „Ist dir schlecht, Dagmar?"

„Ihr solltet lieber was anderes spielen", sage ich mit eckiger Stimme.

Sofie und Anna schauen mich mit großen Augen an.

„Auf dem Balkon zu spielen ist ... gefährlich."

„Wieso?" sagt Anna.

„Quatsch!" Sofie tippt sich mit dem Zeigefinger an die Stirn.

„Was soll daran gefährlich sein? Zu Hause spielen wir doch auch auf dem Balkon!"

„Wir *spielen* doch nur!" Anna macht eine entrüstete Handbewegung. „Das mit dem brennenden Reifen hat Sofie nur aus Spaß gesagt!"

„Ja, das war Spaß! Wir zünden doch nicht wirklich was an!" Entsetzt schüttelt Sofie den Kopf.

Sie wissen nichts davon, denke ich. Wissen auch nicht, dass ich unter extremer Höhenangst leide, und ich versuche, es den Mädchen nachzusehen. Bestimmt ist es pädagogisch auch völlig verkehrt, meine übersteigerten Ängste auf sie zu übertragen.

Trotzdem versuche ich es noch einmal anders: „Meint ihr nicht, im Haus und im Garten könnt ihr viel besser spielen? Da hättet ihr doch viel mehr Platz als auf dem Balkon."

„Wir müssen nur kurz was üben", erklärt Anna. „Das dauert nicht lang."

„Hier draußen ist es schön." Sofie hüpft über die Schwelle und vollführt auf dem Balkon eine kleine Pirouette.

„Komm doch mal her, Dagmar, dann siehst du auch, wie schön's hier ist."

Auch Anna läuft raus und winkt mir fröhlich zu.

Energisch schüttele ich den Kopf.

Nein, selbst wenn ich wollte, ich könnte keinen Schritt da hinaussetzen, meine Beine würden mir sicher den Dienst versagen. Leo war zwar enttäuscht, aber selbst er hat eingesehen, dass er mich nicht dazu bewegen kann, mit ihm auf dem Balkon zu sitzen.

„Die Vorführung ist dann unten, im Garten", sagt Anna und lächelt mir beruhigend zu.

Damit scheint das Thema für sie beendet zu sein, denn sie wendet sich wieder ihrer Schwester zu. „Als nächstes Kunststück können wir Purzelbäume machen." Sie streckt die Arme, geht in die Knie und macht eine schwungvolle Rolle.

„Puh, nein, das ist viel zu hart."

„Warte", sagt Sofie, „ich bring eine Unterlage."

Auf Zehenspitzen tippelt sie ins Schlafzimmer, zerrt die beiden Bettdecken auf den Balkon und breitet sie auf dem Holzboden aus.

Die Mädchen machen hintereinander Purzelbäume, bis ihnen schwindlig wird, dann laufen sie kichernd durch den oberen Stock, die eine hat die Hände auf die Schultern der anderen gelegt.

Ich schließe die Augen.

Wenn Dorit und ich uns hinter den Kübeln unseres Balkons versteckten, waren wir eingehüllt von einem betörenden Blütenduft. Bei Windstille lag er über dem ganzen Balkon wie eine Samtdecke und war so intensiv, dass ich ihn selbst jetzt zu riechen meine, und ich schnuppere in die Luft.

Da stellen sich mir die Nackenhaare auf.

Nicht der liebliche Blütenduft ist es, der mir in die Nase fährt, sondern der Geruch von Äpfeln.

Entsetzt reiße ich die Augen auf und weiche zurück. Doch im selben Moment ist der Geruch verflogen.

Tief im Bauch krampfen sich meine Eingeweide zusammen.

Was ist bloß heute los mit mir?

„Komm, mach mit!", ruft Sofie, als sie mit Anna an mir vorbeitrabt.

Ich schüttele den Kopf.

Anna versucht, mich an den Armen mitzuziehen, doch ich bin wie festgewurzelt.

Als die Mädchen aufs Bett klettern und sich gegenseitig die Kopfkissen zuwerfen, schießen mir plötzlich weitere Bilder durch den Kopf, ein kurzer Film, und diesmal bleibt er mir im Gedächtnis haften: *Komm,* sagt Dorit als Eichhörnchenmutter zu mir, *wir müssen die Vorräte vergraben.* Ihre nackten Beine sind braun von der Sommersonne, ihre Füße barfuß und schmutzig. *Wo denn?,* frage ich. Ich muss laut sprechen, damit meine Stimme im Lärm des Rasenmähers nicht untergeht. Den Lärm macht Vater, der den Mäher in großen Runden über den Rasen schiebt. Über seiner Schulter hängt das Kabel, damit es nicht unter das scharfe Messer gerät. Mutter ist mit ihrem Metallkorb hinten am Apfelbaum und liest in ihrem blaugeblümten Kittelkleid und den ausgelatschten Sandalen das Fallobst auf. *Hier,* sagt Dorit und schlüpft vor mir in die Büsche. Ich klemme meinen Brummel fest unter den Arm und krieche hinter Dorit her. Schwarze Erde bleibt an meinen Handflächen und den nackten Knien kleben.

Dann reißt der Film ab, als hätte jemand ihn zerschnitten.

Unser Eichhörnchenspiel.

All die wunderbaren Erinnerungen daran hüte ich in meinem Gedächtnis wie einen kostbaren Schatz.

Doch diesmal ist irgendetwas anders als sonst.

Ich schwitze und fange zugleich an zu zittern. Und ich fühle mich wie übergossen von einer zähen Traurigkeit, die mir den Brustkorb zusammenschnürt, so dass ich nur mühsam atmen kann.

Komisch, plötzlich möchte ich nicht mehr an unser Eichhörnchenspiel denken, an unsere *Eichhörnchenfamilie*. Das Wort, das in meiner Erinnerung immer anmutet wie eine liebevolle Melodie, lässt mich mit einem Mal erschaudern.

Diesmal ist irgendetwas anders als sonst.

Jetzt fällt es mir auf: Dieses karierte Kleidchen, in dem ich Dorit gesehen habe, das kenne ich überhaupt nicht!

Dorit und ich hatten doch Hosen an, wenn wir Eichhörnchen gespielt haben! Unsere kurzen Lederhosen, die nicht gewaschen werden mussten, nur manchmal gebürstet, und die am Po und an den Oberschenkeln so speckig glänzten!

Während ich noch über das karierte Kleid stutze, hat Sofie die nächste Idee für den Zirkus.

„Wir sind jetzt Artisten", sagt sie.

„Und was müssen wir als Artisten machen?", will Anna wissen.

„Na, turnen. Komm her!"

Sofie läuft auf den Balkon. Sie nimmt einen der beiden Klappstühle, die zur Sitzgruppe gehören, stellt ihn auf die Bettdecken und klettert drauf. „So, zum Beispiel."

Mit einem Strecksprung hüpft sie runter. Anschließend klettert Anna auf den Stuhl und springt mit einer Grätsche herunter.

Mich überläuft von Kopf bis Fuß ein Zittern, Schweiß prickelt auf meiner Oberlippe.

Ist es diese verdammte elektrisierte Unrast, die mir so zu schaffen macht? Oder werde ich krank, und das ist der Anfang eines Magen-Darm-Infekts? Ich fühle mich schon die ganze Zeit nicht gut, vielleicht sollte ich Fieber messen.

Die Sonne funkelt im Schlafzimmerspiegel, als wollte sie Warnsignale aussenden.

Ich taste nach meiner Brille, taste nach meinem Hals und nach dem oberen Knopf meiner Bluse, der ist offen.

Da wird mir plötzlich klar, es ist kein Fieber, was ich habe, auch nicht der Anfang eines Infekts. Es ist schlicht Angst. Tiefe, unerträglich zugespitzte Angst, die mir in den Bauch gefahren ist wie ein glühender Dolch.

Ich muss mich am Türrahmen festhalten.

Ruhig durchatmen, Dagmar! Sofie und Anna spielen doch bloß!

Zuhause haben sie auch einen Balkon, auf dem sie das dürfen.

Ich hole tief Luft.

Verdammt, schläft Leo immer noch? Und wo bleibt Stefan? Er kann doch nicht ewig einkaufen!

Unten faucht die Kaffeemaschine wie eine vernehmliche Warnung.

Und Anja? Die schaut nicht einmal hoch. Will sie sich heute gar nicht um ihre Kinder kümmern? Ist sie völlig taub mit den blöden Kopfhörern?

Während mein Verstand und Gefühl unerbittlich miteinander ringen, üben die Mädchen weiter für ihren Zirkus. Sofie hat Anna die Wäscheleine um den Bauch geknotet, Anna ist nun ein Zirkuspferd, die Leine der Zügel.

„Hüh, Pferdchen", ruft Sofie, „lauf!" Und Anna galoppiert über den Balkon und dann durchs Schlafzimmer.

„Aus dem Weg!", rufen sie und preschen an mir vorbei.

Schluss damit!, will ich meinen Nichten zurufen, *Hört auf!,* aber ich bringe kein Wort heraus, meine Zunge klebt schwer und unbeweglich im Mund. Zugleich sitzt in meiner Kehle ein Schrei, der tief aus meinem Inneren drückt.

Ich lehne schwer im Türrahmen und kann mich dabei gleichsam von außen sehen. Alle meine Sinne scheinen gestört: Der Raum um mich ist riesig und zugleich so klein, dass mich die Enge erdrückt, die Stimmen meiner Nichten sind ein leises Wispern, das einen Atemzug später unnatürlich in meinen Ohren anschwillt. Ich versuche, ruhig durchzuatmen, mich auf das Hier und Jetzt zu konzentrieren.

Aber da taucht wieder Dorits Gesicht vor mir auf.

Und jetzt müssen wir unsere Vorräte da oben verstecken, sagt sie und zeigt auf die Galerie von weißen Blumenampeln, die an der Balkonwand hängen.

Eine Zeitlang ist vollständige Leere in meinem Kopf.

Ich höre Anna im Schlafzimmer sagen: „Wir könnten doch eine Pyramide machen. Komm, setz dich auf meine Schulter!"

Anna beugt den Rücken.

Sofie grätscht die Beine über Annas Kopf. „Schaffst du's, mich hochzukriegen?"

„Weiß nicht. Ich versuch's." Anna macht ein paar Versuche, den Rücken aufzurichten. „Puh, nein, du bist zu schwer."

Ich drehe den Kopf zu den Ampelpflanzen, sie hängen ziemlich hoch. *Lass mich die Nüsse verstecken,* sage ich und laufe zu dem kleinen Tisch mit den Holzklappstühlen. Dort setze ich meinen Brummel ab.

Ich mach das schon, sagt Dorit. Schnell wie ein Pfeil ist auch sie bei den Stühlen angelangt. *Ich bin schließlich die Eichhörnchen-Mutter.*

Aber ich kann doch auch gut klettern!, erwidere ich. Ich muss die Augen abschirmen, wenn ich Dorit anschaue, das Sonnenlicht ist grell und sticht. *Ich will auch mal die Mutter sein und das Versteck aussuchen!*

*Aber du bist das Eichhörnchen-*Kind*,* entgegnet Dorit, und ihr Gesicht wird dabei spitz. Mit dem Kleidersaum verdeckt sie die Nüsse in ihrem Schoß, schließt den Beutel gleichsam vor mir zu. *Für die Kleinen ist das viel zu gefährlich.*

Ich bin nicht klein! Ich bin fast genauso groß wie du!

Na ja, sagt Dorit gedehnt. Zwar fast genauso groß. Aber nicht genauso alt wie ich!

„Ich glaub, mit der Pyramide wird das nichts." Anna schwitzt. Das dünne T-Shirt, das sie trägt, klebt feucht an ihrer Brust. „Wenn du auf meinen Schultern sitzt, komm ich nicht hoch."

„Warte", Sofie stellt sich auf die Zehenspitzen, „ich helf mit."

Mit einer Hand umfasst sie Annas Kinn, mit der anderen stemmt sie sich vom Bettpfosten ab.

*Aber du kannst den Stuhl schon mal hierhin schie-
ben,* sagt Dorit und zeigt zwischen die langen Blüten-
schöpfe, die sich aus den Töpfen an der Wand ergießen.

Ich schaue erst zu den Pflanzen, dann hefte ich den
Blick auf Dorit. Ich habe nicht vor, ihr meinen Stuhl
hinzuschieben. Heute möchte *ich* einmal die Eichhörnchenmutter sein.

Dorits Augen springen zwischen mir und dem Stuhl,
vor dem ich mich aufgebaut habe, hin und her, dann
zuckt sie die Schultern. *Wenn du nicht mitmachen
willst, dann mach ich's halt allein.*

Mit der freien Hand zieht sie einen anderen Stuhl
über den Balkon und rückt ihn zwischen die Hängeam-
peln. Das ist nicht so einfach, weil sie nur eine Hand dafür freihat. Mit der anderen muss sie die Zipfel ihres
Kleidersaums vor dem Bauch zusammenhalten, damit
die gesammelten Nüsse nicht rauskullern. Mit einer
Hand klettert Dorit auf den Stuhl.

Das ist gemein, sage ich, und meine Stimme klingt unnatürlich hart, so dass ich mir einen strengen Blick von
Dorit einfange.

Jetzt sei doch nicht sauer, bloß weil ich die Mutter bin.
Dorit greift in ihr Kleiderbeutelchen und holt eine Wal-
nuss und ein paar Haselnüsse heraus. *Einer muss ja die
Mutter sein!*

Aber immer bist du das!

Das ist halt so. Dorit steht auf der Stuhlkante und
dreht sich zu mir um. So wie man's auch nicht ändern
kann, dass einer immer älter ist und einer immer jünger bleibt.

Ich presse die Lippen aufeinander, sie sind wie taub und erstarrt. Unten röhrt der Rasenmäher in der drückenden Spätsommerhitze. Irgendwo auf der Straße bellt ein Hund. Ich schaue zu Mama hinüber, die immer noch Äpfel aufliest, aber sie bemerkt mich nicht.

Dorit rafft ihr Kleid noch höher, so dass ihre Beine fast bis zu den Hüften zu sehen sind. Sie schaut zu den Blumenampeln, die über ihrem Kopf und rechts und links davon hängen, dann schaut sie zu mir.

Komm, Dagmar, jetzt sei nicht sauer, hilf mir lieber!

Ich schüttele den Kopf.

Dorit zuckt mit einer Schulter.

Mit der freien Hand tastet sie sich an der Wand entlang hoch und stellt sich auf die Zehenspitzen, damit sie an die Töpfe langen kann. Dann verschwindet ihre Hand mit den Nüssen in der hängenden Blütenfülle.

Wie festgewurzelt stehe ich neben dem Stuhl.

Hinten am Apfelbaum richtet Mama sich auf und schaut zu uns herüber. Dorit winkt, Mama lächelt und winkt zurück, und dann bückt sie sich wieder zu den Äpfeln.

Ich kann meine Halsader spüren, mir ist, als ob grobkörnige Geschosse durch sie hindurchjagen.

Na los, verlangt Dorit ungeduldig. Sie klettert vom Stuhl und rückt ihn unter den Blumenampeln weiter. *Jetzt mach doch mit!*

Die Sonne brennt in meinem Nacken, das dünne Kleid, das mir am Leib klebt, kommt mir zentnerschwer vor.

Wir sind doch eine Eichhörnchenfamilie! In ihrer Stimme schwingt eine kleine Härte, ein Hauch von Schärfe. Du kannst mir die Vorräte hochgeben!

Durch meinen Körper geht ein unterdrücktes Beben.

Hilfe suchend schaue ich zu meinem Brummel, der auf dem Tisch umgekippt ist. Er liegt auf dem Rücken und hat die Arme und Beine in die Luft gestreckt.

Dann gehe ich mit steifen Schritten auf Dorit zu.

Die lächelt und hält mir ihr geöffnetes Kleiderbeutelchen hin. *Immer zwei Nüsse oder drei.*

Ich greife hinein und hole eine Handvoll Haselnüsse heraus und umschließe sie mit den Fingern. Sie sind rund und glatt und leicht geriffelt.

Ich versteck' hier welche drin, sagt Dorit. Sie klettert wieder auf den Stuhl und deutet auf einen Topf voller rosa Blüten, der ziemlich dicht über dem Balkongeländer hängt.

Als ich ihr eine Haselnuss hinhalte, streifen sich unsere Hände.

Dorit hebt den Fuß und neigt den Oberkörper ein wenig zur Seite, die Stuhlbeine kippeln.

Huch!, ruft sie. Halt doch mal den Stuhl!

Ich drücke die Lehne fest herunter.

Am Himmel wird die Sonne von einer einzelnen Wolke verdeckt.

Dorit muss sich strecken, wenn sie an den rosa Blütenschopf gelangen will. Ihr Stuhl steht ein wenig zu weit links, so einfach reicht sie nicht an den Topfrand heran.

Soll ich die Vorräte halten?, frage ich leise. Ich lasse Dorit keine Sekunde aus den Augen.

Es geht schon, sagt Dorit. Sie hält den Kleidersaum vorne gut zu, damit die Nüsse nicht aus der Schoßtasche kullern.

Eine Haarsträhne ist ihr ins Gesicht gefallen, aber sie hat keine Hand frei, um sie zurückzustreichen.

Sie stellt sich auf die Stuhlkante und richtet sich ganz auf.

Aber sie reicht mit der Hand noch nicht bis oben zwischen die Blütenstängel.

Sie muss sich auf die Zehenspitzen stellen. Dorit reckt den Oberkörper, streckt den Arm ganz aus.

„Ich schaff's nicht", sagt Anna. Sie versucht noch immer, sich unter dem Gewicht ihrer Schwester aufzurichten.

„Doch! Wir schaffen das! Na los!"

Anna reckt den Po in die Höhe. Mit den Armen stemmt sie sich noch einmal kräftig vom Boden ab. Ihr Gesicht und ihre Ohren sind rot, ihre Wangen glühen angestrengt, sie will es schaffen.

„Hilf doch mit", presst sie hervor.

Sofie reckt sich auf den Zehenspitzen, so hoch sie kann. Sie drückt sich noch einmal mit aller Kraft vom Bettpfosten ab.

Und dann plötzlich steht Anna.

Auf zittrigen Beinen zwar, aber sie hat sich aufgerichtet, und Sofie sitzt auf ihren Schultern.

Sofie stößt einen kleinen Freudenschrei aus.

Anna atmet schwer.

Es kostet sie Kraft, das Gewicht ihrer Schwester zu halten, das Gleichgewicht nicht zu verlieren.

Anna legt die Hände um Sofies Unterschenkel. Sofie schlingt die Beine um Annas Brust.

„Hoffentlich schaffen wir das zur Vorstellung nachher auch!", ruft Sofie. Sie lacht klirrend.

„Ich versuch's", japst Anna.

„Mann, ist das hoch!" Sofie reißt die Arme in die Höhe.

Über meine Haut fahren Schauer des Entsetzens.

Das Jauchzen meiner Nichte und das Brummen eines Rasenmähers verschmelzen in meinen Ohren zu einem schrillen Surren, das anschwillt, bis es hinter meiner Stirn regelrecht dröhnt.

Panik kriecht mir von den Beinen hoch und legt sich kalt um mein Herz.

Unter dem Gewicht ihrer Schwester beginnt Anna zu wanken. Etwas nach rechts und links, dann vor und zurück.

Sofie schwankt auf der Schulter.

Ich schlage die Hand vor den Mund.

Auf der Stirn scheinen mir die Schweißperlen zu gefrieren.

Völlig erstarrt stehe ich in der Zimmertür und sehe gleichsam mich selbst und eine unabwendbare Katastrophe.

Obwohl ich die Hand auf den Mund presse, löst sich der eingekeilte Schrei aus meiner Kehle.

Anna, die Sofies Unterschenkel fest umklammert, macht einen Schritt nach vorn, um das Schwanken auf ihren Schultern auszugleichen.

Trotzdem verliert Sofie das Gleichgewicht und kippt zur Seite. Mit einer Hand versucht sie, sich an Annas Hals festzuhalten, mit der anderen den Bettpfosten zu erwischen. Aber ihre Hand fasst ins Leere.

Und dann knallt sie, mit dem Kopf zuerst, auf den Fußboden.

Annas Schrei übertönt meinen eigenen. Sie wirft sich auf die Knie.

„Sofie? Sofie!"

Sofie antwortet nicht. Auch nicht, als Anna heftig an ihr rüttelt.

Hilfesuchend dreht Anna sich um. Ihr Gesicht ist verzerrt, alle Farbe ist daraus gewichen.

„Mama!", schreit sie. „Hilfe!"

Sie rappelt sich auf und stolpert an mir vorbei, die Treppe hinunter.

Wie ferngesteuert taumele ich zu Sofie.

Ihre Augen sind geschlossen, völlig reglos liegt sie auf dem Boden.

„Sofie", bringe ich krächzend hervor, dann geben meine Beine plötzlich nach.

Mir wird schwindelig, rechts und links engt sich mein Blickfeld dunkelgrau ein, ich muss mich am Bettpfosten festhalten, wo ich langsam zusammensacke.

Wie aus weiter Ferne höre ich, dass unten die Terrassentür aufgerissen wird, dass Füße die Treppe heraufstampfen.

Dann wird mir schwarz vor Augen.

Trotzdem sehe ich Mama, sie steht noch da, hinten unter dem Apfelbaum.

Ihr Schrei ist so durchdringend, dass er den Rasenmäher übertönt.

Sie lässt den Metallkorb fallen, die Äpfel kullern heraus.

Schlagartig ist der Rasenmäher stumm.

Aber Mamas Schrei gellt weiter.

Papa rennt.

Ich mache einen kleinen Schritt nach vorn und wage einen Blick über das Geländer.

Dorit.

Da liegt sie.

Zum Glück ist nichts passiert!

Kein Blut zu sehen.

Nur Dorits Kopf ist ein bisschen zur Seite geneigt, und ein Bein steht etwas merkwürdig ab.

Aber sie blutet nicht!

Papa hat die Terrasse erreicht.

Er kniet sich neben Dorit, dann schaut er hoch zu mir.

In dein Zimmer, Dagmar!

Seine Stimme ist grell und körperlos, ich erkenne sie kaum.

Erschrocken weiche ich zurück.

Die Terrassentür geht, Schritte jagen durchs Haus. Es rumpelt und scheppert, etwas klirrt zu Boden. Papa stößt unverständliche Worte wie *verunglückt und Genick* ins Telefon.

Kapitel 32

Mein Herz setzt einen Schlag aus, als ich die Berührung am Arm spüre. Ich schlage die Hände vors Gesicht, schreie: „Sie ist tot! O Gott, sie ist tot!"

„Dagmar? Hörst du mich? Ich bin's!"

„Sie ist tot!", kreische ich und übertöne Leos Stimme, die so gedämpft ankommt, als steckten Wattepfropfen in meinen Ohren. „Mein Gott, sie ist tot! Sie ist –"

„Dagmar", Leo rüttelt mich an den Schultern, „sieh mich an!"

Er löst meine Hände vom Gesicht, rüttelt mich weiter an den Schultern.

„Sofie ist nicht tot! Sie lebt!"

Ich reiße die Augen auf.

Sofie liegt nicht mehr da, sie ist weg.

Leos Augen sind angstgeweitet. Seine vollen Lippen haben alle Farbe verloren, in seinem Gesicht stehen Erschöpfung und Hilflosigkeit.

Ich glaube Leo kein Wort.

„Wir haben Sofie runtergetragen." Leos Stimme zittert. „Komm, steh auf, Dagmar! Du musst aufstehen!"

Meine Beine sind weich und knicken sofort wieder ein.

Leo greift unter meine Achseln und zieht mich hoch.

Plötzlich breche ich in Tränen aus. „Sie ist tot … oh, nein … tot … sie ist tot …"

Die Worte ertrinken in meinem Schluchzen, während Leo mich zum Bett führt.

Mein Herz klopft so schnell und so hart, dass mir die Brust weh tut. Ich krümme mich auf dem Bett zusammen.

„Hast du mich nicht verstanden, Dagmar?" Leo rüttelt mich am Arm. „Sofie lebt! Wir haben sie ins Wohnzimmer gebracht, aufs Sofa. Sie ist nicht tot! Hörst du mich nicht? Sie lebt! Aber sie hat Schmerzen und kann den Arm nicht bewegen."

Ich werfe mich auf dem Bett hin und her, Leo drückt meine Schultern auf die Matratze.

„Beruhige dich! Ganz ruhig, Dagmar! Alles wird gut!"

Ich möchte Leo glauben.

Aber da ist dieses Brennen in meinem Bauch, dieses fürchterliche, jede Angst übersteigende Wissen, dass nicht einfach alles wieder gut wird und dass von nun an nichts mehr so sein wird wie zuvor.

„So glaub mir doch! Sofie hat Schmerzen und weint! Hörst du sie denn nicht? Wir haben den Krankenwagen gerufen. Sie ist nicht tot!"

In mein Wimmern mischt sich das Auf und Ab einer herannahenden Sirene.

„Das muss schon der Arzt sein. Bleib liegen, Dagmar! Hast du mich verstanden? Rühr dich nicht aus dem Bett!"

Ich versuche zu nicken.

Leo hat mich nicht angelogen. Unten wimmert tatsächlich jemand.

„Der Arzt muss nach Sofie sehen, hast du das verstanden? Danach schick ich ihn zu dir hoch."

Ich schüttele den Kopf. „Nein, das braucht es nicht, nein."

Leo küsst mich auf die Stirn. „Okay, dann geh ich jetzt nach unten, und du bleibst schön liegen! Kommst du einen Augenblick allein zurecht?"

„Geh schon."

„Ich versprech' dir, ich bin sofort wieder da."

Leos Blick lastet auf mir wie eine schwermütige Umarmung, dann hastet er mit langen Schritten aus dem Zimmer.

Unten wird die Haustür aufgerissen. Panisches Gestammel flattert durch das Haus, dazwischen eine ruhige französische Männerstimme. Zielstrebige Schritte durchqueren das Wohnzimmer. Dazu schmerzgeplagtes Wimmern.

Mir ist eiskalt, ich zittere.

Ich liege auf dem Bett und stehe zugleich reglos oben am Fenster. Allein fühle ich mich hier oben, und verloren. Warum hat Papi mich so barsch weggeschickt? Dabei könnte ich doch helfen! Ich könnte Salbe bringen und Pflaster, die liegen im Medizinschränkchen, vielleicht hat Dorit sich ja doch irgendwo aufgeschürft, oder das Kühlkissen aus der Gefriertruhe, das Mama uns immer auf die schmerzende Stelle drückt, wenn wir uns gestoßen haben.

Doch da fährt plötzlich ein Krankenwagen mit blinkendem Licht vor unserem Haus vor. Er hält in der Einfahrt, hinter Papis Auto. Drei Männer in weißen Hosen und leuchtroten Jacken springen heraus. Einer hat einen Koffer, die beiden anderen laufen nach hinten und holen eine Trage aus dem Wagen. Der Mann mit dem Koffer läuft voraus, die beiden anderen folgen ihm kurze Zeit später. Alle drei scheinen es eilig zu haben, mit ausgreifenden Schritten kommen sie auf unser Grundstück, durchmessen rasch den gepflasterten Weg ums Haus in den Garten. Sie haben keine Zeit und keinen Blick für Mamas Rabatten, die den Weg säumen, und ich schaue ihnen nach, bis sie aus meinem Sichtfeld verschwunden sind.

Ich stelle mich auf die Zehenspitzen und drücke Stirn und Nase an die Scheibe. Aber auf der Straße ist niemand zu sehen. Auch hinten aus dem Garten ist nichts zu hören. Ich frage mich, was sie mit Dorit so lange machen, denke, dass sie ihr wahrscheinlich das Bein verbinden müssen und dass sie vielleicht ins Krankenhaus mitgenommen werden muss.

Da! Die Männer kommen zurück.

Die Trage ist leer, sie haben Dorit nicht mitgenommen!

Dann muss sie gar nicht ins Krankenhaus! Dann hat die Medizin aus dem Koffer gelangt!

Als ich den Krankenwagen wegfahren sehe, wird mir ganz leicht ums Herz.

Jetzt will ich aber schnell zu Dorit.

Doch irgendetwas hält mich zurück.

Ich beuge mich über die Fensterbank und schaue unbehaglich zum Garten. Mama und Papi sind nicht zu sehen, auch Dorit nicht.

Draußen ist es ganz merkwürdig still.

Nein, wenn ich es mir recht überlege, will ich doch nicht runtergehen. Will ich nie mehr raus aus meinem Zimmer.

Das muss ich auch nicht.

Mama und Papi scheinen mich ohnehin hier oben vergessen zu haben.

Mein Herz macht einen Stolperer, als eine Wagentür blechern zuschlägt. Ich zucke zusammen und lausche. Ein Motor startet, Reifen knirschen. Ich blicke mich um, und einen Moment weiß ich nicht, wo ich bin und was eigentlich los ist. Doch dann komme ich langsam zu mir, und es fällt mir wieder ein.

Sofie!

Sie ist von Annas Schultern gestürzt!

Der Wagen, der eben aus unserer Einfahrt gefahren ist, muss der Notarzt gewesen sein. Allmächtiger, hoffentlich wird Sofie wieder gesund!

„Alles in Ordnung?" Leo steht plötzlich neben mir.

Aus trockener Kehle krächze ich: „Ja."

„Sofie hat sich den Arm gebrochen, meint der Arzt. Sie muss operiert werden, und sie bringen sie ins Krankenhaus, nach Biscarrosse. Aber sonst scheint sie keine lebensbedrohlichen Verletzungen zu haben."

„Oh!", seufze ich erleichtert.

Leo streicht mir über die Wange, der Anflug eines Lächelns huscht über sein Gesicht.

„Ich bringe Anja eben ins Krankenhaus. Im Krankenwagen durfte sie nicht mitfahren."

„Und Anna?" Wie können zwei Worte nur so viel Energie verzehren? Sofies Unfall kann erst vor wenigen Minuten passiert sein, aber ich fühle mich, als hätte ich in dieser Zeit ein ganzes Leben durchlebt.

„Bleibt hier. Der Arzt hat sie aufs Sofa gelegt. Sie hat einen leichten Schock."

„Ach so."

„Kannst du Stefan Bescheid sagen, wenn er kommt? Er müsste jeden Moment zurück sein."

Nun fährt Leo mit Anja davon, und ich bin mit Anna allein.

Angst prickelt auf meiner Haut, Schweiß läuft mir über den Nacken. Ich presse die Faust auf den Mund, rolle mich zu einem Knäuel zusammen und unterdrücke den Drang, aufzuschreien.

Da höre ich es leise wimmern.

Bin ich das selbst oder kommen die Laute von unten?

Ich sehe graue Kreise, die sich vor einem grellen Hintergrund drehen, und muss die Augen schließen. Ich stelle mir vor, wie Anna auf dem Sofa liegt: Sie hat sich auf die Seite gedreht und macht sich ganz klein. Zusammengekrümmt wie ein Embryo hat sie die Knie angezogen und schlingt die dünnen Arme fest um den Kopf. So kann sie sich selbst ein bisschen festhalten, jetzt, wo alle anderen weg sind und sie – vielleicht zum allerersten Mal – spürt, dass sie letztendlich allein ist auf der Welt, letztendlich mit allem allein fertig werden muss. Meine arme kleine Nichte.

Wenn mir nur nicht so schwindelig wäre! Dann könnte ich nach unten gehen und sie trösten. In eine warme Decke würde ich sie wickeln, denn bestimmt ist ihr kalt, und sie zittert. Wenn sie nur nicht so wimmern würde! Das Geräusch verursacht mir einen Schmerz, der in mein Herz sticht wie lauter Messerspitzen.

Oder kommt das Wimmern nicht von Anna, sondern aus einem tiefen Keller meiner Erinnerung?

Die Kreise hinter meinen geschlossenen Lidern drehen sich immer schneller, das Wimmern in meinen Ohren wird immer lauter. Ich kneife die Augen ganz fest zusammen und schlinge die Arme um den Oberkörper, genau wie Anna brauche ich etwas, an dem ich mich festhalten kann.

Da sehe ich wieder den Wagen vorfahren. Doch diesmal ist es nicht der Krankenwagen, sondern ein Leichenwagen. Zwei Männer steigen aus und kommen auf unser Grundstück. Sie tragen einen großen metallenen Kasten. Sie gehen sehr langsamen und mit gesenktem Kopf. Plötzlich wird mir eiskalt, obwohl draußen die Sonne scheint, und ich zittere. Ganz vorsichtig schaue ich den Männern hinterher, bis sie um die Hausecke gebogen sind.

Wo sind bloß Mama und Papi?

Ich höre überhaupt nichts mehr von ihnen! Auch Mamas Schreie haben ganz aufgehört.

Ich muckse mich nicht und versuche, nicht so geräuschvoll zu atmen.

Ich weiß nicht, was passiert ist und was da vor sich geht. Aber ich habe große Angst.

Und ich ahne, dass etwas ganz Furchtbares, ganz Unbegreifliches passiert ist.

Da sind die Männer wieder. Mit dem Metallkasten gehen sie unter meinem Fenster vorbei. Einer vorn, der andere hinten. Der Weg an unserem Haus entlang scheint endlos zu sein, dabei sind es eigentlich nur ein paar Schritte.

Papi ist nirgends zu sehen.

Aber Mama.

Die taucht plötzlich an der Hausecke auf.

Mein Magen sackt nach unten.

Ist das wirklich die Mama?

Ich erkenne ihr blau geblümtes Kleid und die Sandalen, aber sonst ist sie mir völlig fremd. Sie sieht aus, als wäre sie dem Teufel begegnet. Ihr Gesicht ist verzerrt, ihre Augen sind hohl und verquollen, ihr Mund steht offen. Sie starrt den Männern nach, aber ich glaube nicht, dass sie sie sieht.

Bei Mamas Anblick gefriert mir das Herz.

Ich will mich verstecken, will davonlaufen und nie, nie mehr wiederkommen!

Aber ich traue mich nicht, mich zu bewegen.

Mit den Händen fasst Mama in ihre braunen lockigen Haare. Und reißt sie büschelweise aus.

Was machst du da, Mama? Tu das nicht!

Ich kann den Anblick nicht länger ertragen, ich hämmere ans Fenster, schreie Ma-ma! Ma-ma!

Sie soll aufhören, so grässlich auszusehen!

Und sie soll aufhören, sich die Haare auszureißen!

Ich hämmere und hämmere.

Die Faust tut mir schon weh, bis Mama reagiert.

Sie muss ziemlich frieren, so wie sie zittert.

Entsetzlich langsam dreht sie sich um.

Sie hebt den Kopf und schaut in meine Richtung. Endlich hat sie mich entdeckt!

Mama starrt mich an, und mich trifft ein kalter Blick.

Ich fühle mich, als hätte Mama mir ein Messer ins Herz gestoßen.

Dann wendet sie sich ab.

Ich kann nicht ertragen, was ich in Mamas Augen gelesen habe und sacke weinend vor dem Fenster auf den Boden.

Mama! Mit einem lauten Schrei fahre ich im Bett hoch und reiße die Augen auf.

Schweißperlen rinnen mir von der Stirn über das Gesicht, mein Atem geht schwer und stoßweise.

O mein Gott, was für Bilder! Ein wahrer Albtraum, schlimmer noch als der, der mich sonst verfolgt! Was für furchtbare, was für grässliche Bilder!

Ich wische mir den Schweiß von der Stirn, versuche ruhig durchzuatmen, versuche mir bewusst zu machen, wo ich bin: Ich liege immer noch auf dem Bett, auf das Leo mich, bevor er mit Anja zum Krankenhaus gefahren ist, gelegt hat. Niemand hat mir ein Messer ins Herz gestoßen, und ich bin nicht vor dem Fenster auf dem Boden zusammengebrochen.

Aber diese Bilder! So grauenvoll, so erschreckend real!

Habe ich das alles erlebt und in den hintersten Winkeln meiner Erinnerungen vergraben?

Oder bin ich eben eingenickt und hatte nur einen bitterbösen Traum?

In meinem Bauch brennt es heiß und schmerzhaft.

Ich kann mich nicht an Dorits Todestag erinnern, nur an den furchtbaren Tag, an dem sie beerdigt wurde. Als Oma und Opa kamen und die vielen anderen Leute, alle in dunkler Kleidung und mit kleinen Blumensträußchen in der Hand und mit einem Entsetzen, das in ihre Gesichter gemeißelt war. Und ich erinnere mich daran, dass ich zur Nachbarin gebracht und dort mit Unmengen von Kuchen vollgestopft wurde.

Dorit.

Lautlos sage ich ihren Namen, und mein Herz krampft sich schmerzhaft zusammen.

Was für ein tragisches Ereignis! Nur sieben Jahre ist Dorit geworden, meine Schwester, ein kleines Mädchen, kaum älter als Sofie und Anna. Warum musste das passieren?

Vorsichtig hebe ich meine zittrigen Beine aus dem Bett und stehe auf. Ich muss langsam machen, weil mir immer wieder schwarze und weiße Pünktchen vor den Augen tanzen. Aber ich schaffe die sechs oder acht Schritte durchs Zimmer und durch den Flur, ohne dass mir die Beine wegknicken. Auf dem Weg nach unten halte ich mich am Treppengeländer fest und nehme Stufe für Stufe.

Da ist sie, Anna, und sie schläft. Ich schleiche näher heran. Sie liegt tatsächlich auf der Seite, aber anders als in meiner Vorstellung hat sie sich nicht zusammengerollt. Ganz entspannt liegt sie da, ganz ausgestreckt, ihr Mund ist leicht geöffnet, ein kleiner Speichelfaden glitzert in ihrem Mundwinkel.

So unschuldig sieht sie aus, so hilflos und zerbrechlich.

Jemand hat ihr schon die weinrote Wolldecke über die Hüften gelegt, ein Bein schaut heraus.

Ich stehe vor dem Sofa und beuge mich über das schlafende Mädchen. Sanft, um sie nicht zu wecken, berühre ich mit dem Handrücken ihren nackten Oberarm.

Ihre Haut ist ganz warm.

Was für dünne Ärmchen das sind! Auch wenn Annas schlanker Körper sich fast über die ganze Länge des Sofas erstreckt, sieht sie dennoch so klein aus. Dorit war damals sieben. Sie war auch ganz schlank, bestimmt waren ihre Arme und Beine ebenso dünn wie die von Anna, und wahrscheinlich hatte sie ebensolche kleinen zarten Finger. Vielleicht kaute Dorit ihre Nägel ebenfalls so kurz ab wie meine Nichte, und unsere Mutter hat sie, wie Anja das mit Anna macht, immer wieder ermahnt, diese dumme Angewohnheit sein zu lassen, weil die Nägel sonst so verstümmelt aussehen.

Aber ich weiß nicht, ob es tatsächlich so war.

Ich beuge mich noch näher zu Anna hinunter, um sie noch genauer zu betrachten.

Plötzlich wünsche ich mir ganz sehnsüchtig, ich könnte mich an all diese Kleinigkeiten erinnern.

Anna wirft sich herum und stöhnt.

Erschreckt weiche ich einen Schritt zurück. Nein, sie darf jetzt nicht aufwachen, es ist wichtig, dass sie sich von diesem Schock erholt. Ganz leise drehe ich mich um und schleiche zurück nach oben.

Im Türrahmen vor Stefans Schlafzimmer muss ich einen Moment stehen bleiben und mein stark klopfendes Herz zur Ruhe zwingen, bevor ich mich ganz langsam ins Zimmer vortasten kann.

Meine Hand zittert, ich höre es in meinen Ohren rauschen, als ich den Griff der Balkontür anfasse und der Tür einen Stoß versetze. Endlich ist sie wieder zu und der Balkon vom Zimmer getrennt! Dann drehe ich mich um und lehne mich schwer mit dem Rücken an die Fensterbank. Ich atme tief durch, als hätte ich eine anstrengende Arbeit vollbracht.

Ich bin so unvorstellbar müde, zugleich ist an Schlaf nicht zu denken. Es sind diese grässlichen Bilder von Mutter, die mich so aufwühlen, immer wieder spuken sie mir durch den Kopf, ohne dass ich sie ausblenden kann: Mutters hohle Augen, ihr Mund, der einen lautlosen Schrei formt, ihr entsetzlich verzerrtes Gesicht. Und dazu ihre prachtvollen Locken, die in Büscheln auf den Plattenweg sinken. Hat Mutter sich etwa alle Haare ausgerissen? Wie ein kranker Vogel so lange gerupft, bis ihr Schädel kahl wurde? Hat mein verzweifeltes Hämmern ihr Einhalt geboten oder konnte nur Vater sie von diesem Irrsinn abhalten? Und was ist dann passiert? Lag ich weinend auf dem Boden, so wie ich es in den Bildern gesehen habe, und habe die Knie angezogen, wie ich es als Kind immer gemacht habe, wenn ich etwas nicht hören und sehen wollte?

Ich versuche, mich zu erinnern, aber da klafft eine dunkle Lücke.

Ich schließe die Augen, damit sich weitere Bilder entwickeln können, aber auch wenn ich mich noch so sehr bemühe, sie stellen sich nicht ein; das auf dem Boden liegende Mädchen bewegt sich nicht, als wäre das Bild eingefroren.

Es muss mich doch jemand aus dem Zimmer geholt haben! Bestimmt ist Mama oder Papi gekommen und hat mich nach unten gebracht.

Oder bin ich allein gegangen, habe mich vorsichtig hinuntergeschlichen?

Ganz sicher habe ich irgendwann aufgehört zu weinen und wollte Dorit sehen, und als ich sie nirgends entdecken konnte, habe ich wahrscheinlich gefragt, wo sie ist und wie es ihr geht. Einer von beiden, Mama oder Papi, wird mir erklärt haben, dass Dorit tot ist und abgeholt wurde.

Vielleicht haben sie mir auch etwas anderes erzählt.

Früher habe ich mir vorgestellt, Dorit sei zu Besuch im Himmel, als Engel mit weißen Flügelchen spielte sie in meiner Fantasie mit tausend anderen kleinen Engeln, irgendwie muss ich ja auf solche Gedanken gekommen sein.

Ich versuche, tief in mein Gedächtnis vorzudringen, versuche mit aller Macht an das Bild von der kleinen Dagmar, die auf dem Boden liegt und weint, anzuknüpfen und meinem Gedächtnis weitere Einzelheiten zu entlocken.

Stattdessen wird Dorit in mir wieder lebendig.

Dorit.

Mein Körper wird starr vor Entsetzen. Ich will jetzt nicht mehr an Dorit denken!

Verschwinde!

Doch schon klettert sie vor meinem inneren Auge trotzig auf die Stuhlkante und richtet sich vor mir auf.

Sie reckt sich auf die Zehenspitzen und streckt den Körper forsch der Blumenampel entgegen.

Nein! Ich schüttele den Kopf, versuche dieses quälende Irrlicht von Bild zu vertreiben, denn ich weiß, was gleich kommt, Bitte nicht!, weil ich es nicht noch einmal sehen will, aber ich kann nichts dagegen tun: Wieder stürzt Dorit über die Brüstung.

Mein Herz klopft, als würde es jeden Moment den Brustkorb sprengen, die Luft erscheint mir angefüllt von winzigen Teilchen, die mir in der Lunge stechen.

Werde ich von nun an dazu verdammt sein, diese Szene immer und immer wieder zu sehen und zu durchleben?

Ich drehe mich um und schließe die Augen, meine Stirn sinkt erschöpft an die Fensterscheibe, mit den Händen stütze ich mich schwer auf der Fensterbank ab.

Ich will das alles wieder vergessen, so wie ich mich bis heute nicht daran erinnern konnte!

Aber wie der Nachhall einer Explosion hängen die Bilder in meinem Gedächtnis.

Ich atme langsam ein, denn die Luft ist plötzlich dick und zäh, Angst und Hilflosigkeit haben sich darin verfangen wie Dampf. Ich öffne die Augen, löse meinen zentnerschweren Kopf von der Scheibe und starre hinaus in den Garten.

Alles ist um mich herum ganz still, kein Geräusch ist von drinnen und von draußen zu hören.

Aber es ist keine befreiende Stille, sondern eine Stille, die schwer im Raum lastet.

Seltsam, wie friedlich und unschuldig der Garten daliegt. Die Sonne wirft ihre Schattenstreifen wie knorrige Wurzeln auf den Rasen, der Wind bewegt die beiden Reifenschaukeln an den Bäumen rhythmisch vor und zurück, ganz hinten im dichten Schatten der Bäume steht die Gartenliege; nur das achtlos ins Gras geworfene Buch will nicht in das idyllische Stillleben passen.

Ganz langsam wandert mein Blick durch den Garten und von dort zurück ins Zimmer.

Da fällt er auf meine Hände, die sich noch immer schwer auf dem Fensterbrett abstützen, und bleibt, ohne zu wissen warum, an ihnen hängen.

Etwas, was ich nicht benennen kann, legt sich mir auf den Magen.

Ich betrachte die Hände mit den langen Fingern, deren Nagelhaut ich in den letzten Tagen nervös abgekaut habe, bis es blutete. Ich entdecke ein Netz dunkelblauer Adern, das sich wulstig über den Handrücken zieht und merke, wie sich mir die Härchen an den Armen aufstellen.

Eine kalte Furcht steigt in mir hoch und fasst mir in den Bauch.

Rau und rissig sind die Hände und geschwollen, sie müssten dringend eingecremt werden.

Sind das wirklich meine Hände?

Sie fühlen sich so pelzig an und kribbeln.

Ganz fremd kommen sie mir vor, gerade so, als gehörten sie nicht zu mir. Oder als sähe ich sie heute zum ersten Mal.

In diesem Augenblick schießt ein neues Erinnerungsbild an meinem inneren Auge vorbei.

Die Wucht der Erinnerung trifft mich völlig unvorbereitet.

Mein Herz hämmert heftig und schmerzhaft. Zugleich habe ich das Gefühl, als würde der Boden unter mir aufbrechen, um mich zu verschlingen.

Ich muss mich an der Fensterbank festklammern.

Nur den Bruchteil einer Sekunde schoss es an meinem inneren Auge vorbei, dieses neue Bild, aber doch gerade lange genug, dass ich es nicht übersehen kann.

Ein Bild, für das nie Platz war in meinem Kopf und in meinem Leben.

Ein Puzzlestück der Vergangenheit, das an einen finsteren Ort in mir verbannt gewesen sein muss, dort, wohin nie ein Lichtstrahl hätte dringen dürfen.

Fassungslos starre ich auf meine Hände und wünschte, sie gehörten nicht zu mir.

Epilog

Ein Jahr später

„Du machst mich heute sehr glücklich!", sagt Leo.

„Ich kann es irgendwie selbst noch nicht ganz glauben. Hast du die Ringe?"

Leo klopft auf die Tasche seines Jacketts. „Alles da. Ich bin bereit."

Wir stehen vor dem Rathaus von Warendorf. Im Standesamt, das sich im unteren Stock befindet, haben wir vor sechs Wochen unsere Eheschließung angemeldet.

Ich schlucke und lächele. Meine Stimme klingt hölzern, als ich sage: „Ich auch."

Ich schaue nach oben. Ein klarer blauer Himmel, vierundzwanzig Grad, wie ein glückverheißendes Zeichen zu unserem Vorhaben.

Leo nimmt meine verschwitzte Hand fest in seine. In der anderen halte ich den kleinen lila-weißen Blumenstrauß. Wir schauen uns an, und ich gebe Leo einen zaghaften Kuss.

Um uns herum haben sich unsere Familien auf dem Vorplatz versammelt, um bei der standesamtlichen

Trauung dabei zu sein. Leos Eltern, die aus der Nähe von Dortmund angereist sind, waren schon eine halbe Stunde vor uns da. Plaudernd und lachend stehen sie mit Leos Schwester Susanne und seinem Schwager Martin beisammen. Rechts von uns unterhalten sich Vater, Erika und ihre Tochter Christin, meine Halbschwester. Sofie und Anna spielen Fangen und jagen gackernd im Zickzack um die beiden Grüppchen herum. Anja, Mirko und Erik haben sich in den Schatten eines Baumes zurückgezogen, der in der Nähe des Rathauses steht. Anja kramt in ihrer Handtasche, die Jungen sind über ihre Handys gebeugt. Stefan ist noch einmal zurück zum Parkplatz gegangen, er holt den Sekt und die Gläser aus dem Auto.

„Hömma, wat macht denn de Arbeit?", höre ich meine zukünftige Schwiegermutter fragen. Ich muss schmunzeln über ihren westfälischen Dialekt. Aber ich mag ihn, er wirkt so herzlich und unkompliziert – genau so, wie Leos Familie auch ist.

Ich höre die verschiedenen Stimmen um mich herum plappern. Ich hätte nie gedacht, dass die Familie einmal so einträchtig versammelt sein würde nach den dramatischen Ereignissen in dem Ferienhaus in Frankreich.

Wenn ich Vater und Erika sehe, dann wünscht sich ein Teil von mir immer noch, Leo das Jawort ganz allein, ohne unsere Familien, zu geben. Aber das kam für Leo nicht in Frage. Er hat mir auch zu bedenken gegeben, dass ich es später bereuen könnte, wenn ich Vater und Erika nicht eingeladen hätte. Ich schaue zu Vater hinüber und fühle eine dumpfe Schwere, dort, wo mein Herz sitzt. Schmal und gebeugt sitzt er im Rollstuhl,

378

den Erika angeschafft hat, weil er sich nicht mehr lange auf den Beinen halten kann. Erika hat eine Hand auf den Schiebegriff gelegt und beugt sich zu ihm hinunter. Sie sieht hübsch aus in ihrem geblümten Sommerkleid, elegant und jugendlich zugleich, aber tiefe Falten durchfurchen ihre Stirn.

Wenn ich die beiden so sehe, bin ich froh, dass ich auf Leo gehört habe. Ich kann dankbar sein, dass Vater überhaupt noch hier ist, der aussichtslosen Prognose der Ärzte zum Trotz!

„Ach, ich will Susanne eben noch was fragen", sagt Leo. Er lässt meine Hand los und geht hinüber zu seiner Schwester. Christin kommt mit leicht wankenden Schritten auf mich zu.

„Darf ich mal sehen?", sagt sie und zeigt auf die Blumen. „Dein Strauß gefällt mir! Die lila Blüten zwischen den Rosen, das ist ja Lavendel."

Ich halte das Bouquet hoch, das in Form einer kleinen Kugel gebunden ist. „Ja, Lavendel."

In den sechs Jahren, in denen ich keinen Kontakt zu Vater hatte und ihn mit Kaltherzigkeit bestraft habe, war auch der Kontakt zu meiner Halbschwester so gut wie abgebrochen. Erst die wachsende Sorge um unseren gemeinsamen Vater hat uns einander etwas näher gebracht.

„Das sieht hübsch aus", sagt Christin. „Und er passt auch sehr schön zu deinem beigen Kleid."

„Das finde ich auch."

„Wie kamst du denn auf Lavendel? Wegen Frankreich?"

„Ich habe die Blumen nach ihrer Bedeutung ausgesucht", sage ich.

Auf diese Idee hat mich die Blumenhändlerin gebracht. Sie hat mir erzählt, dass jede Blume und jede Farbe bestimmte Eigenschaften hat.

„Die Rose steht für die Liebe und die Treue", erkläre ich. „Und der Lavendel ist das Symbol für die Reinheit und für die Erinnerung."

Christin runzelt die Stirn.

„Als Erinnerung an unseren Urlaub letztes Jahr in Südfrankreich", erkläre ich.

Sie betrachtet die grazilen lila Blütenähren zwischen den weißen Rosen und die grünen Leuchterblumen, die den Strauß wie einen feinen Schleier umweben.

„Was für eine schöne Idee", sagt sie dann.

Ich lächele und lasse einen Augenblick die Lider sinken.

In der Farbpsychologie steht die Farbe Lila für den Umbruch und damit für Veränderungen. Diese Gedanken gefallen mir, ich finde sie so passend für meine Situation. Auch die spirituelle Ansicht, dass Lila neue Dimensionen eröffnen soll, hat dazu beigetragen, dass ich mich für den Lavendel entschieden habe. Obwohl ich natürlich nicht weiß, ob es hilft. Nachdenklich wiege ich den Brautstrauß in der Hand.

Unbemerkt ist Anja zu Christin und mir getreten.

„Hier", sagt sie und beugt sich näher zu mir. „Du solltest Leo dein Jawort besser ohne diesen Fussel geben." Mit den Fingern schnippt sie über meine Schulter.

„Oh, danke."

Ich muss schlucken, wenn ich daran denke, wie abweisend ich meiner Schwägerin am Anfang des gemeinsamen Urlaubs begegnet bin, und wie viele Vorurteile ich ihr gegenüber hatte! Dabei ist sie ein feiner Mensch, voller Wärme, Fürsorglichkeit und Empathie. Überhaupt nicht oberflächlich und nur aufs Äußerliche bedacht, wie ich erst geglaubt hatte.

Ich streiche mir nervös über den Bauch.

„Na, rumort es?", fragt Anja.

Ich nicke und erkläre es mit der Aufregung. „Ich habe heute Morgen fast keinen Bissen runtergekriegt."

„Kann ich mir vorstellen", sagt Christin in mitfühlendem Ton.

Anja lacht. „Das war bei mir damals nicht anders." Dann nimmt sie meine Hand: „Was ich dir vorhin schon sagen wollte: Du siehst richtig gut aus, Dagmar!"

Unwillkürlich zieht bei Anjas feierlichem Ton und ihrem unerwarteten Kompliment ein kleines Zucken um meine Lippen.

Es fällt mir immer noch schwer, nett gemeinte Worte anzunehmen.

„Das stimmt", pflichtet Christin Anja bei. „Wir haben auch gerade davon gesprochen, wie toll der Brautstrauß aussieht."

An Christin gewandt schüttelt Anja leicht den Kopf. „Das meine ich nicht. Ich meine Dagmars ganze Ausstrahlung." Anja wendet sich wieder zu mir: „Deine Haltung, dein Gesicht ... trotz der Aufregung ... es sieht ganz weich aus. Glücklich."

„Ich bin glücklich." Ich betone jedes Wort und richte mich kerzengrade auf. „Und dankbar."

Ich freue mich, wie unbeschwert meine Schwägerin und ich seit dem Urlaub miteinander umgehen, und ich genieße es, dass wir uns regelmäßig sehen. Als feststand, dass Leo und ich heiraten werden, hatte ich Anja spontan gefragt, ob sie meine Trauzeugin werden will. Anja war errötet und hatte mich fest in die Arme genommen. „Gern, Dagmar! Sehr gern!"

Erika schiebt den Rollstuhl zu Christin, Anja und mir herüber.

Ich spüre, wie sich mein Magen ein wenig zusammenzieht.

„Macht eigentlich jemand Bilder?" Vater hebt den Kopf, lächelt und sieht zu mir herauf.

„Einen Fotografen haben wir nicht bestellt", sage ich. Meine Stimme ist rau, ich räuspere mich. „Aber bestimmt hat jemand sein Handy dabei."

Erika streift mich mit einem prüfenden Blick. Ich versuche zu lächeln.

„Stefan hat eine Kamera eingepackt", antwortet Anja.

„Na, bitte", sage ich. „Das ist doch gut."

Leo ist an meine Seite zurückgekehrt. „Worum geht's?", fragt er in die Runde.

„Darum, ob jemand Fotos macht", erklärt Christin. „Ich habe auf jeden Fall mein Handy dabei."

„Fotos sind doch immer eine schöne Erinnerung", sagt Vater, und seine bis dahin angespannten Gesichtszüge werden weicher.

Leo sagt: „Susanne und Martin machen bestimmt auch Bilder. Aber ich habe auch Erik darum gebeten. Die Kamera seines iPhones, das er sich von seinem Konfirmationsgeld gekauft hat, ist einfach spitze."

Anja nickt. „Das glaube ich. Dagegen kann Stefan bestimmt einpacken."

Leo fügt scherzend hinzu: „Beziehungsweise, Stefan braucht erst gar nicht auspacken."

Alle lachen, drehen sich um und schauen zu den Jungen hinüber. Die stehen noch immer im Schatten des Baumes und sind mit ihren Smartphones beschäftigt.

Mirko hätte ich, als wir uns vorhin begrüßt haben, in seiner dunklen Hose und dem hellen Jackett beinahe nicht erkannt. Und wie erwachsen Erik in seinem taubenblauen Konfirmationsanzug heute aussieht! Noch im April war er mir darin schlaksig und kindlich vorgekommen.

Auch Leo sieht hinüber zu Erik. Seine Augen glitzern, als er seinen Sohn betrachtet, und ein wehmütiges Lächeln zupft an seinen Mundwinkeln.

Leo schließt kurz die Augen auf die Art, auf die er sie immer schließt, wenn er dagegen kämpft, von Gefühlen übermannt zu werden. Dieser Anblick berührt mich zutiefst, er bringt mein Herz direkt zum Schwingen.

Auch mir ist nicht entgangen, wie selten Erik nur noch spielt, wenn er am Wochenende bei uns ist. Und ich weiß, dass Leo sich manchmal die Zeit zurückwünscht, in der er fluchend über Legosteine gestolpert ist. Sanft streiche ich Leo über die Wange. Zu Hause bringe ich ihm in solchen Momenten ein Stück von meiner Lieblingsschokolade und schiebe es ihm in den Mund. Dabei wissen wir beide genau, dass sich die Zeit weder anhalten noch zurückdrehen lässt.

„Hier kommt der Sekt!" Alle sehen zu Stefan, der den Korb mit den Getränken und den Gläsern herbeischleppt, den er zuerst im Kofferraum lassen wollte. „Noch ist alles schön kühl."

„Dann sollten wir jetzt auch hineingehen, nicht?" Christin klatscht in die Hände. Es folgt zustimmendes Gemurmel, Leos Familie setzt sich als Erste in Bewegung.

„Mirko, Erik!", ruft Stefan. „Kommt ihr auch?"

Leo nimmt meine Hand. Mit der anderen rückt er das Jackett zurecht.

Schlank und unglaublich elegant sieht er aus in dem dunkelblauen Anzug und in dem blassblauen Hemd mit der blauen Fliege, fast, als wäre alles maßgeschneidert.

„Wollen wir?"

Im Gebäude ist es hell und angenehm kühl. Die Flügeltür zu dem Trauzimmer ist noch geschlossen. Ich schaue auf die Uhr, Viertel vor Zwölf. Noch fünfzehn Minuten. Mein Herz schlägt schnell, ich atme flach. Ein kleiner Tropfen Schweiß rinnt mir am Haaransatz hinunter, ich tupfe ihn mit dem Handrücken ab.

Das Trauzimmer, so wurde uns gesagt, bietet höchstens Platz für fünfundzwanzig Personen. Unsere Freunde und drei von Leos langjährigen Arbeitskollegen haben wir deshalb erst heute Abend zum Essen *Im Goldenen Reiter* eingeladen.

Stefan, Anja und Christin schieben sich an uns vorbei und stellen die Klappboxen neben der Tür ab. Ich rechne nicht damit, dass jemand von den Abendgästen nach der Zeremonie vor dem Rathaus auf uns wartet. Aber Stefan hat vorsorglich eine ganze Kiste Sekt und genügend Gläser besorgt.

„Sofie, Anna! Ihr könnt schon mal eure Körbchen nehmen", ruft Anja. Die Zwillinge haben Erika geholfen, den Rollstuhl ihres Großvaters über die Rampe in den Flur zu schieben und laufen nun herbei. Anja überreicht jedem Mädchen einen kleinen Weidenkorb mit Rosenblättern.

„Die zwei sehen richtig niedlich aus", sagt Leo zu mir und deutet mit einem Kopfnicken auf meine beiden Nichten.

Auch ich finde, sie sehen in ihren gleichen blauen Sommerkleidern heute bezaubernd aus. Anja hat ihnen die blonden Haare im Nacken zu einem Zopf geflochten und beiden einen Kranz aus Sommerblumen ins Haar gesteckt.

Von mir aus hätte ich keine Blumenmädchen gebraucht.

„Den beiden wird das bestimmt viel Spaß machen", hatte Anja gesagt, als wir am Tisch in unserem Wohnzimmer darüber gesprochen haben.

Ich hatte erwidert, dass mir die Vorstellung widerstrebt, mit dem Blütenduft die Göttinnen der Fruchtbarkeit anzulocken. „Wenn es nach mir geht, dann bleibe ich vom Kindersegen verschont", hatte ich hinzugefügt und ein schiefes Lächeln zustande gebracht.

Anja hatte genickt und bedächtig den Kopf gewiegt. „Blütenblätter nach der Trauung zu streuen, bedeutet doch viel mehr! Blumen und Blüten sind ein Zeichen für die Fülle und für das Leben, Dagmar! Und wenn ich mich recht entsinne, sollen die Blüten auch an das Paradies erinnern, in dem Mann und Frau ohne Sorgen zusammengelebt haben. Das wünschen wir uns doch für Leo und für dich!" Anja hatte die Arme ausgebreitet und damit unser Wohnzimmer umfasst.

„Ich sehe das alles schon vor mir. Sofie und Anna, die vor euch Rosenblüten auf den Weg streuen. Und du und Leo, wie ihr als frischgebackenes Ehepaar darüber schreitet. Das ist doch auch ein bisschen wie die Könige auf einem roten Teppich, nicht?" Anja war etwas Blut in die Wangen gestiegen, ihre braunen Augen schimmerten.

Ich hatte die Stirn gekraust. Eigentlich hatte ich an eine schlichte Hochzeit gedacht.

Aber es hatte mich irgendwie gerührt, wie wichtig Anja ihre Rolle als Trauzeugin nimmt und wie bedeutsam die Hochzeit auch für sie zu sein scheint.

In einer ergebenen Geste hatte ich schließlich die Hände gehoben, „Na gut", und Anja hatte zuversichtlich gelächelt.

Ein bisschen war mir dabei, als wollten wir beide die Zeit wiedergutmachen, in der wir als Schwägerinnen aneinander vorbeigelebt haben.

Erika und die Mädchen haben Vater in die Nähe der Tür geschoben. Vater hat den Mund jetzt zu einem schmalen Strich zusammengepresst, die Hände hält er im Schoß wie zum Gebet fest ineinander verschlungen. Erika berührt ihn sanft am Rücken.

Seit ich weiß, wie es gesundheitlich um ihn steht, hat sich der tobende Sturm meiner Kindheitswut ein wenig gelegt; ich empfinde Mitleid mit diesem alten Mann, der mein Vater ist.

Ich schaue auf die Uhr, noch dreizehn Minuten.

„Ich will noch einmal kurz hinüber." Ich deute auf Vater.

„Mach das", sagt Leo.

Ich atme tief ein und löse meine Hand aus Leos.

Mit etwas wackeligen Beinen gehe ich auf Vater und Erika zu.

„Hast du Schmerzen?", frage ich.

Vater schüttelt den Kopf und ringt sich ein gequältes Lächeln ab. Noch immer will er seine Erkrankung nicht wahrhaben.

„Schön, dass du noch einmal zu uns kommst, bevor wir reingehen", sagt er. „Wir wollten dir noch sagen, wie sehr wir uns freuen, dass wir hier sein können, nicht Erika?"

„Das stimmt." Sie nickt und lächelt mir bedeutungsvoll zu. „Vor ein paar Tagen hätten wir absagen müssen." Erika legt die Hand auf Vaters Arm.

„Ehrlich gesagt, wir waren gar nicht sicher, ob du uns überhaupt einladen würdest", sagt Vater.

Ich spüre, wie Hitze in meine Wangen steigt. Vor einem Jahr hätte ich mir auch nicht vorstellen können, Vater und Erika zu meiner Hochzeit einzuladen. Damals hätte ich mir nicht einmal vorstellen können, dass ich überhaupt je heirate.

„Du hast mir einen großen Wunsch erfüllt, Dagmar."

Die Hitze steigt mir bis zu den Ohren, als Vater hinzufügt: „Damals, als wir in Frankreich zusammen spazieren gegangen sind und geredet haben, weißt du noch, nur wir beide ... Da habe ich mir gewünscht, dass wir uns öfter sehen."

„Ah, daran hast du gerade gedacht."

Auch ich erinnere mich an den Spaziergang, den wir vom Restaurant zurück zum Ferienhaus gemacht haben.

„Ich hatte nach dem Gespräch wirklich Angst, dass du mich nie mehr sehen willst. Du warst am Ende so verstört ... Ich hatte Angst, dass ich dich damit endgültig verloren hätte."

„Das Gespräch war nicht ganz einfach", sage ich und beiße auf meine Unterlippe. „Für uns beide nicht."

Ja, ich hatte nicht mit Vater sprechen wollen, kalt und verschlossen, wie ich ihm in Frankreich gegenüberstand. Er hatte es sich meiner Meinung nach zu einfach gemacht, als er nach Dorits Tod unsere Familie verließ, um mit Erika eine neue zu gründen. Ich konnte ihm auch nicht verzeihen, dass er mich mit Stefan, unserer kranken Mutter und der ganzen schwierigen Situation zurückgelassen hatte.

Deshalb war es auch so ein Schock gewesen, als ich Vater und Erika unfreiwillig im Urlaub begegnen musste.

Vater hebt einen Fuß und setzt ihn vor die Fußraste.

„Ich bin wirklich froh, dass ich dir damals noch einmal aus meiner Sicht erklären konnte, warum ich mich von eurer Mutter getrennt habe."

„Ohne dieses Gespräch wären wir vermutlich beide heute nicht hier", sage ich und zupfe an meinem Kleid.

Vater nickt, und meine Gedanken kehren einen Moment zurück zu dem Spaziergang in Biscarrosse. Vater hatte mir erklärt, dass die Ehe meiner Eltern nach Dorits Tod in eine Sackgasse aus Missverständnissen, Vorwürfen und Sprachlosigkeit geraten war, aus der sie nicht mehr herausgefunden hatten. Mutter hatte ihm vorgeworfen, er hätte Dorit weniger geliebt als sie, doch er hatte wohl nur anders getrauert als Mutter und versucht, wieder in einen normalen Alltag zu finden. Vater hatte das Gefühl gehabt, dass Mutter sich in eine Welt des Vergessens und der Trauer zurückzog, weil sie nicht über Dorits Tod hinwegkommen wollte.

Ich hatte mir das skeptisch angehört. Im Verlauf des Gesprächs hatte ich die Gründe für die Trennung aber doch irgendwie nachvollziehen können und mich für Vaters Sichtweise geöffnet. Erst als er sagte, er sei auch nicht damit zurechtgekommen, dass Mutter Stefan und mich so ungleich behandelte, hatte ich nichts mehr davon hören wollen und mich wieder fest verschlossen.

Vater hatte mit diesem Thema meinen wunden Punkt getroffen. Eine Erklärung für Mutters Verhalten hatte er mir nicht gegeben, und ich war nach dem Gespräch aufgewühlt zurückgeblieben.

Ich schlucke an einem Kloß, der sich bei diesen Gedanken in meiner Kehle gebildet hat.

„Bist du aufgeregt?", fragt Erika. Sie mustert mich etwas besorgt von der Seite.

Ich schlucke noch einmal. „Ja, ziemlich nervös." Zum Glück wird Erika denken, es ist wegen der bevorstehenden Zeremonie.

Erika nickt verständnisvoll. „Es tut mir nur leid, dass deine Mutter das nicht mehr erleben kann." Ihre Augen verdunkeln sich, als sie auf den Brautstrauß blickt. „Wenn ich mir vorstelle, Christin heiratet, und ich ..." Traurig schüttelt sie den Kopf.

„Ich bin froh, dass sie Leo noch kennenlernen konnte", sage ich und zupfe mit den Zähnen an der Unterlippe.

In meinem Kopf hat sich ein Türchen geöffnet, das ich heute unbedingt geschlossen halten wollte. Ich sehe Mutter.

Seit dem Sommerurlaub vor einem Jahr ist sie nicht mehr bewusst zu sich gekommen. Wochenlang hatte ich sie fast täglich besucht. Ich wollte unbedingt ein sicheres Zeichen, dass sie mich gehört hat und dass sie mir verzeiht. Aber, so sehr ich mich danach sehnte, es kam nichts mehr von ihr. Stumm und apathisch liegt sie seitdem da, und wenn sie die Augen doch für einen kurzen Moment öffnet, starren diese erloschen vor sich hin. Wenigstens, so hat mir Schwester Ilona versichert, ist Mutter seitdem ruhiger geworden, sie weint nicht mehr.

Ich verscheuche Mutters Bild. „Entschuldige, was hast du gerade gesagt?"

„Du hast einen wunderbaren Mann gefunden", wiederholt Vater. „Deine Mutter wäre bestimmt genauso glücklich darüber wie wir, dass du Leo heiratest." Er lächelt, und einen Moment löst sich alle Spannung aus seinem Gesicht.

„Ja, mit Leo habe ich wirklich Glück", sage ich, und meine Gedanken schweifen schon wieder zurück. Ich musste irgendwann akzeptieren, dass ich mit Mutter nicht mehr über die Vergangenheit würde sprechen können. Aber ich brauchte doch Gewissheit!

„Wie ist Dorit eigentlich gestorben", habe ich Vater an einem Nachmittag gefragt, an dem wir allein im Wohnzimmer saßen. Erika war zum Friseur gegangen. Ich sah, wie Vater zusammenzuckte.

„Ich weiß, dass es ein Unfall war. Aber was ist damals passiert?"

„Das ist doch so lange her", sagte Vater ausweichend. Aber ich bedrängte ihn, mir alles genau zu erzählen.

Vater schloss kurz die Augen. Leise und mit brüchiger Stimme fing er an: „Dorit und du, ihr habt zusammen auf dem Balkon gespielt. Deine Mutter war im Garten, ich auch, ich habe den Rasen gemäht. Deine Mutter hat gesehen, wie Dorit auf einen Stuhl geklettert ist. Dorit stand plötzlich hoch über dem Geländer. Noch bevor sie Dorit rufen konnte oder ermahnen, ist Dorit über die Brüstung gefallen."

Mein Herz setzte einen Schlag aus. Dann fuhr ein Schmerz hindurch wie der Stich von einem Messer. Also doch. Ich merkte, wie mir alles Blut aus dem Gesicht wich. Entsetzt starrte ich Vater an, dann blickte ich auf meine Hand.

Wie aus weiter Ferne und wie in Zeitlupe folgte Vater meinem Blick.

„Ich muss dir etwas sagen", presste ich heraus. „Ich glaube ... ich meine mich zu erinnern ... Dorit ist nicht von allein vom Balkon gefallen. Ich ... ich habe sie geschubst." Wie scharfkantige Klötze fielen die Worte aus meinem Mund.

„Das ist doch Unsinn!" Vaters Stimme donnerte energisch in den Raum. „Deine Mutter war doch dabei! Es war ein Unfall!"

Mein Mund war so trocken, wie von einem Papiertaschentuch gefüllt, ich konnte nicht sprechen, ich konnte nur leicht den Kopf schütteln.

„Du warst doch noch ein Kind! Fünf Jahre! Ein Unfall! Dich trifft keine Schuld!"

Ein Kaleidoskop von unterschiedlichen Gefühlen blitzte in Vaters aufgerissenen Augen: Entsetzen, Verleugnung, Angst, Entschlossenheit.

Wie ein Ballon, aus dem langsam die Luft entweicht, sackte ich auf der Couch zusammen. Tränen drückten hinter meinen Lidern. Vater rutschte zu mir aufs Sofa. Er legte mir den Arm um die Schulter. Ich versteifte mich, dann sank ich in seine Umarmung wie in ein weiches Kissen und begann zu weinen. „Und wenn ich doch …?" „Pst", machte er und strich mir übers Haar. „Du fühlst dich schuldig, das kann ich verstehen. Du warst dabei, du musstest es mit ansehen. Wir alle fühlen uns schuldig! Aber niemand hat Schuld."

Vater berührt mich sanft am Unterarm, ich zucke zusammen.

„Geht's dir nicht gut? Du bist auf einmal so blass." Besorgt schaut er zu mir hoch.

Mein Mund ist trocken, mein Herz flattert in der Brust. Ich schaue auf meine Hand, die den Brautstrauß hält, und das dunkle Gefühl von Schuld droht wieder einmal nach mir zu greifen. Ich atme mehrmals tief in den Bauch, so wie meine Therapeutin es mir beigebracht hat, mein Herzschlag beruhigt sich.

Vater drückt meinen Unterarm.

„Mir ist ein bisschen schwindelig", sage ich.

Vater ahnt nicht, wo ich gedanklich war. Kann nicht wissen, dass ich gerade noch einmal seine Worte gehört habe, die das dünne Band der Annäherung, das wir in Frankreich geknüpft haben, verstärkten und die uns einander wieder näherbrachten.

Ich lege meine Hand auf seine. Vater schenkt mir ein Lächeln, das in seinen Augen beginnt und sich bis zu den Lippen ausdehnt.

„Hier", sagt Erika und holt eine kleine Plastikflasche aus der Handtasche. „Trink mal einen Schluck."

Erika tauscht mit mir die Flasche gegen die Blumen.

Ich schraube den Deckel auf und nehme einen großen Schluck von dem Wasser. „Das tut gut! Danke."

Als ich fertig bin, gebe ich Erika die Flasche zurück. Sie reicht mir den Strauß, den sie für mich gehalten hat. Mit einem Mal taumele ich etwas zurück, mein rechter Fuß knickt um, ich falle.

Doch plötzlich ist Leo hinter mir und fängt mich auf. „Hoppla."

Er hilft mir, mich aufzurichten. „Hast du dir wehgetan?"

Ich bewege meinen Knöchel. „Ich glaube nicht."

Leo nimmt meine Hand.

„Das ist ja gerade noch mal gut gegangen", sagt Erika.

„Was für eine Reaktion von dir, Leo!", sagt Vater.

Ich sehe, dass Leo schmunzelt. „Genau so ist Dagmar mir damals in die Arme gestolpert. Weißt du noch?"

„Im Supermarkt. Und du hast mich genau so aufgefangen", sage ich. „Du hast damals gesagt: Sonst fallen mir die Frauen immer nur in den Rücken."

Ich muss lächeln. Ein Mann mit Humor, hatte ich damals erfreut gedacht, als der erste Schreck vorüber war.

Ich bücke mich und streiche über meinen Knöchel. Ein bisschen tut er doch weh.

„Wirklich alles okay?", fragt Leo.

„Ich glaube, ich habe echt Glück gehabt."

Wie oft hat Leo mich, seit wir zusammen sind, nun schon aufgefangen und gehalten, wenn ich gestrauchelt bin!

Und ganz besonders in Frankreich! Da stand Leo wie ein Fels hinter mir, als sich die Ereignisse so dramatisch zuspitzten – als ich mich so schämte und mich verachtete und dachte, nun könnte er mich sicher nicht mehr lieben.

„Es ist schon etwas ganz Besonderes, wenn man die wahre Liebe findet", höre ich Vater sagen. Er tauscht einen Blick mit Erika.

Erika streicht ihm zart über die Wange. „Und die sollte man gut festhalten."

Es raschelt hinter der geschlossenen Tür des Trauzimmers. Leos Blick gleitet hinüber, dann schaut er wieder zu mir.

„Weißt du noch, wie entschieden du meinen Heiratsantrag in Frankreich abgelehnt hast?"

Ich nicke. „Du warst damals sehr enttäuscht. Aber gut, dass du mich nicht gedrängt hast."

„Ich hätte nicht gedacht, dass wir doch noch irgendwann hier stehen würden", sagt Leo, und seine blaugrünen Augen leuchten.

Leo hatte mir Bindungsängste vorgeworfen, und ich hatte mit Mutters Erkrankung argumentiert. Ihre Depressionen könnten schließlich auch mich befallen, da wollte ich Leo doch nicht vertraglich an mich binden! Ich dachte, es wäre besser so für Leo und für mich.

Ohne dass es mir damals bewusst gewesen war, dachte ich auch, dass ich es gar nicht verdiene zu heiraten, ja, dass ich es irgendwie nicht wert bin. Aber das ist mir erst in den Gesprächen mit der Therapeutin klar geworden, dass ich dachte, glücklich zu sein steht mir nicht zu.

Ich muss an den Samstagabend im April denken, als Leo und ich aus dem Theater heimkamen. Es war spät geworden, wir waren beide müde und gingen sofort zu Bett. Wie jeden Abend gaben wir uns vor dem Schlafen einen Gutenachtkuss. Doch bevor ich dieses Mal das Licht ausknipsen konnte, legte Leo den Kopf schief und schaute mich an. Seine blaugrünen Augen hatten im Licht der Nachttischlampe ein weicheres Blaugrün als sonst, sein Mund mit den Grübchen wirkte ausgeprägter, zarter. Leos Blick drang bis tief in mein Herz hinein, es war ein Blick voller Liebe und Vertrauen und Zuversicht. Mein Herz begann heftig zu schlagen. Ich richtete mich im Bett auf, und aus einem Impuls heraus habe ich Leo gefragt: „Willst du mich heiraten?"

„Ja", hat Leo gesagt und mich stürmisch geküsst. „Ich will! Ich will schon so lange!"

„Oh, nein!", höre ich plötzlich Annas Stimme. Ihr Körbchen ist heruntergefallen, ein Blütenmeer hat sich um sie ergossen.

Leo dreht sich um, er sieht Annas entsetztes Gesicht. „Ich helfe ihr eben", sagt er.

Schon ist auch Leos ganze Familie zu Anna geeilt. Alle bücken sich, Hände sammeln die Blätter auf, schnell sind alle Blüten wieder im Körbchen.

Anna steht reglos da, sie kann offenbar nicht fassen, dass ihr Missgeschick schon behoben ist.

„Das war die Generalprobe", sagt Leo fröhlich zu ihr. „Die hat ja schon mal gut geklappt!"

Plötzlich ist mir etwas kühl. Ich reibe meinen Oberarm, um mich zu wärmen.

„Willst du meine Jacke?" Leo tritt wieder neben mich.

„Es geht schon, danke."

Er hebt die Augenbrauen. „Aufgeregt?"

„Sehr!"

„Wenn es nicht so wichtig wäre, dass du bei klarem Verstand unterschreibst, würde ich dir noch einen Schnaps besorgen", sagt er. „Oder sollen wir schon mal einen Sekt köpfen? Wir hätten noch" – Leo schaut auf die Uhr – „ganze sieben Minuten!"

Ich lache, und ein Teil der Anspannung fällt von mir ab. „Auf keinen Fall! Das bringt Unglück!"

„Was bringt Unglück?" Stefan ist von der Seite gekommen und tritt zu uns.

„Den Sekt schon vor der Hochzeit zu öffnen." Ich schaue zu dem Klappkorb neben der Tür. „Wobei, du hast ja Sekt für eine ganze Kompanie besorgt."

„Was wir heute nicht trinken, können wir mitnehmen", sagt er. „In Frankreich haben wir ja zwei Wochen Zeit, uns um die Reste zu kümmern."

Nun kommt auch Anja dazu. „Du willst den Sekt mitschleppen? In Biscarrosse trinken wir doch wieder Rotwein!"

„Habt ihr schon alle gepackt?", fragt Vater in die Runde.

„Schon letztes Wochenende", sagt Leo.

„Für uns geht es doch erst nächste Woche los", sagt Stefan.

„Wir haben uns zumindest schon mal überlegt, was wir mitnehmen wollen." Vater schaut zu Erika. Die nickt.

„Dieses Mal lasse ich meinen Laptop zu Hause", sage ich.

„Das will ich doch hoffen", meint Anja. „Es sind schließlich eure Flitterwochen!"

„Und die zwei Wochen danach ist unser gemeinsamer Urlaub", sagt Stefan, „da brauchst du auch kein Arbeitsgerät!"

„Es ist ja auch nicht so, dass wir uns nicht beschäftigen könnten ..." Leo grinst und gibt mir einen Kuss.

Ich merke, wie mir Hitze in die Wangen steigt.

Leo nimmt meine Hand, ich schmiege meine Hand in seine.

Die Flügeltür zum Trauzimmer öffnet sich, die Standesbeamtin tritt heraus. „Frau Jahn und Herr Becker?"

Sie entdeckt uns, wir nicken ihr zu. „Hier wäre dann alles bereit."